Im Schatten des Steinernen Meers, einem gewaltigen Gebirgszug an der Grenze zwischen Österreich und Deutschland, liegt Muna. Dort pflegt der zwölfjährige Valentin seinen Großvater. Während der Großvater Bilanz zieht, muss sich der Enkel auf sein Leben vorbereiten. Eindringlich beschreibt Eich die Sehnsüchte zweier Menschen, die sich um Orientierung bemühen.

»Clemens Eich war eine Figur auf der Grenze und zwischen den Zeiten. Er war auf dem Weg in die erste Reihe der deutschen Autoren.« Ulrich Greiner, ›Die Zeit‹

Clemens Eich wurde 1954 in Rosenheim am Inn geboren. Nach der Schauspielschule in Zürich hatte er Engagements in Landshut, Frankfurt am Main und Wien. 1980 erhielt er den Förderpreis der Stadt Mannheim für den Gedichtband ›Aufstehn und gehen‹, 1984 entstand das Theaterstück ›So‹, 1987 publizierte er den Prosaband ›Zwanzig nach drei‹. Für den Roman ›Das Steinerne Meer‹ (1995) wurde ihm 1996 der Hamburger Mara-Cassens-Preis zuerkannt. Clemens Eich starb am 22. 2. 1998.

Unsere Adresse im Internet: www.fischerverlage.de

Clemens Eich

Das steinerne Meer

Roman

Fischer Taschenbuch Verlag

Veröffentlicht im Fischer Taschenbuch Verlag,
einem Unternehmen der S. Fischer Verlag GmbH,
Frankfurt am Main, August 2008

Lizenzausgabe mit Genehmigung der
S. Fischer Verlag GmbH, Frankfurt am Main

Druck und Bindung: CPI – Clausen & Bosse, Leck
Printed in Germany
ISBN 978-3-596-17911-4

Ich möcht' mich einmal mit mir selbst zusammenhetzen,
nur um zu sehen, wer der Stärkere is, ich oder ich.

Johann Nestroy

Die Grenze Muna

»Jeder erwartet den Sieg von dir. Jeder. Nur den Sieg. Sonst nichts. Hast du geträumt? Vom Schifahren? Ich sah es dir an.«

Michael Hader nahm seinem Enkel den kalten, feuchten Lappen von der Stirn und schüttelte das Bett auf. Valentin nickte bloß, es war nicht zu erkennen, ob es ein Ausdruck des Dankes war. Es roch nach Pfefferminz. »Das ist Menthol«, sagte der Großvater und warf einen Blick durchs Fenster. Der Himmel war nicht blau. Unten lag das Dorf wie immer, in unmittelbarer Nähe zu einer, wie es schien, träge gezogenen Staatsgrenze. Ein kartographisch nichtiger Bach bildete die Grenze, die das Dorf durchschnitt. Hier endete die Republik Österreich, und hier begann der Freistaat Bayern. Hader riß das Kalenderblatt des 31. Oktober 1963 ab.

»Blauensteiner wird in diesem Winter groß herauskommen, vorausgesetzt, Hinterstoder übersteht ihn nicht! Blauensteiner besitzt die absolute Rücksichtslosigkeit. Hinterstoder ist ihm im Grund ähnlich. Er ist der Typ des Verlierers, den die Leute lieben. Der Sieger ist ihnen in Wahrheit unheimlich.

Blauensteiner braucht für seinen Sieg, der absolut sein muß, die absolute Niederlage Hinterstoders, sonst wäre sein Sieg nur ein halber und für ihn selbst gar keiner. Sie brauchen sich gegenseitig und sind einander auf Verderb ausgeliefert, die Raser aus dem Pinzgau.«

Es war ihm nicht auszureden, daß die beiden Rennläufer

nicht aus dem Pinzgau, sondern der Läufer Hinterstoder aus dem Salzburger Lungau, der Läufer Blauensteiner hingegen aus dem Tiroler Zillertal kam. Valentin lag auf dem Rücken in Erwartung des nächsten Traums, des nächsten Rennens, vor dem er sich fürchtete.

»Wann wirst du dreizehn?«

»Im nächsten Jahr.«

Das aufsteigende Fieber zwang Valentin zu der Frage, ob er das Alpenpanorama tatsächlich so sehr liebte, wie er immer vorgab. Hatten ihn die Häuser der Geister, die Burgen und Schlösser, die Gemäuer und Verließe aus Fels nicht mehr umstanden als umgeben, ein drohender Ring von Watzmännern und Wilden Kaisern, von Schlafenden Hexen und Hörnern, die in den Himmel ragten, um sich mit einer nur für ihn sichtbaren Bewegung von quälender Langsamkeit zu senken und wie eine Phalanx von Lanzen und Speeren gegen ihn und nur gegen ihn zu richten, daß es ihm die Luft zum Atmen abpreßte? Er hörte die Hunde. Hatten ihn die Berge, die in Wirklichkeit auch nicht Watzmann und Wilder Kaiser, sondern Untersberg und Sonntagshorn hießen, nicht mehr bedrängt als erfüllt? »Bergerln und Mugerln« nannten die Hochgebirgler jenen Nordrand der Alpen verächtlich. Er ließ seine Gedanken vom leise fallenden Novemberschnee begraben. Schnee am 1. November, hatte es das jemals gegeben? Gab es das überhaupt?

Der Großvater redete leise vor sich hin, wobei er gelegentlich den Kopf wie ein Getriebener hin und her warf.

»Jeder erwartet den Sieg von dir. Jeder. Nur den Sieg. Sonst nichts«, hörte er ihn sagen und hörte doch nicht zu.

– Der Himmel ist ein schmutziger Vorhang – dachte er –, auch wenn er blau ist. Lauter Vorhänge in die Unendlichkeit, einer vor dem anderen. Eine Ewigkeit von Vorhängen, tiefblau, strahlend blau, bleigrau, mit rosa Wölkchen, tiefschwarz, ein Vorhang vor dem anderen. Die Welt eine Scheibe, eine Narrenscheibe, die Narren purzeln vom

Rand, und darüber ein Vorhang nach dem anderen, kein letzter Vorhang – dann war das Kind wieder eingeschlafen, und das Fieber deckte es zu.
– Mit eisiger Geschwindigkeit raste die Welt vorbei. Freigelegte Wurzeln, Wunden von Stämmen und Wipfel von Bäumen tauchten aus Senken entlang der Schneise auf, erhoben sich, gaben den Blick zum Tal frei, schossen hoch auf zum Himmel, duckten sich wieder zur Erde, ins Kleine, rauschten vorbei und waren verschwunden. Hier öffnete sich der Wald zum offenen Abhang hinunter, während er in rasendem Herzschlag über die eisige, leise kreischende Fläche glitt, und für einen Augenblick schien seine Schußfahrt innezuhalten, für die Dauer eines Atemzugs stand er hoch über der Welt, das Tal unter sich, die Krümmung der Erde im Visier, bis er die Kurve nahm, um einen großen Schwung anzusetzen, aus dem er davonstob, um weiter den Hang hinunterzubrechen. Blind strahlender Schnee flog scharf zu den Seiten auf und in die Stille des weiten Raums hinein, dann begleiteten ihn einzig das saugende Geräusch der Schneedecke und das harte Schrammen der Schi darüber.
Der Abhang schleuderte ihn weiter, er preßte sein Gewicht auf die, wie er meinte, ihm entgleitenden, davonfliegenden Bretter, sprang über einen gefrorenen Buckel, wurde in eine Mulde hineingedrückt, eine Grube, eine Schlucht schien sie ihm, schnellte in die Höhe, wurde hochgerissen zum eisigen, bleiernen Himmel, ruderte mit den Armen, geriet aus dem Gleichgewicht, fing sich im gleichen Moment wieder, schwang sich bergauf, um sofort aus der abweichenden, verlangsamenden Bewegung heraus den Steilhang wieder an sich zu reißen. Er stürzte davon, von der Geschwindigkeit hinuntergerissen, flog auf, leicht getragen von den Schiern, mühelos, schwerelos, und sie zugleich wütend bezwingend.
Durch die vereiste, beschlagene Schibrille nahm er ein

Flirren und Flimmern wahr, dann die Zielgerade, der er noch kostbare Bruchteile von Zeit abringen würde, die Zeitlinie mit dem Zieltransparent darüber, die die Entscheidung brachte, die sanft auslaufende Zielausfahrt, an deren Ende das dunkle, breiige, Hauch in die kalte Bergluft stoßende Halbrund von Menschen stand, die einen kindlich erwartungsvoll, stampfend und hüpfend die Kälte bekämpfend, die anderen hämisch rechnend, sich in ihre Mäntel und Anoraks schmiegend. Blonde alpenländische Mädchen mit geröteten Wangen, freudig erregt um ihren Favoriten bangend, ältere, schlagflüssige Männer mit von Schnaps und Bluthochdruck tödlich verfärbten Gesichtern. Versagten die Söhne, sahen die von Schweinsbraten und Geburten in die Breite gegangenen Mütter in meist grauen oder grünen Lodenmänteln wie dampfende Knödel aus. Im Hintergrund standen die zwei häßlichen Töchter des Altbauern, die sich die blaugefrorenen Münder über die Größe der Geschlechtsorgane der antretenden Rennläufer zerrissen.

Das Bild löste sich in seine Bestandteile auf und wehte davon. –

Das Dorf Muna, das gerade noch zu Österreich gehört, liegt am Fuß der westlichen Flanke eines breiten, vielbeschriebenen Bergmassivs, das Untersberg genannt wird und das auf dieser Seite friedlich und still wie der Rücken eines sich träge in der Sonne räkelnden Raubtiers wirkt. Doch die Menschen von Muna, die zu ihm aufschauen müssen, wissen um seine tödliche Verletzbarkeit und mörderische Angriffslust gleichermaßen.

Weiter unten im Tal, in einer Art Wurstkessel der Alpen jenseits der Grenze in Deutschland, befindet sich eines der trostlosesten aller bayrischen Staatsbäder, auf dem eine düstere, erdrückende Dumpfheit lastet, die nur entsteht, wenn sich Krankheit und Tod mit Habgier verbinden.

In Muna, diesseits der Grenze in Österreich, werden die Würste, die aus den Augen der Tiere bestehen, Frankfurter genannt, einige Meter jenseits der Grenze heißen sie Wiener. Auf beiden Seiten der Grenze werden sie mit Senf verzehrt.
Muna fiel im Jahr 1816 endgültig an Österreich und ist doch fast ausschließlich von Deutschland, in diesem Falle von Bayern, umgeben. Im Süden, im Westen und im Norden stößt die Ortschaft an das »Deutsche Eck«, den südöstlichsten Ausläufer des Schreckensreiches. Nur im Osten wird sie von besagtem Untersberg vor Deutschland geschützt und ins ostwärts gerichtete Land gezogen. Deshalb ist Muna ein durch und durch österreichisches Gebilde, auch wenn seine Bewohner das oftmals bestritten, ja geradezu bekämpft haben. Muna ist außer vom Untersberg, der keinen Gipfel im herkömmlichen Sinn besitzt, dessen Grenze zum Himmel jedoch ein langgestrecktes Plateau bildet, das von Muna im Westen nach Salzburg im Osten bis nach Berchtesgaden im Süden reicht, noch von Bergen mit den Namen Lattengebirge, Hochstaufen und Zwiesel umgeben, die – obwohl zum Teil höher oder zumindest genauso hoch – vom Untersberg verdrängt werden.
Die älteren Menschen von Muna ertränken ihr Leben und Sterben im Alkohol und enden oft im Delirium. Die Jüngeren träumen von fernen Ländern und hohen Häusern. Sie verbringen ihre Lebenstage damit, in Muna zu bleiben, umzubauen, anzubauen, einzubauen, auszubauen und abzureißen. Häufig verunglücken sie in ihren Fahrzeugen, in denen sie in rasendem Tempo ihrer Heimat zu entfliehen versuchen. Die Jüngsten träumen davon, einmal Schiweltmeister oder -olympiasieger zu werden, obwohl Muna nie ein Schiort war und niemals einer sein wird. Hier lebte Michael Hader nun schon seit bald dreißig Jahren. Er wohnte unter einem Dach mit seiner

Tochter Anna, seinem Schwiegersohn Wolfgang Reichardt und deren Sohn, seinem Enkel Valentin, der zwölf Jahre alt war und bald dreizehn sein würde und einmal Schiläufer werden wollte... Abfahrtsläufer, Rennläufer, Weltmeister.

Das Dorf sah von der Anhöhe aus wie ein gewaschener Leichnam, aufgeputzt und geschmückt, gescheitelt und geschminkt, mit gefalteten Händen, und unter der von leise gefallenem Schnee bedeckten, steinernen Haut das faulende Fleisch, das Herz, das stillstand. Sie hatten das Dorf umgebracht, wie einen Menschen. Doch hätten es seine Bewohner nicht erledigt, hätte das Dorf sich selbst umgebracht. Das liegt in der Natur der Dörfer.

Michael Hader wirkte jünger, als er war, und doch war sein Leben zu Ende. Er war neugierig auf seinen Tod geworden, ohne sich nach ihm zu sehnen. Er haderte nicht mehr mit seinem Schicksal – noch vor fünf Jahren hatte er sein Leben als verpfuscht betrachtet –, weder nahm er es hin, noch lehnte er sich dagegen auf, er sah es an und näherte sich ihm mit Erstaunen. Daran mußte er glauben. Mit jeder Nacht träumte er seinen Tod näher herbei. Er war fast siebzig. Wenn er auf sein Leben zurückblickte – er mochte das Wort nicht besonders, obwohl es schön klang und den Eindruck vermittelte, als stünde man auf dem Gipfel eines Berges, wäre am Ziel angekommen und hätte nun eine klare Sicht auf die zurückgelegte Strecke, in Wahrheit hatte man nur endlich den Ausgang eines Labyrinths erreicht und sah gar nichts –, dann verstörte ihn einzig jener fatale Daseinszwang, der ihm schon von früh an wie ein klebriger Fleck erschienen war.

Durchs Fenster konnte er nicht viel erkennen, es lag zu hoch, so daß er im dichter werdenden Schneefall nur die Kuppe eines der unzähligen, kleineren bayrischen Berge sehen konnte, die sich weiß und geheimnislos in der unmerklichen Dämmerung unter dem Himmel duckte.

»Früher galt ich, auch vor mir selbst, als Realist. Doch man kann beginnen, die Woche schon zu Anfang für beendet zu erklären. Beherrscht von jener Übergenauigkeit, die ein Kind der eigenen Leere ist, verkennt man die Wirklichkeit und wird ganz einfach verrückt, in der Überzeugung, das Richtige zu tun.«

Morgen kamen seine Tochter und ihr Mann zurück. Sie hatten die Reise nach Sizilien lange geplant, und er war froh gewesen und sah auch Valentin die Erleichterung darüber an, als sie endlich gefahren waren. Vor ihrer Abreise hatten die Eltern nur noch über Sizilien gesprochen, und zwischen einem Aufschrei: »Messina!« und einem düster gemurmelten »Trapani« hatte er Stoßgebete zum Himmel geschickt, in der Hoffnung, sie würden bald verschwunden sein.

Anna war die mittlere seiner drei Töchter und ging auf die Vierzig zu. Er wußte nie so recht, ob sie im vierundzwanzigsten, im fünfundzwanzigsten oder sechsundzwanzigsten Jahr zur Welt gekommen war, und wagte auch nicht, danach zu fragen, aus Angst, sich eine Blöße zu geben und Anna gleichzeitig in Verlegenheit zu bringen. Vielleicht wußte sie es selbst nicht.

Bis sie kommen würden, gab es noch viel für ihn zu tun, glaubte er. In Wahrheit gab es nichts für ihn zu tun, aber das wußte er nicht. Vor allem in der Küche, sagte er sich, erwartet mich einiges, was ich lange Zeit aufgeschoben habe. Unterbrochen und aufgeschoben vor allem durch Valentins mittlerweile schon elf Tage dauerndes Kranksein. Der Arzt war dagewesen und wieder gegangen, er hatte die üblichen Handgriffe und Blicke getan und etwas von einem alpinen Virus gemurmelt. Doktor Smutny war ein alter Landarzt, ein Berg- und Bauernarzt mit seinen Vorräten an Chemie, seinen Spritzen und guten Ratschlägen, von denen er wußte, daß sie nicht befolgt wurden. Mit seiner gemütskranken Frau und seinen beiden hübschen

Töchtern bewohnte er einen Neubau der fünfziger Jahre hinter der Kirche in der Nähe des Friedhofs.
Der letzte Tag vor einer Ankunft oder einer Abreise erscheint oft als Essenz aller vorangegangenen, als konzentrierter und kühler Blick auf das eigene Leben, und für die Dauer jenes Tages ist man zugleich Betrachter und Gegenstand der Betrachtung. Jene Tage halten das Vergehen der Zeit auf und lassen die Stunden verlangsamt und überdeutlich wie unter dem Mikroskop ablaufen. In dem Augenblick, in dem er vor dem schmutzigen Geschirr stand, erinnerte sich Hader wieder genau an den Tag vor ihrer Abreise. Vor acht Wochen. Wie sie beide an seinen Nerven gezerrt hatten und er ihnen bei jeder sich bietenden Gelegenheit aus dem Weg gegangen war. Dieses endlose, umständliche Kofferpacken! Abfahrtszeiten, Orts- und Hotelnamen waren durch das Haus geschwirrt, gesundheitliche Vorsichtsmaßnahmen wurden mit dem dafür scheinbar unerläßlichen bitteren Ernst besprochen, als hätten die unausweichlichen Katastrophen schon ihre Schatten auf die gesamte Reise geworfen, die doch bisher in ein glänzendes, rötlich schimmerndes Licht getaucht gewesen war und nun in der beginnenden Phase ihrer Verwirklichung mit einer grauen schroffen Alltäglichkeit konfrontiert wurde, der Anna und Wolfgang nichts entgegenzusetzen wußten.
Der Abend war schließlich fröhlich verlaufen, mit Kartoffelgulasch und Wein. Hader konnte seine eigene Ausgelassenheit nicht mitansehen, und nachdem er angefangen hatte, Belcanto-Arien vorzusingen, betrachtete er sich eine Weile peinlich amüsiert, bis er den Gesang abbrach und wortlos die Stube verließ. Valentin schien alles zu genießen, seine strohblonden Haare fielen ihm beim Lachen immer wieder in die Stirn, und er strich sie zurück, lächelte seinen Eltern zu, auch wenn er sie dazwischen ansah, als wären es Fremde. Ich bin im falschen Land geboren,

dachte er an jenem Abend immer wieder. Satzfetzen jagten durch sein Hirn: »Im falschen Land... geboren... zur falschen Zeit... die falsche Sprache... erwischt... falscher Name... falsches Rennen... falsche Welt...«
Sein Vater sah ihn mit gespieltem Verständnis an. Er mochte den Vater. Aber er liebte seinen Großvater. Sein Großvater lachte schief und angetrunken und zeigte seine gelblichen Zähne, seine Mutter kämpfte mit einem ihrer Lachkrämpfe, und der Vater sprach von Siziliens und Taorminas Ursprung, holte weit aus und landete schließlich bei den Netzen und Fängen der Cosa Nostra.
Der alte Hader sah sich um. Sein Blick traf wieder auf das wie zu Eis erstarrte Geschirr, im Zwielicht sah der Berg aus weißen Tellern und Tassen wie die Nachbildung eines Dreitausenders aus, mit schimmernden Zacken und dunkel sich öffnenden Schluchten, der Blick wanderte weiter über den steinernen kalten Boden und blieb endlich bei dem Regal mit den Kupfertöpfen stehen.
»Alter Mann, der du jetzt bist, hör zu! Jeder erwartet den Sieg von dir. Jeder. Nur den Sieg. Sonst nichts«, murmelte er. Er sprach weiter laut vor sich hin, diese letzten Gespräche mit der Welt, wie er sie nannte, waren ihm zuerst zu einer lieben Gewohnheit geworden, die allmählich aber begann, sich in einen bohrenden Zwang zu verwandeln.
Er überprüfte die Vorräte an Kamillen- und Pfefferminz-, Schafgarben- und Salbeitee in den großen, silbergrauen Blechdosen, wobei er in der Dämmerung kaum etwas sehen konnte. Es waren fein abgestimmte Mischungen aus Blüten und Blättern, die er sich nur einmal im Monat bei einem Apotheker in der fast zwanzig Kilometer entfernten österreichischen Stadt besorgen konnte. In die nur fünf Kilometer entfernte deutsche Stadt fuhr er nie. Es wäre ihm nicht im Traum eingefallen, die Grenze der Republik zu überschreiten. »Achtung! Staatsgrenze!«, überall in den Wäldern stieß er auf solche Schilder, manche schon verro-

stet und von Bäumen kaum mehr zu unterscheiden. Auch mitten in den schmalen Bach, den Weißbach, der in diesem Teil der Region die Grenze bildete, hatte man ein Schild gerammt, um dessen Stange sich dunkelgrüne, algenähnliche Schlingpflanzen wanden. An den Rändern des Schildes, das sich bei den bald einsetzenden Nachtfrösten eiskalt angreifen würde, wuchs ein trostloses Moos.
Das Telefon läutete. Zweimal, dreimal, wie lange schon? Unschlüssig und abwesend wandte er sich dem Apparat zu, der im Flur an der Wand hing. Er hob ab.
»Zwo fünf zwo, Hader«, meldete er sich. Am anderen Ende wurde aufgelegt. Es wurde ihm nicht einmal die Chance einer Nachfrage gegeben. Seit drei Monaten, zu jeder Tages- und Nachtzeit, läutete das Telefon. Immer wieder. Und immer wieder wurde am anderen Ende der Leitung sofort aufgelegt. Ohne Gnade. Ohne Unterlaß. Läuten, abheben, auflegen. Es war zum Ritual geworden. Er erinnerte sich an den ersten Anruf, dem noch unzählige folgen sollten. Als er Anfang August vor dem Haus unter dem Kirschbaum saß und in einem Buch las. Es war Vormittag gewesen, und er war ohne Hast in den kühlen, dunklen Flur gegangen und hatte den Hörer abgehoben. »Zwo fünf zwo, Hader.« Sofort, so schnell, wie man nur sein kann, wenn es geplant ist, wurde am anderen Ende aufgelegt. Er war etwas irritiert, aber keineswegs beunruhigt wieder hinaus ins Freie gegangen. Es war ein strahlender Sommertag gewesen.
Die Anrufe häuften sich. Zuerst wurde nur tagsüber angerufen, vormittags meist, manchmal auch am Nachmittag, dann, als man sich schon daran gewöhnt hatte und damit abzufinden begann, trafen die Anrufe auch frühmorgens ein, um Mitternacht, am späten Abend, bis sie jeder Bewohner des Hauses zu jeder Zeit erwartete.
Die Anrufe waren Teil ihres Lebens geworden, und wenn sie doch einmal für längere Zeit ausblieben, was selten ge-

nug geschah, begannen sie ihnen beinahe zu fehlen. In den Gesichtern der Dorfbewohner suchte Hader vergebens nach der Ahnung eines kleinen schadenfrohen Grinsens, doch seine erfolglosen Bemühungen darum ließen schließlich jeden in Frage kommen.
Er stand wie jedes Mal nach einem solchen Anruf mit dem Hörer in der halb ausgestreckten, halb herunterhängenden Hand in dem immer zu dunklen Flur. Der Arm mit der Hand und dem Hörer als Verlängerung bildete so etwas wie ein Fragezeichen. Von oben hörte er Valentin husten. Es blieb ihm nichts anderes übrig, als den Hörer auf die Gabel zurückzulegen. Nur diese eine Geste war eine Demütigung, zu der ihn das Unbekannte zwang. Von ferne drang das Geräusch einer Kreissäge an sein Ohr. Draußen schien es endgültig finster geworden zu sein. Benommen trat er ans Küchenfenster und sah auf die spärlichen Lichter von Muna hinab. Von ihrem unscheinbar gelegenen und doch das gesamte Tal überblickenden Haus hoch über dem Dorf sah man auch über das sogenannte Deutsche Eck, den südöstlichsten Zipfel Deutschlands. Er streckte seine Hand gewohnheitsmäßig nach dem Lichtschalter rechts von der Türe aus. Suchend tastete er an der Wand entlang.

*

Aus glänzenden, fiebrigen Augen sah Valentin seinen Großvater an. In seinem Blick lag Abwesenheit. Eine Abwesenheit, die oft mit Träumerei verwechselt wurde. Oft und gern, sagte Michael Hader beinahe laut, weil die anderen, versuchten sie, dieser Abwesenheit auf den Grund zu kommen, möglicherweise heillose Furcht packte.
»Heillos, Großvater? Welche Furcht?«
Valentin hatte sich aufgerichtet.
»Furcht? Ich weiß nicht. Hab ich das gesagt?«
»Ja. Das hast du gesagt. Ich habe es doch gehört!«
Valentins Gesicht lief vor Zorn rot an, und mit der Faust

zerknüllte er die bläulich karierte Bettdecke, in die er sich förmlich festkrallte. Hader antwortete ausweichend und blieb am Fußende des Bettes stehen, er sah auf seinen Enkel herab.

»Ich versuche nur, dich und mich vor dem Hochmut zu bewahren, den wir beide in uns tragen.«

»Was, Großvater –«, er redet Mist, dachte Valentin.

»Unterbrich mich nicht. Nachher kannst du dann reden. Hochmut ist die einzige Eigenschaft, die du nicht überlebst. Weder den Hochmut des Siegers noch den des Verlierers. Es gibt Menschen –«, er machte eine Pause, als ob er allein daran schon zweifelte, »– die von einem Tag zum anderen, aus heiterstem Himmel, wobei der Himmel eben doch nicht heiter war, gleichsam ohne irgendeine Berechtigung dazu, in den Abgrund des Hochmuts fallen«, fuhr er fort. »Es wird völlig gleichgültig, gegen wen sich ihr Hochmut dann richtet, über wen sie sich abfällig oder verächtlich äußern. Denn sie äußern sich nur noch abfällig oder verächtlich. Das Opfer ihres Hochmuts wird unwesentlich. Es kann sich dabei um einen Schirennläufer, einen Fußballtrainer oder um einen Holzfäller handeln.«

Valentin schloß die Augen, als würde er sich seinem Schicksal ergeben. Ab und zu stieß er mit einem Fuß gegen die Bettdecke, oder er versuchte, mit dem großen Zeh zu wackeln. Hader war lauter geworden, da er wieder von dem seinen ganzen Körper und Geist beherrschenden Zwang befallen wurde, sich kein Gehör mehr verschaffen zu können. Er war dann in dem Gefühl gefangen, gegen eine meterhohe Wand anzusprechen, und während er sprach, schien die Wand weiter zu wachsen, bis er eins mit seiner immer schwächeren Stimme wurde und schließlich kläglich leise vor einem schalldichten Schweigen zu stehen meinte, dem innersten Schweigen, das er selbst war.

»Was ich noch sagen wollte…« Er sagte nichts mehr. Er dachte an den wahnsinnigen Biathlonläufer.

Seit Tagen, seit es zu schneien begonnen hatte, wurden die Wälder nach ihm durchkämmt. Überall schienen sie ihn zu suchen. Er hinterließ unendlich viele Spuren, unter anderem Patronenhülsen und Zigarettenstummel, aber sie würden ihn nicht fassen. Das Einsatzkommando, verstärkt durch Einheiten aus Oberösterreich und Tirol, war einfach zu beschränkt. Sie waren seinem Wahnsinn nicht gewachsen. Treffsicher schoß der Deserteur der deutschen Bundeswehr fünf Schüsse in acht Sekunden. Er nannte sich »Feind der Alpen«. Seit bald zwei Jahren machte er das gesamte Grenzland unsicher. Aber was hieß das schon – unsicher? Er versteckte sich geschickt, obwohl ihn die Österreicher nicht wirklich ernst nahmen, im Gegensatz zu den Bayern, die ihn verbissen durch die Grenzwälder jagten und seine Auslieferung verlangten. Als sei er der Staatsfeind Nummer eins. Allerdings schoß er auf alles, was bayrisch klang oder sich seiner Ansicht nach bayrisch bewegte.
Valentin wußte, daß sein Großvater oft Geschichten erfand, um ihn und auch sich selbst aufzuheitern und abzulenken. Seit er kein richtiges Kind mehr war, hatte er rasch gelernt, zwischen einer erfundenen Geschichte und einer wahren Begebenheit zu unterscheiden. Sein Großvater begann, leicht, kaum sichtbar, mit einem Mundwinkel zu zucken, wenn er im Begriff war etwas zu erfinden. Er selbst merkte es nicht, und Valentin hütete sich, ihn darauf aufmerksam zu machen. Meistens hörte Valentin lieber die Erfindungen als die wahren Begebenheiten. Als würde er Schnaps brennen, destillierte er sich seinen eigenen Wahrheitsgehalt aus den Erzählungen seines Großvaters heraus. Er hatte keine Ahnung, wie man Schnaps brennt, aber er stellte es sich so vor. Mitunter hörte er auch gerne eine wahre Begebenheit. Es war eine willkommene Abwechslung unter all den reich ausgeschmückten, frei erfundenen Erzählungen.

Die wahren Begebenheiten waren nüchterner und sachlicher, obwohl sie an Unwahrscheinlichem das Erfundene oft bei weitem übertrafen. Sie waren für Valentin wie ein fleischloses Essen nach Tagen voller niederschmetternder Schlachtplatten.

»Was ich noch sagen wollte...« Alle seine Reden fing er mit diesem »Was ich noch sagen wollte...« an, ob es um Wichtiges oder Nichtigkeiten ging. Er erhob damit Anspruch auf die Bedeutung des Folgenden und benützte die Einleitung zugleich als nicht immer wirksames Mittel gegen seine Schüchternheit, die ihm manchmal den Mund verklebte. Es war wie ein Räuspern, ein Schlucken, ein Luftholen. Noch immer hatte er, wenn er zu sprechen begann, die Chorknabenstimme mancher österreichischer Männer. Hell und hohl, ein lautes, leicht tremolierendes Rufen.

Seine Erzählungen mußten diese bestimmte Wendung erhalten. Das spürte er deutlich. Aber was half ihm sein deutliches Gespür? Es glitt ihm durch die Finger und rutschte in sein Herz. Er sah sich eine endlose Treppe müde in die Tiefe hinuntersteigen.

Als könnte er die Bürde und Last seiner Lebensgeschichten keinen Atemzug länger weitertragen, ließ er sich erschöpft in den mit wachsender Dunkelheit immer riesiger wirkenden Lehnsessel fallen. Am liebsten hätte er geschrien vor Müdigkeit, wenn ihm dazu noch Kraft geblieben wäre.

Von unten hörte er ein Klopfen an der Haustür. Ein kleiner, müder Schrecken ergriff ihn. Dennoch erhob er sich. Gegen seinen Willen war er froh, aus der Krankenkammer zu kommen.

»Das wird die Hanni sein«, murmelte Valentin.

»Die Hanni? Um die Zeit? Woher willst du das wissen?«

»Ich wette, sie ist es. Um was wetten wir?«

Seine fiebrigen Wangen färbten sich noch röter und er grinste.

»Die Ehre. Um die Ehre.« Der Alte wollte hinaus.

»Die Ehre ist stinkend langweilig.«
»Dann um Geld.«
Er wurde ungeduldig.
»Ich hab doch kein Geld!«
Valentin sah ihn mit einem Anflug von Empörung an.
»Ich war in Gedanken«, erwiderte Hader und stellte fest, daß er wegwollte. Raus aus dem Zimmer. Weg von seinem Enkel. Den er doch liebte, er mußte es sich noch einmal sagen. Er ging hinaus.
»Um was wetten wir?« hörte er Valentin noch schreien. Dann war die Tür zu. Unten klopfte es wieder leise, als würde langsam aufgegeben. Als er Hanni im spärlichen Licht der über dem Eingang hin und her schwankenden Laterne erblickte, empfand er, zumindest für den Bruchteil einer Sekunde, etwas wie Wärme. Mit den feuchten blonden Haaren, die ihr in Strähnen in das von Schweiß und Schnee nasse Gesicht fielen, in dem viel zu großen, grünen Jagdmantel, einem sogenannten Hubertusmantel, einem einstmals prächtigen Stück, im Hintergrund die dunklen, verschneiten Berge, bot sie ein Bild alpenländischer Rührseligkeit, wie er – wieder gefaßt – konstatierte.
Wie sie da vor ihm stand, mit den eingezogenen Schultern, dem gebeugten Rücken, dem bebenden Mund, eine Frau, der er einmal nachgejagt war, da ergriff die Rücksichtslosigkeit seines klaren Denkens wieder Besitz von ihm, und einen Augenblick lang war er drauf und dran, sie wieder fortzuschicken. Hanni Aigner, die Rose vom Tannenwinkel, wie sie einmal genannt worden war. Jetzt war sie vierzig Jahre alt. Er hatte sie lange Zeit nicht mehr gesprochen, nur von weitem gesehen, den Kopf oder die Hand flüchtig zum Gruß erhoben.
Ihre Geschichte war zweiundzwanzig Jahre alt. Der Grenzbach war seit drei Jahren keine Grenze mehr. Danach hieß man diesseits der Grenze wieder Österreich. Doch das

hatte nichts mit ihrer Geschichte zu tun. Sie begann mit Hannis Fußspuren, denen er im ersten Schnee des Jahres 1941, einem Schnee, wie er heute fiel, nachgegangen war. Es war zunächst gar nicht seine Absicht gewesen, ihr zu folgen, sondern nur den Fußspuren im Schnee. Er sah sie nicht, da sie am Ende des Waldstücks um die Ecke gebogen war, und wußte daher auch nicht, zu wem die Fußspuren gehörten. Als er sie dann erblickte, eine kleine feste Gestalt, die sich in der stillen Landschaft stetig vorwärtsbewegte, als hätte sie ein bestimmtes Ziel vor Augen, da kam er sich ertappt vor, als wäre er ihr nachgeschlichen, hätte sie verfolgt und wollte sie überfallen, und er fühlte sich schuldig, was ihn sogleich mit Zorn auf sich selbst erfüllte, denn er wollte ihr ja nichts tun. Er hatte sie in der einfallenden Dämmerung nicht einmal erkannt. Und er ging schneller, um sie einzuholen und um jeden Verdacht, der in ihm aufkeimte, von sich zu weisen. Er hatte sich nur an das alte Spiel erinnert. Großer Schuh auf kleinen Schuh, bis im Schnee ein einziger übergroßer Fußabdruck entstanden war. Die Spur eines Riesen. Sie hatten es als Kinder gespielt.
Sie blickte über die Schulter, als sie ihn näher kommen hörte, und er meinte, ein spöttisches Funkeln in ihren Augen aufblitzen zu sehen, als sie einander erkannten.
»Grüß dich.«
»Grüß dich.«
Die ländlichen Grußworte ließen beide wieder verstummen. Sie mußte achtzehn Jahre alt sein, wenn er richig zurückrechnete. Er war sich nicht sicher, und so fragte er sie. Sie gab ihm zur Antwort: »Achtzehn geworden. Wieso?«
»Nur so. Die Zeit rennt.«
Er war verlegen geworden, und das belustigte sie. Sie fand ihn begehrenswert und amüsierte sich über seine ein wenig einfältige Ungeschicklichkeit, mit der er mit ihr, die jetzt schneller ging, Schritt zu halten und gleichzeitig im Gespräch zu bleiben versuchte.

»Gehst du nach Hause?«
Seine Stimme klang zu rauh, um unbefangen zu wirken.
»Sicher! Wohin soll ich denn sonst gehen?« fügte sie mit leisem Lachen hinzu.
»Natürlich.«
Hannis Mutter war die Dorfschneiderin. Sie wohnten am Fuß des sogenannten Helmbichls, einem Ausläufer des Untersbergs, zur Miete im ersten Stock eines einst prächtigen Bauernhofs, der durch die jahrelange Trunksucht seines Besitzers, des Gruberbauern, heruntergekommen war. Hanni wußte nicht, wer ihr Vater war. Ihre Mutter redete nicht darüber, und Hanni hatte sich mit der Geschichte einer verschollenen Expedition nach Südamerika abzufinden gehabt.
»Warum gehst du über die Hochburger Höhe? Ist das kein Umweg?«
»Nur, damit ich dich treffe!« lachte sie und hüllte sich fester in ihren dünnen, schäbigen Pelzmantel, der sie ein wenig wie einen nassen Hund aussehen ließ. Er betrachtete sie verstohlen, zugleich unverhohlen neugierig, und begann darüber langsam das Kind zu vergessen, das sie trotz ihrer achtzehn Jahre immer noch war. Sie kannten sich nur vom Sehen, wenn sie einander auf dem Weg in das Dorf oder aus dem Dorf begegneten. Man kannte die üblichen Geschichten voneinander, die nichts zu sagen hatten, jedoch alles sagten, war sich auf distanzierte Weise vertraut, und das Du war eine ländliche Selbstverständlichkeit, die keinerlei Verpflichtung nach sich zog.
»Und du? Warum gehst du über die Hochburger Höhe?«
Er hatte die Frage erwartet, denn er war wie Hanni auf dem Heimweg gewesen, als er ihre Fußspuren auf dem Seitenpfad entdeckt hatte und ihnen, ohne weiter darüber nachzudenken, gefolgt war. Und sein Heimweg führte in eine andere Richtung, das wußten beide. Die letzten Meter

zur Hochburger Höhe stieg der Weg steil an, und beide fielen in ein gleichmäßiges, leises Keuchen. Da Hanni ihren Schritt kaum verlangsamte, mußte Hader kurz vor dem ersten Gebäude des verlassenen Hochburgerschen Anwesens stehenbleiben, um Luft zu holen. Ohne selbst stehenzubleiben, warf sie ihm den zweiten spöttischen Blick zu.

»Mußt du rasten?«

»Es geht…«

Michael wandte sich um und blickte über das dämmrige Tal zurück. Sie machte ein paar Schritte auf ihn zu. Während sie eine Hand sehr langsam nach ihm ausstreckte, sah sie ihn fest und schweigend an. Er rührte sich nicht und ließ die Hand näher kommen, die an seiner Schulter liegenblieb. Sie öffnete den Mund ein wenig, wie um etwas zu sagen. Er tat einen unbeholfenen Schritt näher an sie heran. Dann löste sich ein jeder aus der Starre, die sie fest- und voneinander ferngehalten hatte, und sie waren sich mit einem Mal so nahe wie nie wieder danach. Es war mehr eine Umklammerung als eine Umarmung gewesen, aus der sie sich, langsam wieder zu Bewußtsein kommend, lösten. Ihre Lippen waren feucht und brannten. Er nahm sie an der Hand und zog sie fast mit sich. Sie ließ es ohne Furcht geschehen.

Sie standen zusammen, eng aneinandergepreßt, an einen schweren Schlitten gelehnt, unter dem Dach eines Abstellplatzes, und sahen sich nicht an. Beide hatten Fieber in den Augen, und sie führte ihre Hand tiefer in seine Hose. Er sah auf den groben Steinboden hinunter, und als ein leiser Wind aufkam, schien er ihm kurz nachzuhorchen, dann küßte er sie wieder wie ein Ersticken-der und warf sich über sie. Und beide stöhnten auf, wie Erschöpfte, nicht mehr Erlöste. Der Tag verlosch. Unmerklich und ohne Übergang hatte sich die Dunkelheit über das Tal gelegt. Eben noch hatten sie sich im Hellen

gewähnt, dann war mit dem Aufbäumen ihrer Körper gegen den bewegungslosen Himmel der Vorhang gefallen.
Ihre Geschichte war weitergegangen, wie heimliche, versteckte Geschichten weitergehen. Irgendwann begann er Hanna zu hassen und gestand es sich lange nicht ein. Einzig seine vergehende Liebe rettete sie vor seiner Verachtung.
Später schenkte er sie seinen Freunden, Haberfellner und Ladurner. Sie ließ es sich gefallen. Sie nahmen sie her, wie sie sich brüsteten und das Dorf verächtlich davon sprach. Sie nahm es hin und schien sich nicht dagegen aufzulehnen.
Ihre Schüchternheit brachte ihn gegen sie auf. Und er schob sie vor sich her wie ein lästiges Stück Arbeit, das irgendwann getan werden mußte.
Wie oft verliebt sich ein Mensch im Laufe seines Lebens? Es mußte eine statistisch erhobene Zahl dafür geben, gleich der durchschnittlichen Lebenserwartung die durchschnittliche Liebeserwartung. Damals hatte ihn diese Frage beschäftigt. Damals hatte ihn auch die Frage beschäftigt, wie viele Male in seinem Leben ihm diese lächerliche, kostbare Verwirrung noch zustoßen würde. Die spärlichen schönen Erinnerungen, die man mit ins Grab nimmt, schienen ihm in keinem Verhältnis zu den sinnlosen, wirren Mühen und Verstrickungen zu stehen, die mit dem Aufblühen und der Entfaltung jener Seligkeiten verbunden waren, die man im nachhinein als Geschichten abtat. Sie beinahe entrüstet von sich wies, als wäre man fremden Einflüssen unterworfen gewesen, die sich jeglicher Bestimmung entzogen und damit Grund genug waren, sich ihrer leise zu schämen. Und die Reinheit des Anfangs erlosch schutzlos in der Kälte der sich zu einem Kartenhaus aufbauenden Gedanken, das man als solches zu erkennen nicht in der Lage war.

Das Kartenhaus jener großen Gedanken war in sich zusammengefallen. Heute konnte er sich nicht einmal mehr an das Wesen ihrer Kraft und den Kern dieses Wesens erinnern, der ihn einst dazu getrieben hatte, Hanna ungeschützt stehenzulassen und seiner Wege zu gehen, die er für Planetenbahnen gehalten hatte und die sich als ausgetretene, ausgetrocknete Trampelpfade erwiesen hatten.
»Valentin ist krank. Was willst du?«
Seine Stimme klang nicht so hart, wie er gerne gewollt hätte.
»Du erinnerst dich an Ladurner...?«
Mühsam brachte sie die Worte hervor aus diesem merkwürdig schrägen Mund, in ihrer Not verzerrt, und er mußte an sich halten, um ihr nicht ins Gesicht zu schlagen, sie zu schütteln, bis sie sich nicht mehr rührte und nichts mehr sagen konnte.
Michael blieb nichts anderes übrig, als sich an Ladurner zu erinnern. Fünf Jahre jünger, Lebens- und Todesverwalter der Region, ihr Herrscher. Ein großer, hagerer Mann, ein Schlitzohr mit Büro und Schreibtisch als Tarnung. Im Augenblick erkannte Hader keinen Zusammenhang, sie hatten sich voneinander entfernt, sahen sich kaum noch, und die Geschichte mit Ladurner und Hanni war fast schon nicht mehr wahr, so lange lag sie zurück. Er sah Ladurner gelegentlich im Gasthaus, am Samstag oder Sonntag oder zu irgendwelchen Anlässen, beide besuchten das Gasthaus nicht regelmäßig, Ladurner verkehrte mehr in der Stadt, in den Lodenrestaurants, wo er in Kürbiskernöl marinierte Stierhoden aß, dazu Veltliner trank. Ladurner war es, der ihn einst nach Muna geholt, ihn gelockt und dazu überredet hatte. Aber das war eine andere Geschichte, obwohl es dieselbe war...
»Laß mich rein! Es ist kalt.«
Er führte sie in die Küche. Ohne es wirklich zu wollen, bot er ihr einen Schnaps an. Sie trank dann noch viele.

Es war sehr spät geworden. Valentin hatte mehrere Male nach ihm gerufen, und er war hinaufgegangen und hatte ihn beruhigt und umsorgt. Jetzt schlief er. Hanna war angetrunken und von unangenehmer Klarheit wie ein zu grelles Licht. Sie saß auf der Bank, die Beine weit von sich gestreckt, das Schnapsglas hielt sie mit beiden Händen über ihrem Schoß. Sie betrachtete ihn herausfordernd und streitlustig. Er war erschöpft. Gab es einen Toten? Was ging ihn das an? Sie blickte ins Leere. Woran dachte sie? Was wurde in diesem Kopf gedacht? Unaufhörlich gedacht. Absichtlich und betont langsam stieg er über ihre ausgestreckten Beine. Sie rührte sich nicht, doch ihre Augen folgten ihm, dann trank sie rasch und heftig einen Schluck, stellte das Glas nicht mit einem Knall, doch unüberhörbar auf den Tisch zurück. »Und?« fragte sie, der Wirkung des ausgesprochenen Wortes und dem Klang ihrer Stimme in die Stille hinein nachhorchend wie eine Schauspielerin. Er glaubte es nicht. Zumindest nicht so, wie sie ihm die Geschichte erzählt hatte. Ein Detail, von dem er wußte, daß er es überhört haben mußte, konnte nicht stimmen. Er besann sich auf ihre Geschichte, versuchte sich an ihre genaue Reihenfolge zu erinnern.

Ladurner habe sie angerufen. Sie war überrascht und ein wenig erschrocken darüber gewesen, denn er hatte das noch nie getan. Am Telefon hätte er gehetzt geklungen; aber nicht sehr, sagte sie.

Sie habe ihn in seinem Haus am Dorfrand aufgesucht, wie er es von ihr gewünscht hatte. Er habe erst nach längerer Zeit aufgemacht. Er sei unrasiert gewesen, habe einen fahrigen Eindruck auf sie gemacht, sei aber korrekt gekleidet gewesen, bis auf einen fehlenden Manschettenknopf, wodurch ein Ärmel seines Hemds über den Knöchel hing, den er im Lauf des Gesprächs immer wieder hochzuziehen versucht hatte. Erfolglos. Er habe ihr zu trinken angeboten. Er habe sie ins Gesicht geschlagen. Er sei auf und ab gegan-

gen, er habe eins ums andere Mal zum, dann aus dem Fenster geblickt. Er habe die Standuhr aufgezogen. Er hätte sich dabei ziemlich ungeschickt angestellt. Er habe ihr dann folgendes mitgeteilt: Er, Nikolaus Ladurner, werde sich noch vor Ablauf dieses Tages das Leben nehmen. Keiner werde ihn daran hindern können. Auch Hanna nicht. Er sei fertig. Er habe wiederholt, er sei fertig. Der Prozeß des Darübernachdenkens sei abgeschlossen, der Entschluß unumstößlich und unwiderruflich. Sie habe ihm zu diesem Zeitpunkt nicht geglaubt, sie hätte ihn etwas lächerlich gefunden in seinem bitteren Ernst. Sie hätte ein bißchen geträumt… Als sie über einen – sie wisse nicht mehr welchen – Satz Ladurners habe lachen müssen, hätte er ihr plötzlich ins Gesicht geschlagen.
Kurze Zeit nach diesem Zwischenfall, für den sich Ladurner sofort entschuldigte, habe er Hanna mitgeteilt, daß er sie zu seiner alleinigen Erbin bestimmt hätte. Hanna sagte weiter, er, Ladurner, habe ihr die Kopie eines Testaments gezeigt, er habe ihr diese Kopie, nachdem er sie ihr gezeigt hatte, jedoch nicht gegeben, sondern sie wieder zurück in die Schublade seines Schreibtischs getan. Sie hätte jedoch ihren Namen deutlich erkennen können. Er sei nach oben gegangen, und sie habe ihn dort herumgehen und Schubladen auf- und zumachen, Schranktüren aufreißen und ähnliches gehört, sie sei unten in ihrem behaglichen Lehnsessel geblieben – sie sagte, in »meinem« behaglichen Lehnsessel – und hätte sich gefragt, was sie von der ganzen Sache halten solle. Sie habe es einfach nicht ernst nehmen können. Es sei ihr lachhaft vorgekommen, auch das schlechte Gewissen Ladurners ihr gegenüber sei ihr unangemessen erschienen. Und die Tatsache, die sie nicht als Tatsache habe begreifen können, daß sie zur Alleinerbin von Ladurners Besitztum bestimmt sei, wäre ihr noch viel unangemessener, ja unanständig vorgekommen.
Ladurner sei wieder hinuntergekommen und hätte dann

folgenden Satz gesagt: »Ich gehe jetzt hinauf. Du weißt, wo die Testamentskopie ist. Das Original liegt beim Anwalt. Es tut mir leid, daß ich dich ausgenützt habe.« Er habe ihr keine Möglichkeit einer Erwiderung gelassen, denn er sei sofort aus dem Zimmer und wieder nach oben gegangen. Er habe erleichtert gewirkt, meinte Hanna.
Auf der Treppe sei er kurz stehengeblieben – sie habe das Knarren des Holzes gehört – und habe hinuntergerufen: »Ich gehe mich jetzt umbringen.« Er hätte auch sagen können: »Ich gehe mich jetzt rasieren.« So leicht hatte seine Stimme geklungen. Jene Leichtigkeit im Klang seiner Stimme habe sie den Inhalt seiner Worte vergessen lassen. Als sie jedoch den Inhalt seiner Worte erfaßt hatte, war es bereits zu spät gewesen, denn tatsächlich hätte sie den Inhalt seiner Worte in dem Augenblick begriffen, in dem sie den Schuß von oben hörte.
Sie war noch lange danach in ihrem bequemen Sessel sitzen geblieben und hatte nur auf das Ticken der Standuhr gehorcht. Sie sei ungefähr eine Stunde so gesessen, dann sei sie aufgestanden und hinaufgegangen. Es habe sich ihr das Bild geboten, das sie erwartet hatte. Danach habe sie sich auf den Weg zu ihm, Hader, gemacht.
Hanna hatte Hader ihre Geschichte zunächst scheinbar ohne Zusammenhänge und zeitlichen Ablauf erzählt, als bestünde sie nur aus lose aus dem Gedächtnis gerissenen Fetzen. Ein Durcheinander von Erinnerungs- und Bewußtseinsfetzen, die auf einem Strom dahintrieben. Immer wieder mußte er nachfragen, und sie korrigierte oder widersprach sich oder schwieg. Als sich ihre Erzählung zu einem festen Bild in seinem Kopf geformt hatte, war er sich nicht mehr darüber im klaren, was nun von Hanna stammte und was von ihm selbst. Ob nicht Teile der Erzählung aus Vorstellungen entstanden waren, die er sich gemacht hatte, als sie ihm etwas ganz anderes erzählte. Doch darüber konnte er nicht mehr mit ihr reden.

Es war nach Mitternacht und die Küche hell erleuchtet. Er hatte es sein Leben lang unheimlich gefunden, wenn noch um späte Zeit ein zu helles Licht brannte.

»Wo ist das Testament?« fragte er sie.

»Im Schreibtisch«, antwortete Hanna mit stierem Blick auf ihre Schuhspitzen und zog wie besinnungslos an ihrer Zigarette.

»Ich werde zu Ladurner hinuntergehen und nachschauen. Und dann werde ich die Polizei benachrichtigen.«

»Die Polizei benachrichtigen... Welche Polizei? Den besoffenen Kogler? Laß sie ihn morgen finden, dann wird sich schon alles von allein regeln.«

Sie hatte recht, aber er ging trotzdem. Er ließ sie einfach mit ihrem Schnaps in der Küche sitzen und ging los.

Mit großen Schritten ging er durch eine enge Nacht. Eng und schmal und ohne Ende und Ziel schien sie ihm. Muna lag im Schlaf. Er sah das Dorf nicht, aber er spürte es, als ginge er auf einem schlafenden Körper, dessen Atemzüge ihn weitertrugen. Er meinte, seine Knochen unter den schweren, dunklen Baumwipfeln klappern zu hören. Aber es war nur seine Einsamkeit, die er hörte.

Er hatte die Abkürzung durch den Seligenwald genommen und nach ungefähr einer halben Stunde das Ladurnersche Haus erreicht.

Das Haus, das den Namen »Panorama« trug, lag so abweisend und finster etwas oberhalb der Landstraße auf einem künstlich aufgeschütteten Hügel, daß ihn doch eine kleine Angst erwischte, ähnlich dem Stechen in der Seite, das er sich vom zu raschen, trampelnden Abwärtsgehen geholt hatte. Das Haus »Panorama« stand abseits von den wenigen anderen Häusern am Dorfrand, und einen Atemzug lang dachte er daran, zurückzugehen und auf diese Weise wenigstens den Weg hierher ungeschehen zu machen. Aber das erschien ihm angesichts seiner bald siebzig Jahre doch kindisch, und so näherte er sich, wachsam, das Ziel

im Auge behaltend, dem Haus »Panorama«, in dem er in längst entschwundenen Tagen und Nächten so oft Gast gewesen war. Er hatte nicht das Gefühl, beobachtet zu werden, wußte jedoch, daß das gar nichts bedeutete. Ein Schritt noch, und Hände könnten zupacken, Arme sich um ihn schlingen, Handschellen klicken, ein Faustschlag in die Magengrube, ein Tritt in den Unterleib. Er tat den Schritt, aber nichts kam. Nichts geschah. Unwillkürlich war er der Eindringling. Ein gewöhnlicher Einbrecher ohne Erhabenheit. Er schlug das seitwärts gelegene Fenster des Gästezimmers ein und fand das Innere des Hauses und das Bild vor, das sich ihm im ersten Stock bot, genau wie von Hanna geschildert. Der Anblick Ladurners auf dem Bärenfellbettvorleger schreckte ihn nicht, er stieß ihn nur ein wenig ab. Die unnatürliche Krümmung der Beine. Die Leichenstarre. Das Leichengift. Das waren Schrekkenswörter, die ihm jetzt einfielen, ohne ihn zu berühren. Er schob den Körper etwas zur Seite, ohne Grund, nur um etwas zu tun, zu handeln, und er tat es mit leiser Verachtung, deren er sich schämte.
Freund Ladurner, der nie Freund gewesen war. Manchmal hatten sie wohl die Ahnung einer Freundschaft gespürt, ohne fähig zu sein, die Zeichen zu deuten und danach zu handeln. Letzten Endes hatten sie einander nie verziehen, daß sie beide älter geworden waren. Ladurner war vierundsechzig Jahre alt geworden. Vielleicht wäre er auch ohne sich umzubringen nur vierundsechzig geworden. Hader stand vor den luxuriösen Trümmern einer mühsam aufgebauten und noch mühseliger aufrechterhaltenen sogenannten bürgerlichen Existenz. Einem Leben, das den immer wiederkehrenden Zweifel an diesem verscheucht hatte wie ein lästiges Insekt, und aus einem unangenehmen Gedanken, erst nur die Ahnung eines Schattens auf der hell getünchten Fassade, war im Laufe der Jahre ein Mühlstein geworden, der schließlich eins mit

Ladurners Seele wurde. Er meinte, Ladurner sprechen zu hören, seine Stimme aus der Vergangenheit, eine Stimme der Jugend mit den vielen Fragen und Hoffnungen auf der Zunge, die, aus Angst, sie würden sich nicht erfüllen, unausgesprochen blieben und die Stimme Belangloses, Lustiges erzählen ließen. Er sah ihn vor sich, den lebenden Ladurner, während er auf den toten blickte. Sah ihn vor sich im Gasthaus am Sonntag nach der Kirche in der Runde der Männer das Wort führen, auf langen Spaziergängen meist ein Stück vor Hader wandern, sah ihn nach einer Hochzeit betrunken im Straßengraben liegen wie ein hilfloses Kind, mit aufgeschlagenem Gesicht und aus der Nase blutend, sah ihn mit seiner strahlenden Braut vor den Altar treten und nur drei Jahre später hinter ihrem Sarg hergehen.

Hader blickte ziellos in alle ihm möglich erscheinenden Richtungen. Was tat er denn hier, was wollte, was suchte er? Ungeschehen konnte er nichts mehr machen und hätte es auch nicht gewollt. Er verließ das Schlafzimmer und ging hinunter ins Wohnzimmer, das Ladurner auch als Büro gedient hatte. Er registrierte, daß er im Begriff war, das Testament oder die Kopie davon zu suchen und sich Gewißheit darüber zu verschaffen, ob Hanna tatsächlich zur Alleinerbin bestimmt war. Konnte und wollte er daran etwas ändern?

Rasch hatte er den letzten Willen gefunden. In einfachen Worten waren die letzten Verfügungen niedergeschrieben, in der kraftvollen, spielerisch geschwungenen Handschrift Nikolaus Ladurners. Das Blatt war vom 1. Oktober des Jahres datiert und bestätigte Hannas Aussage. Haders Blick wanderte über das Bücherregal, »Heiterkeit braucht keine Worte«, Atlanten, Gesetzes- und Jahrbücher.

Gab es im November klare Nächte? Hader hatte den Eindruck einer klaren kalten Winternacht, wie man sie im Dezember oder im Januar erlebt, mit Mondschein und Sternen am eisigen Firmament, mit vereistem, knirschendem Schnee, windstill und kalt, erbärmlich und majestätisch. Rauch stieg von einem schneebedeckten Dach aus einem unsichtbaren Schornstein auf, in die klare, blaue Dunkelheit hinein. Er hatte im ganzen Haus kein Licht gemacht und doch alles sehen, zumindest erkennen können, er hatte keine Sekunde über das Licht und die Art der Beleuchtung nachgedacht. Erst jetzt fiel ihm auf, daß er im Finstern stand. Er beschloß aufzubrechen. Er war völlig umsonst hierher gekommen, einer Eingebung folgend, die ihn getäuscht hatte. Durch das eingeschlagene Fenster zwängte er sich wieder hinaus und konnte nur hoffen, daß er sich nicht sämliche Finger zerschnitt.

Hader ging durch die Nacht zurück nach Hause. Er hatte genug von dieser Nacht, die kalt wirkte und warm und lau tat wie im aufkommenden Frühling. Er nahm die Abkürzung durch das als Ort der Geister verrufene Hofmannstal, im Dorfmund so genannt, da hier einst dem Wiener Dichter Hofmannsthal, in der Zeit der Gründung der berühmten Festspiele, auf endlosen Spaziergängen mit dem Wiener Regisseur Reinhardt sein Spiel »Jedermann« eingefallen sein soll. So berichtete zumindest eine unüberprüfbare Legende, die, so vermutete Hader, einem von Minderwertigkeitsgefühlen geplagten Landlehrer beim Streben nach Höherem in den Sinn gekommen war, dankbar aufgegriffen vom Gemeinderat. Hader hatte nie eine Hofmannsthalsche Zeile gelesen und bereute es nicht.

Man darf nicht beginnen darüber nachzudenken, auf welche Weise alles anders gekommen wäre. Hader begann darüber nachzudenken, ja, mit jedem Schritt, den er tat, tauchte er tiefer in den Strudel des wirbelnden Gedankens: Wie wäre es anders gekommen? In der Frage lag bereits ihre Antwort aus unendlichen Möglichkeiten, die wiederum nur die eine übrig ließen: Das andere Leben. Aber das andere Leben war so vorbei wie das eigene.

Von anderen, den anderen, erwartete und verlangte er nichts mehr, nur noch sich selbst von sich selbst, im Angesicht des immer nahenden Todes. Dennoch konnte er sich dem Dahinleben nicht entziehen, dem einmal gleichmäßigen, dann verzerrt abgehackten Rhythmus seines ungekonnten Daseins. Hader hörte das versiegende Rinnsal seines Lebens leise plätschern, sah die Bremslichter eines Wagens, der an der Biegung der Straße gewendet hatte, noch einmal aufleuchten, bevor das Auto ohne Geräusch in der Dunkelheit verschwand. Wieder konnte er es nicht erwarten, den Morgen anbrechen und den Schnee darin hineinfallen zu sehen, in das Gemisch der Zeiten, die Ungeduld, der alte Kettenhund, riß und zerrte.
Michael Hader, der alte Mann, sortierte die Fakten der Nacht.
Es gab einen Toten. Es handelte sich um Selbstmord; es konnte auch ein Mord sein – mit geringerer Wahrscheinlichkeit –, und die Mörderin wartete auf Hader in seinem Haus und hatte vor, auch ihn umzubringen. Also befand er sich in einer Eventualität von Leben und Tod. Als weiteres Opfer. Er fühlte Wichtigkeit in sich aufsteigen. Doch er ahnte, daß er die ganze Geschichte nur deshalb aufregender gestaltete, als sie war, um die ungleich furchterregendere Langeweile aus dem Bleipendel in seiner wankelmütigen Brust wenigstens für einige Stunden zu vertreiben.
Sein Tod würde Ladurner bekannter machen als sein Leben, dachte der alte Hader. Der Intrigenkönig der Region, auch Schützenkönig, auch Kegelkönig, hatte sich allzuoft im Netz seiner Ränke verfangen, den Überblick über seine Fäden und Knoten verloren, und war dann über ein einfaches Glied in der Kette der Verwicklungen, das ihn nicht weiter interessiert hatte und sich nun seiner Kontrolle entzog, gestolpert und tief gefallen. Immer wieder hatte er sich aufgerichtet, aus dem Dreck gestemmt, doch

der Ruf des notorischen Intriganten blieb an ihm haften wie ein schlechter Geruch in den Kleidern, der nicht mehr wegzubringen war.
Der frischgefallene Schnee glänzte wie weißer Lack auf dem Boden eines unendlichen Korridors, die Berge standen wie alte, vollgeräumte Schränke in einer riesigen dunklen Wohnung, die lange nicht mehr betreten worden war. Hader erreichte das Haus und schloß die Tür gedankenlos und beinahe blind auf.
Er fand die Küche so hell erleuchtet vor, wie er sie verlassen hatte. Ohne ein Wort zu sagen, hatte er das Haus betreten. In der sicheren Annahme, Hanna sei noch immer in der Küche, blieb er mit gesenktem Kopf im Türrahmen stehen, da er ihr nicht in die Augen sehen wollte. Endlich hob er den Kopf.
Hanna war weg. Er sah das leere Glas auf dem Tisch stehen, ihr Kopftuch über der Bank hängen. Aus einem Schacht seiner Erinnerung tauchte aus der weitestmöglichen Entfernung ein Bild auf. Das Bild hob sich, senkte sich, kam näher, um sich wieder zu entfernen, verschwamm von den Rändern her. Es war nicht zu fassen, nur in Ahnungen zu erkennen. In dem Augenblick, wo er es auszumachen meinte, sah er bereits sein Gegenteil. Eine Spiegelung im Gegenlicht, eine Andeutung im Schatten, eine flüchtige Kontur hinter einem schimmernden Schleier vor der Netzhaut. Er rieb sich die Augen und rief leise ihren Namen. »Hanni!« rief er jetzt und »Hanna!« abwechselnd »Hanna« und »Hanni«, und er rief die Namen so leise und vorsichtig, als wollte er sie gar nicht finden. Ihre Abwesenheit wäre ihm sogar höchst willkommen gewesen, das war die Wahrheit. Nichts wäre ihm lieber gewesen, als wenn sie einfach wieder gegangen wäre. Fortgegangen. Aber er spürte mit dem Instinkt dessen, dem sein eigenes Haus ein zweiter Körper geworden ist, daß sie noch da war, sich noch irgendwo im Haus aufhielt. Sich mit

angehaltenem Atem in einem uneingesehenen Winkel versteckte, auf seine Schritte horchend vielleicht. Vielleicht. Beim Vielleicht hatten die meisten kühnen Gedankengänge seines Lebens geendet. Und es würde ihn auslöschen. Einmal dann.
Er raste die Treppe hinauf, nahm drei Stufen auf einmal, riß die Tür zur Kammer seines Enkels auf. Im ersten Moment konnte er nicht richtig sehen, nur ein schwacher Lichtschein unten vom Gang her beleuchtete matt das winzige, geduckte Zimmerchen, und doch konnte er gleich alles erkennen, war ihm alles sofort klar. Hanna lag auf Valentin, das einzige, was die Szene zu mildern schien, war die Bettdecke, die noch zwischen ihren beiden Körpern lag, sie noch voneinander trennte. Ekel erfaßte ihn und eine traurige Wut, und doch blieb er wie angewurzelt stehen, die Tür noch in der Hand. Sie schienen ihn nicht bemerkt zu haben, oder war es ihnen egal? Sie schrie auf, als er sie am Handgelenk packte und hochriß, und unter Flüchen, die er selbst nicht verstand und die er noch nie gebraucht hatte, stieß er Hanna hinaus aus dem Zimmer.
Um den verschreckten – oder belustigten? – Valentin, der ja vielleicht gar nicht bei sich war, kümmerte er sich nicht weiter. Er hoffte, daß das Kind die ganze Zeit über nicht wirklich erwacht war und sich alles zu einem wirren Traum fügte, an den es sich nicht mehr erinnern würde. Eine fadenscheinige Hoffnung. Winter, Winter seines siebzigsten Jahres! Winter seines Lebens! Er fluchte weiter in der fremden Sprache, die er genau verstand, so viel genauer als seine eigene, erlernte. Wörter stießen aus seinem Mund wie Schaumschwaden, wie bitteres Erbrochenes, gelblich und grünlich, Bäche dreckigen Abspülwassers, auf dem Haarbüschel, Blutkrusten und eitrige Pflaster schwammen, zur Unkenntlichkeit aufgeweicht. Die Satzstöße quollen und brachen hervor aus dem Schlamm einer ver-

krusteten Wunde. Doch aus seinen endlosen Fluch- und Schimpftiraden voller unflätiger Worte des Hasses redete mit reiner Stimme die Liebe, und nur sie war zu hören.
Hanna schrie spitz und schrill und abgehackt, als würde sie eine Arie ins Gebirge hinaus schmettern, und Hader entdeckte sich als Statist einer vollkommenen Inszenierung der Ausweglosigkeit. Einen ganzen Schrei lang stieß er sie die Treppe hinunter, dann brachte er sie um.
Zuerst war sie nur unglücklich gefallen, hatte den Fuß umgeknickt und war in eine ungünstige Schräglage geraten, wobei sich das Gewicht ihres Oberkörpers zu stark nach vorn verlagert hatte, so daß sie kurz mit beiden Armen zu rudern begann und er überrascht einen Schritt zurück tat, in dessen Folge er dann nicht mehr in der Lage gewesen wäre, sie aufzufangen oder einfach festzuhalten. Zudem hatte sie gehustet. Und dieser kurze Husten – einerseits durch ihr fortwährendes starkes Rauchen, andererseits durch die Anstrengung des Schreiens, worin sie keine Übung besaß, hervorgerufen – war letztlich die Ursache ihres Todes gewesen. Jener dumpfe Huster, von unerwarteter Tiefe, als kämen all ihre stimmlichen Äußerungen mit plötzlich verlangsamter Geschwindigkeit zum Ausdruck, der schlagartig ihre ganze Existenz beleuchtete und ausmachte, hatte ihr gleichsam das Genick gebrochen, denn hätte Hader nicht noch das Seine dazugetan, wäre sie ebenso rettungslos verloren gewesen, da ihr der Husten die letzte Möglichkeit einer Rettung vor dem Tode verwehrt hatte. Der Husten hatte Haders Haß auf sie zum Kochen gebracht, und er hatte ihren Kopf so lange auf die unterste Stufe der Treppe geschlagen, bis ihr Leben vorbei war.
Immer hatte sich Hader davor gefürchtet, daß ihn die Vergangenheit eines Tages in Form irgendeiner wahrgemachten Drohung einholen würde, wobei ihm diese Angst schon zu einer Zeit im Nacken saß, als er noch gar keine Vergan-

genheit besaß, sondern nur eine vage Vorstellung davon, was das Wort einmal bedeuten könnte.
Einmal würde sich jener unbekannte, ihn allezeit umgebende Kreis schließen, hatte er gewußt, ohne Kenntnis von der Umlaufbahn des Kreises zu besitzen. Nur daß der Kreis kein Ende haben würde, war ihm zu jeder Zeit klar geblieben. Es würde sich fügen. Ohne Anfang und Schluß.
Die Kraft und die Wucht und das Können des Todes müßte ein Schifahrer besitzen, wollte er wirklich vollendet fahren, dachte der alte Mann, während er auf die Leiche hinuntersah, über der er breitbeinig stand. Sie lag wie ein soeben gestürzter Rennläufer am Rande der Strecke, nach dessen Sturz man sich unmittelbar mit angehaltenem Atem die Frage stellt: Steht er wieder auf oder ...?
Als Hader erwachte, roch es nach Zeit, nach gewonnener und verlorener. Er lag auf Hannas leblosem Körper, auf einer verrutschten Brust, wie er im ersten tastenden Wahrnehmen zwischen dem zu Ende gehenden Schlaf und einem noch verhaltenen Erwachen erkannte.
Hader erhob sich von der Leiche und richtete sich auf. Er strich sich die dünne Haarsträhne aus der Stirn, die ihn an ein ernstes Kind erinnern ließ. Lang, weiß und zum Ende hin spitz wie eine Feder, fiel sie ihm sanft und mit beharrlicher Regelmäßigkeit auf seinen von einem feinen Schweißfilm überzogenen Nasenrücken. Er schneuzte sich in die Hand und ließ kaltes Wasser darüber fließen, bis der gelbliche Rotz im Abfluß verschwunden war. Wieder fiel ihm die Strähne in die Stirn, und wieder strich er sie mit einer lange erprobten Bewegung zurück. Als er durch das leichte Zurückwerfen des Kopfes gezwungen wurde, die Uhr zu sehen, war es zehn vor fünf. Mit leiser Unerbittlichkeit brach ein neuer Tag an.

*

Liebevoll betrachtete Valentin seinen von Krusten und Pusteln bedeckten Fuß. Vom Knöchel erstreckte sich der Ausschlag offen und nässend bis hinunter zum Spann, wo er in trockene, weißgraue, juckende Schorfplatten überging, um in den Zwischenräumen der Zehen in rötlichen, blutigen Schwellungen zu enden. In diesem Zustand nannte ihn Valentin »Winterfuß«, denn nur im Winter war sein rechter Fuß – selten auch der linke – von dem beißenden, nässenden, rosa bis dunkelroten Ekzem befallen, das ihn im Morgengrauen oft aufstöhnen ließ. Er hätte am liebsten mit einem Messer in den Fuß hineingeschnitten, um sich von den abwechselnd ziehenden und brennenden Schmerzen zu befreien, die schließlich in der zweiten Winterhälfte, meistens nach Dreikönig, von einem nicht weniger quälenden Juckreiz abgelöst wurden.

Valentin hatte für alle seine Schmerzen Namen. Es gab einen langanhaltenden, ziehenden Schmerz, dem er den Namen »Ewiger Indianer« gegeben hatte, einen anderen, pochenden nannte er »Den Kurzen«, einen weiteren »Mäuseschmerz«. Ihre Namen linderten die Schmerzen.

Laut und vernehmlich ließ Valentin einen fahren. Die Winterfürze rochen anders als die Sommerfürze. Sie brachten mehr Kohlgeruch mit sich, mehr Spuren von Eintopf. Während der Bub seiner Ausdünstung nachsann, fiel der Schnee wieder in dichteren Flocken, und die Langeweile begann das Kind zu prüfen.

Valentin schmierte seinen Fuß mit der hellbraunen Salbe aus der großen grünen Tube ein, mit hin- und herfahrenden, dazwischen kreisenden Bewegungen konnte er beobachten, wie die geschundene Haut und sein, wie ihm vorkam, offen liegendes Fleisch die kühlende Substanz gierig aufsog. Als der ganze Fuß davon bedeckt war, erinnerte er an einen kleinen, von schmutzig braunem Schnee bedeckten Abhang im Monat März, mit aperen, seltsam roten Stellen, einen sanft abfallenden Übungshang für Anfänger, auf dem nicht mehr geübt wurde, weil die Ferien unwiderruflich zu Ende waren und der Winter so gut wie vorbei. Wie ein großer, weißer, fremder Klumpen, der nicht mehr zu seinem Körper gehörte, erschien ihm sein Fuß jetzt, den er jeder Zeit in beide Hände nehmen und aus dem Fenster schmeißen könnte. Mit finsterer Miene bedeckte er den geschwollenen Klumpen mit einem feinen Taschentuch, auf das er ein weiteres, dickeres und gröberes breitete, dann vorsichtig eine Baumwollsocke darüberzog, um zu guter Letzt einen schweren, einem Hausschuh ähnelnden, grauen Schistrumpf überzuziehen.

Durch das dichte Schneetreiben hörte er Kindergeschrei aus der Ferne. Es war elf Uhr vormittags, ein Vormittag, der schon im Vergehen war und die ersten Anzeichen des Mittags zeigte, mit Essensgerüchen und sich aus kleinen Grüppchen vor den Geschäften lösenden, dann mit gefüllten Einkaufstaschen nach Hause eilenden Müttern. Die Schule war aus, und die Kinder fanden langsam, mit gesenktem Kopf stapfend oder mit roten Gesichtern wild in alle Richtungen rennend und schreiend, ihren Weg nach Hause. Schultaschen flogen in den Schnee, der in das Innere der Ranzen kroch und Hefte und Bücher allmählich durchnäßte. Manche der Schüler brauchten Stunden, bis sie, oft erst nach Einbruch der Dämmerung, bei ihren entlegenen Höfen angekommen waren. Valentin erinnerte sich an das Schicksal der Ruppmoser Christa einige Jahre zuvor.

Die Ruppmoser Christa war eines der unzähligen Kinder des alten Ruppmoser, den man auch »den Voralberger« nannte, weil er angeblich aus dem Bregenzer Wald stammte und einen kehligeren, unverständlicheren Dialekt sprach als die Hiesigen. In Wirklichkeit wußte kein Mensch, woher er war. Man sah ihn selten im Dorf, und wenn er einmal kam, meist um seine Schnapsvorräte zu erneuern, so ging man ihm aus dem Weg, und nur wenige grüßten ihn eher widerwillig. Man bezeichnete ihn als aso-

zial, weil er sich nicht einfügte und anpaßte, und da er zudem als Trinker galt, keinen Wert auf sein Äußeres legte und selten Geld besaß, waren seine Kinder willkommener Anlaß für die Dorfbewohner, ihren grausamen Spott an diesen auszulassen. Neun waren es oder zehn, Valentin wußte es nicht mehr genau. Vier von ihnen besuchten die Volksschule, darunter die Christa. Der Lehrer Grau hatte es auf alle Kinder der Welt abgesehen, doch auf die Ruppmoserkinder am allermeisten. Sie quälte und schikanierte er mit allen nur erdenklichen Mitteln, sie unterdrückte und benachteiligte er, wo es nur ging. Und es ging oft. Kein Tag verstrich, an dem er sich nicht eines von ihnen herauspickte, es verhöhnte, vor der Klasse lächerlich machte und grausam bestrafte. Der Lehrer Grau verstand sein Handwerk. Wie viele kleine Menschen neigte auch der Lehrer Grau zum totalitären Machtanspruch, verbunden mit schmieriger Intriganz, und als er Direktor der kleinen Schule wurde, kannte er kein Halten mehr.
An einem fünften Dezember, einen Tag vor Nikolaus, dem sogenannten Krampustag, an dem alle Kinder eine Stunde früher nach Hause gehen durften, da das Krampustreiben, im nahen Berchtesgadner Land und im ferner gelegenen Pinzgau auch Perchtenlaufen genannt, in dieser menschlich verwahrlosten und verrohten Region von besonderer Gewalttätigkeit und Gefährlichkeit ist und am Krampustag nach Einbruch der Dunkelheit für die Sicherheit der Bewohner, auch der Kinder, nicht mehr garantiert werden kann, ließ der Lehrer Grau die Ruppmoser Christa bis in den Nachmittag hinein nachsitzen.
Die Ruppmoser Christa, deren Heimweg auch bei schönem Wetter in der helleren Jahreszeit weit über eine Stunde dauerte und der schon mancher Spaziergänger auf dem einsamen Waldweg, mehr eine ins Holz geschlagene Schneise als ein Weg, begegnet war, wie sie eilig und erschöpft, ein hastig hervorgestoßenes »Grüß Gott« auf den

Lippen, vorbeistolperte über die freiliegenden Wurzeln durch das menschenleere Gehölz, bat und und bettelte verzweifelt und voller Angst, er möge sie doch früher gehen lassen. Aber es war vergebens, der Direktor Grau, der als Direktor nun im Schulgebäude wohnte und nicht einmal ins Freie mußte, wenn er nach Hause ging, kannte weder Mitleid noch Erbarmen und schloß die Christa drei lange Stunden im Klassenzimmer ein.

Das Krampus- und Perchtentreiben ist wie alles Leben hier teils heidnischen, teils christlichen Ursprungs und bis zur Unkenntlichkeit verkommen. Kaum einer wußte noch, warum er daran teilnahm oder nicht. Die jungen Burschen der Dörfer beherrschen, die Gesichter hinter furchterregenden, oft hölzernen Masken verborgen, mit Ketten und Stöcken und Peitschen ausgerüstet, meist schon am Vormittag angetrunken und gegen Abend, wenn das Treiben seinen Höhepunkt erreicht, im Vollrausch, mit ihrer Brutalität das gesamte Gebiet. Es ist wie alle Volksbelustigungen letzten Endes eine grausame und besteht darin, die Menschen durch schiefwinklige Gassen, über leergefegte Dorfplätze und in einsame Wanderwege hinein zu jagen und in Schrecken zu versetzen. Als Gaudium und spaßiges Spektakel, als Nervenkitzel apostrophiert, dient es doch nur dem Ausleben finsterer Triebe und Instinkte, aber auch den übers Jahr angestauten primitiven Haß- oder Rachegelüsten, und manch eine offene Rechnung wird an diesem Tag beglichen, die danach den schon vorher einkalkulierten »Unglücksfällen« und »Tragischen Mißgeschikken« zugeordnet wird. Es gibt Verletzte, und es gab schon Tote. Und es gab den Fall Ruppmoser, der halbwegs vertuscht in die Annalen der Salzburger Gerichtsbarkeit einging.

Die Ruppmoser Christa saß die lange Zeit mit gesenktem Kopf in dem totenstillen Klassenzimmer, über das sich eine eisgraue Dämmerung legte, die um ihre Haare wie ein

Schleier fiel und an ihren Zöpfen zerrte. Sie horchte auf die Schläge der Kirchturmuhr, und nur ein einziges Mal stand sie von ihrer Bank auf und ging zur Tafel, an die sie ihr angstglühendes Gesicht preßte, als könnte von dort Hilfe kommen. Von ferne drang das Kettengeklirr der schwarzen Gestalten in den Raum und zerschnitt die Geräuschlosigkeit wie ein nahendes Urteil. Die Christa fröstelte, doch sie saß, nicht einmal fähig, sich zu schütteln, bewegungslos in ihrer Bank, die Dielen knisterten. Als es ihr einmal gelang, den Kopf zu heben und einen Blick nach draußen auf die Dorfstraße zu erhaschen, sah sie eine ihr unbekannte Frau, die versuchte, die vereiste, ungestreute Straße zu überqueren. Es gelang ihr nicht, sie kam bei ihren wiederholten Versuchen jedesmal schon nach den ersten Schritten ins Rutschen und mußte immer wieder vorsichtig zurück an den Rand der Straße weichen, um dort unschlüssig stehenzubleiben und es kurze Zeit später, wenn sie wieder Mut gefaßt hatte, erneut zu wagen. Eine Sekunde lang hätte die Christa fast lachen müssen, hätte für kurze Zeit vergessen, wo sie war, dann schloß sich mit einem Blick auf den Blumenstrauß unter dem Kruzifix eine eiserne Faust um ihre Kehle, und sie knallte mit dem Kopf auf die Schreibplatte. Als die merkwürdig hüpfenden Schritte von Direktor Grau durchs Treppenhaus des Schulgebäudes näher hallten, war ein ganzes Leben vergangen. Direktor Grau, der nach seinem traumlosen Mittagsschläfchen einen schlechten Geschmack im Mund hatte, gab ihr, bevor er sie gehen ließ, noch eine Kopfnuß und schleifte sie anschließend an den Zöpfen in den Gang hinaus, wo er sie stehenließ. Blind vor mutlosen Tränen stolperte das Kind die Stufen hinunter, hinaus auf die frisch verschneite Straße. Das Geklirr der Ketten war noch immer nur aus der Ferne zu hören, aber es schien jetzt von mehreren Seiten zu kommen. Als sie die Drei Linden erreichte hatte, wo die Anhöhe den Blick auf die Salzburger Landstraße und die Ruine der

Plaingrafenburg freigab, stand das fahle Licht der Winterdämmerung direkt vor ihr und bedeckte weiter unterhalb bereits den Asphalt der Salzburger Landstraße und den undurchdringlichen Wald des Plainbergs. Das Kettenrasseln wuchs und wehte über ihren Kopf hinweg als klammer Wind, der sie erschrocken stehenbleiben ließ. Langsam umzingelten sie die Ketten, und sie spürte, daß ihr Heimweg von nun an nie mehr der gleiche sein würde. Mut fassend ging sie ein Stück weiter, um kurz darauf wieder verzagt stehenzubleiben, dort wo sie sich auf dem weiten, unbebauten Abhang ausgesetzt und ungeschützt fühlte. Mit bangem Herzen, das rascher zu schlagen begann, bewegte sie sich dann erneut als kleiner dunkler Punkt über die weißen Wiesen. Jenseits der Landauergründe erhob sich gleichermaßen beruhigend wie einschüchternd das mächtige Gehöft des Seiserbauern, die letzte menschliche Ansiedlung, bevor sie ins Dunkel der Waldschneise eintauchen mußte, um nach Hause zu gelangen. Sie verwarf den Gedanken – soweit es ihr schon möglich war, einen Gedanken zu verwerfen –, beim Seiserbauern Zuflucht zu suchen, denn das Gehöft wirkte, je näher sie kam, um so kälter und abweisender. Man hätte meinen können, es läge verlassen, wäre nicht Rauch aus dem Schornstein aufgestiegen. Der Hund, der an seiner Kette zerrte und sie ankläffte und vor dem sie sich sonst zu jeder Zeit fürchtete, erschien dem Mädchen heute wie der einzige und letzte Trost auf dieser Welt.
Es half nichts. Sie mußte weiter. Und sie ließ den Hof zu ihrer Rechten liegen, um die letzte, endlose Wiese zu überqueren, die wie ein Teich aus flüssigem Beton vor ihr lag, bereit, sie zu verschlingen. Das Klirren der Ketten klang jetzt, als träfe Eis auf Stein, eine Musik, die sie hinabzog. Auch Rufe waren zu hören, mischten sich wie Gesangsstimmen in das unaufhörliche Klirren. Noch bevor sie irgendeinen sah, war ihr klargeworden, daß sie keine Mög-

lichkeit mehr hatte zu entkommen. Sie nahm allen ihren Mut zusammen und ging mit erhobenem Kopf tapfer weiter. Sie konnte nicht wissen, was sie erwartete. Oberhalb der letzten Wiese, bei den Ausläufern des Grenzwaldes, wo vereinzelt Stämme in die Wiese hineinstanden als Vorhut der Finsternis und Wald und Wiese einen Winkel bildeten, der wie ein gebrochenes Knie aussah, tauchten sie auf, zwischen den Bäumen. Es waren nur zwei. Sie ging weiter. Sie sah sie, doch sie nahm sie zuerst nicht wirklich wahr, als gehörten sie zum Wald, zur Landschaft, als wären sie Bäume. Sie ging weiter und sie ging auf sie zu. Sie hatten sie schon früh entdeckt, sie war unübersehbar. Und sie kam ihnen entgegen. Direkt entgegen, verließ den schmalen Weg und lief ihnen in die Arme. Ausgesetzt und ausgeliefert eilte sie auf sie zu, bis sie im letzten Moment innehielt und sich der entsetzlichen Gefahr bewußt wurde, in die sie geraten war. Sie hörte das wiehernde Lachen des einen, das erneute Klirren der Ketten, ganz nah, vor sich, in sich. Der andere der beiden begann das Seil, das er als Gürtel um seinen Bauch gebunden hatte und das sein rußverschmiertes Gewand festhielt, zu lösen und wie ein Lasso über seinem Kopf in ihre Richtung zu schwingen.
Mit einer Kraft und Geschwindigkeit, die keiner erwartet hatte, wirbelte sie herum und rannte in die entgegengesetzte Richtung. Die klobigen Figuren brauchten nur kurz, um ihre Überraschung zu überwinden, so betrunken waren sie noch nicht, und trotz ihrer hölzernen Fratzen, den schweren Ketten und anderen Utensilien der Gewalt, ihrer langen schwarzen Kittel, begannen sie flink und wendig die kleine Gestalt zu verfolgen. Sie stießen ihre heisernen Schreie und das wiehernde, tödliche Lachen in die eisgraue Luft mit den bläulichen Schatten, den schwarzen Rissen und den weißen Furchen und Feldern. Das Bild des hastenden Mädchens und der zwei Riesen, die seine Verfolgung aufnahmen, war der Inbegriff von Angst und

Schrecken, von Alptraum und Gewalt. Der Tod lag in der Luft, und man begann ihn zu riechen. Der säuerliche, feinbittere Geruch vermischte sich mit der klaren kalten Winterluft und preßte sich als Geschmack in Mund und Nase, daß ein ersticktes Würgen entstand.

Bis zum Ende oder bis zum Abbruch der Hatz behielt die Christa einen winzig kleinen Vorsprung, der ihr zwar das Leben rettete, sie jedoch um den Verstand brachte. Nur ein einziges Mal hatte sie der Flinkere von beiden erwischt, den Arm im Laufen rasch ausgestreckt, den Ranzen gepackt und sie rückwärts nach hinten gerissen, daß sie mit dem Kopf zwischen seine Beine und er beinahe über sie drüber fiel. Halb lachend, halb grölend drosch er mit den Fäusten auf sie ein, drückte ihren Kopf mit dem Gesicht nach unten in den Schnee, so daß sie zu ersticken drohte. Der andere blieb zurück – die Finsternis war in die Wipfel der Bäume gedrungen und kroch die Stämme herab –, lehnte erschöpft an einem Baum und griff zur Rumflasche. Das nahm ihrem Peiniger für einen Moment die Lust und lenkte ihn ab. Irgendwie – sie wußte nicht, woher das Blut kam, das warm in ihren Mund sickerte, ob aus Nase oder Ohren oder von innen drin – arbeitete sie sich hoch und kam zum Stehen mit einem tauben Gefühl im ganzen Körper, als wäre sie mit Samt ausgestopft und hätte mindestens zehn Kleidungsstücke übereinander angezogen, warm und dick und breit, als wäre sie eine andere geworden, die sie nicht kannte. Ließ er sie auf einmal in Ruhe, oder spürte sie nichts mehr? Doch sie merkte, daß sie sich vorwärtsbewegte, daß niemand sie aufhielt. Die Ranzengurte rutschten die Arme herunter, und sie zog sie mit einer automatischen Bewegung nach oben, und der Vorgang, den sie oft und oft auf dem Schulweg getan hatte und den sie schon nicht mehr bemerkte, brachte sie in seiner ganzen fürchterlichen Normalität wieder halbwegs zu sich, führte sie aus den Tiefen der Abgeschlagenheit, des halb

Bewußtlosen, hinauf zum Wissen um die alltäglichen Handlungen, und sie fing wieder an zu rennen. Das Klirren der Ketten, die hastigen Rufe zeigten ihr, daß sie noch nicht in Sicherheit war. Sie war kurz vor der grob in den Wald gehauenen Schneise, und das finstere Holz, das ihr sonst immer düster und ausweglos erschienen war, erhob sich nun vor dem Kind wie ein großes Versprechen, das Versprechen ihrer Rettung.

Sie fühlte, wie sie näher kamen und sich wieder entfernten. Näher kamen, sich entfernten. Ein ineinander arbeitender Rhythmus von Verfolgern und Verfolgter, als wäre es ein gemeinsames Kinderspiel, das sie mit großer Konzentration und Verbissenheit zu Ende spielten.

Der Weg führte, dort wo die Kronen der Bäume zusammenfanden und ein rundes schützendes Dach gegen den Himmel bildeten, steiler bergauf, so daß das fliehende Kind in ein rasselndes Keuchen fiel und nach Luft rang. Es war vor Anstrengung und Angst am Ende seiner Kräfte, und wenige Meter weiter wäre es endgültig zusammengebrochen.

Endlich – das Wort erhielt seinen Sinn – ließen sie von ihr ab. So plötzlich sie aufgetaucht waren und ihr grausames Spiel bis zum Exzeß getrieben hatten, so plötzlich brachen sie es ab, hörten wie auf Verabredung beide zur gleichen Zeit damit auf, sahen dem Mädchen noch eine Weile teilnahmslos nach, nachdem sie ihre Masken abgenommen hatten und erschöpft und schwer atmend mit vorgebeugten Oberkörpern, die Hände auf die Knie gestützt, stehengeblieben waren. Wie Katzen, die ihre tödliche Lust mit einem Mal verloren haben und sich artig zu putzen beginnen, so harmlos wirkten die zwei Dorfburschen jetzt, wie sie in den finsteren Wald hineinstarrten und im Begriff waren, ins Dorf zurückzukehren und sich bis zur Besinnungslosigkeit zu besaufen.

Das Mädchen aber rannte und rannte, bis es auf der Anhöhe, von wo aus die Lichter des kleinen geduckten Hauses zu sehen waren, wie ein Klappmesser in sich zusammenfiel. Sie wußte, wie lange sie dort gelegen hatte, wie ein achtlos abgelegtes Bündel, das nicht mehr zu gebrauchen war, eine Marionette, deren Fäden fallen gelassen worden waren. Sie hatte den Lauf der Sekunden mitgezählt, leise, bis sie nicht mehr weiterwußte. Es waren ihre letzten klaren Momente gewesen, danach war sie in eine Nacht immerwährender Schwärze gefallen, durch die sie einmal über steinigen, dann über schnee- und eisbedeckten, endlosen Boden eines langgestreckten, ewigen Gebirgsplateaus lief und rannte und stolperte und stürzte und mühsam wieder auf die Beine kam, durch die sie die schwarzen Gestalten, einmal nur ihre zwei, dann unzählige, ein Heer von stampfenden, klirrenden, einander heiser zurufenden Teufeln, ohne Unterlaß hetzten, bis sie halb irrsinnig vor Angst das schützende Haus erreichte, das sie nicht mehr als ihres erkannte, und ihr als gewalttätig verschriener Vater sie sanft und verzweifelt in seine Arme nahm.

Als man nach vielen leeren und dunklen Wochen und Monaten begriffen hatte. Als zuerst ihr Vater, dann ihre Mutter, dann die Geschwister endgültig begriffen hatten. Als sie alle wußten, daß es die Ruppmoser Christa, so wie sie sie kannten, nie mehr geben würde, wurden sie still. Der Vater hörte auf zu trinken und sagte nichts mehr, und die Mutter und die vielen Geschwister sagten nur mehr das Notwendigste. Nur die Worte, welche die Tage der Ödnis einigermaßen aufrechterhalten und nicht ins Bodenlose stürzen lassen.

Die Christa landete nach vielen gescheiterten Versuchen, sie aus ihrem Wahn in die Normalität des Grenzlands zurückzuholen, in der Landesnervenheilanstalt der Landeshauptstadt, wo sie das Klirren der Ketten viel genauer hörte, wo der Schnee tiefer, der Wind schneidender und beißender, das Eis glatter war und wo die schwarzen Gestalten des 5. Dezember mit den hölzernen Masken nie mehr von ihr abließen, sie schreckten und nach ihr riefen, das Bein stellten, auf sie losprügelten mit Riesenfäusten, sie fesselten und knebelten, mit heisernen Stimmen schrien und einander zuriefen und wo sie ab und zu ihren Vater traf, bei dem sie Zuflucht suchte und der sie dann schützend in seine Arme nahm.

Der Vater war der Sache des 5. Dezember nachgegangen, und als der Fall Ruppmoser endlich aufgerollt wurde und in den ferneren Landesteilen Empörung und Erschütterung hervorrief, traf man im Dorf auf eine Mauer des Schweigens und der Mitleidlosigkeit. Die Christa hatte in ihren wenigen klareren Momenten die Namen der beiden gestammelt, sie hatte sie an den Stimmen erkannt. Aber sie leugneten, und keiner konnte es ihnen beweisen, und es wollte auch niemand. Der Direktor Grau wurde in den vorzeitigen Ruhestand versetzt und zog weg, und als in einem entlegenen Gebirgsdorf ein Schulleiter gebraucht wurde, erinnerte man sich dankbar an ihn –

Nachdenklich betrachtete Valentin sein Ekzem, während er sich das Bild der Christa ins Gedächtnis rief. Ein etwas dickliches Mädchen mit hellbraunen Zöpfen, immer mit ausgebesserten, geflickten, karierten Kitteln angezogen, im Sommer und Winter. Sie hatte es immer eilig, daran erinnerte sich Valentin am deutlichsten, an ihre Eile, »ich muß mich beeilen«, »ich hab keine Zeit, ich muß jetzt nach Haus«. Ihre Stimme hatte er noch im Ohr, die Gehetztheit in jenen wunderbaren, stillen Sommern, wenn die Schule aus war, bevor sie richtig angefangen hatte, und man am Grenzbach fischen ging, aus der lautlosen Hitze durch den flirrenden, kühlen Laubwald hinunter zum Wasser. Die sich von der Gruppe der Kinder lösende und allmählich entfernende kleine Gestalt, die man nach einer Weile nicht mehr sah. Damals hatte kaum einer drauf geachtet. Wenn

man im Herbst im Laub spielte, zwanghaft Kastanien sammelte, Drachen steigen ließ, bis sie wieder vom Himmel fielen, über die Kartoffelfeuer sprang, immer war dieses »ich muß nach Haus«, »es ist schon spät«, »ich kann nicht mitkommen« dabeigewesen, hatte die Kinder begleitet, geärgert, auch Grund geliefert, sich über die Christa lustig zu machen. Nur manchmal und nicht arg.
Alles, an was er in letzter Zeit dachte, begann länger her zu sein. Er wollte noch ein Kind bleiben, aber es gelang ihm nicht mehr recht. Die Sommer waren schon Erinnerung.
Daß die Eltern in Sizilien festsaßen, wie sie, ohne Näheres zu erklären, auf einer knapp gehaltenen Karte mitgeteilt hatten, die gestern angekommen und drei Wochen unterwegs gewesen war, war ihm nur angenehm. Er konnte sich in aller Ruhe auf seine Krankheit und seinen Ausschlag konzentrieren, das Alleinsein mit sich und dem Großvater auskosten, dem einbrechenden Winter zuschauen. Er hörte den Großvater nach Haus kommen, den alten Mann, wie er ihn für sich nannte. Der alte Mann war in den letzten Tagen und Wochen anders geworden, wirkte, wie man zu sagen pflegt, »verändert«, vielleicht fahriger, auch niedergeschlagener, war dann wieder voll überraschender Fröhlichkeit und Überschwang. Zu guter Laune, meinte sein Enkel.
Hader war, von einem Augenblick zum anderen, einer geworden, der auf der entschlossenen Suche nach dem Wichtigsten ist, von dem er vergessen hat, was es ist. Doch seine Suche hatte nichts Romantisches an sich, sie entbehrte aller Sehnsucht nach Vergangenheit, auch jeglicher Verwirrung. Sie war unerbittlich und erbarmungslos auf das Suchen selbst gerichtet, wie einer in einem leeren Zimmer, der die Menschen sucht, die es einst bewohnten. Er schien von einem fremden Wahn berührt, gestreift, als ahnte er eine Besessenheit.

*

Valentin Reichardt wollte nur Schirennläufer werden. Nur Abfahrtsläufer, Abfahrtssieger. Nur die Abfahrt, der Abfahrtslauf, die Königsdisziplin, war ihm wichtig. Einzig und allein sie zählte. Nicht der Slalom, nicht der Riesentorlauf oder irgend etwas anderes, was es ohnehin nicht gab, interessierten oder begeisterten ihn, nur die Abfahrt zählte, sie überragte alle anderen Disziplinen des alpinen Schisports haushoch, war Inbegriff von Sieg und Niederlage, von Triumph und Scheitern. Die Abfahrt war das Schifahren überhaupt. In ihr und durch sie war man den kühnsten Bubenträumen am nächsten. Die Abfahrt machte unsterblich. Die Abfahrt glich einem makellosen Frauenkörper. Sie bedeutete Schönheit und Verwegenheit und Heldentum. Sieger in der Abfahrt zu werden bedeutete das Süßeste, Verlierer der Abfahrt zu sein das Bitterste. Sie zu bezwingen war Erfüllung. Die Sonne eines Abfahrtssieges schien flimmernd und flirrend bis in die dunkelsten Winkel der einsamsten Bergbauernhütten hinein, weit ab von der Welt und den Stätten des Sieges.
»Was willst du einmal werden?« »Abfahrtssieger!« »Was ist dein Berufsziel?« »Abfahrtsläufer!« Man lächelte, schüttelte den Kopf oder zuckte die Achseln. Die glühende Begeisterung, der heilige Ernst, die unbändige Freude waren nicht teilbar und nicht mitteilbar. Es war eine einsame Freude. Niemals vergaß er die Abfahrt, das rasende Brennen über den knirschenden oder stäubenden Schnee, niemals, auch nicht im Sommer, wenn er sich den Schnee herbeisehnen und herbeiträumen mußte, bis es den Sommer nicht mehr gab.
Er wußte, daß er niemals Schirennläufer werden würde, geschweige denn Abfahrtsweltmeister. Aber das drängte er mit aller Vehemenz in den Hintergrund, bis der Gedanke daran blaß und kraftlos und seinem Innern fern war. Jederzeit konnte er mit dem Träumen beginnen. Jederzeit konnte er in Startposition stehen, in der engen, hölzernen

Starthütte, die Strecke ein letztes Mal im Geist durchgehend, Punkt für Punkt, die Gleitstücke und die Steilstücke und die jeweils günstigsten Stellungen, »mach die gehockte Eistellung, dann drückst du das Körpergewicht in die Fersen und hast den geringsten Luftwiderstand!«
Man konnte in einen Sturz hineinfahren, sich in ihn verstricken bei vollem Bewußtsein und doch mit einer Art von höherer Ahnungslosigkeit den Boden für einen Sturz bereiten, den Sturz genau planen, ohne davon zu wissen. Fuhr man erst einmal in den Sturz hinein, war jeder seiner folgenden Abläufe voraussehbar, und während er stürzte, sah er schon das Ende des Sturzes, sah er sich am Rande der Piste liegen, sich krümmen, die Schi unbeholfen und grotesk halb in den Schnee gerammt, halb in die Höhe streckend, täppisch und hilflos wie ein auf dem Rücken liegender Käfer, vom Schicksal achtlos fallen- und allein gelassen, gedemütigt und dem Spott der anderen ausgesetzt und preisgegeben. Man schnallte sich, blödsinnig nach Wichtigkeit ringend, die man für die Dauer des Rennens ein für allemal vertan hatte, die Schi ab, stieg aus der Bindung des einen und vergaß dabei den andern, welcher wegrutschte, entglitt und für immer einsam zu Tal raste, von tränenerstickten Flüchen begleitet. Man hatte sich disqualifiziert, man war für dieses Rennen gestorben. Und schlich sich davon, mit dem einen Schi auf der Schulter, am besten in den Wald hinein, weg von der Strecke, die man nicht mehr zu betreten wagte und der man sich schämte, auch nur noch einen flüchtigen Blick nachzuwerfen. Man war verbannt, von der Strecke verbannt, und mit gesenktem Kopf stapfte man, allein und unbeobachtet und doch von allen Blicken verfolgt, ins Dunkel des Waldes, wo man nicht mehr gesehen werden konnte und verschluckt wurde. Ein langer, quälender Abgang.
Aber kein Disqualifizierter, kein Ausgeschiedener, kein Verlierer sollte glauben, daß er jetzt einfach in Ruhe gelas-

sen wurde. Gewiß, es war die Stunde des Siegers, und der Tag gehörte ihm, doch dem Gestürzten wurde Aufmerksamkeit besonderer Art zuteil und eine Ruhe, die er niemals vergessen würde. Mit einem Mal war er Luft. Er wurde nicht gesehen, und erwiderte er einmal den verstohlenen Blick eines der unzähligen Augenpaare, so wandte sich dieses sehr schnell ab und senkte den Blick. Das konnte nur einige Stunden, aber auch Tage gehen, es war nicht vorherzusehen und nicht voraussagbar. Eine Begründung für welchen Meinungsumschwung auch immer gab es nicht. Gerade die, die ihm vor dem Rennen besonders aufmunternd und leutselig auf die Schulter geklopft, die ihn sogar an sich gezogen und an ihre Brust gedrückt hatten, waren nachher die Stillsten und scheinbar Nachdenklichsten – und sie wichen aus und verdrückten sich um Haaresbreite, wenn sie ihn sahen. Aber sie gingen nicht weg, so daß er sich vorbeidrängen mußte, um selbst wegzukommen. Die Menge, die ihn vorher getragen hatte, ließ ihn jetzt fallen, und er erlebte seinen Sturz noch einmal, nur noch schwerer, noch tiefer und aussichtsloser.

Muna war kein Ort für zukünftige Schirennläufer. Muna hatte nicht einmal den Ansatz zu einem Wintersportort. Und Valentin fuhr in Wirklichkeit selten Schi, packte sie nur dann und wann zusammen und über die Schulter, um allein zu dem noch am ehesten geeigneten Hang zu stapfen, auf dem die morschen Reste einer hölzernen Sprungschanze standen, die keiner mehr benutzte. Niemand wußte, wer sie dort hingebaut hatte.

Muna war überhaupt nichts. Kein Ort, kein Dorf, kein Flecken. Muna war ein wesenloses Nichts an der Grenze, und nur diese gab der Ansiedlung eine Ahnung von Charakter und Bestimmung, einen Hauch von Bedeutung. Und selbst die Grenze erwies sich an manchen Tagen als unendlich trostlose Einrichtung, als geographische Willkür oder als Zufall, aus Langeweile geboren.

Valentin, der sich in seine Decke gerollt hatte und dabei auf den Boden gefallen war, träumte sich in die Schiorte, von denen er in der Zeitung gelesen und im Radio gehört hatte. Cortina d'Ampezzo, Val d'Isère, Chamonix, Grenoble, Squaw Valley, St. Moritz, Kitzbühel, St. Anton am Arlberg, Namen, mit denen er Glanz und Licht verband. Auf der Straße konnte man Richard Burton und Liz Taylor, Gunther Sachs und Brigitte Bardot und dem Schah von Persien begegnen.

Sehnsüchtig erwartete er die Olympischen Winterspiele 1964 in Innsbruck und fieberte dem Sieg, dem olympischen Gold, seines Idols Karl Schranz entgegen. Schranz, das war der einzig Wahre. Der Beste eben. Auch wenn er verlor der Beste. Valentin wußte alles über Schranz und hatte Schranz sogar schon einmal geschrieben, als dieser Weltmeister wurde.

Draußen schneite es stärker, und das Zimmer begann sich mit der Dämmerung zu füllen.

Wo mochten seine Eltern jetzt sein? Immer noch in dem sizilianischen Bergdorf, von der Außenwelt abgeschnitten, oder schon in einer der sizilianischen Städte? Trapani? Syrakus? Sie waren weit weg, und er spürte keinerlei Verbindung zu ihnen. Er spürte auch keine Verbindung zu dem Ort, in dem er aufwuchs, und es gab Tage, da wußte er nicht einmal, wo er war. Er hörte den alten Mann rumoren. Valentin wußte, daß er aufräumte, Ordnung zu machen versuchte, weil er glaubte, Ordnung machen zu müssen, aufräumen zu müssen.

Der alte Hader konnte nicht richtig aufräumen. Es mißlang ihm schon im Ansatz, und er wußte es. Oft sprach er über Ordnung, Ordnungen, Systeme von Ordnungen, aber er hatte keine Ordnung in sich, die ihm sein Leben hätte leichter machen können, und das war sein Unglück. Valentin rührte es, wenn er ihn dabei beobachtete, wie er mit Verbissenheit und vorgeschobener Unterlippe, die bei ihm

ein Zeichen absenceartiger Konzentration war, Ordnung in die Dinge zu bringen versuchte, die längst von ihrem System der Unordnung und des Chaos beherrscht wurden. Schweiß trat auf Stirn und Nase, und unter den Achseln breiteten sich dunkle Flecken auf dem Hemd aus. Ob er nun in der Küche Geschirr wusch oder den langgestreckten Flur kehrte, in der Stube Staub saugte oder das Badezimmer zum Glänzen bringen wollte, er blieb im Ansatz stekken, stockte und gab auf, auch wenn er weitermachte. Seine Tochter konnte ihm dabei nicht zuschauen, und oft riß sie ungeduldig den Staubsauger oder eine Geschirrbürste aus seiner Hand und ließ ihn einfach ohne ein Wort untätig stehen, um mit wenigen gezielten Handgriffen die Dinge mühelos zu Ende zu bringen. Manchmal stieß sie ihn dabei auch ein wenig zur Seite, aus Ungeduld, nicht aus Grausamkeit, und er kam ins Wanken, das ihn zwang, sich rasch irgendwo festzuhalten, um nicht zu stürzen.
Die Mutter putzte in der ihr eigenen Art von am Rande der Bewußtlosigkeit stehenden Anspannung, einem Konzentrationszustand, der in keinem Verhältnis zu der zu leistenden Arbeit stand. Er glich der Vorbereitung auf ein unmenschliches Martyrium. Versunken, und doch aufs Höchste angespannt, stand sie über das Abwachbecken gebeugt, kniete vor dem verrußten Herd, bewegte sich, den Besen in der Hand, mit kurzen, abgehackten Schritten durch den Flur vorwärts, hin zur offenstehenden Haustür, um dort mit einer entschlossenen, weitausholenden Bewegung den zusammengekehrten Staub- und Dreckhaufen über die Stufen hinauszubefördern.
Nach dem Putzen brachte sie oft lange kein Wort heraus, stand schweigend vor der Haustür oder am Küchentisch, starrte aus dem Fenster oder auf den Kalender an der Wand.
Der Schnee verwandelte sich in einen langweiligen, dreckigen Regen und tönte laut in die Abgeschlossenheit hinein.

Der Regen zerstörte allen Zauber. Er würde die Wege glatt und gefährlich wie offene Wunden werden lassen, und in der Nacht würden die ersten Unfälle geschehen. Er wusch den weichen Schnee weg und ebnete die Landschaft mit seinem verschlingenden Wasser ein. Das Kind atmete tief ein, hielt die Luft gegen den prasselnden Lärm des Regens an, bis es nicht mehr konnte und die gestauten Luftreste hastig herausstieß wie ein brechender Damm, um dann erneut nach Luft zu schnappen und das Spiel zu wiederholen. Es wußte, es konnte den Fall des Regens nicht aufhalten, es war nicht in der Lage, Einhalt zu gebieten. Und so versank ein Novembertag von 1963 in einem endlosen, öden Regenguß, und ein Junge von zwölf, fast dreizehn Jahren saß in der Dachkammer seines Elternhauses in Österreich, unmittelbar an der deutschen Grenze, und betrachtete seinen wunden, geschwollenen Fuß, den er in der hereinbrechenden Finsternis eigentlich gar nicht sehen konnte.
Im Traum fand er sich im Inneren eines gefrorenen Misthaufens wieder, neben seinen toten Eltern liegend. Später wurde er gezwungen, in Adelboden, dem klassischen Riesentorlaufsaustragungsort, an einem Slalomrennen als Vorläufer teilzunehmen. Nach Mist stinkend, raste er an den Slalomtoren vorbei. Als er erwachte, hockte der alte Mann neben ihm, das Gesicht dicht über seinem, so daß er die Bartstoppeln spüren konnte und seinen Atem, der angenehm nach Alkohol roch.
»Ich dachte, du bist gestorben«, flüsterte der alte Mann. Glühend vor Fieber erhob sich das Kind, vom Großvater mühsam gestützt, mit schmerzenden Gelenken und wankte zum Klo. Der alte Mann versuchte, sich abzuwenden und ihn gleichzeitig weiter zu stützen. Valentin mußte trotz der Anstrengung grinsen.
Von einem Augenblick zum anderen roch Valentins Kammer muffig und faulig, als wäre monatelang nicht gelüftet

worden. Valentin dachte an einen Tierkadaver im Holz. Der alte Mann meinte, es sei das Holz selbst.
»Die miserable Holzqualität des Tannenwinkels! Und als Draufgabe die fahrlässige Verarbeitung durch den Herrn Tischler Munzenrieder. Zeitweise kann er nicht anders als im Delirium gearbeitet haben. Eine durch und durch alkoholisierte Natur. Sein ununterbrochenes Trinken hat selbstmörderischen Charakter. Aber der Tischler Munzenrieder ist ja keine Ausnahme. Alle saufen sie, alle!«
Der alte Mann hatte vergessen, daß er selbst angetrunken war, aber das verschärfte seine Worte nur. Valentin ahnte eine längere Geschichte, doch sie kam nicht zustande. Das lag nicht am Alkohol. Der Großvater hatte die Gewohnheit, seine Geschichten immer dann abzubrechen, wenn der Zuhörer langsam gespannt wurde. Valentin war es dabei wie nach dem Verlöschen einer Fata Morgana; verraten und im Stich gelassen, blieb er zurück inmitten der Wüste des Unerzählten. Aber im alles entscheidenden Moment lassen einen die Mitmenschen immer im Stich, ließen sie einen nicht im Stich, müßten sie sich selbst im Stich lassen, sich selbst verlassen, und das ginge über ihre Kraft. Sie würden sterben.
»Ich bin der einsamste Mann der Republik. Der König der Einsamkeit«, sagte der alte Mann oft. Und man erriet nicht, ob es ein Zitat aus einem lange vergessenen Bühnenwerk war – denn so klang es – oder ein von ihm selbst geprägter Ausspruch.

*

»Schranz!« rief er einige Tage später, als aller Schnee vorerst geschmolzen war und der Monat November unwiderruflich seinem Ende entgegenging. Schmolz der erste Schnee einmal, begann der Winter erst wirklich. Das sichere Zeichen für den Winteranfang war das Verschwinden, nicht das Fallen des ersten Schnees. 29. November, und der alte Mann rief schallend »Schranz« durch die kalten Räume. Einmal, ein zweites Mal, ein drittes Mal, dann betrat er die geheizte Stube im Erdgeschoß, in der Valentin auf der Ofenbank lag. Valentin lag ausgestreckt und unbequem, spitze Knochen auf hartem Holz. Die Stube, vom bläulich weißen Kachelofen beherrscht, besaß noch einen riesenhaften Tisch, sechs hohe Stühle, die einem imitierten Rittersaal angemessen gewesen wären, und eine leere Truhe, die sein Vater vor langer Zeit zu bemalen versucht hatte. Er hatte den Versuch abgebrochen, und die Truhe blieb mit der unvollendeten bäuerlichen Bemalung und ohne Inhalt stehen, obwohl sie fast überdimensionale Ausmaße besaß. Keiner aus der Familie hatte jemals etwas darin aufbewahrt. »Ich mag sie nicht«, sagte die Mutter und brachte damit die allgemeine Feindseligkeit gegen die Truhe zur Geltung. Man traute der Truhe nicht. Niemand wußte, woher sie stammte, und man empfand sie als zudringliches, ungebetenes Stück, mit dem man sich jedoch im Laufe der Jahre abzufinden begann, weil man sich damit abfinden mußte.

Der Druck auf die Blase verstärkte sich, als Valentin den alten Mann erblickte. Sein Großvater begann ihm langweilig und lästig zu werden. Er spürte die Sicherheit des Überdrusses. »Die größte Bürde ist der Sieg«, sagte der Großvater leise zum Buben hin, ohne ihn anzusehen, und dann noch leiser: »Der Schilauf ist so alt wie die Schrift. Huidfeldt, der Norweger, baute den verstellbaren Backen. Die größte Klarheit liegt im Scheitern. Weil sich die hungrigen Jäger Holzscheite an die Füße banden, um durch den Schnee zu kommen, einfach nur, um vorwärtszukommen, entstand der Schi. Das Wort Schi kommt von Scheit. Den Schistock benützten sie zum Erlegen von Wild. Scheitern an und für sich, das ist der klassische Sturz auf den Schiern. Zu allen Zeiten waren wir nichts als hungrige Jäger. Das Schlimmste ist, wenn man denkt, man fährt gut. Dann stürzt man gleich danach.« Hader sah aus dem Fenster und hatte plötzlich keine Lust mehr, doch er wußte nicht, worauf.

Die Eltern waren noch immer nicht zurückgekehrt. Valentin hatte sie abgeschrieben. Auch Hader gab sie langsam auf und hoffte insgeheim, daß er wirklich noch hoffte. Was sollte er mit dem Kind machen, wenn sie für immer ausblieben? Manchmal betrachtete er nachdenklich im alten Atlas eine Karte von Sizilien, als erwarte er daraus Hilfe.

Valentin sprang mit einem Satz von der Ofenbank auf und lief hinaus auf den dunklen, steingepflasterten Flur, wo seine Schritte verhallten und die Tür zum Klo hinter ihm zuschlug. Der alte Mann legte eine Hand auf die warmen Kacheln des Ofens, bis er es nicht mehr aushielt und die knochige Hand zurückzog. Valentin fand ein totes Insekt in seiner Unterhose, er zerrieb es zwischen den Fingern und ließ die winzigen Überreste in die Klomuschel rieseln, dann zog er die Spülung.

Der alte Mann ging zum Fenster, wieder zurück zum Ofen, wieder zum Fenster. Wo war er? »Wo befinde ich mich?« Er hatte das heftige Verlangen, seinen Standort millimetergenau zu bestimmen. Eine Art von Zwischenbilanz zu ziehen, wobei er leise fürchtete, sie könnte sich als letzte erweisen. Eine schnelle Rechnung, zwischendurch hingeworfen auf ein herumliegendes Blatt Papier, um den Kopf vorübergehend frei zu kriegen, einer Fingerübung ähnlich, eine kurze Standortbestimmung, nichts weiter, und man hält erschrocken inne, rechnet nach und findet sein Leben als rasche Zwischensumme präsentiert, Lügen und Träume inklusive. Abzug sofort.

Er ging zurück zum Ofen. Mit siebzig kann man keine Zwischenbilanzen mehr errechnen, mit zwanzig auch nicht. Und er begann, Zahlen zusammenzuzählen, abzuziehen, zu teilen, zu multiplizieren. Jahreszahlen, Daten von Tagen und Nächten, die ihm wichtig und wesentlich und für sein Leben entscheidend erschienen. Namen von geliebten und verabscheuten Orten wirbelten dahin auf dem Strudel der Erinnerung.

Die Geschichte des Großvaters

Geboren bin ich am 13. April 1894 in Lemberg, heute Lwów, als Sohn von Ferdinand Hader, Rechnungsoffizier der kaiserlichen und königlichen Armee des Habsburgerreiches. So begann die Biographie. Zwei Jahre später Versetzung des Vaters nach Görz, heute Gorizia, an der italienisch-slowenischen Grenze. 1906 kam der zwölfjährige Michael Hader nach Wien.
Da war ich zwölf gewesen? Ja, zwölf Jahre war ich.
An den Vater habe ich keine Erinnerung mehr.
Ich weiß, daß das nicht stimmt, daß ich sehr wohl eine Erinnerung an jenen Mann, der mein Vater gewesen sein muß, besitze, aber nichts von ihr wissen will.
Er sah die dunkle Regimentsuniform vor sich, den gezwirbelten bräunlich-grauen Schnurrbart, eine große, später leicht gebeugte Gestalt, so wie heute der Sohn, nur weniger schwer, eine tiefe, altmodisch klingende Stimme, leicht getragen, ein slawisch angehauchter Singsang mit militärisch knatternden Stakkatoblöcken, die er unvermutet einsetzte und die unnatürlich bis an sein Lebensende blieben.
Dann zogen wir alle in den Krieg. Der Vater und der Sohn. Gestochen scharf und verschwommen fern wie die Stärken von verschiedenen Brillen war ihm jene Zeit heute, die Jahre des ersten Weltkriegs, und noch ferner und fremder war ihm heute der junge Mann von damals, er selbst in jenen Jahren, als Zwanzigjähriger, Soldat der einstigen Welt. Nie hatte er eine wirklich zwingende Notwendigkeit

für sich selbst erkennen können. Heute fragte er sich, was er wohl gerufen oder geflüstert oder einfach gesagt haben konnte damals? Welche Wörter er benutzt und welche Empfindung er bei welchen Wörtern gehabt hatte?

Nachdem ich an der italienischen Front, nahe Karfreit – oder Tolmein? – verwundet worden war, kehrte ich heim nach Wien. Ich sah die Monarchie zerfallen und fing an zu studieren und wurde Lehrer für die Kinder der ersten Republik.

Er war Dorfschullehrer im Bezirk Hollabrunn nahe Wien gewesen. Ein junger Lehrer mit Eifer und Liebe zu den Kindern. Bis er »auf Sand lief« und schließlich bald verzweifelte. An den Ordnungen, den Reglementierungen, dem Starrsinn der unausgesprochenen Regeln und Gesetze, die den alten tödlichen Stumpfsinn weiter in sich trugen. Er war erwachsen geworden. »Du bist erwachsen geworden«, hörte er damals von vielen. Ist diese Feststellung einer unabänderlichen Tatsache wirklich ein Kompliment? Er betrachtete sie als Demütigung, als Beleidigung und Ohrfeige. Verständnislos und vorwurfsvoll sah man ihn an, wenn er empört darauf regierte. Obgleich er niemals ein Kind hätte bleiben wollen. Kind sein und erwachsen werden, beide Lebenszustände stießen ihn ab.

Was wollte ich als junger Mann? Der Größte sein, der ich nicht war, was ich wußte?

Das Erwachsensein hatte ihn wie ein Gespenst angefallen, das er nun Tag für Tag wie einen fremden, zu engen Anzug tragen mußte, der eines Morgens an seinem Bett gelegen hatte.

Es mußte Mitte der zwanziger Jahre gewesen sein, als er den Lehrerberuf aufgab, er wußte es nicht mehr genau. Aber es existierten noch Dokumente darüber. Irgendwo auf dem Dachboden und wahrscheinlich im Schulamt von Hollabrunn. Er war zu den Eltern nach Wien gezogen, die nach dem Zusammenbruch der Monarchie zurückgezogen nahe dem Meidlinger Tor von Schloß Schönbrunn wohnten. In einer sogenannten Hochherrschaftshauptmiete, die in Wahrheit wenig wert, aber geräumig war und durch deren Räume der Wind pfiff und Mäuse rannten. Da die finanziellen Mittel des Vaters karg bemessen waren und im Abzahlen von Schulden aufgebraucht wurden, hatte man ein Lebensmittelgeschäft im Souterrain übernommen, wo sie von sechs Uhr früh bis sechs Uhr abends standen und Wurst und Käse schnitten, abwogen, verpackten und verkauften. Man kaufte gern bei ihnen, und besonders der alte Ferdinand Hader war allseits beliebt, denn mit keinem anderen in der Umgebung konnte man, während die Wursträder auf das Papier fielen, so eingehend von den alten Zeiten schwärmen und auf die neuen schimpfen. »Guten Morgen! Grüß Gott! Danke vielmals! Dankeschön! Auf Wiedersehen! Küß die Hand!« Unzählige Male am Tag wurden die gleichen Begrüßungs- und Verabschiedungsformeln in leichten Variationen durchgespielt. Mit Inbrunst und mit Höflichkeit, formvollendet und ergeben, herzlich geschmettert und bei den ärmeren Kunden beiläufig und stark verkürzt beiseite gebrummt oder genuschelt.

Der Sohn stieg mit seinen geringen Ersparnissen in das Geschäft ein und gab vor, es später einmal übernehmen zu wollen. Später und später einmal, das waren die meistgebrauchten Worte dieser Zeit. Er erledigte die Großeinkäufe und Lieferungen. Selten stand er im Geschäft, war immer gerade im Kommen oder Gehen, hielt sich dann nahe beim Gurkenfaß auf, aus dem er sich regelmäßig bediente. Damals, in den zwanziger Jahren, liebte er Saures. Wenn eine hübsche Kundin den Laden betrat, blieb er länger, hantierte ohne Sinn irgendwo herum und spürte die Blicke der Mutter im Rücken wie Nadelstiche. Er vermied es dann, ihnen zu begegnen, wie er es überhaupt vermied, dem Blick seiner Mutter zu begegnen, gab sich locker und tat doch nichts anderes, als mit wachsender Erregung auf

die Brust oder die Beine der Kundin zu starren. Wenn die Kundin den Laden wieder verlassen hatte, schlang er abwesend mit kurzen, lauten Bissen eine Essiggurke hinunter, stapelte dann Kisten und Kartons und verschwand im Hinterhof, wo der Lieferwagen geparkt war.
Michael Hader fand sich vor seiner alten Dorfschulklasse im Bezirk Hollabrunn wieder. Vor den in staunender Ehrfurcht ängstlich zu ihm aufblickenden und mit wißbegierigem Eifer an seinen Lippen hängenden, rotbäckigen oder wächsern bleichen Kindergesichtern. Schüler des Jahrgangs 1918. Kinder, damals sechs Jahre auf der Welt.
Oft und oft hatte er in die Gesichter seiner Schulkinder geblickt, in ihren gesammelten Ernst oder auch in ihre gesammelte Abwesenheit, hatte ihre Andacht und ihre Offenheit, die nichts anderes als Ausgeliefertsein war, betrachtet und ihr Leben, ihre Jahre und Tage vorüberziehen sehen, ihren vorgezeichneten, eingeebneten Weg. Er sah sie heranwachsen, ihren Beruf wählen, ergreifen, ausüben. Er sah, wie sie sich verliebten und heirateten und Kinder in die Welt setzten und älter wurden und sich eine Meinung bildeten. Er sah sie als alte, müde, ausgezehrte Menschen vor sich, die nur noch ihren Tod erwarteten, bis er für einen kurzen Moment die Augen schließen mußte, um dann mit dem Unterricht fortzufahren.
Als er heiratete, wie alle anderen auch, war er fast dreißig gewesen. Seine Frau, eine geborene Kubin, stammte aus Brünn. »Ich bin aus Brünn.« Der einzige Satz, der von ihr geblieben war, der einzige Satz aus ihrem Mund, an den er sich noch erinnern konnte. Das einzige, was für ihn von ihr geblieben war: »Ich bin aus Brünn.«
Sie waren sich in Wien auf der Straße begegnet, und er hatte sie, forsch wie er damals meinte sein zu müssen, angesprochen. Sie hatten sich verabredet und einige Monate später geheiratet. »Ich bin aus Brünn.« Das hätte auch auf

ihrem Grabstein stehen können. Aber dort standen nur ihre Namen, Geburts- und Todesdatum. Agnes Hader. Agnes, der Name war ihm auf der Zunge zergangen, damals in ihrer ersten Zeit, die nur ihnen beiden gehörte. Der Mittelpunkt der Welt war die Strecke Wien–Hollabrunn und zurück gewesen. Wien–Hollabrunn, Hollabrunn–Wien.

Kurz nach dem ersten Hochzeitstag gab er seinen Beruf auf. Er meinte, es nicht mehr ertragen zu können. Er sah die Kinder kommen und gehen. Er beobachtete sich, wie er vor den Töchtern und Söhnen von Fremden stand.

Im ersten Jahr ihrer Ehe hatte sich ihr gemeinsames Leben auf die Wochenenden beschränkt – Agnes arbeitete als Verkäuferin in einem Schreibwarengeschäft im achten Wiener Gemeindebezirk, der Josefstadt – glückselige, von Leichtigkeit erfüllte Samstage und Sonntage, die sie die ganze Woche herbeisehnten, welche sich zäh und grau dahinzog, als wäre man für alle Zeit darin gefangen.

»Ich bin kein Lehrer!« sagte er seiner Frau immer wieder. Beim Heurigen. Wenn er allmählich betrunken wurde. Auf Spaziergängen. Kurz bevor er sie abbrach. Oder in seiner Mansarde am Hollabrunner Hauptplatz, wenn sie nackt auf dem zerwühlten Bett lagen und rauchten. Doch eher beiläufig, eher fröhlich. So fröhlich, daß sie es nicht ernst nehmen konnte und erschrak, als er den Schuldienst quittierte.

Schließlich übernahmen sie das Lebensmittelgeschäft des Vaters, dem schon lange alles zuviel geworden war. Nach quälendem Überlegen und ohne Lust. 1925 kam die erste Tochter auf die Welt. Maria.

Zwei Jahre später, jetzt weiß ich es wieder, wurde Anna geboren. Sie kann also noch nicht vierzig sein. Wir bezogen eine Wohnung über dem Geschäft im Mezzanin.

Die Bilder begannen langsamer vor seinen Augen abzulaufen, bis sie stoßweise und ruckartig zum Stehen kamen und schließlich zur Gänze abrissen. Ein neues Bild tauchte auf, das ihn umkreiste und sich festsetzte: Eine große, runde, noch verpackte Krakauerwurst in der Haderschen Lebensmittelhandlung am Ende der Schönbrunner Straße, einer kilometerlangen, endlosen Wiener Verbindungsstraße, welche durch mehrere Bezirke führt und vor dem Schloß Schönbrunn endet.

Vor nichts hatte er sich so sehr geekelt und gefürchtet wie vor dem Schneiden von Krakauerwurst. Da von den Kunden ununterbrochen Krakauerwurst verlangt wurde, bestand eine seiner Haupttätigkeiten, wenn er im Geschäft stand, im Schneiden von Krakauerwurst.

»Zwei Wurstsemmeln mit Krakauer.« »Fünf Wurstsemmeln mit... vielleicht Krakauer!« Er nahm die Krakauer aus der Vitrine, löste ein der Menge, die er abzuschneiden hatte, entsprechend großes Stück von dem durchsichtigen Papier, das sie umhüllte, legte sie auf das Schneidbrett und preßte sie an die runde Klinge der Schneidemaschine. Die Tortur begann. Der süßlich fahle Duft der abgetrennten Wursträder entfaltete sich zu einer Wolke, die sämtliche anderen Gerüche des Geschäftslokals überdeckte. Um dem Geruch, der ihm wuchernd und wabernd in die Nase stieg, zu entkommen, hob er den Kopf so weit als möglich nach hinten, und sein ohnehin schon aufgesetztes, geschäftsmäßiges Lächeln gefror zu einer dünnen, schmallippigen Grimasse. Während der frischfleischige Krakauergeruch sich in den Stirnhöhlen auszubreiten begann, stieg gleichzeitig ein gepreßtes Würgen seine Kehle hinauf, das ihm den Atem nahm. Zum Lächeln, Sprechen, Schneiden. Die Kundschaft merkte nichts davon oder nahm es nicht zur Kenntnis. Was die Kundschaft einzig und allein wahrnahm, wie er wissen mußte, war das festgefrorene Lächeln des gerade noch jungen Lebensmittelhändlers Michael Hader, seine freundliche Grimasse und die Menge der abgeschnittenen Wursträder, die er zwischen zwei Semmelhälften legte, welche er zusammenklappte, »Mit oder ohne Gurkerl?«, in Butterbrotpapier wickelte und über die Theke reichte. Krakauerwurstsemmeln waren die beliebtesten von allen Wurstsemmeln.

Wieder wuchsen die Kinder heran, und diesmal waren es seine eigenen. Erst 1931 wurde die jüngste seiner drei Töchter geboren. Sie nannten sie Eva. Eva starb mit drei Jahren.

Der Tod der jüngsten Tochter, die ihr aller Leben erhellt hatte, verdüsterte dieses nun. Ihr gemeinsames tägliches Leben, sie empfanden sich auf demütigende Art als Übriggebliebene, war geprägt von Ratlosigkeit. Erst langsam lernten sie sich wieder einander zu nähern, hilfesuchend zu berühren, auch zu sprechen. Und als sie es endlich konnten, war es fast zu spät.

Die äußeren Ereignisse jener Jahre blieben ihm für alle Zeit in Erinnerung. Sie hatten ihm im Lauf der Jahrzehnte als Gedächtnisstützen wie Bojen auf dem Wasser gedient.

1923 war das Jahr seiner Hochzeit gewesen.

1924 sind wir nach Wien gegangen und zusammengezogen, und in Chamonix haben die ersten Olympischen Winterspiele stattgefunden. Es war das Jahr des Attentats auf Kanzler Seipel. 1925 wurde Maria geboren und die Krone durch den Schilling ersetzt. 1927 wurde Anna geboren und Admira Wien war Meister. Es war das Jahr der Schüsse von Schattendorf, das Jahr des Sturms auf den Justizpalast. 1931 ist Eva auf die Welt gekommen, es war das Jahr des gescheiterten Rechtsputsches, das Jahr der großen Hungersnot. 1934 ist Eva gestorben.

Der Zerfall des Landes, die blutigen Aufstände und Wirren jener Zeit, der 12. Februar 1934, als alle öffentlichen Uhren und Straßenbahnen in Wien um 11 Uhr 45 stehenblieben – das Zeichen zum Losschlagen –, die Kämpfe des

Schutzbundes gegen den Ständestaat, das Standrecht, die Hinrichtung von Koloman Wallisch, der Legende aus der Steiermark, all die Ereignisse jener Zeit, die die Menschen aufwühlten und ihnen den Atem raubten, sie nachts nicht schlafen ließen, vermochten ihn nicht wirklich zu bewegen und mitzunehmen. Sie ließen ihn unbeteiligt.

Zeit seines Lebens war er ein getriebener Mensch gewesen, nicht in der Lage, sich der Ruhe hinzugeben und eine Form der Gelassenheit für sich zu finden, die er an anderen bewunderte und nicht verstand. Nach Evas Tod verschlimmerte sich dieser fast ununterbrochene Zustand der Unruhe und Rastlosigkeit dermaßen, daß er an den Rand eines Zusammenbruchs geriet, wenn er länger als eine Stunde ohne Unterbrechung in dem beliebten kleinen Geschäft, das für die Leute günstig um die Ecke lag, zu stehen und zu bedienen hatte. Er hielt es nicht mehr aus in dem kleinen, engen, muffig nach Wurst, Käse und Sauerkraut riechenden Laden, der in seinen Augen mehr und mehr einem düsteren Verschlag und Käfig glich, in welchem er sich nicht bewegen konnte und nach Luft rang. Bis zur Decke vollgestapelt und vollgestopft mit Lebensmittelvorräten, in Kisten und Kästen, Fässern und Kartons, in Gläsern und Schachteln und Flaschen eingepackt und abgefüllt, erschien er Michael Hader als seine eigene maßgeschneiderte Falle.

»Grüß Gott! Guten Tag! Danke sehr, dankeschön! Auf Wiedersehen! Grüß Sie! Grüß Sie! Grüß Sie Gott!« Die anerzogenen Worte und Formeln der Höflichkeit platzten als Versatzstücke einer unausgesprochenen Regel aus seinem in Wahrheit immer fest verschlossenen Mund. Merkten die Leute etwas? Hader konnte es nur erraten.

Zur Entlastung und um dem Geschäft gelegentlich entfliehen zu können, hatte er einen Gehilfen eingestellt. Einen jungen Burschen von gerade sechzehn Jahren, den Franz, später Herr Franz. Jener Franz, später Herr Franz, kam aus dem Burgenland, dem alten Deutschwestungarn, einem armen östlichen Landstrich – erst 1921 an die Republik gefallen –, dessen Bewohner aus Gründen der Armut und Benachteiligung noch heute einzig und allein auf das Materielle oder das Depressive oder beides zugleich ausgerichet sind, und der Hader fremder und ferner als die kirgisische Steppe war, obwohl das kleine Land vor den Toren Wiens lag. Franz hatte schwarzes Haar und mädchenhaft weiche, feine Züge, die über seine Ausdauer und Zähigkeit hinwegtäuschten und seine Kräfte nicht ahnen ließen. Er hatte sich schon nach kurzer Zeit unentbehrlich gemacht, es hatte nur noch keiner bemerkt. Für Maria und Anna war Franz noch viel wichtiger als für das Geschäft, welches jedoch ohne ihn, ohne seine Hilfe und Anwesenheit, nicht mehr hätte weitergeführt werden können und somit dem Niedergang und daraus resultierenden Verfall preisgegeben worden wäre.

Hader selbst ging nur noch selten in den Laden, bediente der Form halber eine Stunde am Vormittag und, wenn es ihm besserging, eine oder zwei am Nachmittag. Kaum hatte er das Geschäft verlassen und den weißen Kittel ausgezogen, den er hinter der Ladentheke zu tragen gezwungen war, rannte er über den Hof in die Wohnung hinauf, zog sich seinen grauen, gefütterten Mantel an und verließ das Haus, ohne sich aufhalten zu lassen, um oft mehrere Stunden lang ziellos die Stadt zu durchstreifen.

Ab und zu besuchte er das Grab seiner Tochter am Hietzinger Friedhof. Um zu diesem kleinen Friedhof vor der Stadt zu gelangen, mußte er nur den Schönbrunner Schloßpark durchqueren, dessen stille Weite ihn immer wieder in ihren Bann zog und schließlich beruhigte. Es fiel ihm dann leichter, ans Grab seiner Tochter zu treten. Und wenn er nachher aus dem Friedhofstor trat, war er in fast gelöster Stimmung, die er nicht hätte erklären können und die freilich nie von langer Dauer war.

Immer wenn er das Wirtshaus erreicht hatte und im Begriff war, die Tür aufzustoßen, hatte ihn die Unruhe wieder eingeholt, und er mußte tief durchatmen, bevor er in der Lage war, den dunklen Schankraum zu betreten. Es war ein einfaches Wirtshaus »vom Grund«, wie man sagte, und trotz des Lärms, der zu jeder Tageszeit dort herrschte, fühlte er sich inmitten der trinkenden und aufeinander einredenden Menge, die ihn in Ruhe ließ, aufgehoben, während er den mechanischen Bewegungen des Schankburschen und der Bedienung zusah.

Der Wind fuhr durch die engen Gassen und breiten Alleen, als Michael Hader an einem kalten trockenen Dezembertag des Jahres 1935 gegen zwei Uhr nachmittags das Wirtshaus verließ. Widerwillig gegen den schneidenden Wind ankämpfend, kehrte er nach Hause zurück. Die Gassen rund um den Hietzinger Hauptplatz und die Alleen von Schönbrunn waren menschenleer.

Auf dem Heimweg grübelte er über das neu entstandene Vertrauensverhältnis zwischen Franz und seiner Frau Agnes nach. Er hätte nicht mehr sagen können, wann ihm diese Nähe zum ersten Mal aufgefallen war. Waren es Wochen? Franz hatte die Fähigkeit, seine Frau wieder zum Lachen zu bringen. Ein leises Lachen nach innen nur, aber ein Lachen immerhin. Die Straße war staubig und kalt. Ein Hund kam ihm entgegen.

Das merkwürdig innige Einverständnis, das von den beiden ausging und das sie wie ein Duft umfing, wenn sie zusammenstanden und kurz miteinander sprachen oder zusammensaßen und schwiegen, störte ihn vielleicht nicht einmal, eher verstörte es ihn mit leichter Hand. Weil es ihn zur Gänze ausschloß. Und die leichte Verstörung wich einem Gefühl, das ihm lange bekannt war und das ihn immer wieder mit solcher Heftigkeit packte, daß er sich auf dem Boden liegen und um sich schlagen sah, eine Empfindung, als ob sich die Welt gegen ihn wendete.

Der Hund war näher gekommen. Ein herrenloser Straßenköter, er wußte es nicht.
Hatte ihn der Hund angefallen? Er lag mit zerrissenem Mantel und blutender Hand auf den Stufen eines Hauseingangs, sein Hut einige Meter weit weg auf dem kalten Trottoir. Mühsam richtete er sich auf und wankte benommen davon. Der Hund war nicht mehr zu sehen.
Als er sein Haus betrat, fiel ihm zuallererst der Geruch auf, der ihm schon in dem immer schlecht beleuchteten und zugigen Hausflur entgegenwehte. Er mußte sich gegen die Wand lehnen und durch den Mund einatmen, um sich nicht sofort übergeben zu müssen. Es war ein bestialischer Gestank, der ihm in die Nase stieg. Eine Mischung aus Tier- und Menschenkadaver, aus Urin und Schlachthaus. Es war, als ob die Stadt mit diesem Gestank ihr wahres Gesicht preisgab.
»Ich bin aus Brünn«, hörte er durch die halbgeöffnete Wohnungstür die leise Stimme seiner Frau sagen, und er hörte Rascheln und Atmen. In der Küche sah er seine Töchter sich Hand in Hand eingeschüchtert gegen die weißblauen Fliesen pressen, als hätten sie Angst, von ihrem Vater gesehen zu werden oder diesen erkennen zu müssen. Noch immer wußte er nicht, woher der Gestank kam, der auch die Wohnung erfüllte. In Hut und Mantel ging er ins Bad und wusch seine blutende Hand mit kaltem Wasser ab. Sie war nur geschürft. Seine Töchter waren ihm gefolgt und standen im Türrahmen. Noch nie waren sie ihm so fremd erschienen, und gleichzeitig hatte er sich ihnen noch nie so nahe gefühlt, wie sie da mit großen Augen Hand in Hand im Türrahmen standen, Schulter an Schulter, und schweigend auf seine Hand sahen. Unfreundlich fuhr er sie an. Und ohne ein Wort rannten die Mädchen zurück in ihr kleines Zimmer.
Noch immer war das Rascheln aus dem Schlafzimmer zu hören, laut gellte das Geräusch in seinen Ohren, und er

schob sich mehr als er ging, hin zur Tür des Badezimmers, drückte sie mit dem Rücken zu und lehnte sich dagegen, wobei er sein Gesicht mit dem verrutschten Hut im gegenüberliegenden Spiegel sah. Er wußte Bescheid und brauchte nicht mehr zu wissen. Doch in Wirklichkeit wußte er nichts, und wie ein von einer Kugel Getroffener rutschte er die Tür hinunter, wobei er ein langgezogenes, quietschendes Geräusch verursachte, das an eine von weitem kreischende Säge erinnerte und dem Ton seiner Verstörung am nächsten kam, bis er mit angezogenen Knien auf dem feuchten Boden saß und der schwere Stoff seiner grauen Hose die Nässe langsam aufsog. Er bemerkte, daß er weinte.

Es klopfte an der Tür. Fest, bestimmt. Als vielstimmiges Echo hörte er das Klopfen sein Rückgrat entlang pochen. Es klopfte lauter und härter, eine helle, schneidende Stimme mischte sich darunter wie das Instrument eines Orchesters, das ungeduldig auf seinen Einsatz wartet und nun unerbittlich den vorgegebenen Noten folgt. Klopfen und Stimme wurden von den unsichtbaren Vorgaben eines Dirigenten geführt, um einander bald rasch abzuwechseln, bald sich gegenseitig zu übertönen, bis sie sich in ein Schreien und Klagen hineingespielt hatten, das nicht mehr zu steigern war, und erschöpft und schlagartig abbrachen.

»Herr Chef! Herr Chef!« hörte er die Stimme von Herrn Franz wieder. »Herr Chef, machens auf, sinds so lieb!« Die Stimme seines Gehilfen klang leiser, weniger befehlend, besorgt einschmeichelnd. Sie klang nach ölig aus der Stirn frisierten Haaren und vor allem – nach Krakauerwurst.

»Herr Chef! Herr Chef! Ihrer Gattin is' was!« Als Beschwörung raunte er jenes »is' was« Michael Hader zu. »Ihr is' was.« Und in die verständnisheischende Klage legte er wieder etwas stärker Forderndes, hell Blitzendes über den dumpfen Jammerton. »Der Gattin is' wirklich was!«

Hader registrierte seine Taktik. Herr Franz – automatisch

und instinktiv nannte er ihn jetzt für sich Herr Franz – legte ihm die Fesseln der Sorge an. Mit einer unnachahmlichen Mischung aus Herzensgüte und Herzenskälte, einem Hunger nach Macht, der sein erstes Betätigungsfeld gefunden hatte.

Hader rutschte bei einer Bewegung nach unten der Hut über die Augen, und kurze Zeit sah er nichts, war es angenehm dunkel um ihn herum, und ihm war, als säße er in einer Höhle am Ende der Welt. Der einundvierzigjährige Mann erhob sich wie ein Kind, das gerade gehen gelernt hat, kam unbeholfen zum Stehen und schob die warme Dunkelheit weg. »Na dann!« sagte er zu sich selbst, nur »na dann!«.

Er bewahrte Haltung, als er die Tür des Badezimmers aufstieß, so daß der dicht an der Tür stehende Herr Franz nach rückwärts wankte. Hader beachtete den Jungen nicht weiter, der ihm nur pötzlich auffallend dünn und langgestreckt vorkam, durchquerte zögernd den ihm endlos erscheinenden Flur, bis er die halbgeöffnete Tür zum Schlafzimmer erreichte, wo er stehenblieb. Kein Laut war zu hören, weder aus dem Zimmer noch aus den übrigen Räumen der Wohnung. Er wartete lange, bevor er eintrat. Die Vorhänge waren zugezogen, und zuerst konnte er zwischen den Schatten kaum etwas erkennen, bis sich seine müden Augen in die Düsternis ihres gemeinsamen Schlafzimmers hineinfanden. Er machte zwei Schritte zum Fußende des schweren, eichenen Ehebetts. Seine Frau lag angekleidet und, wie er zu erkennen glaubte, mit geschlossenen Augen darauf. Weiter fiel ihm auf, daß sie auf seiner Seite des Bettes lag. Der Parkettboden knarrte, als er sein Gewicht verlagerte. Sie drehte den Kopf zur Seite und knipste die Nachttischlampe an, die kaum Licht gab und die Sache nicht besser machte. Etwas an ihr fiel ihm jedoch auf, aber er konnte nicht sagen, was es war. Sah sie ihn an? Waren ihre Augen offen? Er sah sie mit offenen, dann wieder mit

geschlossenen Augen daliegen, wobei er nicht wußte, ob sie wirklich offen oder geschlossen waren. Sie bewegte sich leicht, oder hatte er sich bewegt?
Es waren die Haare. Wie ein schwarzer Schein, ein dunkles Kissen, auf dem sie ruhte, legten sie sich um ihr weißes Gesicht. Er hatte nicht erkennen können, ob der dunkle Rahmen, der es umgab, ein Schatten oder kleinerer Polster war, den sie sich womöglich als Stütze unter den Kopf geschoben hatte, bis er entdeckte, daß ihr dunkles Haar ihn getäuscht hatte. Sie mußte es gefärbt haben. Sie mußte ihr Haar dunkel gefärbt haben. Zu Mittag war ihr Haar noch grau, fast weiß gewesen. Nach dem Tod ihrer Tochter war es beinahe über Nacht grau geworden.
Warum hat sie sich ihre Haare gefärbt, fragte er sich. Wenn sie nur ein Wort gesagt hätte. Aber sie sagte kein Wort. Sie lag nur mit ihrem dunkel gefärbten Haar auf seinem Bett.
Hinter ihm war auf einmal Herr Franz, im Rücken wie immer, so daß ihn Hader nicht sehen, aber sein Rasierwasser riechen konnte. Hader drehte sich nicht um, wandte ihm weiter den Rücken zu, roch das Rasierwasser, blickte auf seine Frau herab. »Laßt mich – allein!« stöhnte Agnes auf und hob ihren Kopf mit einem Ruck in die Richtung der versteinerten Männer. »Hinaus!« Sie ließ den Kopf zurückfallen. Betreten wandten sich die beiden augenblicklich zum Gehen, erleichtert, das düstere Zimmer endlich verlassen zu können. Behutsam schloß Hader die Tür, Hand in Hand standen die Mädchen vor ihrem Zimmer. »Der Gattin – der Mutti is' wieder besser, scheint's...« Herr Franz blickte die Kinder aufmunternd an, machte aber zugleich einen Schritt auf Hader zu, der zurückwich. Hader wußte nichts hinzuzufügen.
Der Gestank, der ihn zuvor fast hätte bewußtlos werden lassen, hatte sich bis auf eine leichte Ahnung verflüchtigt, was ihn wunderte.

Hader wurde mutig, er hörte sich fragen: »Was hat ihr eigentlich gefehlt?«
Er vermied es nicht mehr, den Gehilfen anzublicken. Es wurde ihm klar, daß die Frage klang, als ob sie bereits gestorben sei. Herr Franz, von diesem plötzlichen Akt der Willensäußerung überrascht, fand keine Worte, was selten vorkam, und sah stumm an Hader vorbei. Er spürte die neue Überlegenheit seines Chefs, die Unverwundbarkeit, die aus einer Verletzung kam.
Ein Gewitter brach los. Der erste Blitz zerriß den Himmel. Donner schossen über die Stadt. Wolken verfinsterten sich. Herr Franz nutzte die Gelegenheit und schaute aus dem Fenster, wobei er sich umdrehen mußte und Hader den Rücken kehren konnte. Die Mädchen liefen mit erschrokkenen Gesichtern auf den jungen, zum Himmel blickenden Mann zu und schmiegten sich an ihn, während der Donner über den Dächern kreiste. Der Vater sah zu Boden. Ein Schlag erschütterte das Haus. Die Mädchen kreischten und weinten dann leise.
Hader rannte auf die Straße in das Gewitter hinaus. Er lief in die Richtung, aus der das Unwetter hereinbrach. Daß er dabei den Weg in die Innere Stadt nahm, die er gewöhnlich mied und die der Ausgangspunkt des Unwetters zu sein schien, nahm er nicht wahr. Er hastete mit wehendem Mantel durch die sich verfinsternde Schönbrunner Straße, das Tal des Wienflusses entlang, erreichte die Pilgramgasse, über die tiefe Nacht hereinzubrechen schien, überquerte die Trostlosigkeiten der Franzens- und der Kettenbrückengasse, trat aus dem Gewirr der Häuserzeilen rund um die Wiedner Hauptstraße und traf endlich, inmitten des tobenden und tosenden Gewittersturms, der elektrifizierten Windstöße, auf die rettende Insel des Naschmarkts mit seinen geduckten Buden und Ständen im rasenden Wind. Er fand schließlich Schutz vor den Blitzen, dem peitschenden Regenschwall unter einem schmalen Vor-

dach neben Fässern voll eingelegter Salzgurken und Sauerkraut.
Er war schon längere Zeit unter dem schiefen Dach gestanden, als er eine spindeldürre Gestalt neben sich entdeckte. Ein Mann, der leicht versetzt zu ihm stand, so daß er ihn aus dem Augenwinkel für eine Stange, die das Dach abstützen sollte, gehalten hatte. Alles an dem Mann war dünn und dürr, Haare, Nase, die Arme, die Beine. Seine Kleider hingen an ihm herunter, zogen ihn zu Boden und gleichzeitig in die Länge. Das Wasser tropfte von seinen Haaren, lief über Stirn und Wangen, fiel auf Schulter und Arme und rann die Hosenbeine hinunter auf seine durchweichten Schuhe. Sie sahen sich an. Das Gesicht des Mannes hatte etwas maskenhaft Starres, aus schmalen, mißtrauischen Augen blickte er ohne Neugierde zurück, als wollte er sagen: »Sind Sie bald fertig?« Hader sah unangenehm berührt zu Boden. Jetzt hatte der Mann tatsächlich etwas gesagt, aber Hader hatte ihn nicht verstanden. Er blickte auf und den anderen wieder an. Es war eine Art Zischlaut gewesen, als hätte der dürre Mann ausgespuckt.
Wieder sagte er etwas. Er bewegte beim Sprechen den Mund kaum. Seine Worte hätten auch aus seinen Augen kommen können. Tatsächlich hatte er schon wieder etwas gesagt, und Hader hatte ihn wieder nicht verstanden. Hader sann der Möglichkeit nach, daß der Sitz seiner Worte hinter den Augen lag und durch die Tränenflüssigkeit nach außen drang. Eine Vorstellung, die ihm gefiel.
Hader erfuhr nie, was der Dürre gesagt hatte. Denn auf einmal verließ dieser, ohne ein weiteres Wort zu verlieren, das schief schützende Vordach, warf ihm noch einen Blick zu und ging, eilig, mit gesenktem Kopf, durch den strömenden Regen in Richtung Mariahilf davon.
Das Gewitter hatte sich beruhigt, und nur mehr der langweilige Regenguß erinnerte daran. Hinter ihm tauchte der

Gurken- und Sauerkrautmann aus seinem dunklen Verschlag auf, der sich die Hände an seiner fleckigen Schürze abwischte.

»Wünschen der Herr prima, prima Salzgurken? Oder ein frisches Champagnerkraut? Bei dem Sauwetter ein köstliches Mittel gegen die schwächende Grippe.« Ein hastig hervorgestoßenes »Nein, danke! Ich wollt' nur schauen...«, und Hader war davon. Kopfschüttelnd rührte der Gurken- und Krauthändler mit einem riesigen Holzlöffel in seinen Fässern herum, während der Regen stärker auf das windschiefe Vordach der Marktbude prasselte. »Lauter Narren, wo man hinschaut...«

Hader eilte weiter auf die Innere Stadt zu. Sein Weg führte ihn über die Ringstraße an der Staatsoper vorbei, einem Gebäude, das ihm stets wie ein riesenhafter Sarkophag, ein musikfressendes Ungeheuer erschienen war und das auch heute, an diesem sturmschweren Dezemberabend, als kaltes, monströses Mausoleum von Generationen schwergewichtiger Tenöre und Wagnerheroinen gleich einem bösartigen Krebsgeschwür in den Himmel über der alten Stadt wuchs.

Er ließ die Sängergruft hinter sich und lief durch die liebliche Spiegelgasse, ohne die unzähligen Antiquitätenläden zu beachten, die sich auf beiden Seiten der Gasse auffallend aneinanderreihten, bog nach rechts in die Plankengasse und wandte sich der Seilergasse zu seiner Linken zu, welche direkt auf den Graben führte. In der Mitte der Seilergasse, dort wo diese durch einen alten schmalen Durchgang mit der Spiegelgasse verbunden ist, befand sich das einzige Gasthaus der Inneren Stadt, welches den Regungen seiner Seele entsprach und das er dafür liebte. Es trug den Namen »Göttweiger Stiftskeller«, obwohl es kein Keller war und zu ebener Erde lag. Schon um acht Uhr früh öffnete es seine Tore und ließ die ersten Besucher ein, die noch schweigend vom Ernst und der Feierlichkeit des Morgens an den rohen Tischen Platz nahmen oder sich gleich an die Schank stellten, um ihr erstes Achtel Wein oder einen Krug Bier zu trinken. Arbeiter, Handwerker, Geschäftsleute, fahrendes Volk, Säufer. Aufgedunsene, rotgeäderte Gesicher, die sich mit der Wirkung des Alkohols immer röter zu färben begannen, daneben schmale, ausgemergelte, deren Haut grau und stumpf zum Steinboden herunterhing. »Der Stiftskeller« oder »Die Göttweiger« wurde von allen Schichten der Bevölkerung zu allen Zeiten des Tages besucht. Man kehrte dort ebenso auf einen Schluck zwischendurch ein, um einen kurzen Ärger des Alltags herunterzuspülen oder eine kleine Freude zu erhöhen und zu verlängern, wie auf ein ausgedehntes Mittag- oder Abendessen, das keinerlei Sinn hatte, außer danach schwer im Magen zu liegen. Gegen Abend war ein Großteil der Gäste angeheitert oder betrunken, und ein stetig anwachsender Lärm erfüllte die weitverzweigten, verschiedenartig ausgestatteten, doch karg gehaltenen Räume des Lokals. Am stillsten und somit am schönsten bot sich einem der Göttweiger Stiftskeller in den späten Vormittagsstunden, wenn nur wenige frühe Gäste anwesend waren, jeder sich und seinen Gedanken nachhängend, und nur aus der Küche lautere Geräusche und Stimmen zu vernehmen waren. Es war eine kurze Zeit tiefster Stille.

Hader vermutete das Herz der Stadt unter den kühlen Steinen des Gasthauses. Er ahnte es unter dem harten, schwarzen, unsichtbar gemachten Erdboden leise pochen gegen die trampelnden Schritte und Schläge des Unabänderlichen.

Heute wollte er sich von dem Gasthaus nicht aufhalten lassen, sondern eilte weiter. Er blieb nicht stehen, es war ihm nicht vergönnt.

Als er auf den Graben hinaustrat, erblickte er die Stephanskirche, vor der eine Gruppe von Menschen stand, die

nach oben sahen. Zuerst hielt er sie für Reisende, welche die Stadt und ihre Schönheiten besichtigten, dann, als er näher kam, sah er, was die Gruppe einte. Die Gier nach dem Opfer.
Jemand mußte den Menschen gewittert und trotz der Dunkelheit dort oben ausgemacht haben. Er stand auf der Brüstung der Plattform des rechten Turms, hielt sich an einer vorderen Säule fest, ein Licht vom gegenüberliegenden Haus hatte ihn erfaßt. Rufe waren zu hören. Ein Feuerwehrwagen fuhr gemächlich heran. »Spring doch!« hörte Hader, »Trau dich!« und »Er traut sich nicht.« »Feigling!« schallte es hinauf zu der einsamen Gestalt, die an der Säule klebte und in die Tiefe blickte. Langsam wurde die Leiter des Feuerwehrwagens ausgefahren. Man sah schon jetzt, daß sie viel zu kurz war.
Alles hatte seinen festen Platz, doch keiner wußte darum, würde jemals davon wissen. Jeder agierte in der ihm zugewiesenen Rolle, auf dem ihm angeordneten Standort, war Publikum und Akteur zugleich, Feuerwehrleute, Passanten, Priester, die aus der Kirche eilten und mit zusammengekniffenen Augen angestrengt und sich mechanisch bekreuzigend zum Himmel blickten.
Die Gestalt hoch oben auf der Brüstung, an die Säule gelehnt, wirkte wie ein melancholischer Tänzer, der sich kurz ausruht, auf seinen nächsten Auftritt wartet, von dem er nicht weiß, was er ihm bringen wird, eine hochtrabende, blindwütige Erfolgsempfindung oder die tiefe Niedergeschlagenheit eines klaren Blicks von der leeren Bühne auf die vollbesetzten Zuschauerreihen.
Hader war sofort klargeworden, daß der Mann, der einsam und verloren auf der Brüstung hoch oben über dem Stephansplatz stand, bereit zum Sprung in die Tiefe, der Dürre vom Naschmarkt war. Nur der Dürre sein konnte. Hader versuchte sich einen Weg durch die größer werdende Menge zu bahnen. Vergeblich mühte er sich, durch

das Knäuel von Schultern und Rücken und Köpfen zu gelangen, er rief, er wußte nicht, was er rief, wurde gerempelt und angepöbelt und hob beschwörend, wie zum Gruß, den Arm. Und im gleichen Moment tat der Mann oben seinen letzten Schritt, ins Leere hinaus.

Ein Zischen wie von einer Feuerwerksrakete zuerst oder ein heulendes Pfeifen wie ein Wind, der um die Ecke fährt, ein hoher Ton auf jeden Fall.
Eine Art Schrei in der Luft, dort oben, wie bei Sportlern manchmal.
Das Geräusch eines Pfeils, der abgeschossen wird, aus der Spannung des Bogens entlassen wird. Sirrend.
Wenn einer die Luft scharf einzieht, bei einem Schreck, einer Anstrengung, einer Lust.
Wenn einer Glocke im Läuten der Klöppel ausgerissen wird. Plötzlich ist der Ton weg, nur noch ein Nachhallen.
Nichts. Wie ein Sack, der in die Tiefe fällt, aus einem Speicher unter dem Dach, von einem Gerüst. Die Leute bildeten sich ein, die Bewegung, die Geschwindigkeit des Falls zu hören. In Wirklichkeit sahen sie diesen kaum, so schnell war es geschehen. Die Erinnerung verlangsamt den Sturz.
Der Aufprall. Ein Klatschen.
Ein Zerschellen. Der Kopf schlägt am härtesten auf.
In Teile gerissen. Die Kleider täuschen ein Ganzes vor.
Der leblose Körper wirkt auf den ersten Blick intakt. Die Gliedmaßen sind schief angewinkelt, verrenkt. Aus der Halterung gerissen, das stört den Anblick, vielleicht.

Hader hatte alles Gefühl für Zeit verloren. Er wußte nicht, war es Morgen oder Abend, Tag oder Nacht. Trotz der Dunkelheit erschien ihm der Platz taghell. Er hatte einige Blicke auf den Toten erhaschen können, aus verschiedenen Perspektiven, aber er war nicht durch die Menge ge-

drungen. Im alles entscheidenden Moment hatte er aufgegeben. Er hatte übermenschliche Kräfte von sich erwartet, ein heldenhaftes über sich Hinauswachsen. Aber er war kläglich in sich zusammengesunken und hatte sich von der Masse abdrängen lassen.
Schutzmänner waren aufgetaucht. Der Umriß der verrenkten Gliedmaßen wurde von einem Beamten in Zivil mit groben Kreidestrichen um die Leiche herum auf den nassen, schwarz glänzenden Boden gezogen. Ernste Männer photographierten, redeten, rauchten, notierten. Die Neugierigen kamen nicht mehr auf ihre Kosten und zerstreuten sich. Ein Sanitäter stand mit einer jungen, hübschen Blonden mit blauem Hut in ein angeregtes Gespräch vertieft vor dem Toten. Ihre Schuhspitzen berührten den Kreidestrich dort, wo er sich um das angewinkelte, schräg nach außen ragende Knie zog. Sie boten ein Bild der Unzertrennlichkeit. Als die Leiche fortgeschafft wurde, bemerkten sie es kaum, sahen nur kurz auf, traten etwas zurück, blickten flüchtig hin. Dann verabredeten sie sich für den folgenden Abend.
Hader trat den Rückzug an. Er hatte Angst aufzufallen durch sein aufgewühltes Gesicht, seine plötzliche Schwäche, die ihn schwanken ließ. Er warf noch viele Blicke zurück, konnte sich nicht trennen von der weißen Kreidezeichnung, die ihm wie ein Kunstwerk erschien und über welche jetzt eine Plane gelegt wurde, um sie nicht unkenntlich werden zu lassen. Der vorangegangene Schrekken verzog sich wie das vorangegangene Unwetter, zerfiel in seine Bestandteile von Ratlosigkeit und Angst.
Er ging zurück in die Seilergasse und trat, ohne zu zögern und mit größter Selbstverständlichkeit, als läge nichts hinter ihm, durch den Eingang zum »Göttweiger Stiftskeller«. Gläserklirren, abgehackte Sätze, das Klappern von Tellern, Rufe und Schreie über einem ständigen, konstant bleibenden Gemurmel brandeten ihm entgegen, und

zuerst meinte er, all die Sätze, Rufe, Schreie gälten nur seiner Person.
Blicke richteten sich auf ihn, warfen sich ihm in den Weg, doch er ging ihnen tapfer entgegen, ließ sie an sich abgleiten oder zertrat sie auf den nassen Steinen zwischen den unzähligen Fußspuren, bis er merkte, daß sie einem kollektiven Mechanismus folgten, der jeden Eintretenden wie das Auge einer Kamera erfaßte und wieder losließ. Dann war man drin, im inneren Bezirk des Lokals, gehörte dazu, ob man wollte oder nicht.
»Der Herr?«
»Ein Achtel rot.«
Nach dem achten Glas saß er auf der Bank, die sich entlang der Wand des mit dunklem, rotbraunem Holz getäfelten Raumes von einem Ende zum anderen zog, eingezwängt zwischen einer korpulenten Frau mittleren Alters mit riesigen Brüsten und einem teilnahmslos lächelnden jungen Mann mit melancholischem Vertretergesicht. Hader war erfüllt von einer verschwommenen Zuversicht und betrachtete den ihm gegenübersitzenden, stiernackigen Menschen, der die Physiognomie eines Fleischhauers besaß, den man aber genausogut für einen Beamten der Republik halten konnte, mit der freundlichen Teilnahme des Angetrunkenen, der das Gespräch sucht mit wem auch immer, dem jedoch gleichzeitig die Themen auf Grund ihrer vielfältigen Faszination langsam, aber behende entgleiten und der es deshalb vorzieht, gar nichts zu sagen und weiter freundlich und voll geheimen Einverständnisses sein Gegenüber anzulächeln.
Er wußte nicht mehr, wie er auf die Bank gekommen war. Er hatte nicht den Mut, sich zu erinnern, der Wein wehte seine Bereitschaft zur Konzentration über die Tische hinweg, und er fand sich erneut dem Menschen mit der Fleischhauerphysiognomie stier zulächeln.
Er spürte die Brüste der Nachbarin an seiner Schulter, wie

sie sich dagegen drückten, fühlte, wie sich ihre ganze Erscheinung verstohlen und offensichtlich an ihn schmiegte, näher rückte, bei ihm blieb, wie zufällig. Dann lag ihre Hand auf seinem Oberschenkel, fuhr weiter nach oben, auf und ab. Und der stiernackige Mensch grinste auf einmal, hob sein Glas und prostete ihm zu.

»Die Liebe, mein Freund...«, sagte er augenzwinkernd, wobei sein breites, brutales Gesicht einen zyklopenhaften Ausdruck annahm, als würden ihm die Augen in der Mitte der Stirn zu einem einzigen zusammenwachsen, und sein Mund ging weit auf, wurde immer weiter und größer, bis seine Nase nicht mehr zu sehen war, dazu brach er in dröhnendes Lachen aus.

Hader wagte nicht, in das Gesicht seiner Nachbarin zu blicken. Auch sie schaute ihn nicht an, richtete kein einziges Wort an ihn, und ihre ganze Gestalt von der Tischplatte aufwärts schien in keinem Zusammenhang mit ihren heimlichen, gezielten Handlungen unter dem Tisch zu stehen. Die Haltung ihres Kopfes, ihres Gesichts, des sichtbaren Teils ihres Körpers gab zu keinerlei Vermutungen Anlaß, es war ihr nichts anzusehen, und sie stellte nicht mehr dar als die meisten Gäste des Lokals, unbeteiligt und aufgehoben in der Menge, ein Gesicht, ein Körper unter vielen, ein Glas Wein vor sich.

»Darf's noch was sein, die Herrschaften?«

Sie bestellten und bestellten, tranken und tranken und schütteten mit dem Trinken die Zeit zu, der Zyklop schwadronierte über die Liebe und die Freundschaft, machte Ausflüge in die Weltpolitik und die Geschichte, bis er endlich erschöpft bei der Wirtschaftslage und der Inflation angekommen war, sein Glas umstieß und einschlief.

»Singen und Lärmen behördlich verboten«, las Hader durch die rauchgeschwängerte Luft hindurch auf einem Schild an der gegenüberliegenden Wand, das über einem Gemälde einer regenverhangenen Donaulandschaft hing.

Keiner beachtete das Schild, und niemand richtete sich danach. Selbst die Kellner und die Wirtsleute schienen die alte behördliche Mahnung vergessen zu haben.
Er betrachtete das vergessene Schild, und sein Blick wanderte über die lärmenden und singenden Menschen darunter. Je verlassener sie sich fühlten, desto lustiger und lauter, fröhlicher und ausgelassener wurden sie nach außen hin, in Wahrheit war ihnen so bang zumut, daß sie sich vor jedem Schritt, den sie tun mußten, fürchteten und in ihrer Kleinheit vor Schrecken am liebsten laut geschrien hätten wie gefangene Tiere.
Während der langen Zeit, der vielen Stunden des Abends, war die Hand seiner Nachbarin, von der er noch immer nicht wußte, wie sie genau aussah, seine Schenkel auf und ab gefahren, hatte sich dazwischen gelegt, getastet, gedrückt, gestreichelt. Dabei ging keinerlei Zärtlichkeit oder zögernde Hingabe von ihr aus, nur ungeduldig forderndes Verlangen und kalte Geilheit.
Der Alkohol stürzte ihn in eine schwere und weiche Teilnahmslosigkeit. Und bald saß er dumpf brütend mit eingezogenem Kopf und gefurchten Schultern, bald selig in sich hinein lächelnd. »Es wird a Wein sein – und wir wern nimmer sein…«, hob einer aus der plötzlichen Stille an, die zufällig wirkte, und vereinzelt stimmten müde, verhangene Gesichter und Münder in den Gesang ein, »'s wird schene Madln geb'n und wir wern nimmer leb'n…«, bis einer nach dem anderen wieder verstummte und endlich auch das Lied auf den Lippen des Vorsängers erstarb.
Auf einmal wirkte der zusammengewürfelte Haufen wie ein in Auflösung begriffenes Leichenbegängnis.
Die Leute sahen sich schweigend an, ohne einander zu kennen, tranken aus, schenkten nach, senkten den Blick, standen vom Tisch auf und gingen zum Abort auf den Hinterhof hinaus, um wieder hereinzukommen, sich wie-

der zu setzen, wieder zu schweigen, einen Satz fallenzulassen, der keine Antwort erwartete und keine erhielt.
Als er gegen ihr Glas stieß, trafen sich ihre Blicke, und er war überrascht, in ein hübsches Gesicht zu sehen. Er hatte damit gerechnet, plötzlich in eine häßliche, abstoßende Fratze sehen zu müssen, und jetzt wandte sich ihm ein zwar nicht mehr ganz junges, doch vom Alter noch nicht endgültig und grausam gezeichnetes Gesicht zu. Sie zog ihn an sich und gab ihm aus ihrem Glas zu trinken, flößte ihm den dunklen Wein förmlich ein wie einem kleinen Kind und wischte ihm die Tropfen vom Kinn. Und er wäre drauf und dran gewesen, selig zu lallen, wenn ihn nicht ein kurzer, harter Blick des Zyklopen erfaßt hätte, der wieder erwacht war. Sie schlang den Arm um Hader und drückte ihn gegen ihren heißen Körper, und Hader mußte gegen ihre fesselnde Umklammerung, die sie nicht mehr zu verheimlichen suchte, sondern im Gegenteil in aller Öffentlichkeit, vor allen Leuten darbot, ankämpfen wie gegen die Fangarme und Saugnäpfe eines gewaltigen Kraken. Ihre Mütterlichkeit war ihm unendlich angenehm und unendlich peinlich. Und er fühlte sich hingezogen und abgestoßen, wie von einem weiten, funkelnden Himmel, der sich in einen Abgrund verwandelt.
Und erst jetzt, nach mehreren Stunden, redete sie zu ihm, während sie seinen Kopf in beide Hände nahm und wie einen großen Becher hielt, aus dem sie gleich trinken wollte. Sie sagte nur zwei Worte: »Gehen wir?«
Er nickte willenlos.
»Ja.«
Der Blick des stiernackigen, vierschrötigen Zyklopen ruhte auf ihnen, während sie schwankend aufstanden und umständlich in ihre Mäntel fuhren.
»Ja, ja, die Liebe...«, und dabei zwinkerte ihnen sein hängendes Auge wieder leutselig zu, als sie mit der aufrechten Langsamkeit der Betrunkenen den Raum zur Tür hin

durchquerten. Der Kellner eilte ihnen nach und verstellte ihnen mit weit geöffnetem, klimperndem Portemonnaie den Weg. Dreimal fiel Michael Hader seine Geldbörse zu Boden, bis er endlich die Zeche beglichen hatte. Er zahlte alles.
Eine kalte Mitternacht wehte den beiden Gestalten entgegen, als sie auf der finsteren Straße standen, und zögernd, beinahe tastend wie zwei Blinde, gingen sie los, einander stützend und bereit, den anderen aufzufangen.

Er erwachte in einem Zimmer hoch über der Stadt. Er sah einen Wolkenzipfel vor einem grau durchwirkten Himmel, mehrere sich vor diesem scharf abzeichnende Kirchturmspitzen über schneebedeckten Dächern. Und kein Laut war zu hören, nicht einmal ein fernes Rauschen vom Gewirr der Gassen unten drang herauf zu ihm. Und er war allein in diesem Zimmer. Das war ihm schon klargewesen, als er die Augen noch nicht geöffnet hatte und eine Zeit bewegungslos verharrt war, wie um sich auf ein langes Tagwerk vorzubereiten.
Er wunderte sich nicht, aber er wußte auch nichts. Nichts von der vorangegangenen Nacht und noch nichts vom Abend davor. Doch bald bohrten sich ihm die Mosaiksteinchen der Erinnerung als scharfe Splitter ins Gedächtnis.
Schwarzweiße, verschwommene Bilder, zu dunkel oder zu hell wie aus einem unzulänglich entwickelten Film, drängten sich auf und wirbelten vor seinen Augen herum, bis sie zu flimmern begannen, verschwammen und schließlich verschwanden, abrissen. Die Leere, die sich ihm danach bot, war noch trostloser als die flimmernden Bilder davor.
Eine grüngestrichene Kommode stach ihm ins Auge, eine Vase mit trockenen Herbstblumen darauf, Stuhl, Tisch, Chaiselongue, alles nebeneinander auf engstem Raum. Kein Gegenstand deutete auf die Anwesenheit der Frau hin.

Er befand sich inmitten aller Klischees einer mißglückten Liebesnacht. Er lag in einem völlig zerwühlten, schweißnassen Bett, nackt bis auf Unterhose und Socken, was ihn wesentlich mehr irritierte, als wäre er völlig nackt gewesen. Er wußte nicht, wo er war. Und er meinte, sich an nichts erinnern zu können. Seine Kleider lagen vor dem Bett auf dem Boden herum. Er hatte Durst. Die grüngestrichene Kommode sprang ihn wie eine aufdringliche Leuchtreklame an. Er sah sich mit der Frau in der nächtlichen Kälte auf der Straße stehen. Sie hatte ihm ihren Namen gesagt. Melanie. Er hatte ihr seinen genannt. Sie hatte gekichert. Sie waren eine lange, steile Treppe taumelnd hinaufgestiegen, hatten sich dazwischen vor Erschöpfung keuchend auf einen Absatz gesetzt und laut gelacht, bis irgendwo eine Tür aufgerissen und brüllend um Ruhe gebeten wurde. Kichernd waren sie weiter hinaufgeschlichen. Auf Zehenspitzen, wie zwei Kinder. Das sah er alles vor sich. Mehr nicht, im Augenblick.
Er erhob sich und ließ sich gleich darauf wieder zurückfallen. Als sich der Sturm in seinem Kopf gelegt hatte, versuchte er es noch einmal und stand auf, obwohl es über seine Kräfte ging, stand mit seinen dürren Beinen wie ein Baum im Wind eine Weile unschlüssig und kraftlos vor dem Bett, bis sich seine Füße an den Boden und das Stehen darauf gewöhnt hatten, ging dann mit unsicheren Schritten zur Tür und lauschte. Er hörte nichts.
Er fand sich auf der Straße wieder. Die Gegend war ihm vollständig unbekannt, und er suchte nach einem Orientierungspunkt, nach dem Schild eines Geschäfts, einem Gebäude, einem bestimmten Blickwinkel, aus dem sich alles erraten ließe, einem Kirchturm, einer winzigen Vertrautheit.
Er war ein Fremder in der eigenen Stadt und ging durch ihre Straßen, als sähe er sie zum ersten Mal. Er wußte, daß er bald an einer Gabelung, einer Kreuzung oder einer Ecke

stehen und ihm nichts mehr fremd, sondern schlagartig alles wieder vertraut sein würde, und er zögerte diesen Augenblick, das Ende der Fremdheit, hinaus, auch wenn er wußte, daß es ihn unerwartet treffen, ihm das Altvertraute unvermutet begegnen würde wie das Erwachen aus einem tiefen Traum, und er ging noch langsamer voran. Er wechselte die Straßenseite, es war ein sonniger Tag. Er ließ sich treiben. Er tat zwei Schritte und stand auf dem Hohen Markt. Alles geschah zugleich, sein Blick fiel auf das Schild »Hoher Markt«, er erkannte die Litfaßsäule wieder, das Erwartete trat so unerwartet ein, wie er kurz zuvor noch gedacht, dann vergessen hatte. Er hatte sich wieder zurechtgefunden, er wußte wieder, wo er sich befand. In die Erleichterung mischte sich ein leises, schwerwiegendes Bedauern.

Und als er den langgestreckten Platz überquerte, während der Vormittag allmählich die Gestalt des Mittags annahm, sah er sie noch ein letztes Mal. Sie eilte, ohne ihn zu sehen, auf die Straße zu, aus der er gerade gekommen war, offensichtlich im Begriff, ihn, ihren Langschläfer in der Mansarde hoch oben über der Stadt, mit frischem Gebäck, mit Kipferln und Semmerln also, zu wecken und zu überraschen, sich an ihn zu schmiegen und ihn zu liebkosen. Das sagte ihm ihr frischer, gelöster Gesichtsausdruck, der sie jünger machte, ihre freudige Erregung, mit der sie, ohne auf ihre Umgebung zu achten, weit ausschritt, und er sah ihr nach, bis sie die Straße erreicht hatte, wo sie vor Freude, wie er bemerkte, zu laufen begann und schließlich vom Schatten der Häuserzeile verschluckt wurde. Dann erst drehte er sich um und ging in die entgegengesetzte Richtung davon.

Wie ein auf dem Grund des Wassers liegender Stein meldete sich die Erinnerung an den Selbstmörder von gestern abend. Hader bog rasch in eine Seitengasse, die ihn vom Dom fernhalten sollte. Er kaufte sich eine Morgenzeitung und suchte nach einer Meldung über das Unglück, doch er fand nichts. Er mußte nach Hause, zurück in seine Vorstadt, und mit der zusammengerollten Zeitung, die er gern dem einen oder anderen Passanten auf den Kopf gehauen hätte, kämpfte er sich durch das Gewimmel des Menschenstroms. Er nahm die Elektrische und blieb auf der hinteren Plattform stehen, froh, den schiebenden und stoßenden Leibern entronnen zu sein.

Er wunderte sich, daß ihn der Selbstmord des Unbekannten nicht mehr belastete, geschweige denn beschäftigte. Der grausige Aufprall begann mehr und mehr zu verblassen, und er meinte schon, den Todessturz nur geträumt zu haben. Die klingelnde Bahn entfernte sich nach und nach vom brodelnden Stadtinneren, ließ die Aufgeregtheit hinter sich und schaukelte der Beschaulichkeit der Vorstädte entgegen. Von einer Station zur nächsten stiegen mehr Fahrgäste aus und weniger zu, und der Schaffner, für den es nichts mehr zu tun gab, setzte sich auf einen der hinteren Plätze des so gut wie leeren Waggons, nahm seine Mütze ab, um sich über den Kopf zu streichen, hinter dem Ohr zu kratzen und der Endstation entgegenzuträumen.

Hader stieg absichtlich zwei Stationen zu früh aus, sprang, als die Bahn gerade wieder anfuhr, im Fahren ab und sah ihr nach, wie sie sich bimmelnd entfernte und in die Wintersonne hineinfuhr. Während er in gelöster Stimmung die ungewohnt malerisch vor ihm liegende Schönbrunner Straße hinunterging, ihm Unbekannte freundlich grüßend, mit seinem wehenden Mantel an einen Flaneur erinnernd, faßte er zusammen, ließ die Ereignisse des letzten Tages noch einmal an sich vorübergehen, ihren Schatten ausweichend.

Er registrierte an sich wie ein Arzt: Glücksgefühl, Zufriedenheit, Verspieltheit, Träumerei, und konnte sich nicht erklären, wie es dazu kam, wo er diesen doch unbestritten angenehmen Seelenzustand auf einmal her hatte. Und er war geneigt, das Glücksgefühl als Krankheit zu betrachten, als eine angenehme zwar, aber als Krankheit eben, die ihn überfallen hatte wie eine Erkältung, über Nacht, oder ein bohrender Schmerz im Zwerchfell, von einem Augenblick zum nächsten, den man, wenn er abgeklungen ist, mit weit aufgerissenen Augen und stoßweisem Atem wieder zurückkehren sieht und die Sekunden zählt bis dahin. Er blieb stehen, ging weiter, blieb wieder stehen, ging wieder weiter.

Zweifellos war, äußerlich betrachtet, der Todessturz von der Kirche das schwerwiegendste und nachhaltigste Ereignis der letzten vierundzwanzig Stunden gewesen, und doch ließ ihn das Gefühl nicht los, daß die gefärbten Haare seiner Frau, die Begegnung mit seinen Töchtern und Herrn Franz, der kurze Aufenthalt im Schlafzimmer, das Gewitter und die Bekanntschaft und Nacht mit Melanie – er wußte, daß es nicht ihr wirklicher Name war – wichtiger waren und ihn der Todessturz im Grunde doch nichts anging.

Als scharfer Schnitt lief das Vergehen der Zeit durch ihn hindurch, und die Furchen der Enttäuschung gruben sich in seine schlaffen Züge ein. Und doch war er immer noch gelöst, war erfüllt von einer geradezu aufdringlichen Heiterkeit, die ihm so viel Schwung gab, daß er meinte, dahinzusegeln wie ein Boot auf einem sich kräuselnden Wasser. Bis in die Haarspitzen und Fußnägel spürte er die grundlose Freude, deren Opfer er geworden war. Er ließ sich jetzt Zeit, als er sich seinem Haus näherte. Er war nicht dahintergekommen, was seiner Frau fehlen mochte. Er hatte sich auch nicht sehr darum bemüht. Der Gedanke, daß ihr nichts fehlte, sie sich nur die Haare gefärbt hatte, sonst nichts, ihm damit nur einen Hinweis geben wollte, daß er ihr mehr Zuwendung, mehr Beachtung schenken solle oder eine andere Zuwendung, eine andere Beachtung, und weiter, daß sie sich das alles bloß ausgedacht hatten, sie und der Herr Franz, um ihn darauf zu stoßen, daß er sie endlich in Ruhe, sie beide endlich in Ruhe lassen sollte, damit sie ihren eigenen Weg, ihre eigenen Wege ohne ihn gehen konnten, daß er sie von sich befreien sollte, weil sie sich von ihm befreien wollten, da er mit seiner Schwermut eine Last für sie geworden war und sie ihn in etwas hineintrieben, in eine Sache, deren Ausgang er nicht erfahren sollte, den sie beide aber genau kannten, daß sie ein Komplott gegen ihn geschmiedet hatten, von dem er erst jetzt, ohne es gewollt zu haben, erfuhr – dieser Gedanke ließ ihn nicht los, und er trat durch das Tor des Hauses. Er war immer noch heiter.

Im Hausflur hing, seit man denken konnte, ein Spiegel, dessen Oberfläche im Lauf der Jahrzehnte braungraue Sprenkel und Flecken bekommen hatte und der die vielen Gesichter, die sich in ihm gesehen oder nicht gesehen hatten, allmählich widerzuspiegeln begann, als wäre er durch die Abnutzung selbst ein Gesicht aus vielen geworden. Man sah zwangsläufig und daher selbstverständlich hinein und bemerkte es schon nicht mehr. So tat es auch Hader diesmal, flüchtig und kaum wahrnehmend. Doch dann blieb sein Blick auf seinem Gesicht haften, auf seinem Anblick, und er blieb stehen und begann, sich eingehender zu betrachten. Wirkte er verändert? Er trat näher an den Spiegel heran. Die braungrauen Sprenkel auf dem stumpf gewordenen Glas vermengten sich mit den Bartstoppeln, die ihm über Nacht gewachsen waren. Sein Gesicht schien ihm um vieles breiter und klobiger. Er bemerkte den Bartwuchs bis hin zur Augenpartie, die schlaff herabhing. Über den geschwollenen Tränensäcken verschwammen seine Augen zu einem trüben See, und das Weiße darin wirkte wie eine Krankheit. Sein Kopf und der Hals darunter erinnerten ihn an einen Kürbis, auf eine Stange gesteckt, im freien Feld zur Warnung aufgestellt. Angespannt beobachtete er sich, als warte er darauf, daß etwas mit ihm, mit seinem Gesicht geschehe, eine winzig kleine Veränderung nur, wie ein Zucken der Muskeln, oder etwas Größeres, Gewaltiges, wie das Platzen des Kopfes. Doch nur ein Lid begann infolge der Anspannung zu zucken, in regelmäßigem Abstand wie der Schlag des Herzens. Und alle Heiterkeit war fort. Durch das steinerne Stiegenhaus hallte ihm sein Schritt nach, bis er schließlich verklang wie die Zeit, die hinter ihm lag. Hader stieg die Stufen schneller hinauf und stand vor seiner Tür. Er horchte auf Geräusche hinter der Tür, brachte sein Ohr näher an das Holz, dabei mußte er den Kopf zur Seite drehen, und blickte auf das Namensschild oberhalb des Klingelknopfs, sein Namensschild. Fremd sprang ihn der Name an, und die Frage nach seiner Bedeutung schoß ihm durch den Kopf, nach der Herkunft seines Namens, den schon Generationen vor ihm getragen hatten, dessen Herkunft und Sinn keiner mehr kannte, der jedoch, wie ein Fremdwort, welches niemand versteht, mit der größten Selbstverständlichkeit ausgesprochen und niedergeschrieben wurde, als handle es sich um eine Alltäglichkeit.

Hader lauschte der Stille und dem gedämpften Rauschen von der Straße her. Als er aufgeschlossen und den Flur betreten hatte, war ihm sofort klar, daß die Wohnung leer war. Nicht leergeräumt, nur leer waren die Räume, und es war ihm, als könnte er das Fehlen der Menschen darin riechen. Er wunderte sich nur, daß er nicht damit gerechnet, die Leere nicht in Betracht gezogen hatte.

Überstürzt und Hals über Kopf oder lange geplant? Er kannte die Unterschiede nicht. Oder waren sie einfach spazierengegangen? Er stand herum. Wie ein Fremder, ein Eindringling. Zuerst im Wohnzimmer, wo er mit dem Finger über den Tisch aus Buche fuhr, als fände er Staub darauf, dann im Schlafzimmer, in dem es eiskalt war, so daß er das Gefühl hatte, sich in einem Abstellraum für Särge zu befinden – die Vorhänge waren zugezogen. Aus dem Schlafzimmer ging er ins Bad, dann in die Küche. Er war noch immer im Mantel und hielt den rasselnden Schlüsselbund in der Hand. Das Zimmer der Kinder brachte eine gewisse Klarheit. Die Spielsachen der Mädchen waren weg, bis auf die Dinge, an welchen sie schon lange kein Interesse mehr gezeigt hatten. Der Rest lag nicht achtlos auf dem Boden verstreut wie sonst, sondern fein säuberlich zu einer Art Turm aufeinandergeschichtet. Die Betten waren abgezogen, das Fenster stand einen Spalt weit offen. Er tat einen Schritt auf den Turm aus Spielzeug zu, der der Ruine einer Pyramide glich, der Schlüsselbund entglitt seiner Hand, fiel mit hellem Klingen zu Boden, ein Ruck ging durch Haders Körper mit den eingezogenen Schultern.

Sein Schluchzen preßte sich die Kehle hinauf und brach sich in einem einzigen Schrei. Er ging in die Knie, sein fortwährendes Stoßen und Zittern drückte ihn hinunter, sein Kopf schlug auf die hölzernen Dielen und stieß an den Turm aus Spielzeug, die Spielsachen – Bausteine, Figuren, Hölzer – fielen über seinen Schädel, bis er davon bedeckt war.

Lange Zeit kniete er so, geschüttelt von Weinkrämpfen und bedeckt vom abgelegten Spielzeug seiner Kinder, auf dem kalten Boden des stillen Zimmers. Das Weinen befreite ihn nicht, löste den Schmerz nicht, der sich als Knoten in seiner Gurgel festfraß. Er wurde nur, plötzlich oder fast plötzlich, ruhig, nicht starr, sondern von einer Ruhe, in der nichts mehr zu greifen und alles noch Vorhandene nur mehr ein namenloses Ich war. Er stand auf, schob das Spielzeug mit einem Fuß zusammen, glättete den Mantel, trocknete sein feuchtes Gesicht mit einem großen, blauen Taschentuch, stand wie beschämt, als wäre er bei einer großen Peinlichkeit ertappt worden, allein in der Mitte des Raums wie ein unpassendes Möbelstück, für das man keinen Platz fand.

Dann ging er, mit merkwürdig steifen Schritten, als wäre er aufgezogen, in den Flur, wieder ins Schlafzimmer, ins Wohnzimmer, in die Küche, warf einen Blick ins Badezimmer, setzte sich auf den Rand des eisernen Bettgestells im selten benutzten Gästezimmer, stand abermals im Zimmer seiner zwei Töchter. Er blieb dort einige Minuten, vielleicht drei, vielleicht fünf Minuten, am Fenster stehen, sah auf den kahlen leergefegten Hof hinaus, auf das dunkelrote Auto, mit dem er die Waren frühmorgens vom Markt zum Geschäft fuhr. Er ging noch einmal in die Küche, die auf Hochglanz gebracht worden war, was er erst jetzt bemerkte. Und jetzt erst bemerkte er auch den Zettel, der unübersehbar in der Mitte des blankgescheuerten Tischs lag, gehalten von einer kleinen Tonvase an seinem äußersten Rand.

Sie hatten ihn verlassen, das wußte er auch, ohne den Zettel zu lesen.

Sein Blick fiel auf den Spülstein, auf die Pfannen, die der Größe nach geordnet an der Wand über dem Herd hingen, wanderte weiter über das lange Regalbrett mit den Gewürzbehältern aus Steingut. Es war ein unsteter, gedankenloser Blick, keiner, der die Dinge des häuslichen Lebens liebevoll einfing und auf ihnen verweilte. Er verließ die Küche wieder, ging erneut ins Schlafzimmer, suchte nach Spuren, von denen er wußte, daß er sie nicht finden würde. Staub unter dem Bett, Staub unter dem Schrank, Staub unter der Kommode. Während er herumkroch, stieß er mit dem Kopf zweimal gegen die mächtigen Gegenstände eines Schlafzimmers aus Holz. Die den Raum beherrschenden und erdrückenden Möbel waren aus schwerem massivem Holz.

Doch die Mauern waren aus Stein. Zwischen den Steinen gab es Ritzen, Sand rieselte durch Spalten, die es nicht geben sollte, an der weißgetünchten Oberfläche bildeten sich Sprünge. Über Nacht wurden aus Unebenheiten und den kleinen Sprüngen Risse, die einem entgegenklafften und tags darauf wieder geschlossen waren wie von unsichtbarer Hand.

Heute waren die Wände eben und glatt, als wären sie frisch gestrichen worden. Hader, staubbedeckt, trat keinen Schritt näher an sie heran, wandte sich um und war draußen.

Er fand sich im Wohnzimmer wieder, wo er auf der gläsernen Vitrine einen weiteren Zettel fand, den er wiederum nicht las. Über der Glasvitrine hing eine englische Fuchsjagd, kolorierter Stich, 19. Jahrhundert. Die Pendeluhr seines Großvaters schlug vier. Erst vier, schon vier? Hader konnte sich nicht entscheiden. Hatte er noch viel Zeit, oder war es schon sehr lange zu spät? Er trat wieder auf den Flur hinaus, er ging wieder in die Küche hinein, er ging wieder aus der Küche hinaus, hinein ins Kinderzimmer, dann in das Gästezimmer, wo er sich einen Schuh festschnürte, dessen Band sich gelöst hatte. Wieder ins Wohnzimmer, in die Küche, immer wieder auf den Flur, nur das Schlafzimmer betrat er nicht mehr. Eine Idee nahm Gestalt an.

Eine Spur jener Heiterkeit von vorhin – ein Vorhin, das Jahre zurücklag, und doch waren es höchstens zwei Stunden – erfaßte ihn wieder, und er lief zur Tür hinaus, die hinter ihm ins Schloß fiel, hinaus auf den Hof, zu seinem roten Auto, mit dem er, wenn es noch dunkel war, auf den Markt und in der Morgendämmerung wieder zurück zum Geschäft fuhr. Es war noch nicht viel Zeit vergangen, seit er es angeschafft hatte. Er hatte den Lieferwagen in Zahlung geben können und war auf diese Weise zu dem bereits fünf Jahre alten Steyr Typ 30 S, Baujahr 1930, gekommen, der seine finanziellen Möglichkeiten ansonsten um einiges überstiegen hätte. Als Lieferwagen eignete er sich wenig, trotzdem benutzte er ihn dafür. Vor allem die Rücksitze litten unter den Ladungen, und bei den Marktleuten fiel er

damit auf, was ihm nicht angenehm war, denn er fiel nicht gern auf. Doch das waren Kleinigkeiten, die ihn nicht wirklich störten, im Vergleich zu dem Stolz und der Zuneigung, die er seinem Steyr entgegenbrachte.
Hader liebte dieses Automobil, den Steyr Typ 30 S, über alles. Allein die Farbe ließ sein Herz höher schlagen, dieses dunkle Rot.
Er schloß auf und ließ sich in den weichen, hellbraunen, lederbezogenen Sitz fallen. Die Beine ließ er aus der offenen Tür hängen. Erschöpft schloß er die Augen. Es mußten zehn Minuten gewesen sein, zehn traumlose Minuten, die er geschlafen hatte. Er war tiefer in den Sitz gerutscht, und sein Kopf berührte das Lenkrad. Er fror vor allem an den Füßen, und die abendliche Dunkelheit hatte mittlerweile auch das Armaturenbrett erreicht, so daß Tachometer, Uhr und Standanzeiger im Dunkeln lagen. Er zündete ein Streichholz an. Bald fünf. Er saß in dem Auto wie auf Beobachtungsposten, stieg noch einmal aus, kontrollierte Benzin- und Ölstand.
Wohin konnten sie gefahren, gegangen sein? Nach Brünn, Hollabrunn, ins Burgenland? Die Idee, bei seinen Eltern vorbeizuschauen, hatte er bisher verworfen, zu unangenehm war ihm der Gedanke, den beiden Alten mit der Geschichte einer gescheiterten Ehe unter die Augen treten zu müssen. Es war unwahrscheinlich, daß Agnes sich bei ihren Schwiegereltern aufhielt. Aber vielleicht hatten sie Anna und Maria dort gelassen. Vorübergehend oder für immer.
Er ließ den Wagen an, die Türe stand noch offen. Er hob seine Beine ins Wageninnere, ließ den Anlasser, den er wie abwesend, als warte er noch auf etwas Entscheidendes, mit der Hand umschlossen hielt, wieder los, und der Motor starb ab. Mit nachdenklichem Gesicht, hinter dem sich kein Gedanke verbarg, schloß er die Tür. Als er frierend im Wagen saß, die Hände auf dem Lenkrad, den Hauch sei-

nes Atems gegen die Windschutzscheibe stoßend, wurde er sich wieder der Kälte bewußt, von der er umgeben war. Seine klammen Finger umschlossen erneut den Knopf des Anlassers.

Er fuhr los, ließ das schwere Tor zur Einfahrt, das er mit größter Mühe öffnete, hinter sich offenstehen, wissend, daß er damit den Zorn der anderen Hausbewohner auf sich zog, deren Existenz ihm jetzt erst wieder zu Bewußtsein kam. Die ganze Zeit über war er sich als einziger Mensch, als einziges lebendiges Wesen in dem vierstöckigen Zinshaus vorgekommen, in dem außer seiner noch sieben andere Wohnungen untergebracht waren. Während er in Richtung Schönbrunn fuhr – er fuhr immer zuerst in Richtung Schönbrunn, auch wenn er in die entgegengesetzte Richtung mußte –, ließ er die Bewohner des Hauses an sich vorüberziehen.

Das alte Fräulein Else, die im selben Stockwerk wie sie, im Mezzanin, in der kleineren Wohnung lebte und die man nicht mehr davon abhalten konnte, den Kindern klebrig verstaubte Süßigkeiten zuzustecken, die sie seit Jahren in einer Schublade ihrer weitverzweigten Schlafzimmerkommode aufbewahrte. Sie war klein und achtzig Jahre alt. Man traf sie beinahe immer, auf der Straße, im Hausflur, im Hof, im Stiegenhaus, auf dem Gang, wenn sie ihre Wohnung entweder gerade verließ oder gerade betrat.

Über ihnen, im ersten Stock, der in Wahrheit der zweite Stock war, wohnten die Familie Svoboda und der Herr Schwager, dessen Name für gelegentliche Irritationen sorgte.

Hader bog in die Ausfahrtsstraße Richtung Wiener Neustadt, die Triester Straße, ein, er begann sich zu entspannen und lehnte sich zurück, eine Hand am Steuer.

Herr Schwager war vor allem klein und fett, mit feisten, speckgepolsterten Wangen und einem dreifachen Kinn

ausgestattet. Auf den ersten Blick wirkte er liebenswürdig und umgänglich, mit seinem eilig hervorgeholten Lächeln, Grinsen, Lachen, je nachdem. Doch mittlerweile wußte Hader, was von einem ersten Blick zu halten ist. Im Haus nannte man ihn – auch je nachdem – die Sau, das Dreckschwein, das Scheusal, das Stück Scheißdreck, den Sauhund und so weiter und so fort.
Herr Schwager, der Sauhund, lebte allein. Er lebte so allein, daß er einem bald leid getan hätte, wäre nicht sein krankhafter Hang zu Denunziation und Intrige gewesen, sein Horchen und Lauschen, sein Flüstern hinter vorgehaltener Hand, sein Weitergeben und Weitertragen von Namen und Orten, Zeiten und Menschen, Tatsachen und Lügen. Herr Schwager verdrehte und vertuschte, verriet und prangerte an, und einmal stand er – immer wie zufällig – im Hausflur, einmal in der Einfahrt, einmal vor dem Tor, man traf ihn auf der Straße, an irgendeiner Ecke im Gespräch mit Unbekannten oder Bekannten, an der Straßenbahnhaltestelle, er sprach die Leute an, sprach auch Fremde an, entfernte sich nie zu weit vom Haus, blieb wie ein Hund in seinem Terrain, das er bewachte, und kaufte niemals in Haders Geschäft.
Man hätte ihn klein und gedrungen nennen können, doch das war es nicht allein, nicht nur klein und gedrungen. Das andere war es, was seiner ganzen Erscheinung etwas Abstoßendes und Widerwärtiges gab. Etwas Flinkes, Wieselhaftes in der Art, sich zu bewegen, zu gehen, vorwärtszukommen. Etwas ekelhaft Tänzelndes, das an einen Kettenhund, eine sterbende Wespe in einem Honigglas, eine schnelle Spinne im Angriff oder auf der Flucht erinnern ließ.
Hader bog von der Triester Straße, die sich als Umweg erwies, kurz vor Siebenhirten in Richtung Laxenburg ab. Er überquerte das Flüßchen Schwechat, und nach einer Ortschaft, deren Ortstafel er wegen des einsetzenden Schnee-

treibens und der fortgeschrittenen Dunkelheit nicht lesen konnte, fuhr er über die Triesting und begann sich zu fragen, wo er in der burgenländischen Dunkelheit bei diesem Schnee seine Frau und seine Töchter suchen sollte, abgesehen davon, daß sie sich womöglich an einem völlig anderen Ort aufhielten. Bei Wampersdorf erreichte er die Leitha, die die Grenze zwischen Niederösterreich und dem Burgenland bildete, und nach Hornstein war er in einer anderen Welt. An einem Glühweinstand hielt er an. Der Stand war ein Gestell aus Stangen, mit Planen darüber, drin stand ein Tisch, und über einem Feuer hing ein Kessel mit Glühwein, in dem ein kleiner Mann, der Hader an eine Wurzel im Wald erinnerte, mit einem riesigen Löffel rührte.

»Glühwein, Glühwein!« murmelte der kleine Mann mechanisch und hob den tief über den Kessel gesenkten Kopf. Ein schiefes und gerötetes Gesicht mit wäßrigen Augen, in denen ein Funke blitzte, sah zu Hader auf. Hader nahm den Becher, den ihm die verhutzelte Gestalt mit knorrigen Fingern reichte, und ließ das glühend heiße Gefäß beinahe fallen, wollte sich aber keine Blöße geben und zwang sich, den Becher weiter mit beiden Händen zu halten, wobei er die Ärmel seines Mantels nach vorn schob, um die gemeinste Hitze abzuwehren. An einen ersten Schluck, der ihm gewiß wohlgetan hätte, war nicht zu denken, und in einem scheinbar unbeobachteten Moment stellte er den tönernen Becher auf dem Tisch ab. Er rieb sich die Hände und wußte nicht, ob vor Hitze, vor Kälte oder vor Verlegenheit.

»Heiß, lieber Herr, heiß! Net wahr? Lieber Herr?« Und Hader wußte darauf nur mit einem kehlig hervorgestoßenen »Ja« und einem verspäteten »sehr« zu antworten.

»Woher kommen's denn, lieber Herr?« Der Waldschrat beugte sich tief über den dampfenden Kessel.

»Wien. Aus Wien.«

»Oslip. I bin aus Oslip. Ein Osliper. Angenehm. Kolaric«, und er streckte ihm seine zerknitterte Hand entgegen.
Hader, der bei Begrüßungen und Vorstellungen, beim Austausch von Höflichkeiten immer schon ein linkisches Verhalten an den Tag gelegt hatte, reichte ihm ebenfalls die Hand, stieß sie aber zu weit und zu schnell vor, so daß er den ganzen Unterarm von Herrn Kolaric zu fassen bekam und die selbstverständliche alltägliche Geste infolgedessen etwas Unpassendes, übertrieben Herzliches erhielt. Hader zog seine Hand zurück, als hätte er sich verbrannt. Immer wollte er die Menschen besänftigen und beruhigen und erreichte doch nur das Gegenteil.
»Kennen Sie den Reisinger Franz?« Er fragte ihn geradeheraus. Er wollte nicht abermals den Fehler begehen, einen Umweg einzuschlagen und in einem Gewirr von Fragen und Antworten zu landen, die allesamt keinen Sinn ergaben und das, was er wissen wollte, nicht enthielten, sondern ihn davon entfernten.
Er erhielt eine merkwürdige Antwort. Herr Kolaric, der wieder in seinem Kessel zu rühren begonnen hatte, sagte, ohne ihn dabei anzublicken und seinen Kopf tiefer über den Kessel beugend, so daß Hader sein Gesicht nicht sehen konnte: »Wenn Sie weiterfahren«, es klang fast wie ein Befehl, »kommen Sie nach Neufeld.« Er machte eine Pause und rührte stärker um, bis der heiße Wein Wellen schlug und zischend über den Kesselrand schwappte. »Dort gibt es einen See. Im Sommer baden die Leute drin. Wie das halt mit den Seen so ist.«
Er machte wieder eine Pause, er machte überhaupt viele Pausen. »Der See ist durch den Einsturz von einem Kohlenbergwerk entstanden. Er ist mehr lang als breit. Und wie gesagt, er ist schön zum Baden. Im Sommer. Jetzt nicht natürlich. Schwimmen Sie? Im Sommer, mein' ich?«
Hader wußte wieder nicht mehr als »ja« darauf zu antwor-

ten. Doch der Alte schien es richtig zu verstehen, denn Haders Ja enthielt viele Sommer. Aber es war der Beginn eines schweren Winters, und der Alte sagte zunächst einmal nichts mehr und rührte und rührte, bis er endlich den riesengroßen Holzlöffel aus der Hand legte und, während er ein Sacktuch in beide Hände nahm, beiläufig meinte, so leise in das Tuch hinein, daß ihn Hader kaum mehr verstand: »Im Sommer. Früher im Sommer, da hat der Reisinger Franz immer im Neufelder See gebadet. Ich glaub, er hat dort auch schwimmen gelernt.«

Hader packte eine eisige Angst, denn er hatte den Satz sehr wohl verstanden und auch seine heimliche Botschaft, die ihm der Alte zukommen ließ, begriffen. Sie bedeutete Gefahr. Hieß Lebensgefahr.

Doch sofort bemächtigte sich seiner wieder ein Zweifel. Bildete er sich die Gefahr, in der – wer eigentlich – schwebte, nur ein? War sein Angstgefühl nur eine übertriebene Reaktion, nur ein Produkt seiner Erschöpfung und Überreizung? Hatte er den Mann einfach falsch verstanden? Er überlegte hin und her, sollte er weiterfahren, dableiben, zurückfahren, sollte er weiterfragen, sollte er schweigen, sollte er an einem anderen Ort suchen? In der Stadt Wien, in Richtung Brünn, in Hollabrunn? Wo? Weiß Gott, er wußte es nicht. Und es war ihm, als müßte seine Zerrissenheit im nächsten Augenblick sichtbar werden. Er blieb regungslos, trank seinen Glühwein in kleinen Schlucken und wartete auf eine vorübergehende Erlösung.

Sie kam von seinem Gegenüber, der schiefen Gestalt hinter dem dampfenden Kessel, dessen Worte ihn wie ein sanfter Luftzug erreichten.

»Ich hab den Reisinger gesehen. Sie sind –«, er sagte »sie sind«, »– in Richtung Eisenstadt weiter. Aber hier kann man ja nur in Richtung Eisenstadt weiter – oder man fährt wieder zurück, nicht?«

»Ist der Reisinger aus Eisenstadt?«

Hader hatte keine Ahnung, obwohl der Gehilfe sicher davon gesprochen haben mußte.
»Der Reisinger ist aus Mattersburg. Aber er hat einen Onkel in Eisenstadt.«
»Und der See?«
»Welcher See?«
»Der Neufelder See.«
»Der Neufelder See ist gegen den Neusiedler See winzig. Aber auch schön. Merken Sie? Beide haben das ›Neu‹ im Namen. Aber neu ist hier gar nichts. Noch einen Glühwein? Einen letzten? Alle guten Dinge san drei, net?«
Hader gab nach, er merkte, daß er langsam genug hatte. Die Kälte, die ihn wie ein Panzer umschlossen hatte, war einer dumpfen Wärme gewichen, die ihn blöd machte. Es war die Wärme, die die Leute landläufig als wohlige bezeichnen und die nichts anderes als der Beginn einer Ohnmacht ist.
»Ein echter Burgenländer Glühwein. Mit viel zuviel Schnaps drin. Ohne Schnaps und Wein geht im Burgenland gar nichts. Weil man es hier ohne Wein und Schnaps nicht aushält. Wir sind lauter betrunkene Knechte und Mägde. Nicht, lieber Herr?« Diesmal betonte er das »Lieber Herr«, zerdehnte es, zog es in die Länge und ließ es wie einen nicht wiedergutzumachenden Vorwurf im Raum stehen. Und die ganze Armut dieses geschundenen Landstrichs stand in der windigen Hütte, die nicht einmal eine Hütte, sondern ein armselig zusammengeschustertes Zelt war, eine Überdachung aus Lumpen gegen Schnee und Regen und Kälte, über einem Kessel mit Glühwein, dem einzigen Hab und Gut eines alten Mannes, ein Kessel, aus dem wahrscheinlich den ganzen Tag niemand getrunken hatte außer dem Fremden aus der Hauptstadt, dem man sich unterwürfig andiente und den man zugleich aus tiefstem Herzen verachtete und verabscheute. Ganze Generationen von Knechten, Tagelöhnern und Leibeigenen zo-

gen stumm an dem Fremden vorbei, Kinder und Junge und Alte, die aus ihren armseligen Wiegen in ihre armseligen Gräber gegangen waren.
Hader wischte das Bild mit einer Handbewegung weg, mit der man eine Fliege verscheucht, verschüttete dabei ein wenig und hielt sich an dem heißen Becher fest, dessen Hitze ihm jetzt nichts mehr ausmachte, und stützte sich dann mit einer Hand am Tisch ab.
Warum fragte er ihn nicht einfach genauer nach Herrn Franz und dessen Onkel, nach Agnes, Anna und Maria, warum fragte er den Alten nicht, ob er sie gesehen hatte, in welchem Zustand sie gewesen waren, ob es ihnen gutginge? Einfach, ob er mehr als er selbst wußte? Warum brachte er die simplen Fragen nicht über die Lippen? Woher kam diese entsetzliche Scheu, diese schon krankhafte Scheu, im entscheidenden Moment den Mund aufzutun? Jeder andere wäre schon längst wieder unterwegs gewesen, hätte sich nur kurz aufgehalten, die ihm wichtig erscheinenden Fragen gestellt, vielleicht, aber nur vielleicht, auch einen Becher Glühwein geleert, aber nur einen, und wäre dann wieder weitergefahren, hätte sich aufgemacht, wäre zum Auto gelaufen und hätte sich entschlossen hinters Steuer gesetzt. Jeder andere, nur nicht er. Er stand jetzt schon bald eine Stunde in dem kalten Verschlag und wurde betrunken und wußte weder vor noch zurück.
Wieder kam die Hilfe von Herrn Kolaric, von dem er schon nichts mehr erwartet hatte.
»Der Onkel heißt – warten's ein' Moment – den Onkel vom Reisinger Franz mein' ich – er heißt – Mirhammer. Mirhammer Oswald.«
»Oswald Mirhammer?«
»Auch richtig. Er wohnt nicht weit von der Kalvarienbergkirche. Unterhalb von der Kalvarienbergkirche. Kennen Sie Eisenstadt?« Ohne eine Antwort abzuwarten fuhr er fort: »Es ist nicht schwer zu finden, is' ja nicht groß, das

Stadterl. Aber schön is' es. Schön is' es wirklich. Traut, richtig traut. Sie verstehn? Biedermeier eben. Lang ist's her. Das Haydn-Grab ist auch in der Kalvarienbergkirche. Überhaupt Haydn. Haydn, Esterházy, Eisenstadt, unlöslich verknüpft. Sie müssen sich das Schloß Esterházy anschaun. Wenn Sie Zeit finden ...« Und er redete und redete und redete und führte Hader in Gedanken durch die kleine Provinzhauptstadt, durch ihre Gassen und Straßen, zwischen Obstgärten und Weinbergen, nahm ihn mit auf seinen imaginären Rundgang oder meinte ihn mitzunehmen, denn Hader hörte längst nicht mehr hin, sah nur den redenden Mund von Kolaric, seine schlechten Zähne, die rote Nase, die trüben Augen, in denen er Bosheit ebenso wie Witz und Leidenschaft und weit dahinter, im fast Verborgenen, Haß aufleuchten sah. Und er hörte die Worte »Haydn, Eisenstadt, Kalvarienbergkirche, Eisenstadt, Burgenland, Haydn-Grab, Esterházyschloß, Burgenland ...«, bis sich der redende Mund vor seinen Augen zu drehen begann.
Hader fluchte im stillen in sich hinein. In größtmöglicher Hast und mit unglaublicher Ungeschicklichkeit zahlte er, zahlte viel zuviel, achtete nicht auf den Einspruch von Kolaric, sondern stürmte mit wehendem Mantel – immer wehte sein Mantel, da er ihn nie zuknöpfte – aus der wackligen Hütte in die weiße Nacht hinaus. Fatal, dachte er, fatal wäre es und geradezu grausam vom Schicksal gefügt, wenn der Motor jetzt nicht anspringen würde, doch, fast hätte er sich ob des Wunders bekreuzigt, der Wagen sprang an!
Still rührte die kleine Gestalt in der Hütte weiter in dem Kessel um.

Hader fuhr durch die Nacht. Wollte er sie denn wirklich finden? Wäre es ihm nicht lieber gewesen, seine Familie nicht mehr zu finden, unverrichteter Dinge nach Wien zurückzukehren und ein – wie hieß es gleich wieder? – neues Leben zu beginnen? Ein neues Leben! Er lachte auf. Wenn die Hoffnung endgültig und unwiderruflich versiegt war, begannen die Leute sich an Weisheiten aus dem Volksmund aufzurichten.

Hader sah auf die Uhr. Bald neun. Er erreichte Eisenstadt am Fuße des Leithagebirges, das in seinen Augen alles, nur kein Gebirge darstellte. Die Stadt mochte vielleicht sechs-, vielleicht siebentausend Einwohner zählen.

Er ließ den Wagen in der kaum beleuchteten Hauptstraße direkt vor dem Rathaus stehen. In einer fremden Stadt genau vor dem Rathaus zu parken schien ihm ein guter Anfang für eine Suche zu sein und gab ihm ein Gefühl der Sicherheit, das die Möglichkeit weitgehend ausschloß, den Wagen nicht mehr zu finden. In fremden Städten, auch in kleinen, konnten sich manchmal ganze Straßenzüge in nichts auflösen, Häuser und Häuserzeilen vom Erdboden verschwinden. Nur Rathaus und Bahnhof blieben gewöhnlich an dem Ort stehen, wo man sie verlassen hatte. Ein stampfender Rhythmus setzte sich in seinem Kopf fest, von dem Worte wie die Zeilen eines Lieds in die Höhe geschleudert wurden und mit unterschiedlicher Geschwindigkeit wieder zurückfielen. »Burgenland, Eisenstadt, Esterházy, Haydn, Haydn, Haydn, Burgenland, Hornstein, Hornstein, Esterházy.« Ein Sprechgesang, der seine einsame Suche begleitete und den niemand hören konnte, außer ihm selbst. Der ihn zwang, weiterzugehen und nicht stehenzubleiben. Seine Schritte hallten durch die Straßen und Gäßchen und gaben ein vielfaches Echo wieder, das in seinen malmenden Kopf zurückkehrte und den hämmernden Gesang weiter vorantrieb.

Es mochten etwa zehn Minuten vergangen sein, und er hatte noch keine Menschenseele erblickt, sich aber auch von der platzartigen Hauptstraße kaum entfernt, so daß er mehr einem wachhabenden Soldaten glich, der seine im-

mer wiederkehrende Runde dreht, als einem Menschen, der auf der Suche nach den Seinen ist.
Er sah auf das Schild, ohne es wahrzunehmen. Erst als er sich gerade umdrehen und weitergehen wollte, begannen sich die schwarzen Buchstaben auf dem weißen Emailleschild zu einem verständlichen Ganzen zu fügen. MIRHAMMER OSWALD SCHUSTERARBEITEN ALLER ART, und darunter kleiner: prompt und preiswert. Es war, als ob er die letzten, die Lösung bringenden Teile eines Geduldspiels zusammensetzte. Langsame, sicher zupakkende Bewegungen, deren man sich nicht vollständig bewußt ist und welche man ungläubig staunend im Geist wiederholt, wenn das Ganze, einfach und in der kühlen Fremdheit des Gelingens, ausgebreitet vor einem liegt. Es war ihm, als ob er sich die Augen reiben müsse. Denn er war noch nie einer gewesen, der den Boden der Tatsachen als seine Heimat empfunden hatte. Tatsachen, das waren die Zahlenreihen, die irgendwann einmal einer umstieß.
Er trat zurück, um sich einen Eindruck von dem Haus zu verschaffen, das, soweit er erkennen konnte, schmal und zweistöckig zwischen höher aufragenden stand. Hinter keinem der Fenster konnte er Licht entdecken. Trotzdem klopfte er an die Fensterscheibe der Werkstatt, die so niedrig lag, daß er sich bücken mußte. Er hätte ohne weiteres auch noch zehn- oder zwanzigmal gegen die Scheibe geklopft, einfach nur, um Zeit verstreichen zu lassen, wenn er nicht davor zurückgescheut hätte, unnötig Aufmerksamkeit zu erregen.
Kurz danach war er auf der Flucht. Im ersten Stock war Licht gemacht worden, eine Frau hatte sich hinuntergebeugt, war rasch wieder zurückgewichen, es blieb ihm keine Zeit, sich darüber aufzuhalten. Jemand schrie: »Einbrecher, Gendarm, Gendarm, zu Hilfe!« Er meinte, die Stimme von Kolaric zu hören, zu der andere, fremde Stim-

men hinzukamen, Fenster wurden aufgerissen, Lampen dahinter hell, die enge, finstere Gasse, gerade noch in tiefer Ruhe daliegend, war plötzlich zum Leben erwacht und in von vielen Lichtern beleuchtete und von tausend Augen verfolgte Bewegung geraten.

In der unbekümmerten Überzeugung, das Mißverständnis mit ein paar Sätzen, ein paar Bewegungen aus der Welt schaffen zu können, machte er wie alle Unschuldigen das Falsche und ging erneut auf die Tür der kleinen Schusterwerkstatt zu, um mit aller Gewalt daran zu rütteln und sich mit dem Ruf: »Ich bin es, Michael, dein Mann!« Einlaß verschaffen zu können, im Glauben, die Rufe würden damit verstummen. Doch er hatte sich geirrt. Ein vielstimmiger Aufschrei erfolgte: »Er tritt die Tür ein!« Es war sinnlos, die Dinge jetzt klären zu wollen. Es blieb ihm keine Zeit mehr. Vom Platz her näherten sich berittene Schutzmänner. Die Meute kam in Bewegung.

Er hetzte in eine winzige Seitengasse, noch hatten ihn die Schutzmänner nicht entdeckt. Durch ein Gewirr von schmalen Wegen, es war ihm, als befände er sich in einer Zwergenstadt, rannte er in die Richtung, aus der er gekommen war, zum Rathaus und dem davorliegenden Platz zurück. Der vertraute Anblick seines Wagens auf dem menschenleeren, nächtlichen Platz beruhigte ihn, und er schloß auf und stieg ein, als wäre nichts geschehen. Hader atmete durch, startete, schaltete, fuhr an. Er ließ den Wagen im Schrittempo über den Platz gleiten, so daß in der Dunkelheit kaum festzustellen war, ob sich das Fahrzeug tatsächlich vorwärtsbewegte. Es war ein riskantes Manöver, doch blieb er damit für eine rettende und lächerlich kurze Zeitspanne unbemerkt und erreichte den Ausgang des Platzes, wo er das Gaspedal durchdrückte und mit aufheulendem Motor und quietschenden Reifen in die Nacht hinausschoß. Im Davonfahren hörte er noch das enttäuschte Wutgeheul der Menge und die sich beschleunigenden Schritte der Pferde auf dem Pflaster, die ihn noch eine Zeitlang verfolgten, ohne ihn einholen zu können, bis sich die Geräusche verloren und endlich verklangen. Er raste durch die Nacht, ohne zu wissen, wohin. Ein Schild tauchte auf und verschwand: Zum Neusiedler See.

Der Neusiedler See besaß nur einen einzigen Zufluß, die stark versumpfte Wulka. Das wußte er noch aus dem Unterricht, aber er hatte vergessen, aus welcher Zeit, ob er es als Schüler gelernt oder als Lehrer gelehrt hatte.

Niemand folgte ihm. Kein Licht leuchtete auf. Niemand kam ihm entgegen. Er sah auf die Uhr. Bald Mitternacht.

Es war eine ungewöhnlich kalte Nacht. Und es war eine ungewöhnlich dunkle Nacht. Und es war eine nasse Nacht. Der Schnee war in Regen übergegangen und rann in silbrigen Fäden die Scheiben hinab. Die Straße glich einer schlammigen, langgestreckten Lehmgrube. Hader fuhr viel zu schnell. Das lehmige, nächtliche Wasser der Landstraße fror zu Eis. Von den Sümpfen rund um den See stieg weißer Dampf auf, den er als Nebel deutete. Er mußte sich jetzt nahe am Fluß befinden, denn neben der Straße ortete er, mehr aus Instinkt als aus tatsächlicher Beobachtung, einen dunklen, tieferliegenden Graben, der mit schwarzem Wasser gefüllt schien.

Als der Wagen ins Schlingern geriet, fiel ihm ein Satz aus seinem alten Lehrbuch ein.

»Am Ostufer des Sees erstreckt sich ein Gebiet von ausgesprochen östlichem Steppencharakter« – sogar der Fettdruck des »östlichen Steppencharakters« auf dem gelblichen Papier tauchte in seiner Erinnerung auf – »mit Seetümpeln und kleinen, warmen Salzseen, an denen Salzastern und Federgräser wachsen.«

Der Wagen scherte aus, wurde am Heck hochgedrückt, nach oben geschleudert, überschlug sich und schoß, da Hader das Lenkrad nicht mehr herumreißen konnte, katapultartig in schräger Richtung von der Straße weg und landete im sumpfigen Wasser der Wulka. Während der rasend kurzen Zeitspanne flog der Text aus dem alten Lehrbuch an ihm vorbei und wurde ihm förmlich um die Ohren geknallt, eingehämmert und zum Schluß, als der Wagen blubbernd zu versinken begann, wie einem Unbelehrbaren eingetrichtert, ein Satz, der nicht von seiner Seite wich, als wäre er der nahende Tod: »... herrscht tropisches Klima, tropisches Klima, tropisches Klima, in dem Mandelbäume und allerlei Gewächse gedeihen, die sonst nur der Süden kennt, die sonst nur der Süden kennt, nur der Süden kennt...«

Er erwachte in einer Art Käfig. So kam es ihm zumindest vor. Einiges war ihm unklar, zum Beispiel die Frage, ob er noch am Leben oder schon tot war. Dann kamen die kleineren Fragen dran, zum Beispiel, wo er sich befand. Er mußte geschlafen haben, denn er stellte einen, wenn auch nur geringfügigen Unterschied zwischen seinem Traum von vorhin und dem Zustand von jetzt fest. Er mußte demnach wach sein. Das Licht, das von oben durch eine Luke fiel, war grau, milchig, als Licht nicht erkennbar, höchstens als Helligkeit. Er lag auf einer Holzpritsche, eingehüllt in einen braunen, groben Sack. Außer bläulichgrauen, baumwollenen Beinkleidern und einem langärmligen Unterhemd trug er nichts am Körper. Als er sich aufrichtete, spürte er Reste von Feuchtigkeit unter den Kniekehlen und zwischen den Beinen, als ob er längere Zeit im Nassen gelegen hätte. Er roch modrig. Es war kein wirklich unangenehmer Geruch, den er ausströmte, nur ungewohnt. Er beugte seinen Oberkörper nach unten und beschnüffelte seinen Unterleib wie ein Hund.
Er mußte sich in einer Zelle befinden, denn die Wand vor ihm, in die eine Eisentür eingelassen war, bestand aus Gitterstäben. Durch die Gitterstäbe blickte er auf eine weiße

Mauer, die zu einem langgestreckten Gang zu gehören schien. Die Wand zu seiner Linken, an der seine Pritsche stand, war ebenfalls ein Gitter, allerdings mit einem außen befestigten, dicken Stück Pappe, das die gesamte Länge und Höhe einnahm, so daß er nicht weiter sehen konnte. Alles andere war aus Stein.
Jetzt hätte ihn eigentlich Grauen packen müssen, doch er blieb ruhig sitzen und rief, einem plötzlichen Impuls oder mehr Reflex folgend, der ihn beim Anblick der Gitterstäbe befallen hatte, hallo. Er erhielt keine Antwort, was anscheinend zu seinem Schicksal gehörte. Darum kreiste alles und darauf reduzierte sich alles, wie er jetzt, während er auf die Gitterstäbe zuging, feststellte. Vor den Gitterstäben angekommen, versuchte er, um die Ecke zu spähen, was ihm nicht gelang. Die weiße Wand war nicht so weiß, wie er beim ersten Anblick gemeint hatte. Rote und rotbraune, dazwischen fast schwarze Spritzer zogen sich über die untere Hälfte bis zum Boden, den sie ebenfalls bedeckten, sich dort jedoch in dem braunen Anstrich verloren. Wenn man erst einmal wußte, daß sie existierten, waren sie nicht mehr zu übersehen. Er rief noch einmal hallo, so leise, daß es selbst jemand in der Nähe nicht gehört hätte. In der gleichen Lautstärke rief er: »Ist da jemand? Hört mich wer?« Und dann nach geraumer Zeit: »Ist hier wirklich keiner da?« Aber das flüsterte er bereits in sich hinein, kaum konnte er sich selbst noch hören. All diese Fragen hatte er in einem Ton gestellt, als gingen sie ihn nichts weiter an, als entledige er sich einer lästigen Pflicht, die es galt, hinter sich zu bringen. Er ging zur rückwärts gelegenen Wand, in der die Luke eingelassen war, durch welche die Helligkeit fiel. Bis zur Wand zählte er zwölf Schritte. Die Luke befand sich in ungefähr drei Meter Höhe. Er ging von der linken zur rechten Wand und zählte neun Schritte. Neben der Pritsche stand ein Eimer aus Blech. Er war leer. Er setzte sich auf den Pritschenrand, weil ihm nicht mehr einfiel,

was er noch hätte tun sollen außer rufen und gehen. Und das hatte er bereits getan. Er wußte nicht, was für ein Tag heute war. Ob es Morgen oder Mittag oder Nachmittag war. Wieviel Zeit vergangen war seit seiner Rettung. Denn er war gerettet. Alles deutete darauf hin, daß er noch am Leben war, und das hieß ja, daß man gerettet ist.
Aber wo befand er sich? War er wieder in Eisenstadt? Oder war er etwa in Ungarn gelandet? In einem ungarischen Gefängnis? Alles war möglich und beschränkte sich auf diese Zelle, zwölf mal neun Schritte groß.
Sein Blick fiel auf einige undeutliche Kritzeleien in Schulterhöhe an der gegenüberliegenden Wand. Er konnte sie auf die Entfernung nicht erkennen – seine Augen schienen nachgelassen zu haben, das war ihm schon zuvor vage bewußt geworden –, oder war es nur diese matte, undurchdringliche Helligkeit, die keine Konturen entstehen ließ, alles Deutliche verwischte und nach und nach auslöschte?
Eine elende Trostlosigkeit lag in den Bildern, und Hader versuchte, sich den Menschen vorzustellen, der sie gezeichnet haben könnte, als er von weitem eine Tür aufgehen hörte, dann Schritte, die näher kamen, einen Schlüsselbund, der rasselte, dann Husten und Räuspern.

Die Gestalt, die Hader durch das Gitter erblickte, erinnerte ihn im ersten Augenblick an den Gefängniswärter Frosch aus der Operette »Die Fledermaus«, die er einmal vor Jahren im Stadttheater Sankt Pölten als Gastspiel der Wiener Volksoper zu sehen gezwungen war. Jenes Gastspiel hatte ihn um vieles mehr deprimiert als die Zeichnungen des unbekannten Gefangenen hier an der Zellenwand.
Der Aufseher in der schlecht sitzenden, abgetragenen Uniform eines österreichischen Landgendarmen war ein Opfer des Alkohols, das sah Hader sofort. Die Trunksucht war ihm an jeder Pore anzusehen. Der flackernde Blick, in

dem sich Verzweiflung und künstliche Seligkeit die Hand reichten und in welchem zwischen den geplatzten Äderchen nichts anderes als die sehnsüchtige Erwartung des nächsten Schlucks zu lesen war, die fahrigen Bewegungen, der stoßweise Atem gaben dem Mann etwas Gehetztes, etwas vor aller Welt Fliehendes, das in krassem Gegensatz zu seiner Uniform stand, die ja besagte, alles Flüchtende jagen und ergreifen zu dürfen. Hinzu kam, daß er verlegen wirkte und kein Wort herausbrachte, was dazu führte – Hader war in der Zwischenzeit zum Gitter getreten –, daß sie einander stumm anstarrten.
Dann sprudelte es aus dem Mann heraus. Einerseits rang er nach Worten, andererseits war es ihm nicht mehr möglich, seinen Redefluß unter Kontrolle zu bringen.
»Sie sind nicht der Mörder von Kittsee!«
Zuerst war Hader erschrocken, es klang wie eine Anklage.
»Den Mörder von Kittsee, den Mörder von Kittsee –«, er stockte, rang nach Worten, »– den hab'n sie nämlich heut' früh gefunden. Also nicht aufgespürt, nicht aufgespürt, sondern – einfach so gefunden. In einem Bootshaus am See. Er hat sich aufgehängt. Oder erschossen. Na, ich weiß nicht, auf jeden Fall sind Sie nicht der gesuchte Mann. Der Mörder von Kittsee. Aber er hat ja nicht nur in Kittsee gemordet. Er hat auch in Pama gemordet. Er hat in Potzneusiedl gemordet. In Kaisersteinbruch. In Zurndorf hat er einer alten, an den Rollstuhl gefesselten Schneiderin den Hals durchgeschnitten. Etwas Ähnliches hat er in Leithaprodersdorf, in Oggau und in Trausdorf getan. Man vermutet – ich hab's vom Untersuchungsrichter gehört –, daß er ungefähr vierzig Morde begangen hat! Auch die Morde im Südburgenland aus dem dreiunddreißger Jahr schreiben sie ihm jetzt zu. Vielleicht haben Sie davon gehört? Das Blutgericht von Kohfidisch und Kukmirn. So hat man damals dazu gesagt. Erinnern Sie sich?«

Hader hatte noch nie vom Mörder von Kittsee gehört. Er hatte auch noch nichts vom Blutgericht von – wie hießen die Orte gleich? – gehört.
»Kohfidisch und Kukmirn. Nein, nicht Blutgericht. Blutgericht ist schlecht, ich mein' falsch. Das Ungeheuer. Das Ungeheuer von Kohfidisch und Kukmirn. So paßt's.«
Befriedigt, daß er das für ihn Wesentliche losgeworden war, vergaß er seine Hemmungen und zog eine kleine Flasche aus der Uniformtasche, nahm einen langen, tiefen Schluck daraus und reichte sie anschließend Hader mit brüderlicher Geste durch das Gitter. Hader war dankbar, daß er auf einen Säufer als Gefängniswärter getroffen war. Der scharfe Schnaps kam in seiner augenblicklichen körperlichen Verfassung – er hatte erst jetzt bemerkt, daß er entsetzlich fror – einer Erlösung gleich. Unter anderen, normaleren Umständen, in denen man die tausend Winzigkeiten des Alltags, die man vierundzwanzig Stunden später wieder vergessen hat, abwägt, als ginge es um lebenswichtige Entscheidungen, hätte er sicher abgelehnt.
»Aber warum bin ich dann hier?« fragte er tapfer.
»Weil man Sie verwechselt hat.« Ein weiterer tiefer Zug aus der Flasche folgte. Das uniformierte Wrack schüttelte sich.
»Dann können Sie mich ja rauslassen, nicht?« erwiderte Hader mit wachsender Munterkeit.
Dem Schütteln des Körpers folgte ein Schütteln des Kopfes. Haders aufkeimende Hoffnung sank.
Amtliche Wichtigkeit blies durch den ausgemergelten und aufgedunsenen Leib des Gendarmen. Stärker und undurchdringlicher als das Gitter zwischen ihnen. Sein Gesicht bekam eine fast komische Härte von Amts wegen, und wäre Hader im Theater gesessen, hätte er vermutlich gelacht.
»Der Herr Oberinspektor möcht' Sie noch sehen. Und der Herr Untersuchungsrichter. Der auch. So lang muß ich

noch –«, er wurde wieder verlegen, »– auf Sie aufpassen. Vielleicht eine Stunde. Oder zwei. Höchstens. Höchstens zwei. Dann sind Sie ein freier Mann. Das ist eigentlich ziemlich sicher.«

»Eigentlich ziemlich sicher«, wiederholte Hader.

Das Wrack – so nannte ihn Hader für sich – nahm wieder einen Schluck. Er saugte an der kleinen Flasche wie ein Neugeborenes an der Mutterbrust, und Hader, dem nicht nach Lachen zumute war, mußte unwillkürlich und auch für ihn selbst völlig unerwartet laut loslachen. Der abgemagerte Körper des Gendarmen hatte ihn in seiner verdrehten, verkrümmten Haltung an ein verbogenes Fahrradgestell erinnert und das Lachen ausbrechen lassen.

Das Wrack wurde böse. Es nahm eine drohende Haltung ein, die nicht zu ihm paßte, die Hader aber dennoch einschüchterte, wobei es ihm unmöglich war, sein Lachen zu unterdrücken. »Werden's nicht frech!«, und dann, zwischen den bräunlichen Zahnstummeln hervor: »Sie Subjekt!«

Das schien die finsterste Drohung zu sein, »Subjekt«, ein Endpunkt, eine endgültige Zusammenfassung dessen, was Haders Person in den Augen des Wärters ausmachte.

Und dann schwieg er. Über drei Stunden schwieg er. Ging nur ab und zu vor dem Gitter auf und ab, als wollte er einem Zeremoniell nachkommen. Nahm den obligaten Zug aus der Flasche. Ansonsten tat er, als sei Hader Luft. Hader richtete noch einige Male das Wort an ihn, entschuldigte sich sogar, obwohl er es nicht für nötig hielt, fragte ihn nach der Uhrzeit, dann nach seiner Armbanduhr, deren Verlust ihm aufgefallen war. Dann gab er es auf. Das Wrack hatte keine Augen und Ohren mehr für ihn. Hader wurde ignoriert.

Nach über drei Stunden erschien der Oberinspektor, ein schwerer, bäuerlich wirkender Mann, der Hader aus tiefliegenden, kaum sichtbaren Augen fixierte und dann aussprach, was Hader schon seit Stunden wußte: »Man hat Sie verwechselt.« Mehr sagte er nicht. Dann war er wieder verschwunden.

Wieder verging die Zeit, langsam und quälend. Hader spürte die Sekunden als Pulsschläge, die Minuten als Schritte, die er hin und her und auf und ab ging, die Stunde als träge Last, die sich in seinen Füßen festsetzte und die Beine heraufkroch und irgendwo im Bereich der Schulter, vielleicht zwischen Herz und Hals, in einem toten Winkel seiner Brust, stehenblieb und abwartete wie ein lauerndes Tier.

Hader ging die zwölf Schritte vom Gitter zur Wand, in die die Luke eingelassen war, durch die die Helligkeit fiel. Dann wieder zurück zum Gitter. Er ging die zwölf Schritte im Lauf der Stunden an die hundertmal, das hieß, er kam in der Länge des Raums auf eintausendundzweihundert Schritte.

Nachdem der Oberinspektor gegangen war, hatte er aufgehört, die Schritte zu zählen, die er zu Anfang stumm, dann die Lippen tonlos bewegend, festgehalten hatte, und war zuerst in ein vorsichtiges, später ungenaues Schätzen übergegangen, bei dem er nicht mehr die einzelnen Schritte, die von Gang zu Gang voneinander abwichen, sondern nur mehr die Strecken des Hin und Her und des Auf und Ab zählte.

Er erreichte das Gitter, er erreichte die Wand, er erreichte das Gitter und wieder die Wand, wieder das Gitter, wieder die Wand...

Er mußte mittlerweile mehrere Dutzend Kilometer zurückgelegt haben. In seiner Vorstellung ging er die Strecke von Wien nach Hollabrunn, dann die Strecke von Eisenstadt nach Wien, dann von Wien nach Brünn. Er ging einmal nach Norden und einmal nach Westen, einmal leicht südwärts, bis er wieder die Kurve nach Norden nahm,

einen Fluß überquerte, er vermutete die Donau. Er wanderte durch den Sommer, es mußte Sommer sein, durch die von Hitze gezeichnete Landschaft, vor ihm lagen die Hügel, vor ihm lagen die Ränder der Felder, die in der Ferne verfließenden Wellen von Erde und Himmel.
Er kehrte zurück in die Zelle. Eine Zeitlang noch ging er über moosbewachsenen Boden, während um ihn herum sich Eisengitter und schwere Mauern aus Stein vor die Landschaft stellten, aus der moosbedeckten Erde wuchsen, bis ihm der Blick verwehrt war.
Er hatte die Zahlen der Schritte und abgegangenen Strekken nicht mehr im Kopf, sie waren ihm abhanden gekommen, und gepeinigt von der Leere unter der Schädeldecke setzte er sich ermattet auf den Boden. Der Boden war, wie zu erwarten, kalt, doch die Erschöpfung, die sich mit der Leere verband, breitete sich als Flüssigkeit aus, ein giftiges Gemisch aus dickflüssigen dreckigen Tränen und langsam im Fließen erkaltender Lava, deren Hauptstrom dicht vor ihm zum Stehen kam, die Nebenflüsse aber, die Seitenarme, die quirligen Verzweigungen kannten kein Halten mehr und überschwemmten den Hohlraum seiner Schwäche.
Das Wrack draußen vor dem Gitter wankte, wenn es stand, schwankte, wenn es ging, die Wirkung des Branntweins drohte von der trügerischen Beschwingtheit in ihr Gegenteil umzuschlagen, in einen hechelnden Verlust der Kräfte, der einzig durch die weitere Zufuhr von Alkohol aufgehalten werden konnte, woran es dem Gefängnisaufseher offensichtlich fehlte.
Der Aufseher suchte nach einer Lösung, ohne das Gesicht vollständig zu verlieren. Es fiel ihm keine ein, und da er den Schnaps brauchte wie die Luft zum Atmen und sein Körper Anstalten machte zu kollabieren, falls ihm kein weiterer zugeführt würde, nahm er den Gesichtsverlust in Kauf. Es blieb ihm keine andere Wahl, er mußte hinüber in

den B-Trakt zu seinem Schrank, ganz schnell, den Gefangenen – so sagte er sich zur Rechtfertigung – der schließlich kein Gefangener, sondern ein Verwechselter war, unbeaufsichtigt lassen und somit seine Pflicht aufs gröbste verletzen. Er trat ans Gitter, vergessen waren Groll und Ignoranz von Amts wegen, etwas Devotes umgab ihn, anbiedernde Freundlichkeit und untertäniges Hofieren waren die Masken des Augenblicks, die in ihrer penetranten Übertreibung, ihrer theatralischen Darbietung, von trauriger Unglaubwürdigkeit waren. Dennoch konnte Hader in dem aufgedunsenen Gesicht etwas wahrhaft Leidendes lesen, eine Not, die ihn bestürzte.

»Herr –«, dem Mann fiel ein, daß er den Namen seines Gefangenen nicht kannte.

»Hader«, half ihm dieser.

»Hader«, er lächelte dankbar. Das Lächeln war so schief, daß es an einen von einem Kind unbeholfen gezogenen Strich erinnerte, und Hader sah wieder den »Frosch« der Wiener Volksoper im Stadttheater von Sankt Pölten vor sich.

Der Uniformierte suchte nach einem Pakt mit dem Mann hinter den Gittern. Ohne zu wissen, worin er bestehen und wie er erklärt und geschlossen werden könnte. Er suchte nach einem Verbündeten, nur um die Illusion einer schützenden, vielleicht rettenden Hand zu besitzen.

Zwei Erschöpfte standen sich gegenüber. Hader war kein großer Menschenkenner und strebte es auch nicht an. Er suchte nach einer Definition für den anderen, also fragte er nach seinem Namen.

»Wie heißen Sie?« fragte er ganz einfach. Er hatte jetzt den Mut, ihn nach seinem Namen zu fragen. Es blieb ihm wenig Zeit, mehr über sein Schicksal herauszufinden. Der andere war überrascht.

»Felber. Wachtmeister.« Er schwieg, als hätte er schon zuviel gesagt.

»Sind Sie Eisenstädter?« fragte Hader leichthin wie in einer Konversation. Der leichte Umgangston kostete ihn fast übermenschliche Anstrengung.
»Ja, ja, ja, ja«, leierte Wachtmeister Felber herunter. Alles, was er vor sich sah, war sein Spind im B-Trakt. Und die Abkürzungen dorthin, damit er nur zehn Minuten brauchte.
Im übrigen wußte er nicht, ob er ein Eisenstädter war. Er kannte seinen Geburtsort nicht.
Hader ging die Kraft aus. Mühsam kämpfte er gegen die Halluzinationen, die sich ihm aufdrängten, damit er sein Schicksal vergesse.
Er ging einen Bahndamm entlang, der Damm war zu seiner Rechten aufgeschüttet, er konnte die Gleise und das, was jenseits des Damms lag, nicht sehen. Er hörte das Geräusch eines herannahenden Zuges im Rücken.
Das Bild war weg, und er blickte in das von Verständnislosigkeit leere Gesicht von Wachtmeister Felber.
»Herr Hader, es ist folgendermaßen«, hob dieser an, »ich muß, nur ganz kurz, in den B-Trakt. Würde es Ihnen was ausmachen, wenn Sie in der Zwischenzeit auf sich selber aufpassen?«
Er war sich der Blödsinnigkeit seiner Frage nicht ganz bewußt geworden, aber sie dämmerte ihm, und deshalb gab er seinem Anliegen etwas amtlich Geheimnisvolles, den Anstrich einer Kommandosache, in die er nun Hader – und nur ihn – einweihte. Das immerhin hatte er in seiner von wenigen Höhepunkten begleiteten Laufbahn als Beamter der ersten Republik gelernt. Hader kam nicht mehr dazu, ihm zu antworten oder weitere Fragen zu stellen. Wachtmeister Felber rannte los. Merkwürdig, dachte Hader, daß ihm bei seinem Anblick nur komische Figuren einfielen, der Frosch, der Schwejk – weiter kam er nicht, da ihm schmerzlich klargeworden war, daß er nichts, wirklich nichts aus dem Mann herausbekommen hatte, sein kleines

Spiel, das er für einen Kampf gehalten und in dem er kurz sogar gemeint hatte, überlegen zu sein, den anderen ausschalten oder zumindest etwas über die vergangene Nacht erfahren zu können, verloren war. Verloren, bevor es überhaupt begonnen hatte. Er hatte es verloren.

Mit angezogenen Knien hockte er sich auf den Boden, der ihm jetzt warm erschien und nicht mehr hart und fest, sondern weich und leise bewegt, als säße er auf den Planken eines Bootes, das im Hafen vor Anker liegt, darüber und dazwischen der Wind.

Er bemerkte nicht mehr, daß er wartete, befand sich in einem Zustand der Schwebe zwischen Wachen und Schlafen, lief einmal über Sand, streifte Schilfgräser, dann wieder ging er den nun schon vertrauten Bahndamm entlang, ohne zu wissen, wohin die Gleise darauf führten und woher sie kamen, das Geräusch des herannahenden Zuges in den Ohren und im Rücken, ohne ihn zu sehen, denn wenn er sich umdrehen wollte, wurde er festgehalten, und es tat weh. In Wirklichkeit saß er die ganze Zeit mit bis zum Kinn angezogenen Knien auf dem eiskalten Steinboden, kippte manchmal ein wenig zur Seite und hustete, trocken und hart, daß es von den Wänden hallte.

Ein junger Mann tauchte vor dem Gitter auf, sah nachdenklich auf die kauernde Gestalt herab. Hader spürte, daß es wichtig war, versuchte sich aufzurichten, kam aber nicht hoch und fiel zurück.

»Ich bin der untersuchende Richter. Lassen Sie nur!« wehrte der junge Mann die Versuche Haders aufzustehen ab. Für seine Position als Untersuchungsrichter war er ungewöhnlich jung. Er mochte höchstens Mitte Dreißig sein. Seine Stimme klang kühl, unbeteiligt, nicht unfreundlich.

»Wo ist Ihr Bewacher?« Er schien keine Antwort zu erwarten.

»Ihr Fall ist erledigt. Im Prinzip –« er brach ab, sah in die

Ferne. Er griff in die Brusttasche seines grauen Anzugs, zog ein zusammengefaltetes Stück Papier heraus, entfaltete und glättete es, besah es, faltete es wieder zusammen, hielt das eine Ende zwischen Daumen und Zeigefinger der linken Hand, schlug das andere Ende auf den Knöchel der rechten, steckte es schließlich weg, lächelte, lächelte nicht mehr.

»Im Prinzip ist Ihr Fall erledigt.« Das hatte Hader schon gehört.

»Kuriose Sache, diese Verwechslung.« Der junge Mann hatte etwas Altösterreichisches. Trotzdem kam es Hader vor, als seien jene der Monarchie verbundenen Umgangsformen, das Auftreten, die Art zu sprechen, nur Fassade.

»Hat der Felber auf Sie aufgepaßt?« Er schien vorauszusetzen, daß Hader den Namen kannte und fügte hinzu: »Da können wir lang warten. Der Mensch ist ein Nichts.«

Wieder trat jenes Hader nun schon unangenehme, unbestimmte Lächeln in seine Züge, mit dem er ihn allein ließ.

Wachtmeister Felber war wie von Furien gehetzt die langen Gänge und Stiegen der ineinanderführenden Trakte gelaufen. Doch bald hatten ihn die Kräfte verlassen, und er hatte seinen Schritt verlangsamen müssen, bis er nur noch schleppend vorankam. Sein Herz raste, und sein Mund war so trocken, daß er das Gefühl hatte, seine Zunge sei aus Stroh. Er begegnete keinem Menschen und war froh darüber, das einzige, worüber er froh sein konnte. Es war Sonntag.

Die Vorstellung der drei Flaschen in seinem Schrank hielt ihn wach. Sie waren das Ziel, das er erreichen mußte. Danach würde es ihm bessergehen, alles würde gut sein, das wußte er. In einer Flasche war Slivowitz, in der anderen Vogelbeerschnaps, in der dritten Rum. Er brauchte nur

einige lange Züge aus einer von ihnen, dann war er wieder er selbst.
Die Numerierung der Stockwerke half ihm aus den vorübergehenden Orientierungslosigkeiten, die sich rasch zu Verwirrungszuständen steigern konnten. Die Gänge und Flure, Stufen und Treppen sahen alle gleich aus, grauer oder weißer Wandanstrich, brauner Boden, graue Türen, Fenster, die so hoch lagen, daß man nicht hindurchsehen konnte. D–3. Er befand sich im dritten Stock des D-Trakts. Der übernächste war der B-Trakt. Warum der C-Trakt, den er jetzt gleich erreicht haben mußte, berüchtigt war, wußte er nicht genau. Man weihte ihn nicht in alles ein. Angeblich wurde dort gelegentlich gefoltert. Einmal hatte es einen Toten gegeben. Einen toten Verdächtigen, versteht sich. Das ging Wachtmeister Felber nichts an, da mischte er sich nicht ein. Außerdem lag das Jahre zurück. Und es war auch nur einmal vorgekommen. Er ging weiter. Kurz darauf war ihm, als ob er sich gleich übergeben müßte. Ein Würgen stieg die Kehle hinauf, es überkam ihn so heftig, daß er sich krümmte und an der glatten kalten Wand abstützen mußte. Es war, als ob ihm einer von hinten in kurzen, regelmäßigen Abständen den Hals zudrückte. Kalter Schweiß trat auf Stirn und Schläfe, mit dem rauhen Stoff des Uniformjackenärmels wischte er über sein Gesicht, was nichts half. Von irgendwoher hörte er Schritte, die näher kamen – oder entfernten sie sich? Er machte ein paar Schritte, ohne die Hand von der Wand zu nehmen. Er wußte nicht, zog er die Hand nach oder die Hand seinen Körper. Er ging in gekrümmter Haltung weiter, erreichte die gläserne Flügeltüre, die zum Treppenhaus führte.
Ein Stockwerk höher, über sich, hörte er wieder die Schritte. Doch soweit er das in seinem Zustand feststellen konnte, gingen sie in die entgegengesetzte Richtung, dorthin, woher er gekommen war. In welche Richtung sie auch

gingen, sie bedeuteten nichts Gutes. Es waren die Schritte des Untersuchungsrichters Felix Böhm. Die Schritte eines jungen Menschen, der sein Ziel kannte und nichts anderes vor Augen hatte. Und gerade das beunruhigte den durch die Abstellung zur Wache in seinen Trinkgewohnheiten unterbrochenen und nun an Entzugserscheinungen leidenden Wachtmeister. Die Entzugserscheinungen waren im übrigen nicht so schwer, wie er annahm. Doch er erlebte und durchlitt sie zum ersten Mal in seinem Trinkerleben, da er in seinem bisher von festen Regeln und Zeiten bestimmten Tagesablauf nie weitreichender gestört worden war. Nur heute war er ohne Begründung in den Gefangenentrakt abkommandiert und durch die mißtrauische Anwesenheit des Oberinspektors daran gehindert worden, genügend Alkoholvorräte einzustecken. Nur seine eiserne Reserve, die er ständig bei sich trug, war ihm geblieben.
Eine gallig bittere Welle überschwemmte seinen ausgetrockneten Mund. In hilflosem Schrecken und panischem Ekel suchte er nach einem Ort, wo er ausspucken konnte. Verzweifelt lehnte er sich an die Glastür und spuckte, da er die Flüssigkeit weder im Mund behalten noch zurückschlucken konnte, einfach aus. Das heißt, er öffnete nur seinen Mund, und gelblich-weiß rann es zwischen den Lippen heraus, die schäbige Uniformjacke hinunter. Unbeholfen wischte er sich ab, stieß dann die gläserne Flügeltür auf und stand im Treppenhaus. »Jetzt nur noch der C-Trakt, nur noch der C-Trakt«, flüsterte er, während er die Stiege hinunterstolperte.
Aber die Schritte über ihm hatten jetzt ebenfalls das Treppenhaus erreicht, blieben wie zögernd stehen, um dann frisch und locker, mehrere Stufen auf einmal nehmend, treppabwärts zu laufen. Wachtmeister Felber war stehengeblieben. Er wußte, es hatte keinen Sinn zu fliehen, es war aussichtslos, er hatte keine Kraft mehr. Unsicherheit erfaßte seinen Körper und Geist, die sich als Schweiß

äußerte, der ihm aus allen Poren trat, als Zittern, das seine Knochen und Gelenke befiel, bis er glaubte, sein Skelett klappern zu hören, als Schwindel, der ihm den Blick trübte und schwappende Schwärze in die Augen spülte. Er spürte den Atem des anderen, den kühlen Hauch seiner Bewegung, die seinem schweißgebadeten Körper fast wohltat. Eine leichte Hand legte sich auf seine Schulter, die ihm dennoch als bleierne Last erschien, eine Bürde, die er nicht tragen konnte.

»Hallo, Vater.«

Er drehte sich nicht um. Die vertraute Stimme des jungen Untersuchungsrichters Böhm erschreckte ihn tief. Auch wenn er vor Felix nicht einmal mehr das kläglichste Geheimnis bewahrte, sein Sohn alles wußte, alles herausbekommen hatte. Nicht nur den Suff, ohnehin keinem verborgen geblieben, im östlichsten Landstrich der Republik sah man zudem darüber hinweg, da ihm drei Viertel der Bevölkerung verfallen war, nein, auch die Schulden, die Unterschlagungen, die Bestechungsgelder, die Lügen und Falschaussagen hatte sein Sohn, der Untersuchungsrichter, herausgefunden. Mit Pedanterie und dem Instinkt des eigenen Blutes.

»Bist wieder unterwegs?«

Der Sohn drückte sich nicht mehr so gewählt aus wie vor dem Gefangenen Hader. Aber er vermied Grobheiten, ohne dabei sein Ziel aus den Augen lassen zu müssen, den Vater dort zu treffen, wo es ihm weh tat. Dem Vater rutschten die Beine weg. Ein leiser Aufschrei kam aus seinem Mund, als wäre er nicht von ihm. Mit einem Lächeln hielt der Sohn den Sturz des Vaters auf, stützte und hielt ihn mit einer leichten Brutalität fest. Aus der Ferne hätte der Anblick ein Bild der Liebe sein können. Aber es fand sich kein Betrachter ein.

»Komm, ich bring dich hinüber!« Wieder hätte einer, der guten Willens gewesen wäre, ein Nichtwissender, ein Ah-

nungsloser, Zuneigung in den Worten und der Geste des Sohnes sehen können.
»Komm weiter!«
Ungeduld klang mit und so, daß es der Vater nicht oder nur vielleicht hören konnte, fügte der junge Mann hinzu: »Nichts!« Um keinem begegnen zu müssen, nahm er den Weg durch den Keller. Er zog den Vater mehr als ihn zu führen, und die Prozession, der allzu aufrechte Sohn und der allzu gebeugte Vater, dauerte lange, da dem Alten immer wieder die Beine wegkippten, die Füße wegrutschten, die Schultern einsackten, der Kopf herabfiel, daß das Kinn auf die Brust stieß.
Endlich erreichten sie den B-Trakt, der sich von den übrigen Gebäuden in nichts unterschied. Wachtmeister Felbers Kräfte kehrten in Erwartung der Flaschen zurück, und in komischem Stolz wies er mit einer Handbewegung, die Souveränität beinhalten sollte, auf die schmalen, aneinandergereihten Holzkästen, die den Justizangestellten als Garderobeschränke dienten.
»Paß auf, daß du dich nicht überanstrengst!« Es war nicht liebevoll gemeint.
»Sonst kollabierst du mir noch!«
Felix Böhm nahm dem Vater den Schlüssel vom Gürtel und setzte ihn auf der Holzbank ab, die sich der Länge nach durch die Mitte des muffigen, nach getragenen Kleidern riechenden Raumes zog. Er öffnete die Tür zum Spind. Der Vater versuchte aufzustehen.
»Bleib sitzen! Gleich hast du, was du brauchst.«
Er hielt dem Vater die geöffnete Flasche Slivowitz unter die Nase, dann setzte er sie ihm an die Lippen, und der alte Mann trank.
»Widerlich, nicht Vater?«
Felber antwortete nicht. Das einzige, was er wahrnahm, war die Wärme, die ihn erfüllte und vom Bauch in den Kopf stieg, dann bis zu den Zehen zurückfloß und wieder

stieg, bis der Pegel erreicht war, wo Wärme und Gleichgültigkeit zusammentrafen und einen Rest von Glücksgefühl bildeten, das durch die schaudernden Glieder fuhr, Nakken und Rücken hinabrieselte und ihn endlich entspannen ließ. Er schloß die Augen. Felix Böhm setzte die Flasche ab.

»Genug?«

Sein Vater war in einen wohligen Schlaf gefallen, der an den eines Kindes denken ließ, das von einer Sekunde zur nächsten, vom Aufblicken in den Himmel, zur Wand oder in die Leere sich weit entfernt hat, die Augen fest geschlossen, und in tiefer Regelmäßigkeit atmet.

Er ließ ihn auf die Bank sinken, schob ihm den Arm zwischen Kopf und Holz, die Beine ein Stück zurück, so daß sie mit den angewinkelten Knien beinahe, mit den aufgestellten Schuhspitzen zur Gänze den Boden berührten. Er stellte die Flasche griffbereit neben ihn auf den Boden, schloß den Spind, ließ aber den Schlüssel mit dem Bund im Schloß stecken. Er würde nicht lange schlafen, erschrocken hochfahren, in einer Viertelstunde etwa, würde nach der Flasche greifen, einen ohnmächtigen Zug daraus nehmen und das Stückwerk seiner Erinnerung an die vergangene Stunde zusammenzusetzen versuchen.

Felix Böhm sah Michael Hader fest in die Augen. Hader erwiderte den für ihn letztlich nichtssagenden Blick, hielt ihm ohne weitere Anstrengung stand, da ihm ein Blick aus den Augen eines ihm unbekannten Untersuchungsrichters nichts bedeutete. Auch jetzt nicht. Felix Böhm ärgerte sich ein bißchen. Nicht sehr, aber doch derart, daß er beschloß, die Freilassung ein wenig hinauszuzögern.

»Ihr Automobil ist im Arsch.« Böhm stellte es leichthin fest. Hader war über die gewandelte Ausdrucksweise des Untersuchungsrichters zwar überrascht, wunderte sich jedoch nicht sehr, da er schon Schlimmeres gehört hatte und zu-

dem das kleine Spiel des jungen Mannes zu durchschauen begann.
»Das dachte ich mir«, meinte er bloß, eine Äußerung, welche Böhm ausdruckslos quittierte.
»Und Ihnen geht's auch nicht viel besser, nicht?« Doch dann änderte er seine Haltung, das Spiel langweilte ihn. Es bedeutete ihm nichts mehr, es war abgegriffen, immer noch wirksam, aber ohne Reiz, zur Routine verkommen.
»Wollen Sie ihn sehen? Den Steyr 30 S? Er steht im Hof. Sie sind übrigens frei.«
Er wartete die Wirkung seiner Worte ab. Doch Hader zeigte vor Erstaunen keine Reaktion, und Böhm ärgerte sich wieder ein bißchen.
»Es ist voller Schlamm und Dreck, und wahrscheinlich können Sie ihn nur noch wegschmeißen. Außer Sie eignen sich zum Bastler. Zum Tüftler. Aber Sie sehen mir nicht wie ein Bastler oder ein Tüftler aus.«
Er redete unentwegt weiter, während er die Gittertür aufsperrte und öffnete und der fassungslose Hader durch die Öffnung trat, als wäre er jahrelang gefangen gesessen.
»Außerdem stinkt der Wagen. Nach toten Fischen. Sie werden es sicher wegschmeißen müssen, Ihr Automobil.«
Hader ging vorsichtig wie ein Genesender, der zum ersten Mal nach langer Zeit das Bett verlassen darf. Böhm hielt ihm die Tür auf.
»Sie müssen was essen! Ich werde schauen, ob ich etwas für Sie organisieren kann.«
»Wie lange war ich jetzt…« Das Wort »gefangen« wagte er nicht auszusprechen. Ein Aberglaube, stärker als jede Vernunft, der jeden klaren Gedanken, jegliche noch so kleine Regung des Verstandes zermalmte, hielt ihn davon ab.
»Nur eine Nacht. Bei uns bleibt man selten länger als eine Nacht.«
Hader achtete nicht auf seine Worte. Erst jetzt fiel ihm wie-

der auf, daß er nichts als die bläulich grauen, baumwollenen Beinkleider und das langärmlige, verwaschene Unterhemd, beides gehörte ihm nicht, am Körper trug.
Und wieder wagte er nicht, deshalb den Mund aufzutun.
Doch wie schon zuvor sprach Felix Böhm für ihn.
»Um ihre Kleidung müssen wir uns noch kümmern. Ich hoffe, sie ist in der Zwischenzeit getrocknet. Schuhe brauchen Sie auch.«
Mitleidig sah er auf die nackten Füße des anderen herab.
»Es ist doch Wahnsinn, im Monat Dezember barfuß in einem ungeheizten Treppenhaus herumzulaufen.«
Hader antwortete nicht.
Und wiederum stieg in Felix Böhm ein leichter Ärger hoch. Ein Ärger, den er an sich kannte, der ihm jedoch im Umgang mit dem in Freiheit zu entlassenden Michael Hader öfter als gewohnt zu schaffen machte. Eine Gereiztheit wie ein kratzender Pullover. Sie waren im Erdgeschoß angekommen. Hader schlotterte. Böhm überlegte.
»Ihr Anzug ist im B-Trakt. Der Wagen steht direkt vor der Tür. Macht es Ihnen nichts aus, einen Blick darauf zu werfen? Die Minusgrade werden Sie schon nicht gleich umbringen. Sie müssen sich abhärten. Dann vergeht die Weichheit und das schlaffe Gehabe.«
Er öffnete die Tür ins Freie. Die Kälte versetzte dem halbnackten Hader einen Schlag. Der andere schob den Widerstrebenden in die kalte, trockene Dezemberluft hinaus. Der stolze, rotlackierte Steyr 30 S mit seiner unaufdringlichen Eleganz, der federnden Karosserie, mit der schlanken geschwungenen Form, der die Bewunderung und den Neid so manchen Betrachters geweckt hatte, war nur mehr ein großer Haufen brauner Dreck. Unförmig, verzogen, verbogen und zerbeult, zerdrückt und fast zu einem Drittel plattgewalzt, war das erstmals beeindruckende Fahrzeug, welches das Herz jedes Freundes des technischen Fort-

schritts hatte höher schlagen lassen, nicht mehr wiederzuerkennen.
»Na, wird Ihnen bei diesem Anblick wärmer?«
Hader war nahe daran gewesen, einen Schrei auszustoßen, aber die Kälte verschloß ihm die Lippen und trieb das Wasser in seine Augen. Er wandte sich ab und blickte zu Boden. Tränen der Kälte und des Zorns trübten seinen Blick, und er sah durch den milchigen Schleier seine wunden, bläulich gefärbten Füße. Böhm zog den Schlotternden zurück ins Gebäude.
»Warten Sie hier! Ich kümmere mich um Ihre Kleider. Ich bin bald zurück. Machen Sie keine Dummheiten«, setzte er, schon im Gehen begriffen, hinzu. Hader hatte nicht vor, Dummheiten zu machen, er hätte gar nicht gewußt, welche. Er setzte sich auf die unterste Stufe. Bald, hatte der Untersuchungsrichter gesagt.
Er war tatsächlich bald zurück. Mit einem in grobes Packpapier geschlagenen Bündel auf dem Arm, in der Hand hielt er Haders Schuhe an den zusammengeknoteten Bändern.
»Ihr Anzug wird eingelaufen sein. Machen Sie sich nichts draus! Es gibt Schlimmeres, wie Sie ja erfahren haben. Wenn es Ihnen nichts ausmacht, können Sie sich gleich hier umziehen. Dann sparen wir Zeit.«
Hader machte es etwas aus, aber eine warnende Stimme hielt ihn noch davon ab zu widersprechen. Der junge Mann war zwar bis zu einem gewissen Grad durchschaubar, aber er war nicht berechenbar.
In dem Paket, das er ihm übergab, befanden sich ordnungsgemäß sein Anzug und Hemd, Krawatte, Socken, Unterwäsche und sein Mantel. Den Hut mußte er verloren haben. Sollte er sich vor dem Untersuchungsrichter nackt ausziehen? Böhm machte ein paar Schritte zurück in die Tiefe des Aufgangs, wo ihn die unbestimmbaren Schatten des ständig herrschenden Halbdunkels verschluckten.

Hastig zog sich Hader um. Der Anzug war, wie von Böhm vorausgesagt, eingegangen. Die Hose reichte nur noch bis zu den Knöcheln, und er hatte größte Mühe, den Bund zuzuknöpfen. Die Jackenärmel bedeckten die Unterarme nur noch zur Hälfte, die Krawatte war um ein Drittel kürzer. Er sah aus wie eine Schießbudenfigur. Böhm konnte ein kurzes, aber lautes Auflachen nicht zurückhalten.

Er führte ihn in einen Waschraum, wo er sich mit einem alten Kamm frisieren konnte und Gesicht und Hände wusch. Dann gingen sie in einen Raum, in dem in klobigen, wackligen Regalen, neben einer Unmenge von kleinen, verschrumpelten Äpfeln der Sorte Machatschka, wie Hader sofort erkannte, die hauptsächlich auf dem Boden lagen und diesen zur Hälfte bedeckten, Kartons und Säcke mit den Aufschriften Grieß, Mehl, Reis, Linsen gestapelt waren. Es gebe eine Unzahl von Räumen dieser Art in den Gebäuden, Vorratsräume, Wasch- und Toilettenräume, Lagerräume für Akten, Kleider, Beweisstücke, wie Felix Böhm dem teilnahmslosen Hader enthusiastisch erklärte, während sie über die Äpfel stiegen.

»Warten Sie hier. Ich werde Ihnen zu essen bringen.«

Damit versetzte er ihm einen Stoß, daß Hader über die in alle Richtungen springenden Machatschkaäpfelchen flog und unterhalb des gelblich schmutzigen Fensters landete. Er hatte recht gehabt, der junge Untersuchungsrichter war nicht berechenbar. Und den letzten Satz, den Felix Böhm an ihn richtete, bevor er den Vorratsraum verließ, hatte er durch die Wucht des Schlages gegen das Brustbein, die Heftigkeit des Aufpralls und den Lärm der rollenden Machatschkaäpfelchen nicht verstanden. »Im Prinzip, im Prinzip, Hader, ist Ihr Fall erledigt.« Dann war er durch die Gänge davongehastet.

Hader war es, als ob er innerlich blutete. Ein gurgelndes Geräusch, wie das Blubbern aus einem Sumpf, stieg in seiner Brust hoch. Ein verborgenes, aber deutlich zu spürendes Geräusch, das die Stille des vom Geruch der faulenden Machatschkaäpfel erfüllten Raumes in steter Wiederkehr durchschnitt. Er fühlte keinen Schmerz, höchstens ein leises Ziehen entlang des Schulterblatts. Mehr war es nicht. In der Brusttasche seiner Jacke fand er seine Uhr. Sie zeigte zwei Minuten vor drei an und war nicht stehengeblieben. Er betrachtete die vorrückenden Zeiger und vergaß dabei die Zeit.

Durch eine Stimme von draußen aus seiner Träumerei gerissen, die sich gerade mit den Stimmen des Schlafs verband, fuhr Michael Hader hoch und stand auf, neugierig geworden aus Instinkt, um durch das gelblich schmutzige Fenster zu blicken. Er erwartete nichts von dem Blick nach draußen, auf den länglichen, öden, von schönbrunnergelben Gebäuden umschlossenen Hof, deren Anstrich abblätterte und entweder in lappigen Fetzen herunterhing oder sich schon gelöst hatte und in gelbgrauen Partikeln den Boden bedeckte, das offene Mauerwerk in häßlichen, verschieden großen, dunklen und helleren Flecken zurücklassend. Ein klagendes Rufen, von heiseren Flüchen durchsetzt, drang an sein Ohr, und er mußte erst sein Auge an die einfallende Dämmerung und den gelblichen Schmutz der Fensterscheibe gewöhnen, der, aus der Nähe besehen, von grünlichen, schwarzen und braunen Punkten und Flecken durchzogen war, so daß sich bald ein mehr oder weniger dunkler Kreis auf dem Glas, bald das von der feuchten Dämmerung bestimmte Bild des Hofes in seiner Pupille festsetzte und vergrößerte.
In ungefähr zehn Meter Entfernung sah er die Gestalt des Untersuchungsrichters vor dem zerstörten Steyr stehen. Seine Umrisse sah er deutlich, konnte aber sein Gesicht im sinkenden Licht nicht ausmachen. Es hatte den Anschein, als ob er mit sich selbst spräche oder mit dem Fahrzeug, denn Hader konnte sonst nirgends jemanden sehen.

Böhm stieß mit dem Fuß gegen die herunterhängende Stoßstange. Hader spürte ein stärkeres Ziehen im Schulterblatt. Wieder stieß der Richter gegen die Stoßstange, und noch einmal, wieder und wieder stieß er mit wachsender Wut gegen das tote Blech, das sich langsam von der Karosserie löste.

Später hatten alle gesagt, die in Eisenstadt und die in Wien, einen Untersuchungsrichter Felix Böhm gäbe es nicht und einen Untersuchungsrichter Felix Böhm hätte es auch niemals gegeben. Und von einem versoffenen Wachtmeister namens Felber sei ebenfalls nichts bekannt. Und als er sie, zuerst die verstockten Eisenstädter, dann die ignoranten Wiener, zu der Kaserne, zu den vier langgestreckten Gebäuden, die den öden Kasernenhof umschlossen, hatte führen wollen, war das, wie ihm vorgekommen war, riesengroße und aus unzähligen Trakten bestehende Gebäude nicht mehr zu finden gewesen, und er hatte größte Mühe gehabt, daß sie ihn, die Eisenstädter weniger, doch die Wiener dafür umso mehr, nicht für verrückt erklärt und nach Steinhof gebracht hatten. Man hatte ihn darüber aufgeklärt, daß es in dieser Gegend niemals eine Kaserne oder ein Gefängnis gegeben habe. Man hatte mit hochgezogenen Augenbrauen erklärt: Niemals. Er hatte nur öde, in Steppe übergehende Landschaft vorgefunden, vereinzelte Ziehbrunnen, einige winzige Bauernhöfe. Und auch seine Frau und seine Töchter, die ihn, wie sich herausstellte, niemals verlassen hatten, sondern vom Reisinger Franz entführt worden waren, glaubten ihm nicht. Sie sprachen es nicht aus, aber er spürte es. An der Art, wie sie ihn ansahen, Fragen stellten, zu ihm sprachen, ihm Blicke nachschickten.
Ihr ganzes weiteres gemeinsames Leben, das sie noch führen sollten, hatten sie ihm nicht mehr geglaubt. Der Reisinger Franz war verurteilt und nach Kriegsbeginn wieder

vorzeitig aus dem Gefängnis entlassen worden. Die Geschichte ihrer Entführung hatte Agnes damals nicht erzählt, so sehr er sie auch gedrängt hatte.
Sie waren in die Wohnung nach Wien zurückgekehrt. Agnes mit ihren noch immer schwarz gefärbten Haaren, deren Farbe sie wöchentlich auffrischte. Die Töchter besuchten die Schule wieder. Als wäre nichts gewesen, nahmen sie ihr Leben an dem Punkt, wo es abgerissen war, wieder auf. Michael Hader stand täglich hinter der Ladentheke, begrüßte und verabschiedete seine Kundschaft. Es war Januar geworden. Man schrieb das Jahr 1936. Doch die unausgesprochenen und unbeantworteten Fragen warfen ihre länger werdenden Schatten. Hader stand zwischen den Sauerkraut- und Gurkenfässern, schnitt mit weniger Widerwillen als früher die Krakauerwurst, die begehrt war wie eh und je. Er stellte wieder eine Hilfe ein, die im Geschäft stand, wenn er Kunden belieferte und Großeinkäufe tätigte. Eine junge Frau, mit der er manchmal schlief und wenig sprach. Ihr Haar war blond, und sie war ein bißchen vulgär und laut. Ihn quälte, ob er sich die Ereignisse vom Dezember 1935, die burgenländische Katastrophe, wie er sie nannte, nur eingebildet oder sie geträumt hatte. Was ihn hinderte, an einen Traum zu glauben, war die Tatsache, daß sein Steyr 30 S verschwunden war. Er hatte sich einen neuen Lieferwagen angeschafft, mit dem er auf den Markt fuhr, den er ansonsten jedoch keines Blickes würdigte. Doch irgendwann, als der Frühling kam, tauchte die Frage nicht mehr auf.
Jeden Morgen erwachte er mit dem gleichen Gedanken, der sich einmal als fahles Licht, das durch die Fensterläden hereinschien, äußerte, einmal als Geruch, den ein frischer Morgenwind durch die Ritzen hereinwehte, dann als beißender, nicht wirklich unangenehmer, aber auch nicht wegzubringender Geschmack in der Mundhöhle und auf der Zunge: Bleiben, um zu warten, um zu enden.

Ungefähr so klang es, wenn er es in Worte zu fassen versuchte.
Und Agnes, die schweigsame Agnes, sprach von Fortgehen, von Fortziehen. Von anderen Orten, anderen Ländern. Sie richtete wieder öfter das Wort an ihn. Und er überlegte oder meinte zu überlegen. Südliche Gärten tauchten in seiner Vorstellung auf, prägten sich ein, ohne daß er sie jemals gesehen hatte, in Wirklichkeit. Er sehnte sich nach einem nur ein wenig südlicheren Himmel, pastellfarbenen Häusern und Kirchen, deren Glocken weithin übers Land, bis dort, wo das Meer beginnt, zu hören waren, morgens, zu Mittag, am Abend.
Mit jedem neuen Morgen wurde sein Gesicht breiter und schlaffer, schwer und schwammig hingen seine Backen über die bis zum Kinn heruntergezogenen Mundwinkel, und sein noch vor wenigen Monaten schmales und kantiges Gesicht war zu einem unförmigen Mond geworden. Lag es am Essen? Wurde er krank? Gewiß, gelegentlich steckte er sich ein paar Scheiben Wurst zuviel in den Mund, wenn er hinter der Theke stand und sich zwischen zwei Kunden die Langeweile in dem leeren Geschäft breitmachte. Er hatte keine Schmerzen und fühlte sich nicht direkt unwohl, obgleich er manchmal sehr gerne ein anderer gewesen wäre.
»Michael, geht's dir nicht gut?« fragte jetzt seine schweigsame Frau. »Der Papa ist so blaß und irgendwie schwer«, hörte er Maria einmal sagen. Es hatte ihn traurig gemacht. Etwas mußte rasch geschehen, doch lange Zeit geschah nichts. Und dann ging alles sehr schnell.
Aus seiner Hollabrunner Zeit kannte er einen, zu dem in all den Jahren die Verbindung nie abgerissen war. Nikolaus Ladurner, Glückspilz, Spieler mit sich selbst und allen anderen. Sehr kurze Zeit war auch er Lehrer gewesen. Er hatte vieles probiert, auch wenn er zugab, die entscheidenden Dinge immer ausgelassen zu haben. Die Dinge, die

ihn »wirklich gefordert« hätten. Er war gescheitert und er hatte gewonnen. Er war zur See gefahren, hatte auf Plantagen in Südamerika gearbeitet, eine Spelunke am Hafen von Marseille geführt. Ein Bilderbuchabenteurer, der sich selbst zu entkommen suchte und sich schon längst umgebracht gehabt hätte, wenn er nicht immer wieder Schlupfwinkel und Fluchtwege gefunden hätte, um seiner Melancholie zu entfliehen. Jetzt war er, nachdem er zuletzt im Hafen von Hamburg Fische verkauft hatte, in Salzburg gelandet. Doch die Stadt Salzburg zwang ihn zum Stillstand und zur Bewegungsunfähigkeit, und er suchte nach Mitteln und Wegen, um sie wieder zu verlassen. Er war Verwalter einer kleinen Limonadenfabrik am Stadtrand geworden. Die Limonadenfabrik trug den Namen »Kern« und war alles andere als ein florierendes Unternehmen. Man sagte den Limonaden von Kern unreine Substanzen, auch Abwaschwasser, nach, und trotz aller Bemühungen und entgegen allen Beteuerungen und Versicherungen waren die Produkte von Kern auf dem heimischen Markt kaum zu finden. Nikolaus Ladurner war angeheuert worden, um das Ruder herumzureißen, die Firma aus dem Strudeln und Schlingern und auf Erfolgskurs zu bringen, wie er sich in der Seemannssprache ausdrückte, die er gern benutzte, um bei den Älplern Eindruck zu schinden.

An einem hellen Märzmorgen stand er in Haders Tür in Wien, breit lachend, die Arme erhoben, als wollte er den Überraschten, mit gebeugten Schultern vor ihm Verharrenden, gleich erdrücken.

»Das hast du nicht gedacht! Mich hast du nicht erwartet, Michael!«

Nikolaus Ladurner kostete seine gelungene, doch keineswegs freudige Überraschung aus, als hätte er ein lange gejagtes Wild erlegt.

»Du wirst mein Nachfolger beim Kern!«

Sie saßen im Wohnzimmer. Ladurner hatte um ein Bier

gebeten, das er wie ein Verdurstender in einem Zug austrank.
Hader hatte auf Ladurners Wortschwall bisher noch kaum geantwortet. Auch jetzt erwiderte er nichts, sondern rührte nur stumm in seiner geblümten Kaffeetasse.
»Sei nicht so schwach, Michael!«
Hader zuckte zusammen und statt einer Antwort schleckte er den Löffel ab, von dem sich der bräunlich klebrige Zukker, der in kleinen Krusten festhing, nicht lösen wollte. Rauh und süß erreichte er die Zunge.
Der andere wollte noch etwas hinzufügen, zögerte, als frage er sich im stillen, ob er sich in seinem alten Bekannten – oder Freund – nicht getäuscht hatte. Statt dessen tat er verlegen, um Haders Vertrauen zu gewinnen, schwieg, beobachtete ihn insgeheim genau und erfaßte jede Andeutung einer Reaktion, als belauere er eine Fliege, die er bei der nächsten größeren Bewegung erschlagen würde.
Hader atmete ein, hielt die Luft an, atmete aus, legte den Löffel auf die Untertasse, nahm ihn wieder zwischen die Finger, spielte damit herum, blickte Ladurner an, sah wieder weg, als dieser seinen Blick sofort mit leuchtenden Augen begierig erwiderte.
Den Kaffeelöffel zum Mund führend, auf halbem Weg innehaltend, den Löffel eindringlich fixierend wie einen magischen Gegenstand, sprach er kaum hörbar.
»Und was mache ich da? Was macht ein Limonadeverwalter eigentlich? Wozu gibt es einen Limonadeverwalter?«
Ladurner hatte sich weit nach vorne gebeugt, um den anderen besser verstehen zu können. Jetzt lehnte er sich zurück, machte eine weitschweifige Armbewegung, rieb an seinem Ärmel. Dann lachte er erst einmal. Wieder bearbeitete er den Ärmel.
»Es geht ums Geschäft natürlich. Aber ums Geschäft geht's ja immer, nicht wahr? Natürlich gibt es einen –«, er suchte nach der passenden Definition, »– einen Geschäfts-

führer. Das heißt, der führt die Geschäfte natürlich nicht. Er ist mehr ein Prokurator, Prokurist –«, er wußte nicht recht, welches das richtige Wort war, »– ein Buchhalter eben. Bilanzen, Zahlen und so weiter. Der hat's im Griff!« Er lachte und lachte, als ob die Bilanzen und Zahlen der Limonadenfabrik Kern der größte Witz wären.

Schließlich hatte er ihn dort, wo er ihn haben wollte. Es hatte länger gedauert, als er dachte, und der Schweiß stand ihm auf der Stirn, als er sich das dritte Bier eingoß. Kunstvoll hatte er Hader überredet. Er hatte geworben und gelockt, in Abrede und in Frage gestellt. Er hatte vorübergehend gar nichts mehr gesagt. Das hatte ihn die größte Anstrengung gekostet. Jetzt saß er, erschöpft und in stillem Triumph in sich hinein lächelnd, zurückgelehnt in dem durchgesessenen Lehnsessel. Die Sonne schien durchs Fenster und warf ihre Strahlen auf den dunkel gemusterten Teppich, ließ den langsam aufsteigenden und wieder hinunterschwebenden Staub sichtbar werden. Ein Strahl endete auf Haders Pantoffel.

»Du brauchst nur noch unterschreiben!« beendete Ladurner das Schweigen. »Dann bist du mein Nachfolger beim Kern.«

»Dann bin ich Verwalter beim Kern«, setzte Hader hinzu, mit leisem Stolz, der ihn irritierte, da er nach wie vor nicht genau wußte, was er dort zu tun haben würde.

Dann erzählte ihm Nikolaus Ladurner von Muna, einem Ort, siebzehn Kilometer von der Stadt Salzburg entfernt, ein idyllischer, unberührter Flecken an der deutschen Grenze. Dort gäbe es ein Haus, billigst zu erwerben, auf einer Anhöhe über der Ortschaft, mit Blick ins Tal und auf die umliegenden Berge.

»Ein Traum für deine Kinder. Freundliche Menschen. Herrliche Luft. Dort kannst du ausspannen, wenn du müde von der Arbeit aus der Stadt kommst. Aber so müde wirst du gar nicht sein. Das habe ich dir ja schon gesagt.«

Michael dachte ans Geld. Er dachte an das, was ihm Ladurner diesbezüglich gesagt hatte. Davon, daß das Lebensmittelgeschäft über kurz oder lang nichts mehr abwerfen würde, da er, Hader, damit alleine überfordert sei, ihm der nötige Elan dazu fehle, wofür er, Ladurner, natürlich vollstes Verständnis habe, daß es für Hader umgekehrt wesentlich besser wäre, wenn er, eingebunden in einen Betrieb, Verantwortung trage, statt irgendwann, und das wäre wahrscheinlich bald, unter der Last der Selbständigkeit zusammenzubrechen. Er erwähnte die unsichere politische Lage, den möglichen Anschluß der Republik Österreich an Deutschland, er persönlich sei davon felsenfest überzeugt, es wäre nur eine Frage der Zeit.
Hader verstand von Geld überhaupt nichts. Er versuchte, sich dafür zu interessieren, sich damit zu beschäftigen, aber entweder langweilte es ihn, oder es stieß ihn ab. Es fehlte ihm die Lust am Geld, manchmal sogar am Geldverdienen. Dennoch spürte er, daß sein Bekannter nicht vollkommen recht hatte. Etwas fehlte in seiner Argumentation. Irgendein entscheidender Punkt, der die ganze Kette ins Wanken brächte.
Doch der Gedanke an das Dorf Muna, die Vorstellung, auf dem Land, zwischen Bergen und Hügeln zu leben, besiegte sein Unbehagen. Der Gedanke an das Dorf Muna, so wie von Nikolaus Ladurner geschildert, die Vorstellung von dem Dorf Muna, war so unendlich angenehm, daß sich seine Züge lösten und entspannten. Und dann holte er sich auch ein Bier und brachte seinem Freund ein weiteres, und sie stießen auf Kern und auf Muna an, und Nikolaus Ladurner versprach, bald den Vertrag zu schicken, und Michael Hader hatte noch immer keine Ahnung, was er in der Limonadenfabrik Kern zu tun hatte.
Er würde ein festes, geregeltes Einkommen haben, sich keine Sorgen mehr machen müssen über Einkäufe, Verkäufe, Erträge, über Essiggurken, Krakauerwurst, Bein-

schinken und Butterkäse. Jeden Monatsersten würde er seine volle Lohntüte in Empfang nehmen. Auch er. Sein Gefühl der Minderwertigkeit plagte ihn nicht mehr so heftig. Für den Augenblick. Er wußte, andere Sorgen würden ihn erreichen. Doch der Gedanke an das Dorf Muna beflügelte ihn, und er verabschiedete seinen Freund Ladurner, den er herzlich umarmte, was diesen befremdete, da er Hader so nicht kannte und auch nicht kennen wollte, und als der andere gegangen war, saß er noch lange und schaute auf seine Pantoffeln, auf denen einige übriggebliebene Sonnenstrahlen tanzten. Dann ging er runter ins Geschäft.
Am Abend redete er mit Agnes darüber.
»In Maxglan also?« fragte sie.
Die Limonadenfabrik Kern hatte ihren Sitz in jenem Vorort, dessen Name auf die ihn durchfließende Glan zurückging.
»Ich war einmal dort.«
»Wann?«
»Irgendwann. Mit den Eltern. Von Brünn aus. Wir sind über den Kerschbaumer Sattel und über Linz gefahren, Holzschlag hat ein Ort geheißen. Wir waren in Kremsmünster und in St. Florian, und in Mattighofen haben wir auf der Rückreise übernachtet. Und was machst du in der Limonadenfabrik?«
»Das weiß ich nicht.«
Sie saßen im Schlafzimmer, jeder auf seinem Bett und drehten einander den Rücken zu. Die Kinder schliefen.
»Ja«, sagte sie dann. Und nach einer Pause, »ja, ich möchte dir den Weg nicht verstellen. Hoffentlich ist es ein Weg. Hoffentlich wissen wir, was wir tun.«
Aber er meinte, sie lächeln gesehen zu haben, als er das Zimmer verließ.

Sie zogen um. Mit einem schweren Lastkraftwagen der Firma Kern. Hader begleitete den Transport durchs halbe Österreich. Die Kinder fuhren mit der Mutter im Zug. Der Lkw wartete schon, und die Möbelpacker stierten Hader an, als wäre er einziger und bleibender Grund ihres Mißtrauens.
Die Fahrt hinaus aus der gerade erwachenden Stadt schien sein Innerstes zu zerreißen, und er meinte, sich laut sagen zu hören, daß er diese Stadt Wien doch zeit seines Lebens verabscheut, daß sie ihm nichts als Unglück gebracht hatte, aber solche Worte wogen nicht schwer genug. Der Fahrer sah ihn an.
Durch die Wachau, die Donau entlang. Er sah Burgen und Schlösser auf Felsen, die aus dem Wasser aufragten. In der Ferne Klöster und die mährischen Hügelketten, und als er am Fahrer vorbeiblickte, sah er von weitem die schneebedeckten Kuppen der Kräuterin, des Schneebergs und weiter die Ennstaler Alpen, das Tote Gebirge, und er meinte, den Dachstein erkennen zu können. Aber er wußte, daß das nicht stimmen konnte. Und eine Ortschaft trug den Namen Krummernußbaum. Er sah ihr lange nach. Es war eine Fahrt, die man hätte als romantisch bezeichnen können. Später, viel später, wenn er zurückdachte, erschien sie ihm auch tatsächlich als Reise durch sein romantisches Empfinden.
Nach neun Stunden Sehnsucht erreichten sie die Ausläufer der Stadt Salzburg, und sofort sah er, wie unter einem Zwang stehend, die Häßlichkeiten der besungenen Stadt und ihrer Bewohner. Von einem Hauch des Südens, einer gar italienisch anmutenden Atmosphäre, wie sie die Dichter und einige andere erfahren haben wollten, fand er nicht die leiseste Spur. Er blickte auf häßliche Siedlungen, auf enge, finstere Gesichter mit alkoholisierten Knopfaugen und fand nichts anderes als eine österreichische Provinzstadt vor. Erleichtert atmete er auf, als sie die Stadt hinter

sich ließen, um den letzten Teil der Fahrt nach Muna anzutreten. »18 km«, las er auf einem Schild. Die plötzliche Nähe des Dorfes Muna veränderte seinen Blick. Die Vorstellung von dem Dorf Muna schwand unter dem fahlen Schleier der Wirklichkeit. Sie kamen durch das Dorf Himmelreich und den Weiler Edelweiß, fuhren am Walserfeld vorbei, und er sah den Birnbaum aus der Sage. Er beugte sich vor.

Am Wartberg befand sich eine sogenannte Jausenstation. Ein stilles Gasthaus, wie er zu erkennen glaubte. Er bat den ununterbrochen schweigenden Fahrer anzuhalten, mit dem Wunsch, in dem Gasthaus einzukehren. Der Fahrer, verwundert und verärgert über eine Rast kurz vor dem Ziel, aber auch durstig und müde, gab nach. Es sei nicht sein Geld und seine Zeit, meinte er mit der ihm eigenen Unfreundlichkeit.

Es war Hader, als sei diese halbstündige Rast die letzte Atempause vor den heraufziehenden Jahren. Eine Dauer wie ohne Zeit. Mit dem wortlosen Fahrer als Gegenüber, einer muffigen Kellnerin, einem schweigenden Trinker, einem Fässer rollenden Wirt in einem schwach beleuchteten Raum. Als sie sich verabschiedeten, meinte er, leises Gelächter zu hören, waren ihm sein Fahrer, der Wirt, die Kellnerin, der Säufer eine verschworene Gemeinschaft. Er vergaß es bald.

»Muna«, las er auf einer Tafel, ohne Muna zu sehen. Links ein Gehöft, umgeben von Wiesen, rechts eine Scheune, im Hintergrund auf einer Anhöhe eine Hütte, mehr konnte er nicht entdecken. Danach fuhren sie durch einen Wald, der zugleich eine Kurve bildete, durch die letzten Stämme hindurch sah er einen Kirchturm und Häuser, die das Dorf Muna waren, er sah das Dorf Muna, und vor allem sah er Berge. »Wir sind da«, sagte er sich.

»Land uns'rer Väter, laß jubelnd dich grüßen, Garten, behütet von ew'gem Schnee, dunkelnden Wäldern träumend zu Füßen / friedliche Dörfer am sonnigen See. Ob an der Esse die Hämmer sich regen oder am Pfluge die nervige Hand: Land uns'rer Väter, dir jauchzt es entgegen: Salzburg, o Salzburg, du Heimatland!«
So lernten es jetzt seine Kinder in der Schule. Und zu Hause sagten sie: »Aber wir sind doch keine Salzburger? Oder sind wir Salzburger?« »Salzburgerinnen«, fügte Anna hinzu.
Sie bezogen das Haus. Es lag, wie von Nikolaus Ladurner geschildert, auf einer Anhöhe hoch über dem Dorf. »Unser Haus ist schön«, schrieben die Kinder im Schulaufsatz.
Eine Welle von Scham überspülte Michael Hader, als er das Gelände der Limonadenfabrik Kern im Stadtteil Salzburg-Maxglan zum ersten Mal betrat. Die Limonadenfabrik Kern war ein sichtbar heruntergekommener Betrieb. Das Gelände war menschenleer bis auf zwei Arbeiter, die rauchend und biertrinkend an der Tür einer Baracke lehnten und ihn mißtrauisch und grußlos beobachteten. Zunächst bereit, freundlich und übertrieben höflich, mit österreichischer Zwanghaftigkeit, einen Guten Morgen zu wünschen, besann er sich eines Besseren und erwiderte die Grußlosigkeit.
Sein Büro, das Büro des Verwalters, stellte sich als Verschlag, als grob und schlampig gezimmerte Bretterbude heraus, sein Prokurist erwies sich schon in der ersten halben Stunde als Gauner. Tatsache war, daß Michael Hader als Verwalter der Limonadenfabrik Kern Salzburg-Maxglan nichts zu tun hatte. Die Limonadenfabrik Kern hatte – wie der Prokurist Hajek erläuterte – ihren Betrieb vorerst eingestellt. »Bis auf weiteres«, hatte er sich ausgedrückt. In den rostigen Tanks, in welchen die Flüssigkeitssubstanz für die Herstellung der Marke »Kern-Kracherl« gelagert wurde, hätten sich bei einer Überprüfung durch die zustän-

dige Behörde Tierkadaver gefunden. Wie diese dort hingekommen seien, wisse er nicht und könne es sich auch beim besten Willen nicht erklären. Auf die Frage Haders, was er jetzt tun solle, antwortete der Prokurist Hajek: »Nichts. Machen Sie sich einen schönen Tag.« Er behandelte ihn wie einen lästigen Untergebenen, auch wenn Hader sein Vorgesetzter war. Im Gehen fiel Hader ein Leberfleck am Hals des Prokuristen auf.

Hader setzte sich in seinen Verschlag, der unmittelbar neben dem Büro des Prokuristen lag, welches sich von Haders Bretterbude dadurch unterschied, daß es ein einigermaßen solides Gebäude aus richtigem, bei genauerem Hinsehen allerdings brüchigem Mauerwerk war. Er wunderte sich über den augenfälligen Unterschied und darüber, daß sein machtbewußter Freund Ladurner einen solchen hingenommen haben sollte. Aber was wußte er in Wahrheit schon über Ladurner? Er kannte seine Maske. Ladurners Lachen, Ladurners Lächeln, Ladurners Ernst erschienen ihm jetzt, angesichts dieses feuchten Bretterverschlags, der bis vor kurzer Zeit das Büro des Freundes gewesen war, sein Arbeitsplatz, das Zentrum seines Wirkungskreises, wächsern und bleich, einer Totenmaske ähnlich. Jetzt war es Haders Büro, Haders Arbeitsplatz, das Zentrum seines Wirkungskreises, von dem er nichts wußte. Was sollte er Agnes über seine neue Tätigkeit erzählen? Regungslos verharrte er vor dem Schreibtisch, auf dem sich der Staub sammelte.

Nachdem er Stunden untätig hinter dem Schreibtisch verbracht hatte, stand er auf und ging. Er hatte den Raum, in dem er sich künftig Tag für Tag aufhalten sollte, lange Zeit betrachtet, ja, er hatte ihn beinahe wie ein lebendes Wesen beobachtet, auf eine Regung, eine Bewegung des Raumes wie ein Jäger auf die Bewegung des Wilds gewartet. Er hatte auf die hinfälligen Regale geblickt, auf den unförmigen, verschlossenen Aktenschrank, zu dem der Schlüssel

fehlte, auf den Spiegel und den Abreißkalender an der Wand, auf den eisernen Kanonenofen, auf die spärlichen Gegenstände und Papiere auf dem Schreibtisch, der aus einem Brett auf zwei Pflöcken bestand, auf das Telefon, das nicht läutete, auf einen Beistelltisch mit einer Schreibmaschine, die rostete. Hatte er alles falsch gemacht?
Er ging über das Gelände der Limonadenfabrik. Sie bestand aus Baracken und mehreren Werkshallen, aus leeren Kaninchenställen und ausrangierten Eisenbahnwaggons. Der ganze Komplex machte einen verkommenen Eindruck, und Hader fühlte sich an seine Kaserne im Burgenland erinnert, die sich am Schluß als Phantasiegebilde, als Gespinst eines kranken Hirns, wie es manche weniger freundlich bezeichnet hatten, herausgestellt hatte. Und die leise Angst vor sich selbst machte sich breit. Er ging hin und her, stieß mit der Schuhspitze gegen Kiesel und Scherben, gegen verbogene Knäuel aus Draht und gegen Holzstücke, Kartonfetzen und Blechteile. Er hätte einiges zu fragen gehabt, zum Beispiel nach der Lohntüte. Außerdem benötigte er einen Vorschuß für die Instandsetzung und Einrichtung seines Hauses in Muna. Sein Haus – er hatte es gekauft, und die letzten Ersparnisse waren dabei draufgegangen. »Muna« flüsterte er leise und stieß einen Kiesel vor sich her, »Muna« rief er halblaut wie einen zaghaften Schlachtruf. Als er den Blick hob, stand der Prokurist Hajek grinsend in der Tür seines Büros und rauchte, Hader senkte den Blick. Er wußte, daß er das nicht hätte tun dürfen, er hätte niemals den Blick senken dürfen, er hätte dem Prokuristen Hajek ins Gesicht schauen müssen, er hätte den Blick des Prokuristen Hajek erwidern müssen. Aber er hatte es nicht getan. Er hatte es gescheut und vermieden. Und jetzt war es nicht mehr rückgängig zu machen. Am Abend kehrte er nach Hause zurück. Er fuhr die siebzehn oder achtzehn Kilometer mit dem zweimal täglich verkehrenden Postautobus. Kurz nach der nun schon wie vertrau-

ten Ortstafel stand er voll seinem Platz auf und ging durch den rüttelnden Bus nach vorne, um die letzten dreihundert Meter durch den um diese Zeit schon finsteren Wald neben dem Fahrer, mit dem Blick durch die Windschutzscheibe, zu verbringen. Nach dem Wald und noch vor dem eigentlichen Ortsbeginn stieg er aus und schaute sich, ohne zu wissen, warum, in der Dämmerung nach allen Seiten um, während der Postbus langsam und ratternd entschwand. Er stieg den steilen Weg hinauf zum Haus und sah, ohne die geringste Veränderung, die Idylle zerfallen.

Es war ein Abend im Mai, und die Glocken läuteten zu der nach dem Monat benannten Andacht. Es war ihm, als ob die Glocken Sturm läuteten, während er auf halbem Wege verharrte. Es war ihm, als ob die sinkende Sonne aus dem dunklen Boden leuchtete, als ob der Wind aus der Erde wehte. Es war ihm, als ob sich die Hügel und Wiesen wellten, in unaufhörlicher Bewegung wie ein Meer, als ob der Berg vor ihm in seinem Innern kochte und seine Oberfläche bebte, es war ihm, als ob er ging, als ob er lief, als ob er rannte, obwohl er fest an einem Fleck stand. Von seinem Standort aus konnte er nur einen Teil des Hauses über sich sehen. Einen Teil des Giebels, einen Teil des Daches, einen Teil des ersten Stockwerks, den halben Balkon, Wolken darüber, die sich nicht bewegten, regungslos blieben und sich dennoch zur Erde zu senken schienen. Es war ihm bang wie einem Kind, das sich verirrt hat. Es war ihm, als ob die Tiere auf der Weide, vom dumpfen Schlag der Fleischergesellen getroffen, zu Boden fielen, fallen mußten, doch sie blieben stehen und grasten friedlich weiter, das Glockengeläut erstarb. Er sah die Häuser des Dorfes brennen und die Menschen daraus fliehen. Aus den finsteren Tälern stürzten die tosenden Wasser. Es war ihm, als ob die Berge auseinanderbrachen, die Seen und Flüsse und Bäche, die er nicht erreichen konnte, anschwollen. Er konnte

nur das drohende Geräusch hören, das von weither kam. Er sah die Landstraße in die Erde einsacken und den gelben Postautobus in einem klaffenden Loch darin verschwinden, als würde ihn die Straße verschlucken. Er sah den Rauch aus dem Auspuff, der noch in die Luft ragte, sich als Wolke über dem krümmenden Wald verziehen, und er hörte die Schreie der Menschen im Innern des Fahrzeugs. Es war kein Traum, keine Einbildung, das wußte er.
Und dennoch geschah es nicht.
Ein Sirren und Summen ließ ihn zum Lattenberg hinaufblicken. Es hörte sich an wie ein unendlich verstärktes Zirpen einer Grille, wie der Laut eines ins Riesenhafte gewachsenen Insekts. Es wurde ihm nicht klar, ob er die Gestalt wirklich sah, nur weil er sie hörte. Ein Riese! Nein, eine Figur! Eine Gestalt! Ein Körper. Ein Tier. Die Worte halfen nichts, sie prallten ab an der Erscheinung, dem Gebilde aus Stimmen und Lauten, Klängen und Tönen, wie stumpfe Pfeile an den Mauern einer uneinnehmbaren Festung. Es verschwamm vor seinen Augen im selben Augenblick, in dem er meinte, das Gebilde zu erfassen.
Ein Leib über dem Berg, der sich der Krümmung der Erde anzugleichen schien, kein Kopf, weit ausholende Arme wie Fühler. Schwarze Strahlen, die auf ihn zukamen und sich von ihm entfernten. Er erschrak nicht, er war auch nicht vor Angst wie gelähmt, er stand nur auf halber Höhe, in einer für ihn typischen Haltung, sehr still da. Ganz leicht, fast unmerklich gebeugt, als würden die Schultern von einer unsichtbaren Kraft zugleich nach oben und nach unten gezogen, mit der kräftigen Linken das Gelenk der zaghaften rechten Hand umfassend.
Er hörte seinen Namen vom Berg weiter oben rufen. Und während er noch dem Ruf seines Namens – Hader, Hader, Michael, Michael – nachsann, verflüchtigte sich der Klang, die Gestalt, die Form seines Namens, und er wußte ihn

nicht mehr. Er wußte nicht mehr, wie er hieß! Verzweifelt lachte er auf.

»Ich werd' doch noch wissen, wie ich heiß! Ich werde doch noch meinen eigenen Namen kennen!«

Und er suchte ihn. Er suchte ihn mit wachsender Verzweiflung und Anspannung. Aber er fiel ihm nicht ein. Es war ihm, als ob er in einem Kahn auf den dunklen Kanälen seiner verborgenen Erinnerung schwimme, rufend, an Felsen stoßend, das Ruder im Wasser verlierend, in ewig verlöschendem Licht, umgeben von Geräuschen und Stimmen, die alles zu sagen schienen, nur nicht seinen Namen. Und sein Name war das einzige, wonach er suchte. Während er verbissen mit seinem Gedächtnis rang, vergaß er die wachsende, summende und sirrende Gestalt, das Gebilde über dem Lattenberg, und als er aufblickte, sah er mit halbem Bewußtsein, verstrickt in die Abwesenheit seines Namens, das Gebilde sich entfernen, verblassend, leiser werdend, endlich zur Gänze hinter dem Berg und im Wolkenmatsch verschwinden. Das Gebilde war fort, es war ein Abend im Mai, und kopfschüttelnd nannte sich Michael Hader beim Namen: »Hader Michael. Hader. Michael Hader.« Und er setzte seinen Weg nach Hause fort.

Während sich das verbliebene Licht unter der aufziehenden Dunkelheit duckte, erreichte er sein Haus. Er steckte den Schlüssel ins Schloß, was nicht notwendig gewesen wäre, denn die Tür war offen. In der Stube bot sich ihm ein friedliches Bild, das ihm wie gemalt vorkam. Seine Töchter nebeneinander am breiten Tisch sitzend, die Mutter hinter ihnen stehend, die Hände auf die Schultern der Mädchen gelegt. Sie waren ernst, versunken in die vor ihnen liegenden Hefte. Sie wandten dem in der Tür stehenden Vater gleichzeitig die Köpfe zu, als hätte er sie angesprochen. Sekundenlang war in ihren Augen, die auf die Gestalt des Vaters im Türrahmen blickten, die gleiche Ratlosigkeit zu lesen, als wüßten sie zuerst nicht, wer vor ihnen stand.

Dann löste sich die Jüngere aus der Gruppe und lief – ein wenig verlangsamt, wie er beobachtete – auf ihn zu und nahm ihn an der Hand. Mit den Worten »Komm und schau!« zog sie ihn zum Tisch und zeigte auf die ausgebreiteten Schulhefte.

»Was es bei uns gibt«, las sie vor. Michael sah Agnes an. Sie lächelte, aber sie schien durch ihn hindurchzuschauen, als stünde jemand hinter ihm, und unwillkürlich drehte er den Kopf. Ungeduldig riß ihn Anna am Arm.

»Hör zu! Was es bei uns gibt. Bei uns gibt es keine Luft. Bei uns gibt es ein Heilklima. Bei uns gibt es Brauchtum. Bei uns gibt es Volksmusik. Bei uns gibt es Tafelspitz. Bei uns gibt es Platzkonzerte. Bei uns gibt es eine Busverbindung mit der Stadt. Bei uns gibt es Fronleichnamsprozessionen. Bei uns gibt es eine Marienwallfahrtskirche. Bei uns gibt es Wiener Walzer.« Sie stockte. Maria las mit gelangweilter Stimme aus ihrem Heft weiter.

»Blumen. Wiesen. Brunnen. Bäche. Bauernhöfe. Brotzeit. Bockbier. Wald. Winter. Erholung. Fasching. Bergsteigen. Jagen. Jodeln. Bauernschmaus. Wein. Apfelstrudel. Rehe. Hirsche. Kühe. Hunde. Einen Briefträger. Einen Bäcker. Einen Pfarrer. Einen Lehrer. Bei uns gibt es Brathendl.«

Sie schloß ihr Heft.

Beim Abendessen erzählte Michael Hader nichts. Und nach dem Abendessen erzählte er auch nichts, obwohl ihm der Anfang des Satzes seiner Erzählung von der Arbeit in der Limonadenfabrik auf der Zunge gelegen und er zum Sprechen angesetzt, Luft dafür geholt hatte. Dann war ihm der Satz wie ein Streichholz ausgegangen, und er war unschlüssig auf seinem harten Stuhl gesessen und hatte den Teller etwas zu weit von sich geschoben. Das war Agnes aufgefallen, und sie setzte ihrerseits zu einem Satz an, an der Art, wie sie einatmete, meinte er, eine Frage erkennen zu können, doch dann ließ sie es sein, und der unausge-

sprochene Satz blieb in der Luft hängen. Sie wandte sich dem Geschirr zu.
Er trat ans Fenster und sah die Lichter von Bayern. Er konnte die Lichter sehen, die hinter den Fenstern der Häuser jenseits der Grenze angingen. Ein fremdes, nahes Land. Er sah die Lichter diesseits der Grenze, und er sah die erleuchteten Fenster jenseits der Grenze. Und er sah vereinzelte Lichter auf der Linie der Grenze. Eins nach dem andern. Weiter weg lag Deutschland im Dunkeln. Und das Dorf Muna lag wie gekreuzigt im Licht und im Schatten der Grenze, die sich entlang des Talausläufers bis in die Richtung der ebenen Dörfer im Nordwesten erstreckte. Er nahm sich vor, am nächsten Tag, morgen, denn morgen würde alles besser sein, weil morgen immer alles besser war, die Grenze zu erkunden, ihrem Verlauf nachzugehen und auf diese Weise dem Dorf Muna ein Stück näher zu kommen oder sich weiter davon zu entferneu. Als sie im Bett lagen und auf den Schlaf warteten, hatte er noch immer nichts erzählt.

*

Überall war Grenze. Am Grenzübergang, der aus einer Brücke bestand, die über den kleinen Weißbach führte, standen die Zöllner beisammen und besprachen leise ihre diversen Unterschlagungen. Die Österreicher in den grauen Uniformen mit dem leichten Blauton und der Zollplakette an der Brust, die Deutschen in den dunkelgrünen, manche mit weitem Umhang, der sie noch größer und wichtiger erscheinen ließ. Hader beobachtete sie von weitem. Er wagte sich nicht weiter an sie heran, aus Angst vor unangenehmen Fragen, zum Beispiel nach der Firma Kern.
Von seinem Standort aus, dem Friedhof, er stand hinter der Friedhofsmauer zwischen zwei ungepflegten, von Unkraut überwucherten Gräbern nahe dem Kirchturm,

der Grenzübergang lag unterhalb des Kirch- und Friedhofhügels, fragte er sich, ob das Dorf einfach an der Grenze lag oder die Grenze mitten durch das Dorf ging. War es ein geteilter Ort oder waren es zwei Dörfer? Ladurner hatte ihm erzählt, daß die Menschen hier, die ohne weiteres, ohne weitere Formalitäten und bürokratische Hemmnisse über die Grenze gehen, sich gegenseitig besuchen, sich austauschen konnten, schon lange Zeit nichts mehr miteinander zu tun, nichts mehr gemeinsam, sich nichts mehr zu sagen hatten. Überall war Grenze. Das ganze Dorf war Grenze. Lebte man an der Grenze, geriet man – ob man wollte oder nicht – an den Rand der Legalität. Der Rand wurde zum Boden der Existenz, zum Lebensboden. Es war der Rand des Landes, der Rand des Staates, der Rand der Sprache, der Rand des Lebens. Und man war ausschließlich damit beschäftigt, diesen Rand unbehelligt und unbemerkt zu überschreiten oder sich von ihm so weit wie möglich fernzuhalten zu versuchen, die Grenze ständig vor Augen.

Hader verließ den Friedhof und entfernte sich vom Dorfkern und dem offiziellen Grenzübergang in Richtung Leopoldstal, einem waldigen, weitgehend unbewohnten Gebiet an der Grenze, welche dort kaum markiert und somit für einen Grenzunkundigen nicht ohne weiteres zu erkennen war. Zudem war für einen Abschnitt von mehreren hundert Metern durch Grenzkorrekturen die natürliche Grenze des Weißbachs gegen Deutschland zugunsten Österreichs verschoben, so daß man, am deutschen Ufer des Baches gehend, sich plötzlich in Österreich und nach ungefähr dreihundert Metern wieder in Deutschland befand. Eine rostende Tafel mit der Aufschrift REPUBLIK ÖSTERREICH am Beginn des Abschnitts und eine schiefe, im weichen Erdreich versinkende Holztafel mit der Aufschrift DEUTSCHES REICH am Ende des Abschitts, die in üppig wucherndes Gebüsch hineinragte und

nur zu lesen war, wenn man Blätter und Zweige beiseite schob, sollten auf die Abweichung vom üblichen Grenzverlauf hinweisen. Grenzpatrouillen waren im Leopoldstal selten anzutreffen, da das gottverlassene Gebiet bei der Bevölkerung als verwünscht galt. Als Schauplatz von unheimlichen und nicht selten tödlich verlaufenen Ereignissen, die allesamt mit den Mitteln der Vernunft und des gesunden Menschenverstandes nicht hinreichend und befriedigend zu erklären waren, wurde es auch von den ebenso abergläubischen Zöllnern und Grenzwächtern nach Möglichkeit gemieden und bot somit beste Voraussetzungen für Schmuggler und illegale Grenzgänger aller Art.
Hader kämpfte sich durch große, lappige Huflattichblätter, riesenhafte Farngräser und kratzendes Gesträuch. Der Boden war morastig, er trat vorsichtig auf, aus Furcht, mit einem Mal festzustecken und nicht mehr weiterzukommen oder gleich für immer im Boden zu versinken.
Er hörte das Plätschern des Baches in unmittelbarer Nähe und versuchte, dem Geräusch zu folgen. Als er den Bach erreichte, stellte er fest, daß er hier schmaler und weniger reißend als rund um das Dorf war, und in einem Anflug von Übermut überquerte er, von einem Stein auf den anderen springend, die hier aus dem Wasser ragend eine Art von Brücke bildeten, den Bach, erreichte mit einem letzten größeren Sprung das andere Ufer und dachte sich, festen Boden unter den Füßen fassend: »Ich bin in Deutschland! Zum ersten Mal in Deutschland.« Fast hätte er es ausgerufen.
Die Landschaft unterschied sich in nichts von der auf der anderen Seite des Ufers. Und das enttäuschte ihn, obwohl er wußte, daß ihn nichts anderes erwarten konnte. Der gleiche Huflattich, vielleicht weniger Huflattich, Farn, Sträucher und Gestrüpp. Das gleiche Unterholz. Aber deutsches Unterholz. Auslandsfarn. Bayerischer Huflattich. Diese Vorstellung von der Andersartigkeit der Land-

schaft hob seine Stimmung, und er sagte sich, daß er sich auch in einem deutschen Tag befinde, in einem deutschen Licht, auf deutschem Boden, deutschem Erdreich, mit deutschem Morast, deutschen Würmern. Er stapfte weiter und blickte auf einen schief im Erdreich versinkenden Pfahl, an dem eine morsche Holztafel angebracht war, die sich halb ins Gebüsch neigte. Er blieb stehen. »DEUTSCHES REICH« buchstabierte er. Er war verwirrt. Wo war er? In welchem Land war er jetzt? War er noch in Österreich? Er befand sich doch in Deutschland!? Oder befand er sich noch in Österreich? Er hätte am liebsten laut gerufen: »Bin ich in Österreich?« Oder befand er sich nicht mehr in Österreich? Ihm wurde leicht schwindlig. War dieser Boden hier österreichischer Boden? Dieser Baum dort ein österreichischer, ein deutscher, ein bayerischer? Der Himmel über ihm ein österreichischer? Er entdeckte keineu Hinweis außer der Tafel, die sich ins Gebüsch neigte. Warum stand diese Tafel hier, weitab vom Grenzbach? »DEUTSCHES REICH« war doch eindeutig auf der morschen, feuchten Holztafel zu lesen, die Schrift war zwar verwittert, aber eben doch zu lesen, und er las – und er las es noch einmal laut – »DEUTSCHES REICH«. Demzufolge, dieser Tafel zufolge also, begann erst hier, erst einen Schritt hinter dieser Tafel, das Land Deutschland. Und er befand sich, aus welchem Grund auch immer, noch im Land Österreich. Oder unterlag er einer Täuschung, einer Grenztäuschung, und auf der Tafel stand gar nicht »DEUTSCHES REICH«, sondern etwas ganz anderes, und er las nur »DEUTSCHES REICH«, in Wirklichkeit aber stand auf der Tafel »Achtung Tollwut« oder »Blumen pflücken verboten« oder »Privat – Betreten auf eigene Gefahr«? Die Tafel konnte aber auch – und das war doch im Grunde die einfachere Überlegung oder, noch besser, die einfachere, die beste Lösung, so beruhigte er sich – die Tafel konnte also auch von einem Unbekannten, einem Witzbold, absichtlich dort hingestellt worden sein. Absichtlich umgestellt worden sein, um die Leute mit hinterlistigem Vergnügen in die Irre zu führen, dem Labyrinth des Grenzlands hilflos auszuliefern. Und wenn auf der Tafel einfach nur »ÖSTERREICH« oder »REPUBLIK ÖSTERREICH« stünde, was wäre dann? Hader wurde von einer panischen Verwirrung ergriffen. Es stand ja nicht »REPUBLIK ÖSTERREICH« oder einfach nur »ÖSTERREICH«, sondern »DEUTSCHES REICH« auf der Tafel, aber wenn, was würde besser? Es würde ihn gewiß in eine noch heillosere, noch tiefere Verwirrung stürzen, doch er wußte auch, es würde ihn beruhigen, es würde ihn beruhigen und erheitern, wenn auf der Tafel »ÖSTERREICH« oder »REPUBLIK ÖSTERREICH« stünde. Er wäre verwirrt, aber amüsiert gewesen. Doch die Tatsache, daß auf der Tafel »DEUTSCHES REICH« geschrieben stand, verwirrte und erschreckte ihn. Es erschreckte ihn zutiefst, daß auf der Tafel nicht »ÖSTERREICH« oder »REPUBLIK ÖSTERREICH« stand, was vollends absurd gewesen wäre, sondern »DEUTSCHES REICH«. Noch einmal ließ er sich von den Buchstaben anspringen. Jederzeit konnte er von einer Patrouille aufgegriffen und verhaftet werden. Er hatte keinerlei Papiere, keine Dokumente seine Person betreffend bei sich. Hastig machte er kehrt und lief, ohne auf Zweige und Äste zu achten, die ihm ins Gesicht schlugen und über den Kopf fuhren, er stolperte über Wurzeln und Steine, über Unebenheiten und Hölzer, auf die er trat und die sich ihm in den Weg stellten, mehrere Male fiel er der Länge nach hin und richtete sich benommen, mit von Erde schwarzem Gesicht auf, in die Stille des Waldes horchend, in der er nicht zu deutende Geräusche wahrnahm, Summen und Klatschen, ein Knacken, ein Brechen, ein Bröckeln, Zwitschern und Pfeifen und endlich das Rauschen und Plätschern des Baches. Hier mußte die Stelle sein, an der er den Grenzbach überquert hatte, er erkannte sie nicht

wieder, aber in seiner panischen Blindheit nahm er sich auch nicht die Zeit, sie wiederzuerkennen. Er sah seinen Sturz ins Wasser voraus, sah sich auf den glitschigen Steinen abrutschen und in das eisige Wasser fallen, das aus den Bergen kam. Er sah es voraus, und Bruchteile von Sekunden später fiel er tatsächlich ins eisige Wasser.
Schwer atmend erreichte Hader das andere Ufer, schüttelte sich wie ein nasser Hund, daß die Tropfen glitzernd in die warme Mailuft flogen, und setzte sich mit noch immer gehetzt geweiteten Augen unter einen Baum. Bis tief in den Nachmittag hinein blieb er unter der schattigen Buche sitzen und grübelte darüber, in welchem Land er sich jetzt befand, während seine Kleider langsam trockneten.

*

Die Limonadenfabrik Kern in Salzburg-Maxglan erlebte auch nach dem Eintritt Michael Haders keinen Aufschwung. Michael Hader arbeitete sich zwar mit Fleiß und Einfühlungsvermögen in die Materie von Zitronen-, Orangen- und Kräuterlimonade ein, in die Herstellung und Lagerung von natürlichen Auszügen und künstlichen Aromen und Substanzen. Er beschäftigte sich mit der Modernisierung des Betriebes, erarbeitete Pläne zur Gewinnung neuer Kundenkreise, Bezugsquellen und Absatzkanäle, bastelte an einer effizienteren Handhabung des Vertriebssystems, reiste quer durchs Land, um mit Einzelhändlern, mit Gastwirten und halb bankrotten Brauereien Gespräche zu führen, damit er sich »ein Bild von der Lage vor Ort« machen könne, wie er meinte. Doch all seine Bemühungen scheiterten entweder am Mangel finanzieller Mittel, am Desinteresse von Kunden und Geschäftspartnern oder – und das war das Schlimmste – an der Indolenz und dem Stumpfsinn seiner gesamten Belegschaft, mit dem Prokuristen Hajek an der Spitze. Es war hoffnungslos, er konnte sich nicht begreiflich machen, sich nicht erklären. Und war einmal ein Funke übergesprungen, fiel ihm sofort sein Prokurist Hajek mit der immer gleichen lähmenden Kosten- und Aufwandsfrage in den Rücken. Er beherrschte das Aufwerfen jener Frage in vielerlei Variationen mit der immer gleichen Infamie, die Hader Kraft, Hoffnung und letztlich auch den Glauben an die Sache und sich selbst, und somit seine eigene Glaubwürdigkeit, nahm. Was zudem sämtliche Bemühungen Haders von vornherein zum Scheitern verurteilte, war der miserable Ruf der Firma Kern, der nicht wiedergutzumachen war. Die Geschichte mit den Tierkadavern in den Tanks, die Gerüchte von Verwesung in fauligem Abwaschwasser hatten sich wie ein eitriges Geschwür über das ganze Land hin ausgebreitet und waren nicht mehr wegzubekommen. Kaum kam er irgendwohin, mit freundlichem Gesicht und – wofür er sich oft verfluchte – mit niemals versiegender Hoffnung, ob nach Mattighofen oder Bad Gastein, nach Zell am See, nach Zell am Moos oder nach Zell am Ziller, fiel die Frage wie das Beil auf den Hals des Verurteilten: »Und wie war das damals eigentlich mit den Kadavern?« »Grüß Gott, Herr Tierpräparator!« oder »Was macht die Abdeckerei?«. Beiläufig hingeworfene Witzchen, die einen anderen vielleicht nicht aus der Ruhe gebracht hätten.

Die Produktion stagnierte, zunächst die Orangen-, dann die Kräuter-, schließlich die Zitronenlimonade. Der ohnehin schon darniederliegende Betrieb verkam und verlotterte. Und Hader wurde von Tag zu Tag ernster und bleicher.

Doch als wäre nichts geschehen, fuhr er jeden Morgen um halb sechs mit dem Postautobus in die Stadt, betrat, die Aktentasche, von Thermosflasche und dem blechernen Frühstücksgeschirr ausgebeult, unterm Arm, den Hut ein wenig aus der Stirn geschoben, das öde Firmengelände, über das im nebligen Morgengrauen die Glanratten huschten, setzte sich in sein Büro und wartete. Die Belegschaft war bis auf den Prokuristen Hajek und einen Arbeiter, der den ganzen Tag nichts anderes tat, als von einem leeren Gebäude ins andere zu gehen und, ähnlich einem Bahnarbeiter, mit einem Eisenstab gegen die löchrigen Heizungsrohre und die leeren Limonadetanks zu klopfen, entlassen.

Hader wartete auf höhere Weisung.

Die Firma Kern gehörte tatsächlich jenem Hans Kern, einem alten Deutschnationalen jenseits der achtzig. Er hauste allein in einem weitläufigen, burgähnlichen Gemäuer am Fuß des Untersbergs in unmittelbarer Nähe der Marmorsteinbrüche. Die »Kernburg«, wie sie von den Einheimischen ehrfurchtsvoll genannt wurde, besaß angeblich siebzehn Zimmer, darunter drei Säle, ein weitverzweigtes, labyrinthisches Kellergewölbe, das bis in den Untersberg hineinreichte, und mehrere geheime, unterirdische Fluchtwege, sowohl auf den Berg hinaus als auch nach Deutschland. In der Kernburg gebe es sechs Badezimmer und zwölf Toiletten, die alle benutzt würden. In der Kernburg war in den zwanziger Jahren Hindenburg zu Gast gewesen, Anfang der dreißiger Jahre Dollfuß aus Wien, und vor zwei Jahren, so erzählte man sich, sei vom Obersalzberg »der Führer« herübergekommen.

Trotz des unaufhaltsamen Niedergangs der Firma Kern, des verwahrlosten Werksgeländes, der verrotteten Maschinen, der stillstehenden Förderbänder, der zielstrebig verfallenden Hallen, der längst entschwundenen Arbeiter, erhielt Michael Hader pünktlich zu jedem Monatszweiten – eine Marotte des alten Kern – seine Lohntüte, die von einem Boten der Stadtsparkasse überbracht wurde. Ebenso erhielt der Prokurist Hajek seine Lohntüte, mit der er sich jedesmal begierig schmatzend für mehrere Stunden in sein Büro zurückzog und keinen hereinließ, und der letzte verbliebene Arbeiter, Horrhölzer mit Namen.

Der alte Kern zeigte sich nie in der Firma, nur einmal im Monat mußte ihn Hader anrufen und Bericht erstatten, was sich zunehmend schwieriger gestaltete, da es immer weniger beziehungsweise nichts zu berichten gab und der alte Kern zudem von Mal zu Mal schwerhöriger wurde, Hader also das in knapp gehaltene Berichte verpackte Nichts der Limonadenfabrik Kern dem alten Kern am anderen Ende der Leitung in die Sprechmuschel brüllen mußte. Diese allmonatlichen Berichterstattungen kosteten ihn seine ganze Kraft. Schon Tage vorher wurde er fahrig und unruhig und legte sich seine Worte genau zurecht, schrieb sie sogar auf und las sie dann teilweise vom Blatt ab.

Der alte Kern hatte unzählige uneheliche Kinder mit den Frauen seiner Untergebenen rund um die Kernburg und die Marmorbrüche des Untersbergs. Noch als Siebzigjähriger hatte er mit der Hemmungslosigkeit der Altersgeilheit und der Rücksichtslosigkeit des ländlichen Herrschers manche eingeschüchterte Bauerntochter geschwängert, aufblühende Mädchen von sechzehn, siebzehn Jahren oft, die sich entweder mit den manchmal mißgebildeten Früchten der Kernschen Vergewaltigungen in den hintersten Winkel des Dorfes verkrochen, geächtet und verachtet von der Gemeinschaft, oder sich, kurz und bündig, das Leben nahmen, indem sie sich entweder in die Marmorbrüche stürzten oder sich in irgendeiner Scheune, auf irgendeinem Dachboden, in irgendeinem Keller erhängten oder in den Fluß gingen oder Gift schluckten. Die von Kern geschwängerten Frauen, die es vorzogen, am Leben zu bleiben, unterstützte er freilich mit Geldgeschenken, deren sie nicht froh wurden, oder aber zwang sie, in eine ferne, fremde Gegend zu gehen, in eine Stadt, wo keiner sie kannte, am besten ins Ausland. Der Prokurist Hajek war als einziger genau in diese Vorgänge eingeweiht, damit er dem alten Kern bei der Abwicklung der Fälle zur

Hand gehen konnte. Das verschaffte ihm eine einzigartige Vormachtstellung, einen Einfluß und eine Macht, die von keinem Vorgesetzten hätte überboten oder gar gebrochen werden können. Der Prokurist Hajek verstand sich auf die Kunst der stillschweigenden Nötigung und unausgesprochenen Erpressung. Er war unentbehrlich für den alten Kern geworden, da dieser die wachsende Zahl der lebendigen und tödlichen Folgen seiner ununterbrochenen Notzucht, die oft Jahre zurücklagen, ihn aber in ihrer Konsequenz ein Leben lang verfolgten, nicht mehr überblicken konnte und auf die buchhalterische Hilfe des Prokuristen Hajek, der vor keiner Grausamkeit zurückschreckte, angewiesen war. Der Prokurist Hajek war der einzige, der Zugang zur Kernburg und ihrem Besitzer hatte. Jeden Montag wurde er von einem Wagen mit Chauffeur abgeholt und in Richtung des Berges hinauf zur Kernburg gefahren.

Das eine oder andere der geschändeten Landmädchen war auch schon auf dem Fabriksgelände aufgetaucht. Sie waren umhergeschlichen, als warteten sie auf ein achtlos hingeworfenes Stück Brot. Der Prokurist Hajek hatte sie mit wüsten Beschimpfungen davongejagt und seinen Hund, den er immer bei sich im Büro hatte und der sich knurrend erhob, sobald ein Fremder den Raum betrat, auf die davonhastenden Geschöpfe gehetzt. Nur einmal, an einem Montag, Hajek war oben beim alten Kern, hatte Hader mit einer gesprochen. Es war ein verhärmt wirkendes, flachsblondes Mädchen in einem geblümten Kittel von ungefähr neunzehn Jahren gewesen. Mit Schrunden im Gesicht, trockenen Lippen und blaßblauen, wäßrig schimmernden Augen, deren Blick man so häufig in ländlichen Gegenden ausgesetzt ist.

»Was suchst du da?« hatte er ein wenig zu harsch gesagt, als er, es war am Vormittag, über das leere Gelände spazierte und das verloren hin und her staksende Mädchen entdeckt hatte.

»Grüß Gott.«
Weiter sagte sie nichts, blieb nur stehen und sah ihn aus jenen blaßblauen Gebirgsaugen an.
»Suchst du jemand bestimmten?«
»Gruber Gisela heiß' ich.«
Sie machte wieder ein paar kleine, storchenartige Schritte, hin und her, auf und ab, stieß kleine Steinchen mit der Fußspitze vor sich her, sah ihn von der Seite an.
»Ich wollt' nur was wissen«, fing sie an.
»Was wolltest du wissen?«
»Etwas, was ich eh schon weiß.«
»Etwas, was du eh schon weißt?«
»Grüß Gott. Gruber Gisela.«
Ein Steinchen flog gegen sein Knie.
»Hader Michael.«
Ihr Hin und Her stockte, die Worte stockten, ihr beider Schweigen mischte sich mit dem aufkommenden Wind, der den nassen Nebel unter ihren geblümten Kittel, in seine grauen Jackenärmel wehte.
»Nein«, sagte sie dann, hielt den Kopf gesenkt und sah auf ihre Schuhspitzen hinunter, auf das klobige, abgetragene Bauernschuhwerk.
»Nein«, wiederholte sie.
»Nein«, sagte sie noch einmal.
»Ich mach' es nicht. Ich werd' es nicht machen.«
»Was wirst du nicht machen?«
Hader war neugierig geworden.
»Ich geh' nicht mit dir ins Bett, nicht, weil ich nicht mag. Nur wenn ich muß, wenn ich muß, verstehn Sie –« es war plötzlich aus ihr herausgebrochen, sie redete jetzt atemlos, ohne Pause, leiernd, ohne Betonungen. Ihre Schrunden glänzten. Und die ganze Zeit über, die ganze Zeit ihres demütigen, höhnischen, schrillen, geflüsterten Monologs hörte sie nicht auf – was Hader beinahe wahnsinnig machte –, die kleinen Steinchen, die um sie herumlagen

und das Gelände bedeckten, mit den Schuhspitzen wegzustoßen. Sie stieß die Steinchen ohne Aggressivität von sich weg, mit einer schon ruhigen, gleichförmigen Sachlichkeit, als wäre es ihre Aufgabe, Ordnung zu schaffen und das Gelände von den zigtausend Steinchen zu säubern.

»Verstehn Sie, wenn ich muß, verstehst', tu ich's nicht! Ich werd' in die Stadt geschickt, und dann muß ich wieder auf die Burg zurück, und dann soll ich erzählen. Ich soll erzählen, daß ich mit dir im Bett war und wie's mit dir im Bett war. Das soll ich erzählen, wenn ich zurückkomm'. Sie horchen mich aus, und daraus drehen sie dir dann einen Strick, daß du unschuldige Mädchen schändest, das wollen sie dir nachweisen, daß man dich in den Kerker sperrt oder zum Tod verurteilt. Verstehst'?«

»Mit wem hast du geredet? Mit wem hast du geredet? Du!«

Er legte eine Hand auf ihre Schulter, um der Frage Nachdruck zu verleihen. Sie antwortete nicht. Er rüttelte sie leicht, so daß ein leises Beben durch ihren Körper ging, und fast war er versucht, das zu tun, was man ihm vorwerfen wollte. Er schüttelte sie mit beiden Händen an den Schultern, sie schwankte hin und her, aber sie antwortete nicht.

»Rede! Sag was!«

Ein anderer hätte versucht, sie einzuschüchtern, das Kind zu bedrohen, ihm zu schmeicheln, es zu erpressen, alles mögliche, was wußte er, nur nicht so rasch aufgegeben. Kein anderer hätte so rasch aufgegeben wie er.

Einen Sommer lang nach seinem ersten Erlebnis mit der Grenze von Muna, das ihn, wenn er daran zurückdachte, mit Furcht erfüllte, jedoch keine weiteren Folgen gehabt hatte, erlebte er den zweiten Zwischenfall an der Grenze. Dieser verlief weitaus weniger dramatisch, doch wenn er

sich genau zurückerinnerte, war auch sein erster Grenzzwischenfall nicht wirklich aufregend verlaufen.
Hader hatte endlich Mut gefaßt, den offiziellen Grenzübergang, die offizielle Grenze von Muna zu überschreiten. Es war ihm sogar feierlich zumute, als er vom Kirch- und Friedhofshügel hinunter zum Grenzübergang ging. Den Blick starr geradeaus gerichtet, auf Schlagbaum, Landesfahne und die Hinweistafel »Staatsgrenze«, marschierte er mit betont festem Schritt auf die Grenze zu. Je näher er kam, desto stärker stieg ihm das Blut zu Kopf, und er wischte sich über die Stirn, wobei er den Hut ein wenig zurückschob.
Er hatte den ganzen ersten Sommer von Muna darauf gewartet. Zuerst hatte er es sich vorgenommen, dann gezögert, wieder verworfen, sich den offiziellen Grenzübergang erneut vorgenommen, war, fest entschlossen dazu, hinunter ins Dorf gewandert und kurz nach dem Kirch- und Friedhofshügel wieder umgekehrt. Der heiße Juli hatte ihm das Gesicht rot gebrannt und die Haare auf dem heißen Schädel bleich. Seine Niederlage war mit der sirrenden Sonne verschmolzen, er war auf ein Bier ins alte Hotel gegangen, in dem schon Bismarck und Moltke übernachtet hatten, wie er beim Blättern in dem alten Gästebuch mit den vergilbten, schweren Seiten las, das ihm der gleichfalls uralte Hotelbesitzer stolz und andächtig zeigte. Der Schankraum mit den Wänden aus finsterem Stein war gegen die gleißende Hitze draußen dunkel gewesen. Hader hatte das erste Bier in einem Zug getrunken. Das zweite trank er auf seine Niederlage. Auf die Niederlage gegen die Grenze von Muna, die ihn erst einmal in die Schranken gewiesen und zur Umkehr gezwungen hatte. Doch nach dem dritten Krug war sein Wille zum Kampf mit der Grenze von Muna wieder erwacht.
Aber das war an einem anderen Tag, in einer vergangenen Jahreszeit gewesen. Es war Herbst geworden, ein milder

Frühherbst, der den Namen September trug, und Michael Hader hatte sich nach dem ewig währenden Sommer endlich durchgerungen, sich dem Kampf mit der Grenze zu stellen, ihr ins Auge zu sehen. Er konnte sich nicht wirklich erklären, was es mit der Grenze von Muna auf sich hatte, warum sie ihn so sehr beschäftigte und nicht losließ. Er hatte es mit Wörtern und Begriffen versucht, doch er war damit nicht zum Kern der Sache, zum Kern der Grenze von Muna vorgedrungen. Es war nicht leicht gewesen, seiner Frau und den Kindern klarzumachen, daß er den ganzen Sommer lang auf gar keinen Fall die Grenze überschreiten würde, weder die Grenze von Muna noch die Grenze von Dürnberg, noch die Grenze von Melleck, denn hätte er die Grenze an einem anderen Übergang, einer anderen Zollstation, einem anderen Paß überschritten, wäre er der Grenze von Muna ausgewichen, hätte sich vor der Grenze von Muna feige gedrückt. Die Kinder wollten Ausflüge mit ihrem Vater unternehmen, sie wollten an den Chiemsee und an den Thumsee, sie wollten an den Königssee fahren, sie wollten in die Weißbachschlucht und auf die Padinger Alm, doch ihr Vater verweigerte ihnen die Ausflüge und ließ auch sie die Grenze nicht überschreiten. Er redete sich auf Paßstempel, auf Zollerklärungen, auf Visa heraus, er vertröstete sie auf Herbst, immer wieder sagte er: »Im Herbst gehen wir über die Grenze!« Und der Herbst, die Möglichkeit des Herbstes schien ihm in unendlicher Ferne wie das Alter. Doch es war Herbst geworden. Es war ein kühler und klarer Herbst geworden, mit genau zu bestimmenden Farben, ein Herbst von sanfter Strenge, mit der Ahnung eisiger Kälte in der leisen Luft.

Als er den Hut aus der Stirn schob, sah er den Rauch aus dem Schornstein des Zollhauses in den weißlich blauen Himmel steigen. Sein Blick fiel auf die heruntergelassene Zollschranke, den sogenannten Schlagbaum. Die Zöllner standen nicht, wie sonst üblich, rauchend, schwatzend, schweigend, kontrollierend vor dem Zollhaus auf der schmalen Straße. Kein Mensch war zu sehen. Auf der anderen Seite des Grenzübergangs, der aus einer Brücke bestand, die über den an dieser Stelle, als hätte er es besonders eilig weiterzukommen, schneller und reißender fließenden Weißbach führte, stand ein schwerer Lastwagen, der auf seine Abfertigung zu warten schien. Auch vor dem deutschen Zollhaus war niemand zu sehen. Hader verlangsamte seinen Schritt, er wollte nicht wirken wie einer, der es eilig hatte. Er wollte wie einer wirken, der gelassen seinen Weg geht, ein klares Ziel, und sei es nur eine Alm, vor Augen. Er wußte jedoch, daß er genau so nicht wirkte.

Später, in den folgenden Jahren und noch Jahrzehnte danach, sollte er diesen Blick vor Augen haben, als hätte er ihn am gestrigen Tag getroffen. Er nannte ihn fortan Grenzblick, weil es ein Blick gewesen war, der ihn gestreift und zugleich schlagartig erfaßt und seziert, infolgedessen aufs genaueste das Wesen der Grenze ausgemacht und wiedergegeben hatte.

Ein Zöllner im Innern des österreichischen Zollhauses hinter der Glasscheibe, von seinem Tisch aufblickend, an dem er, über ein Papier gebeugt, saß.

Die Tatsache, daß er später einen Namen für den Blick dieses Zöllners gefunden hatte, erleichterte Hader und nahm dem Blick das Ärgste. Er konnte ihn von da an benennen und war nicht mehr der Namenlosigkeit des Blicks ausgeliefert wie in der Zeit unmittelbar nachdem ihn der Blick des Zöllners getroffen hatte. Der Zöllner hatte nichts weiter getan als ihn kurz angeschaut, hatte keinerlei Dokumente, keinen Paß verlangt, nicht gegrüßt, er hatte ihn nur, einen Lidschlag nach jenem Blick, weitergewunken, einfach weitergewunken und passieren lassen. Hader war bereit gewesen, seinen Reisepaß zu zücken, aufzuschlagen und vorzuweisen. Verdattert, mit stockendem Blut, betont aufrechter Haltung passierte er die Grenze. Er erreichte die Mitte der Brücke, das Rauschen des Baches laut unter sich, er überschritt die gestrichelte Grenzmarkierung, dann war er auf der anderen Seite der Brücke. Er sah Schwarzrotgold, sah Hakenkreuze, sah sonst nichts. Aus dem Innern des deutschen Zollhauses waren erregte Stimmen zu hören, ein Wortwechsel, Flüche, Schreie, dann herrschte Stille. Hader konnte nicht in das Zollhaus hineinsehen, das Rollo der Sichtscheibe war hinuntergezogen. Sollte er weitergehen oder zurückgehen oder stehenbleiben? Das gleichgültige Rauschen des Grenzbachs riß an seinen Nerven. »Was soll dir schon passieren? Es kann dir nichts geschehen!« hämmerte er sich ein.

Ein deutscher Grenzbeamter trat aus der Tür, fixierte ihn scharf, aus blanker Routine, ein Blick, der keine Angst einflößte. Der vorangegangene Blick seines Kollegen von der anderen Seite der Brücke, jenes kurze Aufblicken aus einer Beschäftigung heraus auf einen Vorübergehenden, einen Passierenden, hatte Hader getroffen, doch der Blick des Deutschen tat ihm nichts an. Zwar fuhr ihn der Deutsche auf das unfreundlichste und herablassendste an, er solle ihm seinen Ausweis vorzeigen, was Hader mit gleichgültiger Miene auch tat, doch das kaltschnäuzige Auftreten des Deutschen, der zudem offensichtlich anderes im Kopf hatte, berührte Hader nicht. Er wartete, der Deutsche blätterte seinen Ausweis durch, ließ ihn stehen und ging mit dem Dokument ins Zollhaus, aus dem er nach kurzer Zeit wieder herauskam und mit einem Grinsen den Ausweis zurückgab.

»Tagesstempel. Vor Einbruch der Dunkelheit wieder zurück sein!« sagte er nur. Hader verstand. Er hatte auf ein »Heil Hitler« gewartet, aber es war nicht gekommen. Er hatte es beinahe wie eine Touristenattraktion erwartet und

war nun fast enttäuscht, nichts in der Art vernommen zu haben.
Die Grenze war also überschritten, doch der Kampf gegen die Grenze von Muna nicht ausgestanden, geschweige denn gewonnen. Hader setzte seinen Weg fort, ohne zu wissen, wohin. Der Blick des österreichischen Zöllners hatte sein ganzes Vorhaben zunichte gemacht. Er fühlte bereits die Schwäche der Umkehr heraufziehen, tat aber seine Schritte tapfer weiter. Zur Linken, nur wenige Meter hinter der Grenze, lag ein bayrisches Gasthaus, »Zur Maut«, alpenblumen- und hakenkreuzgeschmückt, Enzian und Edelweiß auf den Tischen.
»Heil«, brummte der Hüne mit Bierbauch und brachte Hader, ohne zu fragen, einen Maßkrug Bier. Nachdem er den Krug abgestellt hatte, blieb er stehen, als warte er auf eine Erklärung. Hader, ein wenig erschrocken über das riesige Gefäß, das er zum ersten Mal im Leben sah, faßte den Krug mit beiden Händen und führte ihn zum Mund, um unter dem Blick des Riesen – was wollte der Mann? – einen Schluck zu nehmen. Er erwartete, als er trank – das Bier schmeckte anders als jenseits der Grenze, süßer und schwerer –, daß der deutsche Hüne ihn zum Beispiel den Krug nicht mehr absetzen ließe, daß er ihn zwingen würde, den Maßkrug vollständig auszutrinken, bis ihm das Bier aus dem Mund und dem Krug gleichzeitig das Kinn und den Hals herunterrinne, bis er das Gefühl hätte, sein Bauch müsse platzen und seine Kehle sich in einem anhaltenden Würgen verschließen. Doch der Hüne lächelte nur einfältig, und Hader lächelte blödsinnig zurück, wobei er sich tatsächlich verschluckte. Hastig stellte er den Krug ab und hustete sich aus, hielt sich erst eine, dann beide Hände, dann ein Taschentuch vor den Mund, bis er den Hustenanfall, der ihm das Wasser in die Augen trieb, unter Kontrolle brachte.
Das war das Schlimmste, sagte er sich, während er sich mit

dem Taschentuch über den Mund wischte, daß er sich dauernd am Rande des Schlimmsten, am Rande des Schlimmstmöglichen seiner Vorstellungskraft befand, daß jedoch das Schlimmste oder das Allerschlimmste nicht eintraf, nicht eintreffen wollte und infolgedessen, wenn er die Dinge genau betrachtete, gar nichts passierte. Überhaupt nichts.
Die Stunde der Umkehr nahte, er war schon viel zu lange Zeit in dem spärlich beleuchteten Gastzimmer gesessen, das süßliche, zu Kopf steigende Bier widerwillig hinunterschluckend, bis ihm vor Geschmack und Geruch ekelte. Kleine, träge Eintagsfliegen setzten sich auf seine Hand und seinen Nasenrücken, ließen sich kaum verscheuchen. Die Tierkadaver in den Limonadetanks der Firma Kern drängten sich ihm auf.
Hader verließ das Gasthaus »Zur Maut«, kehrte um und ging zurück nach Österreich. Nur wenige, etwa hundert Meter hinter die Grenze war er gekommen, aber genug, um sagen zu können: »Heute war ich in Deutschland!«
»Heute war ich in Deutschland!« erzählte er. Agnes und die Tochter hörten aufmerksam zu. Er erzählte, ließ vor allem den Blick des Zöllners beim Hinweg unerwähnt, schilderte jedoch das Gasthaus »Zur Maut« ausführlich in den buntesten Farben, daß die Kinder Lust bekamen, schon am nächsten Sonntag im Gasthaus »Zur Maut« einzukehren. Er erzählte auch nichts von der Rückkehr über die Grenze von Muna heim nach Österreich. Nichts darüber, daß er bei seiner Rückkehr über die Grenze von keinem Beamten kontrolliert worden war, ihn die Beamten vollständig ignorierten, als wäre er Luft. Daß er ohne Aufforderung seinen Paß vorgezeigt hatte, auf die Gruppe von Zöllnern zugegangen, stehengeblieben, abgewartet, näher getreten war. Daß sie nichts von ihm wissen wollten und er schließlich, bereit, jeden Augenblick einen Zuruf im Nacken zu spüren, weiter hinein nach Österreich ins

Dorf Muna, den Kirch- und Friedhofshügel hinaufgegangen war. Daß aber kein Zuruf erfolgt war. Davon erzählte er nichts.
Er war nie wieder freiwillig über die Grenze gegangen. Er hatte sich das geschworen und folgendermaßen zurechtgelegt: Freiwillig, aus freien Stücken, freiem Willen, ohne äußeren Zwang oder Druck, würde er in seinem ganzen ihm noch verbleibenden Leben niemals wieder eine Grenze überschreiten. Weder die Grenze von Muna noch die Grenze von Dürnberg, noch die Grenze von Melleck. Natürlich schleppten ihn die Kinder über die Grenze – schon eine Woche später überquerte er gemeinsam mit Agnes, mit Maria und Anna die Grenze –, und er sollte noch viele Male in beiden Richtungen über die Grenze gehen.

*

Das Unaufhaltsame, lange Zeit, vor allem in den frühen Morgenstunden im Halbschlaf Geahnte, trat ein. Eines Morgens im Winter, es war noch dunkel, erreichte Michael Hader wie jeden Tag um diese Zeit das Fabrikstor und ging mit eiligen Schritten, die vom blechernen Frühstücksgeschirr ausgebeulte, von Tag zu Tag schäbiger wirkende Aktentasche unter den Arm geklemmt, über das Gelände der Limonadenfabrik, in der nichts mehr zu tun war. Schon von weitem sah er den Prokuristen Hajek in der Tür seines erleuchteten Büros stehen, die unvermeidliche Zigarette im Mundwinkel.
»Sie!« rief er halblaut, als Hader, der den Prokuristen längst nicht mehr grüßte, vor der Tür seines Büroverschlags zum Stehen gekommen war und den Schlüssel aus der Hosentasche zog.
»Sie!« wiederholte der Prokurist Hajek mit seinem von Infamie geprägten Grinsen, das Hader mittlerweile derart widerlich geworden war, daß er seinen Prokuristen kaum mehr anschauen konnte und sich mit größter Mühe

überwinden mußte, wenn er einmal dazu gezwungen war.
»Ich mein' schon Sie!«
»Was gibt es?«
»Sie sollen –« der Prokurist machte eine lange grinsende Pause, die er genoß, »Sie sollen –«, die Pausen wie die Worte wirkten einstudiert, »Sie sollen – wenn's recht ist – morgen, morgen früh, zum Herrn Direktor kommen. Um acht Uhr.«
Damit schnippte er die Zigarette triumphierend in weitem Bogen durch die Luft und Hader vor die Füße, drehte sich auf dem Absatz um und verschwand in seinem Büro, dessen Tür krachend ins Schloß fiel. Hader, dem Hajekschen Büro halb zugewandt, als warte er noch auf irgend etwas, stand vor seiner Tür in der dunklen Kälte des Wintermorgens, den Schlüsselbund in der Hand, die vom Frühstücksgeschirr ausgebeulte Aktentasche jetzt zwischen die aneinandergepreßten Beine in der Höhe der Knie geklemmt. Langsam rutschte die Tasche die Beine hinunter auf den hartgefrorenen Boden. Hajek hatte ihm keine Zeit und keine Möglichkeit zu antworten gegeben, ihn überrumpelt und einfach stehengelassen, wissend, daß die harmlos klingende Nachricht ihre Wirkung nicht verfehlen würde. Er sah auf den noch immer glosenden Hajekschen Zigarettenstummel hinunter. Dann zertrat er ihn mit einer Bewegung. Diese halbe Drehung des Fußes tat er auch noch, als die Zigarette längst erloschen und zertreten war und ausgefranst auf dem winterlichen Boden des verkommenen Geländes lag. Dann hob er seine ausgebeulte Aktentasche hoch, holte aus und warf die, mit dem blechernen Geschirr, der Thermosflasche mit Tee und einem Aktenordner mit Rechnungen gefüllte Tasche mit großem Schwung durch das geschlossene Fenster des Hajekschen Büros. Er hörte die Scheibe bersten, das Glas splittern und klirrend zu Boden fallen. Er hörte das Bellen des Hajek-

schen Hundes, der Satan hieß. Er hörte Hajek schreien und brüllen. Die prall gefüllte, ausgebeulte Hadersche Aktentasche hatte die gerade einen Becher mit siedend heißem Kaffee zum Mund führende Hajeksche Hand getroffen. Hader entfernte sich.

Pünktlich um acht Uhr morgens stand Michael Hader vor dem Tor der zur Hälfte in den Untersberg hineingebauten Kernburg. Er zog an der Glocke, die irgendwo weit im Innern der düsteren Anlage als schwaches Läuten zu hören war. Er wartete lange Minuten und zog wieder an der Glocke, im Zweifel, ob er nicht einem üblen Scherz des Prokuristen Hajek aufgesessen sei, bis er schlurfende Schritte zu hören glaubte. Eine in das Tor eingelassene Tür öffnete sich nach mehreren umständlichen und langwierigen Umdrehungen anscheinend verschiedener Schlüssel in verschiedenen Schlössern und dem Zurückschieben mehrerer Riegel, und – dann doch ganz unvermutet – stand der alte Kern vor ihm, standen sich die zwei Männer gegenüber. Michael Hader wurde sich der Tatsache bewußt, daß er den alten Kern, den Direktor und Besitzer der Limonadenfabrik Kern, bei der er nun schon bald ein Jahr beschäftigt war – zehn Jahre, dachte er –, zum allerersten Mal zu Gesicht bekam. Hader, der sich noch vor wenigen Augenblicken stark und entschlossen gefühlt hatte, bereit zu kämpfen, bereit zu handeln, fühlte sich jetzt ergriffen von einer Verlegenheit wie am ersten Schultag.
Hans Kern, kahlköpfig, groß und nur leicht vom Alter gebeugt, mit aufrechter Haltung, die unecht und aufgesetzt wirkte, ihm andererseits in Fleisch und Blut übergegangen war und die Schule des Militärs verriet, musterte ihn mit einem Blick.
»Sie sind also der Hader«, stellte er fest und forderte befehlsgewohnt zum Eintreten auf.
Die sogenannte Kernburg war weder eine echte Burg noch

ein altes Schloß, noch ein ländliches Herrenhaus und vereinigte doch Elemente der drei unterschiedlichen Bauweisen und Stilrichtungen, zu welchen noch weitere architektonische Ausgeburten des vergangenen Jahrhunderts, der Jahrhundertwende und der Moderne hinzukamen, wobei kein Wert auf ein gelungenes Ganzes gelegt worden war. Die Kernburg war gleichwohl Bunker und Kaserne, Raubritterburg und Landschlößchen, gräfliche Villa und Gutshof. Alles in allem war sie, von außen besehen, so imposant wie scheußlich, durch ihre ausgesuchte Lage am Fuße des Berges, doch hoch genug über der Salzburger Ebene thronend, schon weithin sichtbar, dazu im Gegensatz durch ihre baulich bedingte Verschmelzung mit Fels und Gestein auf eine nicht zu erklärende Weise unsichtbar, so daß das Gefühl entstand, sie genau sehen zu können, um sie im nächstfolgenden Augenblick nicht mehr zu entdecken. Dieses Phänomen konnte nur teilweise mit der Einwirkung von Licht und Schatten begründet werden.

Gigantisch hätte man die Kernburg bezeichnen können, doch dazu war sie wiederum nicht groß genug. Alles in allem Stein gewordener Größenwahn und schlichte Angeberei.

Das erste, was Hader im Inneren der Anlage auffiel, waren die vielen Türen. Sie standen in einer halbrunden Halle, von der mehrere Flure abgingen, einer Hotelhalle ähnlich. Überall, zur Linken und Rechten, vor und hinter sich, sah Hader Türen. Türen in verschiedenen Farben, die sich vom einheitlich burgunderrot gehaltenen Anstrich der Wände abhoben.

Hader sagte nur: »So viele Türen!« wobei er vergaß, daß der alte Kern schwerhörig war. Der alte Mann sah ihn in gewohnt herrischer Verständnislosigkeit an, klapperte ungeduldig mit dem Schlüsselbund und fuhr Hader mit schnarrender Stimme an: »Lauter!«

»So viele Türen«, wiederholte Hader laut und deutlich.

»Da haben Sie recht.«
Sie nahmen den mittleren Gang, vorbei an einer Tür nach der anderen.
»Was ist hinter den Türen?« schrie Hader.
»Nichts«, schrie der Limonadenfabrikant zurück.
Die einzige sich vor ihnen befindende Tür, die den Gang abschloß, wurde wie von unsichtbarer Hand geöffnet, als sie knapp davor angelangt waren. Hader vermutete irgendeinen neumodischen, mechanischen Trick. Kern nötigte Hader, vor ihm einzutreten. Hader war etwas enttäuscht, er hatte eine weitere Halle, einen Spiegelsaal oder ähnliches hinter der brokatbesetzten, mit Goldstickerei verzierten Tür vermutet und erwartet, statt dessen fand er sich in einem reichlich kleinen, an ein Separée erinnernden Raum wieder, mit roten Samtmöbeln, Ziertischchen, einem schweren dunklen Teppich, einem Kamin, in dem ein Feuer brannte.
Unschlüssig stand er da und blickte fragend auf Kern, der, mit einem Hauch von Anzüglichkeit grinsend, den Schlüsselbund hin und her schwenkte.
Idiotisch, fand Hader, sah der alte Kern drein, mit den hin und her tanzenden Schlüsseln, dem mit blöder Bedeutungsschwere halbgeöffneten Mund, den riesigen Ohren, die wie Lampenschirme von seinem Kopf abstanden, der geröteten Nase, dem auf Wirkung bedachten, betont hinterlistigen Roßtäuscherblick und der ununterbrochenen strammen Haltung, als stünde er vor einem vor ihm aufmarschierenden Regiment aus einer Ersten Weltkriegsschlacht.
»Setzen Sie sich, Hader!«
Er sprach den Namen betont beiläufig aus, doch schien er dem Klang der einzelnen Buchstaben nachzuhorchen, als ergäben sie noch einen anderen, nur ihm bekannten Sinn.
»Gruber Gisela.« Wieder spielte er das Spiel des Nachhor-

chens, den einzelnen Buchstaben, den Längen der Silben.
»Sie kennen sie?«
»Gruber Gisela? – Ich kenne sie flüchtig.«
Das Mädchen tauchte vor Hader auf, als trete sie aus einem alles durchdringenden Nebel ins gleißende Licht hinaus. Der geblümte Kittel, die rauhe, trockene Haut, die Schrunden im Gesicht, die ausgetrockneten Lippen, die blaßblauen, wäßrig schimmernden Augen, der gebrochene Klang ihrer Stimme, in den durch den harten Dialekt hindurch Trauer mitschwang. Eine Trauer wie ein träge schwimmendes Stück Holz in einem dreckigen Wasser.
»Grüß Gott.« Er glaubte, ihre Stimme wieder zu hören.
»Ich wollt' nur was wissen«, hörte er sie sagen. Und sich antworten: »Was wolltest du wissen?«
»Etwas, was ich eh schon weiß.«
Etwas, was ich eh schon weiß. Was ich eh schon weiß. Er sah in die harten Augen des alten Kern, die ihn anstarrten.
»Was hast du mit ihr gemacht?« Auf einmal duzte er ihn.
»Ich? Was soll ich mit ihr gemacht haben?«
Der alte Kern, der stehengeblieben war, legte ein Scheit nach, stocherte im Feuer herum.
»Möchst ein Glas Wein?« Es war acht Uhr morgens, aber Hader hatte das Gefühl, es sei tiefe Nacht in dem fensterlosen Raum mit dem flackernden Feuer.
»Ich nehm' eins, ja.«
Kern goß ein, alles schien vorbereitet. Für die Dauer einiger Sekunden war es Hader, als befände er sich auf einer Bühne, angestarrt von tausend Augen, und zitternd nahm er das Glas entgegen.
»Weißt du nicht, was mit ihr passiert ist?«
»Nein«, Hader nahm einen Schluck. Der Wein war

schwer und dunkel wie der Morgen, durch den er gekommen war.
»Nein? Du weißt es nicht?«
Die Frage war hinterhältig. Wieder hörte sie sich an, als ruhe sich der Mann auf einzelnen Buchstaben, einzelnen Silben, in den Pausen zwischen den Wörtern aus, horche nach, setze einen Akzent, eine Betonung, mit einem Ein-, einem Ausatmen, der Andeutung eines Seufzers.
»Ich weiß es nicht.«
Heftig stellte er das Glas auf den Tisch, daß der Wein über den Rand schwappte und am Glas entlang auf die Tischplatte rann, wo er einen kleinen, dunklen See bildete. Er schämte sich. Ruhig und überlegen, hatte er sich vorgenommen, den eventuellen Vorwürfen entgegenzutreten. Doch die Souveränität war beim Teufel.
»Weißt du, was sie gemacht hat?«
»Würden Sie es mir sagen?«
Es fiel ihm auf, daß ihn der alte Kern durchaus verstand. Der Wein begann zu wirken.
»Ich kann es dir gern sagen.«
Kern lachte kurz auf. Hader wußte, daß der andere auf eine unbedachte Handlung nur wartete, und nahm einen weiteren Schluck.
»Ich will dich ja nicht quälen. Sie – die Gruber Gisela, die du gut kennst, hat sich in die Marmorbrüche g'stürzt. Zu Tode g'stürzt.«
Er setzte die Dialektwendung mit wichtigtuerischer Gebärde und wartete die Wirkung seiner Worte ab. Hader zeigte keine Reaktion.
Dann fragte er plötzlich: »Stimmt es, daß es hier Geheimgänge gibt?«
Kern schien leicht aus der Fassung geraten zu sein, denn er steckte den Schlüsselbund in die Hosentasche zurück und schenkte sich seinerseits ein Glas ein, das er fast auf einen Sitz austrank.

»Der Wein ist stark«, meinte Hader und fuhr fort: »Geheimgänge, die in den Berg hineinführen und Geheimgänge, die über die Grenze führen?«
»Märchen, die man in den Dörfern herumerzählt.«
Hader wollte ruhig bleiben. Der alte Kern klimperte mit dem Schlüsselbund in der Tasche herum, man konnte zusehen, wie ihm der Wein zu Kopf stieg. Hinter der Röte zeigte sich das Alter.
»Sie hat etwas hinterlassen.«
Es sollte triumphierend klingen, aber seine Stimme war brüchig geworden. Es war Hader, als ob der alte Kern seinen Trumpf früher hatte ausspielen müssen, als ihm lieb war. Hader zog es vor, nicht zu antworten. Kern scharrte ungeduldig mit dem Fuß, begann auf und ab zu gehen.
»Sie hat etwas Schriftliches hinterlassen.«
»Wer hat es gefunden?« gab Hader zurück.
Kern beachtete die Frage nicht. Er setzte sich auf den roten Samtsessel, Hader direkt gegenüber.
»Einen Brief.«
»Einen Brief?«
»Was?«
»Einen Brief?«
»Ja, einen Brief. Die Gruber Gisela hat einen Brief hinterlassen, bevor sie sich in die Marmorbrüche hinuntergestürzt hat.«
»Wer hat ihn gefunden?« Jetzt mußte Kern antworten.
»Gefunden? Den Brief gefunden?« tat er begriffsstutzig. Er stand wieder auf, goß sich sein Glas voll, goß Hader nach.
»...die Leute aus dem Dorf. Angehörige.«
»Wer hat Ihnen den Brief gebracht?«
»Hab' ich gesagt, daß mir wer den Brief gebracht hat?«
»Nein.«
»Interessiert es dich nicht, was in dem Brief steht?«
Kern konnte nicht mehr länger an sich halten.

»Ob es dich nicht interessiert, was sie in dem Brief geschrieben hat?« schrie er Hader an.
»An wen ist der Brief überhaupt?«
»An niemanden!«
»An niemanden?« Hader tat erstaunt. »Aber dann...«
»Was?«
»Warum sollte er mich dann interessieren?«
»Weil etwas über dich drinsteht.«
»Das sollte mich wundern.«
»Mich wundert es nicht.«
»Das glaub' ich gern.«
Den letzten Satz sagte Hader absichtlich so leise, daß ihn auch einer mit gutem Gehör nur schwer verstanden hätte.
»Werden 's nicht frech, Sie...!«
Hader hatte keinen Anlaß zur Furcht, doch er wußte, wie solche Dinge hierzulande vor sich gingen. Sie konnten es so drehen, daß ihm alles, was immer es war, angehängt wurde. Er war der Fremde, der Außenseiter, wohlgelitten zwar, aber zugezogen aus dem östlichen Teil des Landes, dessen Bewohner man hier nicht mochte. Insbesondere der alte Haß auf Wien ließ alle von dort Zugezogenen zunächst einmal suspekt erscheinen, und sie wurden mit Argwohn beäugt und, wenn es sein mußte, verfolgt, sollte ihr Ruf auch noch so gut gewesen sein. Man fand gern einen Grund dafür. Für Verleumdung und Zerstörung der Existenz. Nichts tat man lieber. Jeder Anlaß war willkommen. Es war die Lieblingsbeschäftigung der Bevölkerung. Das wußte Hader. Das wußte Kern.
»Also, dann zeigen Sie mir den Brief!«
Das ging dem Alten zu schnell.
»Ich hab' ihn nicht da.«
»Ach so.«
Kern wischte sich die Hände an der speckigen Lederbundhose ab.

»Aber sicher verwahrt und jederzeit verfügbar.«
»Jederzeit verfügbar. Sicher verwahrt. Ich möchte ihn aber gern lesen.«
»Das wirst du früh genug.« Wieder du.
So kam Hader nicht weiter. »Was wird aus der Fabrik?«
Darauf war Kern nicht vorbereitet.
»Werden 's nicht frech!« brachte er nur heraus. Wieder ein Sie. Hader registrierte es wie ein Spieler. Er faßte Mut.
»Sie werden doch zugeben, daß die Limonadenfabrik nichts mehr bringt.«
»Ihnen bringt sie doch was. Sie nehmen Ihr Geld Monat für Monat in Empfang!«
»Wir sind nur noch drei... mit Ihnen vier. Wir tun den ganzen Tag nichts.«
»Das kann Ihnen doch vollkommen wurscht sein, solang' Sie Ihr Geld kriegen!«
Kern hatte es sich anders vorgestellt. Erhabener, triumphaler, er hatte von Schimpf und Schande des Michael Hader geträumt. Der kühne Traum bröckelte. Er kam zur Sache.
»In dem Brief steht, daß du sie vergewaltigt hast. Hinter den Tanks. Daß du brutale Gewalt angewandt hast. Daß du sie geschlagen hast, gewürgt hast, sie an den Haaren gerissen hast. Trotz ihres verzweifelten Widerstands brutal in sie eingedrungen bist. Mehrere Male. Und daß sie ein Kind von dir im Bauch hat. Daß du sie danach mit Drohungen und Schlägen gefügig gemacht hast, noch mehrere Male gegen ihren Willen mit ihr geschlafen hast, sie mit deinem Gürtel geschlagen hast, ihr mit den Füßen in den Unterleib und in den Bauch getreten hast. Daß du sie gefesselt und ihr gedroht hast, sie mit Benzin zu übergießen und anzuzünden und daß sie dabei vor Angst fast gestorben ist.«
»Das schreibt sie?«
»Ist das alles, was dir dazu einfällt?«

»Der Brief ist gefälscht.«
Kern gab keine Antwort.
»Sie wollen mir das anhängen. Weil man begonnen hat, Fragen zu stellen, weil die Bevölkerung unruhig wird, aufmuckt, ein Opfer braucht.«
Kern streckte sich. Dann beugte er sich nach vorn und gab sich vertraulich.
»Hör mir zu, ich bin im Grund ein Menschenfreund. Ich geb' dir genug Geld, um für alle Zeit zu verschwinden. Viel mehr, als du hier oder woanders je verdienen wirst.«
Er lächelte ihn an, prostete ihm zu, trank, schenkte beiden nach. Sein kahlköpfiger Schädel glänzte wie eine untergehende Sonne.
»Ich hab' die Gruber Gisela gesehen und mit ihr gesprochen.«
»Ja?«
Kerns Gesicht leuchtete vor Vergnügen und Lust. Jetzt würde er auspacken, der dumme Hund!
»Erzähl ruhig! Laß dir Zeit! Möchtest du noch?«
Hader sah ihn an.
»Ich hab' mit ihr gesprochen. Mehr nicht. Lassen Sie mich ausreden! Sie hat mir gesagt, daß ihr mir was anhängen wollt. Sie soll mit mir ins Bett gehen, gewissermaßen freiwillig, und euch davon erzählen, und daraus wolltet ihr mir dann einen Strick drehen. Aber sie hat es nicht gemacht. Und dann habt ihr's, Sie und der Hajek, eben anders gedreht. Wie genau, das weiß ich nicht. Auf jeden Fall hat einer von euch den Brief geschrieben oder die Gisela gezwungen, ihn zu schreiben. Wenn es ihn überhaupt gibt.«
Kern versuchte, seine unmäßige Wut zu verbergen, indem er aufstand und, ins Feuer blickend, Hader den Rücken zukehrte. Hader fuhr fort: »...brutale Gewalt angewandt... trotz ihres verzweifelten Widerstands brutal in sie eingedrungen... gefügig gemacht... gegen ihren Wil-

len ... So hat die Gruber Gisela nicht geredet und schon gar nicht geschrieben. Das hört sich mehr nach Hans Kern und Eduard Hajek an.«
»Was glaubst denn du, wer du bist, du frecher Hund?«
Er hatte seine Stimme erhoben, es sollte mächtig und gewaltig klingen, allein der Klang seiner Stimme sollte Hader einschüchtern, aber es klang nur falsch und pathetisch. Hader war keineswegs eingeschüchtert, bereute aber, nicht länger über die Limonadenfabrik geredet zu haben. Sie war Kern allerschwächster Punkt.
Also fragte er einfach noch einmal: »Was wird aus der Fabrik?«
Kern drehte ihm noch den Rücken zu. Hader war es, als wäre bei seiner Frage ein leises Zucken wie ein elektrischer Schlag durch Kerns aufrecht gebeugten Körper gefahren. Alles, was mit der Limonadenfabrik zusammenhing, regte ihn auf. Da Hader keine Antwort erhielt, fragte er noch einmal: »Was wird aus der Fabrik?« Soweit er beurteilen konnte, hatte die Frage einfach und sachlich geklungen. Doch die Reaktion darauf war anders.
Langsam drehte sich der alte Kern um und sah Hader lange an. Aus seinem Gesicht war die Farbe gewichen, nur der Schein des Feuers gab der Haut noch den rötlichen Schimmer, sonst war es fahl. Er sah aus, als sei er hundert und noch mehr Jahre alt, und nur mehr zu wenigen Worten und wenigen Tagen fähig. Hinter seinem gemeinen Gesicht sah Hader den Tod stehen.
Nach langer Zeit sagte Direktor Kern endlich leise: »Die Fabrik, die Limonadenfabrik von Hans Kern wird geschlossen und verkauft.«

Kern erhob sich aus dem roten Samtsessel, in den er gesunken war und bedeutete Hader aufzustehen: »Komm!« Seine Stimme war schwach. Neben dem Kamin befand sich eine weitere Tür, die Hader noch nicht aufgefallen

war, eine Tapetentür mit golden glänzender Klinke. Kern drückte sie nieder. »Komm!« wiederholte er. Hader folgte ihm. Sie betraten einen dunklen, langen Gang mit dicken Mauern, durchsetzt vom Fels des Berges. Sie waren im Berg. Das ahnte Hader sofort an der stillen, eisigen Luft, die man im Freien niemals verspüren konnte. »Komm!« sagte Kern wieder und drehte an einem Schalter. Eine Kette von Glühbirnen, in vergitterten Fassungen an der gewölbten Decke befestigt, tauchte den steinernen Stollen in ein matt grünliches Licht. Hader wagte nicht, den Mund zu öffnen. An den Wänden lief das Wasser in Rinnsalen herab, um an den Vorsprüngen des Steins Tropfen zu bilden, die leise platschend zu Boden fielen. Der Stollen führte einmal leicht abwärts, verlief dann wieder eben, stieg leicht an, machte Biegungen, die einmal kaum wahrzunehmen waren, dann wieder so scharfe Kurven bildeten, daß Hader, als er sich umschaute, den hinter ihnen liegenden Weg nicht mehr sehen konnte und mit der Zeit nicht mehr wußte, aus welcher Richtung sie gekommen waren. Die Neugier verringerte den Schrecken, Kern nunmehr ausgeliefert zu sein. Noch immer hatte ihn die Neugier auf das Kommende am Leben gehalten. Kern ging zügig, seine Absätze knallten auf den Boden nieder und hallten von den Wänden zurück, erst jetzt fiel Hader auf, daß er Reitstiefel trug.
»Wo sind wir?« fragte Hader endlich.
»Gleich da«, erhielt er zur Antwort.
Hader mußte plötzlich an seine Kinder denken und was sie wohl im Augenblick dachten. Es geschah ohne Wehmut, fast ohne Schmerz, denn Schmerz, und sei es nur ein leichter, war immer dabei, wenn er in Gedanken bei seinen Kindern war. Kern riß ihn aus seiner Abwesenheit.
»Paß auf! Stufe!«
Sie stiegen einige steile, schmale Stufen hinunter. Hader hatte die letzten Meter nicht mehr auf den Weg geachtet

und wußte nicht, ob sie eine Abzweigung genommen hatten. Jetzt war es ihm fast egal. Am Ende der Stufen öffnete sich der schmale Treppengang zu einem größeren, höheren Gewölbe, an dessen Wänden Fackeln brannten.
Haders Augen mußten sich erst an die Veränderung des Lichts gewöhnen, und er fand die Szenerie vor allem anderen kitschig. Sosehr er den ganzen, langen Gang hindurch beeindruckt wie ein Kind gewesen war, stieß ihn jetzt diese ganze, nur auf Wirkung bedachte Inszenierung von Licht und Schatten ab, und der alte Ekel vor dem Limonadenfabrikanten Kern, der alte Haß auf ihn, stieg wieder in ihm hoch. Kern, der seinerseits den alten Hochmut wiedergefunden hatte, pflanzte sich breitbeinig vor ihm auf, jenes triumphierend tückische Grinsen auf den Lippen.
An der Stirnseite des Gewölbes stand ein hoher Stuhl aus schwerem Holz. Auf diesem hölzernen Thron saß die Gruber Gisela und lächelte ihn an.
»Darf ich dir meine zukünftige Frau vorstellen?«
Der alte Kern und die blutjunge Gruber Gisela schütteten sich aus vor Lachen, einem Lachen, das so künstlich und aufgesetzt, so falsch und wenig ansteckend war, daß es Michael davor ekelte und er nahe daran war, sich zu erbrechen. Er ließ sie lachen. Irgendwann würden sie aufhören. Irgendwann mußten sie aufhören, auch wenn er daran denken mußte, daß sie vielleicht nie wieder aufhörten zu lachen.
Inmitten dieses gräßlichen Gelächters, angesichts dieser die Beherrschung verloren habenden jungen Frau, umgeben von ihrem nicht enden wollenden Kreischen, das nicht mehr nur ihre, sondern die Stimmen vieler vereinigte, wünschte er sich mit einem Mal nichts sehnlicher als zu sterben. Er sehnte seinen Tod herbei wie einen Freund, der schützend den Arm um ihn legt, um ihn von diesem von ödem Irrsinn und eitler Berechnung beherrschten und verwünschten Ort fortzunehmen, bis das von gellendem

Lachen bis zum Platzen gefüllte Gewölbe in der Tiefe des Berges aus seinem Gedächtnis und für immer verschwunden war. Sterben, dachte er, sterben, rief es in ihm, Stille und Wärme verheißend, geborgenes Glück – wie hieß es auf den Grabsteinen? – ewige Ruhe. Der Tod würde ihn mit sich und alle Schuld von ihm nehmen. Ihm würde er sich anvertrauen können, ohne sich noch ein einziges Mal verstellen zu müssen. Der Gedanke an seinen sicheren Tod gab ihm die Kraft zu handeln.

Die Fackeln blendeten ihn, und er drehte sich um zu dem ungleichen Paar im Halbschatten der steinernen Deckenbögen. Der alte Kern nestelte in geifernder Geilheit an den entblößten Brüsten der Gruber Gisela, und sie ließ es geschehen, leise kichernd und wimmernd, Hader konnte nicht erkennen, ob aus Lust oder aus Schmerz. Er wollte nur noch weg. Weg und hinaus aus dem Berg und der Burg, aus dem Labyrinth, in das er gelockt worden war und aus dem er vielleicht nicht mehr herausfand. Als er die engen Stufen hinaufstieg, hörte er Kern mit sich überschlagender Stimme noch schreien: »Du bist entlassen!«

Hader meinte, das Wasser stärker von den Wänden rinnen und tropfen zu hören. Lauter und schneller und heftiger. Die nasse, grünliche Dämmerung des Berginneren umschloß ihn mit ihren feuchtkalten Händen und wanderte von den Schuhen hinauf zum Nacken, um sich dort kurze Zeit niederzulassen als sich rasch ausbreitender kalter Fleck, der, sich wieder auflösend in winzige Tropfen, den Rücken hinunterrann.

Fröstelnd, mit eingezogenen Schultern und gebeugtem Rücken, die Hände tief in die Hosentaschen vergraben – wo hatte er seinen Mantel gelassen? –, ging Hader weiter mit forciertem Schritt, sich Mut machend gegen die klamme Kälte, die grüne Finsternis, seine hallenden Schritte, deren Echo von den Wänden zurückgeworfen wurde, bis es ihm in den Ohren gellte, gegen die hundertfachen Geräusche und Töne, die von allen Seiten, in allen Lautstärken, von der Höhe der Felsen hinunter und aus der Tiefe herauf zu ihm drangen. Schlimmer aber als alle Geräusche war das Schweigen des Steins, des Leibes des Berges, durch dessen gefrorene Blutbahnen er jetzt davoneilte. Er hätte keine Angst vor der Dunkelheit, vor der Nässe, den Geräuschen gefühlt, wenn sie nicht die Dunkelheit des Berges, die Nässe des Berges, die wispernden Geräusche des Berges gewesen wären. Es war ihm so, als ob er niemals wieder bis zur Tapetentür des kleinen roten Salons käme, und wenn er noch so zielstrebig und den einzig richtigen Weg beschreitend darauf zuginge. Es war ihm auch, als ob das Licht sich in ununterbrochener Folge, kaum wahrnehmbar wie das Vorrücken des Uhrzeigers, veränderte, um schließlich mit beharrlicher Regelmäßigkeit in die nun beinahe vertraute grüne Dämmerung zu fallen. Auch wurde ihm mehr und mehr, mit jedem Schritt, den er tat, deutlicher bewußt, daß er sich in einem künstlichen, in den Berg gehauenen Stollen befand, in einer dem Berg von Menschenhand zugefügten Wunde. Er verspürte eine tiefe Sehnsucht nach Tageslicht, und wäre es noch so grau. Er eilte noch schneller durch den tropfenden und wispernden Stollen, dessen Geräusche allmählich zu einem Brausen wuchsen, daß er meinte, inmitten eines gleich ausbrechenden Unglücks zu sein. Für Augenblicke verloschen auch die in den vergitterten Fassungen brennenden Glühbirnen gänzlich, und Hader, eben noch von Angst vorwärtsgetrieben, verharrte mit einem ausgestreckten Bein in der Luft, im Begriff gewesen, den nächsten Schritt zu setzen, in der allumfassenden Finsternis, in der er sein Herz hörte. Als ein Rest von Licht wiederkehrte, führte er mit dumpferem Schritt, wie von der Finsternis geohrfeigt, seinen Gang zur Tapetentür des roten Salons fort. Er erreichte die Tür so plötzlich und selbstverständlich, daß er fast enttäuscht stehenblieb. Es kam ihm vor, als hätte der Berg sein Interesse an ihm verloren und wollte Hader keine Verirrungen und Verwirrungen in seinen Labyrinthen mehr gönnen, ihn in die vermeintliche Freiheit hinausspucken, wo er zum Teufel gehen konnte. Eine lange Geschichte davon, wie er sich im Berg verirrt hatte und auf wundersame Weise wieder gerettet worden war, war Hader entgangen. Und so beschloß er, niemandem davon zu erzählen.

Michael Hader war aus dem Berg gekommen und aus der Burg gekommen. Das Erlebte des vergangenen Tages – er hatte keinen Begriff mehr davon, wie lange er sich hier aufgehalten hatte, vielleicht waren es Jahre gewesen –, das er nunmehr als Befreiung empfand, Befreiung vor allem von der unerträglich gewordenen Last seines tagtäglichen Broterwerbs in der Limonadenfabrik, vom Anblick des Prokuristen Hajek, der ihm tägliche Bedrohung und tägliche Qual gewesen war, hatte seine Angst auf ein erträgliches Maß reduziert und seine Lebensinstinkte geschärft. Er hatte den weinlaubbewachsenen Vorhof erreicht, er stand im Freien. Über den Turmzinnen kreisten die Dohlen, die er in seiner aufgeregten Ängstlichkeit für Aasgeier hielt. Es herrschte ein dunkelgraues, stählernes Licht, das keine Zeitschätzung zuließ.
Er war mit allen letzten Kräften über die Mauer geklettert, dort, wo er einige kaum sichtbare Vorsprünge entdeckt hatte und die Mauer ein wenig zum Hang abfiel. Er war auf dem harten Waldboden gelandet, hatte sich mit blutenden Händen übers Gesicht gewischt und war in die Richtung gewankt, von der er annahm, daß sie nach Muna führte. Und nach mehreren Stunden – er war durch den Wald am Fuß des Berges entlanggegangen – hatte er Muna erreicht und war lange nach Einbruch der Dunkelheit zu Hause angekommen.
Als er die letzte Biegung vor dem Haus erreichte, wäre er

vor Dankbarkeit fast auf die Knie gefallen, was er dann doch nicht tat, aus einer letzten, dunklen Hemmung heraus. Und er pries sich, auf dem Land zu leben. Und nicht in der engen, grau- und rußgeschwärzten Stadt mit zigtausend Menschen neben sich, über sich, unter sich, ein Haus, ein Raum neben dem anderen, Schulklassen neben Bordellen, Pathologien neben Imbißstuben, Krankenzimmer neben Hochzeitssälen. Sein Bild von der Stadt. Noch niemals war es ihm so deutlich vor Augen geführt worden, so glaubte er, was für ein Glück er erfuhr, auf dem Land zu leben, fernab der tosenden und ihre Bewohner in ihre Gossen und Schächte stürzenden Städte.

Das Haus lag im Dunkel der beginnenden Nacht unter dem Sternenhimmel. Alles schlief. Das Innere des Hauses, schon der Flur, war erfüllt vom Schlaf seiner Bewohner, und mit leise tastenden Schritten bewegte er sich zur Küche, denn er spürte mit einem Mal einen gewaltigen, einen geradezu übermächtigen Heißhunger. Er hatte nur den schweren Wein in der Kernburg getrunken. Befand er sich überhaupt noch in diesem Tag, an dessen frühem Morgen er sich von Muna aus zur Kernburg aufgemacht hatte? Seine Uhr gab ihm keine Antwort darauf, sie war längst stehengeblieben. Der Hunger hinderte ihn daran, der Frage weiter nachzugehen, und er stürzte zum Brotkasten. Die Krumen blieben ihm vor Gier im Hals stecken, und er mußte husten, mußte sich bezwingen, nicht in ein lautes, anhaltendes Husten auszubrechen, und unterdrückte den ständig wiederkehrenden Hustenreiz, hörte aber andererseits nicht auf, das Brot in sich hineinzuschlingen. Dabei überfiel ihn eine unerträgliche Gier nach einer Süßigkeit, einer Mehlspeise. Und nach einer lärmenden, keine Rücksicht mehr auf das schlafende Haus nehmenden Suche, während der er in allen Schubladen, Schränken und Kästen suchte und stöberte und sich dabei in seiner Vorstellung Berge von österreichischen Mehlspeisen auf dem Tisch auftürmten, Topfenpalatschinken, Topfentascherln, Topfenstrudel, Topfenkolatschen, Zwetschkenröster, Grießschmarrn, Kaiserschmarrn, Schneenockerln, Schokoladebusserln, Mohnnudeln und immer wieder aus Topfen hergestellte Köstlichkeiten, fand er tatsächlich am Ende seiner gierigen Suche Topfenknödel! Zwei erkaltete Topfenknödel... Danach wusch er sich die Hände und schlich die Treppe hinauf, zog sich im Schlafzimmer im Dunkeln aus und warf sich aufs Bett neben seine scheinbar schlafende Frau. Er beschloß, ihr erst einmal nichts zu erzählen, wie er ihr immer erst einmal nichts erzählte.

Mitten in der Nacht begann sie zu ihm zu sprechen. Er wußte nicht, ob er schon geschlafen hatte. Sie redete mit klarer, deutlicher Stimme, aber in einem gleichbleibenden Ton, so daß er das Gefühl hatte, sie redete wie im Traum zu ihm und könnte jeden Augenblick wieder abbrechen und verstummen. Was sie sagte, war wirklicher als alles, was er jemals aus ihrem Mund vernommen hatte.

»Die burgenländische Katstrophe vom Dezember 1935, wie du die Ereignisse von damals immer genannt hast und wie ich sie dann, nach einiger Zeit, auch für mich genannt habe, diese burgenländische Katastrophe, unsere Entführung und die daraus entstandenen Folgen, war in Wirklichkeit keine Verkettung unglückseliger Ereignisse; sie war keine Idee und kein Plan von Herrn Franz, sondern von mir. Nur von mir.

Er hat den Plan ausgeführt, oder zumindest stand er immer als der Ausführende da, was ein Vorteil für mich gewesen ist. Ein großer. Im nachhinein. Denn als er lästig geworden ist und zu große Ansprüche und Forderungen gestellt hat, konnte ich ihn als den einzig Schuldigen hinstellen, und als er versucht hat, mich zu belasten und mir alles in die Schuhe zu schieben, hat ihm keiner geglaubt. Das war Glück. Alles ist Glück, auch wenn man plant.

Hast du die Topfenknödel gefunden? Haben sie dir geschmeckt?
Die Kinder glauben bis heute an einen Ausflug. Ein Ausflug, der länger gedauert hat, eine unvorhergesehene Wendung und schließlich einen unglückligen Ausgang genommen hat. Ich habe ihnen gesagt, daß Herr Franz sich sehr schlecht benommen hat. Ich habe mir dabei natürlich auch widersprochen, genauso wie ich mir gegenüber dir und dem Kommissar widersprochen habe. Aber ich habe Glück gehabt, der Kommissar war mir wohlgesonnen. Außerdem hat man damals gerade andere Sorgen gehabt. Schläfst du?
Du fragst dich wahrscheinlich, wozu das Ganze? Wozu, ja? Ich wollte nur weg aus Wien, weg aus der Stadt, weg aus unserem Trott. Ich wußte, der einzige Weg, dich aus deiner Lethargie zu reißen, ist die Vortäuschung eines Verbrechens. Es war dilettantisch geplant und dilettantisch ausgeführt, ein sorgfältigerer Kriminalist wäre mir leicht auf die Schliche gekommen. Aber ich wußte, daß du nicht vernünftig handeln würdest, du würdest dich in etwas Unvorhergesehens verstricken, und das würde uns retten. Uns alle. Es würde der Sache zu einem einigermaßen glimpflichen Ausgang verhelfen, und dann würde sich schon etwas finden. Und du hast dich prompt in etwas Unvorhergesehenes verstrickt. Und bald hat sich ja auch etwas gefunden: Dein Freund Ladurner ist aufgetaucht, und wir sind hier.«
Michael hatte Agnes noch nie in solcher Ausführlichkeit reden gehört. Früher vielleicht, aber das war so lange her, daß er es vergessen hatte. Merkwürdigerweise beschäftigte ihn der plötzliche Redefluß weit mehr als der Inhalt ihrer Worte. Nur fürchtete er ihre Fragen, plötzlich auftretende, unvorhergesehene Fragen, mit welchen er nicht rechnete, die ihn wie Querschläger trafen und die, vor allem nachts gestellt, ihre besondere Wirkung um vieles erhöhten. Er

wußte nichts darauf zu antworten, als hätte jede Frage eine vollkommene Leere in seinem Kopf bewirkt, eine Auslöschung sämtlicher Denkmöglichkeiten und somit jeglicher Antworten. Fragen wie »Wie war dein Tag?« oder »Geht die Arbeit voran?«. Aber heute nacht stellte sie keine Fragen, oder sie tat so, als ob sie keine stellen werde, um dann, wenn er nicht mehr damit rechnete und sich auf die andere Seite drehte und die Augen schloß, unvermutet aus dem Hinterhalt in vollständig harmlosem Tonfall eine, eine einzige und letzte Frage zu stellen, die ihn um den Rest der Nacht brachte. Sie hatte nur kurz geschwiegen.

»Ich weiß, daß du in der Fabrik nichts tust und auch nichts tun kannst. Aber es macht nichts, daß ich es weiß. Ich habe mich nicht bemüht, es zu wissen. Es wurde mir aufgedrängt. Auf dem Land wird einem vieles aufgedrängt. Du willst jetzt wahrscheinlich sagen, daß ich mir widerspreche. Zuerst wollte ich aufs Land und jetzt schimpfe ich aufs Land. Man haßt immer das, was man muß, und muß im Grund doch alles, selbst wenn man es sich gewünscht hat. Auch wünschen muß man. Ich habe zuviel gelesen in letzter Zeit. Die Tage werden manchmal so lang, auch wenn die Kinder um mich sind. Früher sind sie verflogen wie der Wind. Bald werden die Kinder auch wie der Wind verflogen sein.

Was einem auf dem Land an Reden und Wissen über das Leben anderer Leute und über das eigene aufgedrängt wird, danach sehnt man sich in der Stadt. Man wünschte, es würde einem erzählt, hinterhergeschmissen. Aber es wird einem nichts hinterhergeschmissen, man geht seiner Wege. Möchtest du wieder in der Stadt leben? Du mußt nicht antworten. Wir haben gar keine Wahl. Es ist besser, hier zu bleiben. Wer weiß, was noch kommen wird. Glaubst du mir die Geschichte mit der Entführung? Und wenn du sie mir glaubst, bist du überrascht oder traurig oder entsetzt?«

Jetzt hatte sie ihm doch Fragen gestellt. Doch in dieser Nacht machten ihn ihre Fragen weder zornig noch ratlos, er hörte ihnen nur nach wie einer Stimme aus dem Rundfunkapparat, der man nicht antworten muß und keine Rechenschaft schuldig ist. Er wartete darauf, daß sie weitersprach, und sie schien darauf zu warten, daß er antwortete. Er antwortete aber nicht. Eine seltsame Nacht war es, überdeutlich schien alles aufzutauchen, ihre Existenz, ihrer beider Leben, stand scharf umrissen in den Konturen der Nacht vor ihnen, beleuchtet von den Himmelskörpern und umhüllt von der Finsternis. Er sehnte sich danach, sie weitersprechen zu hören, das vom Schlaf Rauhe, Nächtliche ihrer Stimme wollte er hören. Was sie ihm zu sagen hatte, war ihm fast egal.

»Du bist mehr ein Schweiger als ein Schwätzer. Das habe ich immer an dir geschätzt. Auch wenn du früher manchmal endlos reden konntest, ohne Punkt und Komma, ohne Anfang und Ende, warst du auch als ununterbrochen Redender nie ein Schwätzer, und auch wenn du Belangloses, Unwichtiges, sogar Langweiliges erzählt – erzählt? Nein, gesagt hast, du hast immer mehr mit dir selbst gesprochen als zu den anderen – auch dann habe ich immer gern zugehört, weil du dich niemals in den Vordergrund gedrängt hast mit deinem Reden. Weil du einfach nur gesprochen hast, so wie du geatmet hast.«

»Agnes, die Limonadenfabrik wird geschlossen. Ich bin entlassen. Ich war heute beim Kern.«

Es war ihm buchstäblich aus dem Mund gefallen, er hatte nicht vorgehabt, es zu sagen, er hatte sich nicht um die Worte bemüht, nicht darum gerungen. Es war ihm einfach passiert.

»Was macht das, Michael? Du warst doch längst nicht mehr zufrieden dort. Du warst nie zufrieden oder gar glücklich dort. Du warst doch völlig fehl am Platz dort. Sei froh, daß du weg bist!«

»Aber was soll jetzt werden?«
»Diese Frage stellt man sich doch sein ganzes Leben. Jeder stellt sie, Tag für Tag, Stunde um Stunde. Es wird sich schon was finden. Es hat sich noch immer was gefunden. Vielleicht taucht Ladurner wieder auf.«
Ihre Ruhe erstaunte ihn. Ruhig war sie nach außen hin immer gewesen, aber ihm, und nicht nur ihm, war es oft, als brodelte es unter der Spiegelfläche. Doch jetzt war sie wirklich ruhig, ihre Ruhe übertrug sich auf ihn, und fast wäre er wieder davon eingeschlafen. Doch sie sprach weiter und holte ihn zurück in den Zustand des wach nebeneinander Liegens, auf dem Rücken ausgestreckt, mit offenen, zur Decke gerichteten Augen.
»Ich weiß, daß es im Augenblick schwierig, unmöglich ist, fortzufahren, zu verreisen. Aber ich habe Sehnsucht nach dem Norden, nach dem hohen Norden. Früher, da hat es mich nur in den Süden gezogen. Ich habe an Italien gedacht, an Sizilien, an noch fernere Länder, in die man nicht fahren kann. Jetzt, seit einiger Zeit schon, denke ich an Jütland. Wo ist Jütland? Ich kann mir nichts darunter vorstellen. Ich möchte so gern einmal dort gewesen sein. Ich möchte so gern eine Erinnerung daran haben. Ich kenne ja in Wirklichkeit nur Brünn. Dauernd trage ich das Bild von Brünn vor mir her. Vielleicht müßte ich einmal ein echtes Bild von Brünn, einen alten Stich oder eine moderne Photographie von Brünn, an der Wand aufhängen, vielleicht würde das Bild von Brünn aus mir verschwinden, und dann würde es mir sicher abgehen, und ich würde das echte Bild von Brünn, das an der Wand, das ich ständig sehen kann, wenn ich will, hassen. Ich würde es sicher hassen.
Wir müßten bald einmal nach Wien fahren. Wer weiß, wie lange deine Eltern noch leben. Und daß sie einmal hierher kommen, glaube ich nicht mehr. Ich verstehe ja, daß ihnen die Reise zu beschwerlich ist, aber die Luft würde ihnen guttun. Du solltest ihnen öfter schreiben.«

»Ich schreibe ihnen doch ohnehin fast jeden Monat.«
Es klang wie eine Entschuldigung, und ein bißchen war es das auch, denn er schrieb seinen Eltern zwar, aber da er nicht wußte, was er ihnen schreiben sollte und sich mit Phrasen begnügte, waren seine kurzen Briefe gewiß nichtssagend für sie. Sie antworteten auch nie darauf. Aber sie hatten ihm bei seinem letzten Besuch in Wien vor vier Monaten gesagt, daß es ihnen zu beschwerlich und umständlich sei, ihm zurückzuschreiben, betonten dabei aber, daß sie auf weitere Post von ihm warteten. Agnes beachtete seine Antwort nicht, was ihm recht war.
»Ich bin eine Mährerin. Die Mährer sind lustig, man sagt es ihnen nach, sie singen gerne Lieder und trinken ihren hellen Wein. Dann bin ich keine echte Mährerin. Ich singe nicht gern, ich bin nicht gern lustig und trinke selten Wein. Vielleicht liegt das an meinem Vater. Er war aus Böhmen. Und die Böhmen trinken lieber Bier und zählen schwermütig ihre Schulden. Aber meine Mutter war eine richtige lebensfrohe Mährerin. Sie hat gern gesungen, gern getrunken und vor allem hat sie gern geredet. Sie hat eigentlich ununterbrochen geredet. Aber ich bin stolz, aus Mähren und nicht zum Beispiel aus Kärnten zu kommen. Obwohl mein Vater aus Böhmen gekommen ist und ich meinen Vater lieber als meine Mutter gehabt habe, komme ich gern aus Mähren und fühle mich auch als Mährerin. Mähren gehört doch jetzt nicht mehr zu Österreich, oder?«
»Natürlich nicht.«
»Natürlich nicht. Schade. Oder vielleicht auch besser. Ich weiß es nicht.«
Sie sprach nicht mehr weiter. Er wartete, aber es kam nichts mehr aus ihrem Mund. Dann hörte er sie wieder tief und regelmäßig atmen, sie war eingeschlafen. Er war allein wach und somit allein. Nie ist man mehr allein, als wach neben einem Schlafenden liegend. Das Wachliegen

neben einem Schlafenden ruft das deutlichste Gefühl des Gefangenseins im eigenen Körper hervor.

Was war dann geschehen? Was war später geschehen? In den darauffolgenden Tagen, Monaten, Jahren, während der vergehenden und ins Land ziehenden Jahreszeiten? Was tat ich, ich, Michael Hader? Der sogenannte Anschluß kam wie ein unheiliges Gebot. Doch was tat ich, was und wer war ich zu jener Zeit? War ich Soldat, oder verwechsle ich das mit dem ersten Krieg? Tolmein, Karfreit, die Dolomitenabwehrlinie, das war alles im ersten, nicht im zweiten Krieg. Ich sehe den ersten Krieg, das, was ich davon miterlebt habe, vor mir, doch ich sehe keinen zweiten Krieg, nicht den Krieg, der alles in die Tiefe riß. Ich erinnere mich nicht, oder ich erinnere mich nicht wirklich, oder ich will mich nicht erinnern. Ich kenne die Definitionen, die man in solchen Fällen bereithält, aber sie nützen mir nichts, sie nützen gar nichts, niemandem.

Es ist ähnlich wie das Erwachen nach einem langen Rausch, der Kopf ist so schwer, daß man ihn nicht heben kann, und wenn man ihn zur Seite dreht, fahren Lichtklingen in Stirn und Schläfe, und dann erinnert man sich plötzlich an etwas, das man im Fieber erlebt hat, es ist nur ein Fetzen Erinnerung, der einem durch den Kopf fährt, aber er füllt ihn mit Entsetzen, man möchte mehr davon wissen, aber es fällt nichts ein, und zugleich will man Augen und Ohren verschließen, zustöpseln, die Seele für jegliche noch so kleine Empfindung immun machen. Doch wie man es auch angeht, es gelingt nicht.

Sie haben mich ein Jahr später in dieses Häuschen gesetzt. In das Häuschen an der Grenze. Das Zollhaus. Glaube ich. Ich weiß es nicht sicher. Ein Jahr später, oder zwei. Ich glaube es, doch ich könnte es nicht beschwören. Was mich stutzig macht, ist die Tatsache, daß es nach 1938 keine Grenze mehr gab. Daß es sieben Jahre keine Grenze mehr gegeben hat, die

Grenze also 1938 aufgehört hat zu existieren und wir ein Land gewesen sind. Das heißt, wie waren kein Land, sondern ein Reich und ein Volk. Ich erinnere mich an die Kämpfe zwischen Schutzbund und Heimwehr, aber das war viel früher, Jahre davor, und außerdem weiß ich nicht, ob ich die Kämpfe in irgendeiner Form miterlebt oder nur davon in der Zeitung, zum Beispiel im »Interessanten Blatt«, gelesen habe. Man weiß so vieles, von dem man glaubt, man hätte es selbst erlebt, nur aus der Zeitung. Ich lese schon lange keine Zeitungen mehr, sie betrügen einen um das Leben. Man betrachtet das Leben dann mit dem Zeitungsblick und sieht und sucht die Welt in Schlagzeilen und Überschriften, Leitartikeln und Glossen. Aber das gehört nicht hierher. Wenn ich nur wüßte, was hierher gehört!

Ich sehe mich genau vor mir. In dem Zollhaus an der Grenze sitzen, in dem Verschlag hinter dem Fenster und der darin eingelassenen ovalen Scheibe, die man öffnet, um mit den Grenzgängern zu sprechen. Das heißt, sie zu befragen, zu kontrollieren und gegebenenfalls anzuherrschen. Durch die Scheibe reichen die Grenzgänger dem Grenzbeamten auch ihren Paß oder Ausweis. Was ich nicht verstehe, ist, warum ich in dem Häuschen an der Grenze gesessen bin, in einer Art Uniform, zumindest erinnere ich mich an eine Kappe, ein Koppel und einen weiten Umhang, der sich im Wind, wenn ich aus dem Zollhaus trat, blähte – wenn es keine Grenze mehr gab!

Es muß eine Art Kontrollstelle daraus gemacht worden sein, damals wurde alles kontrolliert, und die Lage des Zollhauses an der ehemaligen Grenze muß einfach günstig gewesen sein, günstig für Kontrollen und Untersuchungen aller Art, vielleicht war es eine Auffangstelle für Flüchtige. Ich weiß nicht, ob es Verhaftungen gegeben hat, ich meine, Verhaftungen hat es in jener Zeit täglich, stündlich gegeben, aber ob es dort, in dem Häuschen oder vor dem Häuschen an der Grenze, Verhaftungen gegeben hat, das kann ich beim besten

Willen nicht sagen. Habe ich selbst Verhaftungen durchgeführt? Ich kann es mir nicht vorstellen, aber alles ist möglich, wenn man sich nicht erinnert. Es gab keine Grenze mehr, doch dafür gab es Hunderte unsichtbarer Grenzen, es war also offiziell keine Grenze mehr vorhanden, und in Wirklichkeit war es eine verhundertfachte Grenze. Daran erinnere ich mich jetzt wieder, oder täuscht mich meine Erinnerung? Aber warum wurde ich dazu ausgewählt, oder wurde ich dazu gezwungen? Man hat mich schon in das Grenzhäuschen hineingesetzt, es war ein Zwang dabei. Ich hatte keine Arbeit und wahrscheinlich auch kein Geld mehr, und ich mußte eine Familie ernähren. Ich war demnach ein Zöllner geworden, ein Grenzer, wie die Hiesigen die Grenzbeamten nennen. Ein Grenzer ohne Grenze. Ich weiß nicht, ob ich mich erinnere. Bin ich sieben Jahre in dem Zollhaus gesessen? Kann das sein? Ich weiß es wieder nicht, ich kann niemanden danach fragen. Die ich danach fragen könnte, sind alle tot. Die Lebenden kann ich nicht fragen.

Irgendwann ist – wie von Agnes prophezeit – Nikolaus Ladurner wieder aufgetaucht. Mehrere Jahre hatte er nichts von sich hören lassen. Aber ich weiß nicht, zu welchem Zeitpunkt genau er wieder auf der Bildfläche erschienen ist, ob vor dem 12. März 1938 oder erst danach. Ich vermute eher danach. Aber ich kann auch das nicht beschwören. Muß ich etwas bezeugen oder beschwören? Auf jeden Fall kam er während des Dritten Reichs nach Muna und hat sich hier niedergelassen. Ladurner ist zeit seines Lebens im Umfeld von Krisen aufgetaucht, von Krisen und ungünstigen Konstellationen anderer angezogen wie ein Magnet, ist er immer genau zu dem Zeitpunkt bei mir aufgetaucht, wenn ich nicht mehr weiterwußte. Weiterwissen, ein seltsames Wort, besser als Hoffnung. Aber lassen wir das Philosophieren! Es muß auf Nikolaus Ladurner zurückzuführen sein, daß ich im Zollhaus gelandet bin. Seinem Einfluß und seiner Initiative habe ich es gewiß zu verdanken, wobei das Wort »verdanken« in diesem Zusammenhang einen bitteren Beigeschmack enthält.

In diese von einem Schleier dünnen, grauen Nieselregens verschwommen und undeutlich gemachte Zeit fällt auch die Geschichte mit Hanni Aigner. Eine Liebesgeschichte könnte man sagen, eine alte Geschichte also von Liebe und Verrat, Verrat an der Liebe vor allem, auch diese Geschichte beginne ich zu vergessen…

Ohne Abschiede

Wo bin ich? Ich muß es mir laut vorsagen, um es nicht dauernd zu vergessen. Ich bin in Muna, ich bin in meinem Haus, mein Haus, es gehört immer noch mir, mein Enkel Valentin ist in meiner Nähe, ich bin krank, aber ich weiß nicht, was mir fehlt. An die letzten Tage habe ich keine Erinnerung mehr, sie sind völlig ausgelöscht, als wäre ich tot oder ein anderer gewesen. Ein anderer, von dem ich nichts weiß. Doch ich weiß nun immerhin, daß die letzten Tage wie ausgelöscht sind, das kann bedeuten, daß es mir bessergeht, daß ich wieder zu Kräften komme, mich erhole, gesund werde! Ich habe wenig Lust, gesund zu werden. Aber mit der Gesundheit soll man keinen Spaß treiben, es wird einem heimgezahlt! Man braucht nur sagen, ich habe keine Lust, gesund zu werden, ich möchte krank bleiben, und schon ist man todkrank, so krank und elend, daß man sich wünscht, niemals geboren worden zu sein!

Ich rede vor mich hin, führe Selbstgespräche, ohne den Mund aufzumachen, vielleicht bin ich noch heute tot... Wo ist Valentin? Wo bleibt er? Die ständige Frage des Kranken, der das Bett hüten muß: »Wo bleibt der? Wo bleibt die? Wo bleibt das?« Die Ungeduld ist ein nicht wegzubringender Juckreiz. Es ist eine tödliche Ungeduld, von der der Kranke, ans Bett Gefesselte, beherrscht ist. Geht die Tür, endlich, nach endlosem Warten, währenddessen die Sekunden auf der Haut kratzen, auf, kommt entweder die Rettung oder die bodenlose Enttäuschung, wenn es ein anderer ist als der, den man erwartet hat. Man wollte keine Überraschungen, man wollte die Rettung. Ich erwarte jetzt meinen Enkel Valentin, ich warte auf meinen Enkel Valentin, ich weiß nicht, welcher Tag heute ist, welchen Monat wir schreiben, es muß Winter sein, draußen ist alles verschneit, ich bin in Muna, ich bin in meinem Haus…

Als Valentin mit hämmernden Schritten wieder zur Tür hereinkam und wie benommen auf den alten Mann hinuntersah, der zusammengekrümmt wie ein Bündel alter Kleider auf der Ofenbank kauerte, wußte Michael Hader, daß sich in seinem Haus, unter seinem Dach, ein Krieg aus der Stille zusammenbraute, der nur noch auf seinen offenen Ausbruch wartete, der Krieg zwischen einem Leben, das an seinem Beginn stand und hin zum Aufbruch drängte, und einem Leben, welches verlöschend an sein Ende ging. Ein zäher, verbissener, schweigender Kampf zweier umeinander züngelnder Flammen, über den niemals ein Wort verloren werden konnte.
Valentin wurde sich allmählich der Lage bewußt, in die er geraten war, allein mit seinem an der Schwelle des Wahnsinns stehenden Großvater und die Eltern in Sizilien oder irgendwo oder tot. Wie war er aus dem Bett in die Stube gekommen? Er stieß ihn leicht gegen die Schulter.

Valentin wußte nicht, was er mit dem jetzt apathisch auf dem Boden liegenden schweren Mann anfangen sollte. Er versuchte, ihn zur Seite zu rollen, zu heben, zu stützen. Er beugte sich über das verzerrte Gesicht und versuchte, aus den halbgeöffneten, verschwimmenden Augen seines Großvaters einen Blick des Erkennens zu erhalten.
Er mußte versuchen, ihn in sein Bett zu schaffen. Hatte er ihn erst einmal soweit, was er sich nicht vorstellen konnte, würde eine vorübergehende Beruhigung eintreten. Er wußte nicht, warum er sich das einbildete, woher er die Überzeugung dazu nahm, doch er wußte auch, daß ihn das

nicht zu kümmern hatte, daß er nichts anderes im Kopf haben dürfte, als den schweren, sowohl wie leblosen als auch außer sich geratenen Körper in sein Bett zu schaffen. Er konnte dann vielleicht den Arzt rufen. Oder nicht rufen. Etwas würde sich klären.
Valentin hatte ihn bis in den kalten Flur hinausgeschafft. Die größte Hürde war die Türschwelle gewesen. Durch das Fenster konnte er den wolkenverhangenen Predigtstuhl erkennen und das graue Haus der Seilbahnstation darauf. Die Bergkuppe war von einer eisgrauen Wolke umhüllt, als hätte sie den Blick abgewandt. Vom Boden stieg Kälte auf, die durch Kleider und Haut drang und die Knochen frieren ließ. Er öffnete die Tür zur Großvaterkammer und betrat nach einem Zögern den Raum. Er deckte das Bett auf und öffnete ein Fenster. Das Zimmer des Großvaters hatte zwei Fenster, das vordere mit dem Blick hinunter auf das Dorf und das sich öffnende Tal, das seitlich gelegene Südfenster mit dem Blick auf den verhüllten Predigtstuhl und die einmal holprigen, dann sanft geschwungenen Ausläufer des alles beherrschenden Untersbergs mit den verstreuten Höfen, den Linien und Rändern der Äcker und Felder.
Valentin zog die kalte Luft durch die Zähne ein, sah für eine Sekunde seinem Hauch nach. Sein Großvater hatte die Augen aufgeschlagen, aber er sah seinen Enkel nicht.

Valentin hatte ihn fast dort, wo er ihn hinschaffen wollte. Der Weg aufs Bett hinauf war das letzte, unüberwindlich scheinende Hindernis. Er zog den wie leblosen Körper mit dem entrückt lächelnden Gesicht bis zum Bettrand, wo er ihn, an das Bett gelehnt, halbwegs zum Sitzen brachte. Das leicht selige Lächeln ging ihm allmählich auf die Nerven, es wirkte wie eine Maske, etwas unermüdlich Einstudiertes. Hin- und hergerissen zwischen leiser Abscheu und aufsteigendem Mitleid, drückte er den entweder langsam zur Seite oder rasch nach vor kippenden Oberkörper zurück, hielt ihn fest, ließ ihn wieder los, worauf er erneut entweder langsam zur Seite oder aber rasch nach vorne kippte.

Nach einem aussichtslosen Gefühl des Erbarmens wandte Valentin Gewalt an. Er riß den Großvater hoch. Mit beinahe geschlossenen Augen, die nur noch schmale Schlitze bildeten, ging er ans Werk, und keuchend führte er es zu Ende. Am Schluß war ihm, als ob sein Schweiß als Blut über Gesicht und Nacken, über Schultern und Arme lief.

Der Großvater lag im Bett. Valentin sank auf die Knie. Die kalte Stille umfing ihn.

Dann hörte er den Großvater nicht mehr atmen. Er sah keine Bewegung, kein Senken und Heben der Brust, keine Regung. War er gestorben, während Valentin gedöst hatte? Er suchte den Puls und fühlte ihn leise schlagen. Er war erleichtert und – enttäuscht. Er wäre – vorausgesetzt, seine Eltern würden nie mehr nach Hause kommen – ganz allein auf der Welt gewesen, und dieser kurze Gedanke, der rasch, wie ein aufgescheuchter Vogel aus dem Dickicht aufflog, hatte ihn mit einem hellen Taumel von Freiheit erfüllt. »Mein Tod wird eine Erlösung für dich sein«, hatte ihm der Großvater einmal gesagt.

Das Telefon läutete in die kalte Stille hinein, und Valentin schrak aus den süßen Vorstellungen eines freien Daseins, denen er mit auf den Großvater gesenktem Blick nachgehangen war. Immer noch hielt seine Hand den Puls des Liegenden mit den zu einem Grinsen verzerrten fleischigen Lippen umfaßt. Er ließ los und ging in den Flur zum Wandapparat hinaus. Würde es wieder der Unbekannte mit seinem nun schon langweilig gewordenen Terror sein? Oder seine Eltern, die sich zurückmeldeten mit der Ankündigung, bald, vielleicht schon morgen, nach Hause zu kommen? Er scheute sich, den Hörer abzuheben, tat es aber dann aus einfacher alter Gewohnheit und klebrigem

Pflichtgefühl doch. Es war Doktor Smutny, der sich nach seinem Befinden erkundigen wollte. Valentin hatte seine eigene Krankheit längst vergessen. Er hätte nicht einmal sagen können, ob er sich überhaupt noch krank fühlte.
»Du mußt doch wieder in die Schule...«
»Herr Doktor, der Großvater hat mich entschuldigt, aber ich werde bald wieder in die Schule gehen müssen. Wenn meine Eltern zurück sind.«
»Wann sind sie denn zurück?«
»Ich weiß es nicht. Sie sitzen in Sizilien fest.«
»Aber in Sizilien war doch ein Erdbeben!«
»Wirklich, Herr Doktor?«
»Ja, bei Messina.«
»Dort sind sie, Herr Doktor.«
»Ich werde gegen Abend bei euch vorbeischauen, Valentin.«
Sie verabschiedeten sich.
Als der Doktor gegen Abend, wie versprochen, vorbeikam, wirkte er müde und alt.
»Warum hast du mich nicht gleich gerufen?«
»Ich weiß auch nicht genau, Herr Doktor. Es ist so überraschend...«
Sie standen am Bett des nunmehr endgültig zum Kranken Erklärten.
»Seit wann ist er in diesem Zustand?«
»Seit heute vormittag.«
»Hat er vorher irgendwelche Beschwerden gehabt?«
»Ich weiß auch nicht, Herr Doktor. Komisch war er manchmal in letzter Zeit.«
»Was meinst du mit komisch?«
»Nicht richtig ansprechbar. Er war oft abwesend, gar nicht richtig da, wenn Sie wissen, was ich meine...«
»Hatte er Absencen?«
»Wie bitte?«
»Wirkte er irgendwie weggetreten? Geistig weggetreten?«

»Ja, schon. Aber nicht schlimm. Es war auch lustig. Und er hat Holz gehackt. Und aufgeräumt. Aber das kann er nicht besonders gut.«
Valentin lächelte und wurde gleich darauf rot, als ihn der alte Arzt mit einem Blick bedachte, der streng sein sollte, aber ein wenig schief geriet, an der Grenze zum Mißlungenen. Valentin nahm den Blick nicht ernst, er war nur aus Gewohnheit rot geworden. Er wurde leicht rot.
»Und außerdem hat er mich gepflegt. Ich war ja selber lang krank. Aber dann, irgendwann, ich weiß nicht mehr, wann, haben wir die Krankheit vergessen, und dann haben wir die Schule vergessen…«
»Und die Schule scheint dich auch vergessen zu haben.«
»Wir haben uns aufeinander eingerichtet, der Großvater und ich.«
Der Arzt stellte ein Medikament auf den Nachttisch. Eine kleine, dunkle Flasche.
»Gib ihm das dreimal täglich! Die Spritze, die ich ihm gegeben habe, wird ihm über die Nacht helfen.«
Dann fügte er scheinbar beiläufig hinzu: »Und deine Eltern? Hast du nichts von ihnen gehört?«
»Nein, Herr Doktor.«
»Haben sie nicht angerufen? Geschrieben?«
»Sie haben nur eine einzige Karte geschrieben, auf der steht, daß sie in Sizilien in einem abgelegenen Bergdorf wegen einem Erdrutsch festsitzen.«
»Aber wie ist diese Karte hier angekommen?«
»Das weiß ich nicht, Herr Doktor.«
»Wo war sie denn abgestempelt?«
»Der Stempel war verwischt und die Schrift auch.«
»So.«
Der Arzt sah den Jungen an, ohne zu wissen, was er von diesem und seinen Antworten, die merkwürdig in seinen Ohren klangen, halten sollte. Und Valentin sah den alten Arzt an, ohne dahinterzukommen, ob ihn dieser prüfend

betrachtete oder einfach wie einen mehr oder weniger beliebigen Gegenstand fixierte.
»Was macht dein Fuß?« fragte der Arzt schließlich, sich an seine Daseinspflicht erinnernd.
»Mir ist die Salbe ausgegangen.«
»Ist der Ausschlag zurückgegangen?«
»Nicht sehr, Herr Doktor.«
»Ich habe, glaub' ich, noch eine dabei. Eine Probepakkung.«
Er kramte in seiner dunkelbraunen, speckig glänzenden Ärztetasche. Er fand die Salbe nicht gleich, schien darüber etwas die Nerven zu verlieren und begann mit leiser Aufregung in der Tasche zu wühlen. Er verlor nur bei nichtigen Anlässen die Nerven, wenn es ernst wurde, wenn es um Leben und Tod ging, wurde er von einer sogar ihm selbst zuweilen unheimlichen Ruhe erfaßt und tat seine Handgriffe wie unter fremdem Einfluß. Endlich fand er die Salbe und reichte Valentin die grüne Tube übers Bett.
»Ich schätze, dein Großvater wird morgen wieder zu sich kommen.«
Valentin begleitete den Doktor hinaus und überlegte dabei, ob er noch irgend etwas Aufmunterndes sagen sollte, er hatte den Eindruck, daß er den Doktor trösten müßte.
Smutny lief mit kleinen, eiligen Schritten und gebückter Gestalt, mit wehendem Mantel, den Hut festhaltend, zu seinem alten Auto. Schon auf halbem Wege rief er noch, sich umwendend, Valentin zu: »Den Zeitungsartikel über das Erdbeben bring' ich dir morgen mit! Es ist vor fünf Tagen geschehen.«
Valentin blieb trotz des beißenden Windes in der Tür stehen und hob die Hand zum Gruß. Während der Wagen wendete, erfaßten die Scheinwerfer die hochaufgeschossene Gestalt des Jungen im Türrahmen und sein ernstes Gesicht. Dann fuhr der Wagen langsam und tuckernd davon und verschwand hinter der Biegung. Valentin trat in

den Flur zurück, der Wind riß ihm die Tür aus der Hand und schlug sie mit einem lauten Knall zu. Als Valentin allein und erschrocken vom Knallen der Haustür im dunklen Flur stand, fiel ihm zum ersten Mal der Gestank auf, der aus dem Keller heraufdrang. Und weiter fiel Valentin auf, was für ein häßlicher Mann der Doktor Smutny war und ihm das bestimmt weh und er ihm darum leid tat.
Auf der Heimfahrt fürchtete sich Doktor Smutny vor seinem Zuhause, dem Neubau bei der Kirche, und vor seiner Frau und ihren manischen Phasen, die immer seltener und immer kürzer wurden, und vor seinen Töchtern, die noch immer bei ihnen wohnten und doch längst aus dem Haus hätten sein müssen. Die Scheinwerfer des entgegenkommenden Wagens beleuchteten sein sorgenvolles Gesicht.

*

Im Morgengrauen hatte sich Valentins herbstliche Grippe zurückgemeldet und war als winterliche Krankheit über ihn hereingebrochen wie ein plötzliches Unwetter in den Bergen. Das Fieber war ihm als Traum erschienen, als rotglühende, spindeldürre Frau mit dunklem Haar und blau schimmernden Wangen, die ihn fest an sich drückte und ihre spitzen Knochen in seinen Leib bohrte, daß er aufschrie und sich aus ihrer Umklammerung, die ihn zugleich süß und zärtlich lockte, zu lösen suchte, bis er sich in dem Gewirr ihrer schwarzen Haare verfing und verknotete. Als er sich, die Hände zurückziehend, durch ihr Haar wühlte, faßte er in ihr weiches warmes Gehirn. Sie besaß keine Schädeldecke. Voll Verlangen lächelte sie ihm zu, während er in ihre wabernde Gehirnmasse griff, die wie Schlagsahne an seinen Fingern haftenblieb. Der Griff in ihren Kopf schien ihr unendlich Vergnügen und Lust zu bereiten, sie nickte ihm aufmunternd und dankbar zu. Ihr Nicken wurde immer schneller und ekstatischer, bis er ihr

Gesicht nicht mehr erkennen konnte und ihr Kopf mit scharfem Ruck abriß, mit einem Knall zu Boden fiel und lachend davonrollte, eine weiße, schleimige Spur zurücklassend. Davon war Valentin aufgewacht und hatte sich auf den klirrenden Flur geschleppt. Man schrieb den 30. November. Es war sechs Uhr morgens, und der eisige Wind fegte die verbliebenen Blätter des Herbstes über den gefrorenen Boden, daß es klang wie die dünnen Schritte der Toten. Leise und unaufhörlich. Am Abend dieses ereignislosen letzten Tages des Monats, den Valentin, von Fieberschauern geschüttelt, einmal mit halb geöffneten, dann geschlossenen Augen, einmal liegend, dann kauernd, dann kriechend, dann halb stehend verbrachte, während zum Großvater eine Spur von Leben zurückzukehren schien, sein Atem ging gleichmäßig und das dumpf lastende Schweigen, das die Anwesenheit des Todes mitteilt, war gegangen, läutete aus der Ferne und Weite des eisigen Flurs das Telefon. Draußen begann es, Eis zu regnen. Und die dritte von Doktor Smutny verschriebene Tablette des Tages nahm der Großvater von sich aus, aus eigener Kraft.

Ob seine Eltern noch am Leben waren? So hieß die letzte Frage, die sich Valentin stellte, bevor die Wirrnis der fiebrigen Träume wieder Besitz von ihm ergriff und ihn durch die Nacht trieb.

Der erste Tag des Dezember versprach zunächst Linderung. Der Großvater schlug als erster die Augen auf, sprach den Jungen an und fragte nach der Uhrzeit.

Der Tag hatte trügerische Erleichterung gebracht. Das Fieber des Jungen war zurückgegangen, und die Schauer und heißen Wellen hatten sich wie die Wolken einer atlantischen Störung verzogen. Zurückgeblieben waren Mattigkeit und Abgeschlagenheit, die auf Beipackzetteln grippelindernder Medikamente beschriebenen Zustände. Der alte Michael Hader wirkte im Vergleich zu den vorangegangenen Tagen und Nächten erstaunlich klar und ruhig, er sprach mit dem Jungen, Belangloses nur, und Valentin merkte, daß es besser war, nicht an den Dingen zu rühren. Aber er sprach immerhin, und das Gesagte schien sinnvoll. Er bat um einen frischen Kopfkissenbezug und eine Orange, verlangte zu trinken und erkundigte sich nach Wetter, Datum, Wochentag und den wechselnden Uhrzeiten. Wiederholt fragte er nach Datum, Wochentag und Uhrzeit. Valentin bemerkte einen ständig wiederkehrenden Blick des Großvaters auf sich, welcher klar wirkte, hinter dem sich jedoch eine quälende Ratlosigkeit verbarg, die Valentin nicht entging.

Am Nachmittag, in der toten Zeit zwischen halb drei und drei Uhr, stand Doktor Smutny wieder in der Tür, das Gesicht sorgenvoller und zerfurchter denn je, mit von der Kälte blau angelaufener Knollennase.

»Wie geht es euch?« fragte er zerstreut lächelnd, als versuche er einen Witz, um den Jungen zu erfreuen. Valentin wußte keine Antwort darauf. Schon von jeher hatte ihn die Frage nach dem Befinden, selbst in ihrer erbärmlichsten Beiläufigkeit, in Staunen versetzt. Und schon immer hatte er nur mit Schweigen darauf zu antworten gewußt. So schwieg er auch jetzt, doch der Arzt schien keine Antwort erwartet zu haben, denn er ging mit eiligen Schritten durch den Flur auf die Tür zur Kammer des Großvaters zu. Ruhig und fragend sah ihn Michael Hader an, als wolle er gleich sagen: »Und wer sind Sie? Was machen Sie hier in meinem Zimmer, und wer hat sie hereingelassen?« Aber er sagte nichts.

Smutny tat die üblichen Handgriffe, ohne seine vertraute Heiterkeit wiederzuerlangen. Seit einigen Tagen war sie, die seine Patienten und nicht zuletzt ihn selbst aufgerichtet und gestärkt hatte, wie weggeblasen. Mit Hartnäckigkeit hatte sich die Sorge in seinem frohen Wesen eingenistet und verdüsterte nun seine Tage.

Während er Hader abhorchte, fragte ihn dieser plötzlich vertraulich und verschwörerisch flüsternd: »Und was meinen Sie, wie spät es ist?«
Irritiert gab der Arzt zurück: »Gegen drei, Michael. Seit wann sind wir per Sie?« Hader ließ den Kopf schwer zurück ins Kissen fallen. »So früh. Viel zu früh. Viel zu früh für alles, was zu tun ist.«
Smutny horchte ihn weiter ab, leuchtete mit seiner kleinen Stablampe in Augen und Ohren, tastete ihn ab und drückte bald hierhin, bald dorthin, ohne vom Sinn seiner in seinen Augen dürftigen Handlungen weiter überzeugt zu sein.
Er war im Gegenteil davon überzeugt, daß seine mechanischen Handgriffe und Bewegungen nicht den geringsten Sinn mehr besaßen.
Draußen tanzten, wie ihm vorkam, ähnlich sinnlos, die Schneeflocken, Irrlichtern gleich, und der Arzt richtete den Blick zum Fenster, hielt das Handgelenk des Kranken weiter umfaßt, als hätte er vergessen, wozu er das tat, und sah in das Treiben und Toben, das Purzeln und Schweben der weißen Kristalle hinaus, bis sie zu einem einzigen großen, schwarzen Punkt zusammenwuchsen, der das Zimmer des Kranken verdunkelte. Ein Gestank stieg ihm in die Nase, und er fürchtete, daß er von dem Krankenlager heraufzog, bis er feststellte, als er sich etwas hinunterbeugte, um sich Gewißheit zu verschaffen, daß er sich irrte. Er wandte den Blick zur Tür, in deren Rahmen Valentin bewegungslos, mit glasigen Augen stehengeblieben war, den Kopf an das dunkel gemaserte Holz gelehnt.
»Sag Bub, riechst du nichts?«
Der Junge war zusammengezuckt, als hätte ihn der Doktor aus dem Schlaf gerissen.
»Was, Herr Doktor? Nein, ich glaube nicht, nein, ich rieche nichts.«
»Aber du mußt doch etwas riechen? Wie kannst du behaupten, du würdest nichts riechen? Das ist unmöglich!«

Er hatte die Hand des Kranken losgelassen und war auf Valentin zugegangen. Valentin hatte den Doktor noch nie so aufgeregt erlebt, so außer sich, so voller Zorn, der Zorn gab ihm etwas Bedrohliches. Der Junge machte unwillkürlich einen Schritt zurück. Aber Smutny blieb auf halbem Weg stehen, erschrocken über sich selbst. Er hatte die Kontrolle über sich verloren. Bestürzt sah er den Jungen an, der ihn, nicht sehr ängstlich, mit Neugier betrachtete wie ein fremdes Tier.

»Vielleicht habt ihr irgend etwas vergessen wegzuschmeißen. Etwas Verdorbenes. Vielleicht schaust du einmal in der Küche nach oder im Keller oder sonstwo ...«

Den Blick auf den Kranken gerichtet, meinte er abwesend: »Ich weiß es nicht.« Es klang wie eine Antwort. Und weiter: »Möglich. Vielleicht. Vielleicht wäre es besser, ihn ins Spital zu schaffen. Andererseits ...«

»Andererseits?« Valentin klang interessiert, durch den vom Fieber getrübten Blick schimmerte Neugier, und auf seiner Oberlippe begann eine Blase zu sprießen, wie der Doktor bemerkte.

»Sind sie erst einmal im Krankenhaus, sterben sie schnell. Aber mach dir keine Sorgen!« sagte der Arzt ohne Hoffnung. Er sah wieder in den Schnee hinaus. Die alten Vergleiche fielen ihm ein. Watte und Zucker und Staub und Stille. Das verbrauchte Bild der Kälte über der Schneedecke und der Wärme darunter. Die Erinnerung an die Empfindung des Schnees... Er mußte sich zusammenreißen, was er auch tat, er hatte es gelernt. Er bedauerte dies, denn die immerfort eingeforderte Selbstdisziplin verschloß ihm, davon war er überzeugt, ungeahnte Möglichkeiten. Mit heimtückischer Panik beschlich es ihn dann: »Du hast dein Leben versäumt, Idiot!«

Die Schneeflocken fielen als Sekunden und Minuten, als Stunden und Tage, Wochen und Monate, schließlich als eisgraue Jahre vor dem Fenster zu Boden.

Er wußte nicht – noch nie war ihm mit einem Patienten dergleichen unterlaufen –, was er mit dem mutmaßlich moribunden Michael Hader machen sollte. Etwas mußte geschehen. Seine Intuition, auf die er sich sonst wie auf einen treuen Freund verlassen konnte, hatte ihn im Stich gelassen, und zurück blieb ein zaudernder Landarzt, der seinen Blick nicht von dem dichter und dichter fallenden Schnee wenden konnte, in den er gebannt hineinsah, als folge er damit seinem Schicksal.

Doch der Schnee taugte nicht viel als Hilfe bei Entscheidungen. Unbeirrt spielten die Flocken ihr Spiel, spielten Fangen und Verstecken, ließen sich treiben und fallen, wirbeln und zur Ruhe legen, ließen sich, wenn sie wollten, auffangen und einfangen oder setzten ihren Weg auf Äste und Zweige, auf Zäune und niedrige Dächer oder die Erde fort.

Wie um Zeit zu gewinnen, fragte er den reglosen Valentin, der noch immer am Türrahmen lehnte: »Hast du was von deinen Eltern gehört? Sie müßten längst zurück sein!«

»Gestern abend hat das Telefon geläutet, aber ich war zu schwach, um dranzugehen.«

»Das war wahrscheinlich ich. Der Briefträger ist krank. Vielleicht liegt ja was auf der Post. Soll ich für dich schauen?«

»Nein, nein!« Abwehrend hob Valentin beide Hände. »Das kann ich schon selber. Ich kann ja anrufen.«

Der Bub wollte ihn loswerden. Er spürte die Hilflosigkeit des Arztes, der sich gehenließ und Valentin damit gegen sich aufbrachte. Jetzt war er ihm feindlich gesinnt. Verstockt sah er ihn aus tränenden Augen an. »Der Bub macht mich krank! Diese nichtssagenden Antworten!« dachte der alte Arzt. Tatsächlich fühlte er sich krank. Schlaff und ermattet, sein Kopf schmerzte. Sollte er sich angesteckt haben? Er, der seit Jahr und Tag keine Grippe, keine fiebrige Erkältungskrankheit, keine Angina mehr gehabt hatte.

Ihn fröstelte. Der Bub beobachtete ihn. Smutny versteckte sich hinter ärztlicher Routine. Er horchte den Kranken noch einmal ab, was völlig unnötig war, da er es gerade getan hatte. Er hörte den Buben leise lachen. Lachte er ihn aus? Wahrscheinlich hatte er sogar recht, denn er war lächerlich. Ein lächerlicher alter Dorfarzt, der sich nicht mehr zu helfen wußte und mit der Zeit die Patienten verlieren würde. Er verschloß seine Tasche. Doch bis dahin war noch Zeit, viel zuviel Zeit. Das Gefühl, vor dem Jungen nicht bestanden zu haben, verließ ihn trotzdem nicht. Aber das konnte er nicht mehr ändern. Und möglicherweise zu einem späteren Zeitpunkt vergessen machen. Damit tröstete er sich, und er lächelte Valentin zu. Als er dem Buben zulächelte, fiel ihm ein zusätzlicher Trost ein: Er durfte das alles nicht zu ernst nehmen, er war krank, er hatte sich angesteckt, er faßte sich an die Stirn, sie war heiß. Es war die Krankheit, es war die Kälte draußen, es war die warme Luft drinnen, es waren – wie sagte er immer zu seinen Patienten – es waren die Nerven! Um das peinliche Schweigen zu durchbrechen, fragte er Valentin nach seinem Fuß. Ohne Hemmung zog Valentin seine Socken aus und streckte dem Doktor erst den rechten, dann den linken Fuß hin, der mittlerweile ebenfalls von dem Ausschlag befallen war. Die Füße waren bedeckt von getrockneten, von Schorf graugefärbten, sich von der Haut ablösenden Ausschlägen, die wie steinerne Inseln aus der rot geschwollenen und blutig entzündeten Masse der frisch ausgebrochenen Ekzeme herausragten. Blut sickerte an den Rändern hindurch und kroch in kleinen Kanälen, sich mit Ausschlagnässe mischend, an den schorfigen, toten Platten vorbei, teilweise gerinnend, so daß die Bewegung des Flusses kaum zu erkennen war.

»Gott, das ist ja schrecklich!« entfuhr es dem Arzt.

»Meine Winterfüße, Herr Doktor. Ich krieg' es jedes Jahr um die gleiche Zeit. Mein Winterekzem.«

Er sagte es vergnügt, ohne Bedauern und Schmerz, als ob ihm der Ausschlag, der ihn manchmal um die ganze Jahreszeit und ihre Freuden brachte, ein heimliches Vergnügen bereitete und er die schmerzenden, brennenden, jukkenden und nässenden Füße als etwas Besonderes, als Auszeichnung betrachtete, die ihn von den übrigen abhob und ihm eine Größe und Kraft gab, die er durch keine andere Tat hätte erringen können.
»Meine Salbe scheint nichts zu nützen.«
Wie um ihn zu trösten, gab Valentin zur Antwort: »Wissen Sie, Herr Doktor, ich habe die Salbe jetzt gar nicht verwendet. Ich hab' es einfach vergessen. Das Fieber und der Großvater…«
In den Ohren von Doktor Smutny klang es, als rede der Junge von seinen beiden ärgsten Feinden. Das Fieber und der Großvater. Wieder beschlich ihn ein Unbehagen, als er in die glänzenden Augen des Buben sah.
»Meine Kindersalbe schlägt bei dir nicht mehr an. Du wirst ein Mann, Valentin.«
»Wenn ich ganz ehrlich bin…« Valentin zögerte.
»Ja?«
»Also, wenn ich ganz ehrlich sein soll, hat sie noch nie… angeschlagen.«
Doktor Smutny versuchte, es zu übergehen, doch er mußte schlucken. »Ich kann dir eine Erwachsenensalbe geben, aber die ist stark.«
»Wollen Sie mir helfen oder nicht?«
Der Junge schlug einen anderen Ton an. Einen neuen, von Kälte und Entfernung bestimmten Tonfall, der keine Rücksichten mehr nahm. Doktor Smutny lächelte höflich, er fühlte sich gedemütigt. Doch das fühlte er sich schon lange, er wußte es nur erst jetzt.
»Natürlich will ich dir helfen.« Er gab ihm die Tube. »Zufällig hab' ich eine mit. Ein Glück«, murmelte er noch, nahm Hut, Mantel und Tasche und war schon davon.

Valentin ließ zwei Streifen der ockerfarbenen Salbe auf die Wundengebirgslandschaft seiner Füße fallen, und während er die Streifen, einen nach dem anderen, behutsam verteilte und verstrich, stellte er sich vor, die beiden Streifen wären seine Eltern, und schaudernd vor Hoffnung erfüllte ihn der Wunsch, sie niemals wiedersehen zu müssen.
Als Doktor Smutny das Haus hinter sich gelassen hatte und die erste Biegung des Weges hinunter ins Tal nahm, die ihn aus dem Blickfeld des Haderschen Anwesens brachte, fragte er sich, ob es ein Fehler gewesen war, den Jungen nicht darüber aufzuklären, daß sein Großvater im Koma lag. Er war sich sicher, verantwortungslos zu handeln, seiner ärztlichen Pflicht nicht Genüge zu tun, doch der Drang, von Valentin fortzukommen, war so stark gewesen, daß er alle Bedenken weggewischt und das Haus, das ihm zunehmend unheimlich und bedrohlich geworden war, verlassen hatte. Bei der zweiten Biegung, er mußte auf seine Schritte achten, denn es war dunkel geworden und der zertretene Schnee begann wieder zu frieren, sann er über den Gestank im Haderschen Haus nach. Es war ohne Zweifel der Gestank der Fäulnis und der Verwesung, der Gestank, den nur Leichen verströmen. Da war sich der alte Arzt sicher.

Valentin wickelte Mullbinde über die frisch behandelten Füße, legte saugfähige Taschentücher darauf, zog die dikken, grauen Wollsocken vorsichtig darüber, holte aus seiner Kammer unter dem Dach seine alte Lederbundhose, braun mit vereinzelten, ins Schwarze gehenden Flecken, zog in dem immer kälter werdenden Flur seine schweren klobigen Winterwanderschuhe an und machte sich mit klopfendem Herzen auf den Weg in den Keller.
In den Keller gelangte man durch eine in den Boden eingelassene Falltür, die, nachdem sie hochgeklappt worden

war, mit einer halb verrosteten Eisenkette an einem eigens dafür in die Wand geschlagenen, massiven Haken befestigt wurde. Anschließend blieb sie schräg geöffnet, unheilvoll quietschend und knarzend stehen, bereit, den Hinabsteigenden zu erschlagen. Den Weg in den Keller beschritt man auf einer steilen, schwach beleuchteten Holztreppe, die, wie sich alle Familienmitglieder seit Jahr und Tag gegenseitig versicherten, »dringend repariert werden mußte«, da sie einsturzgefährdet war. Das Haus war nur zur Hälfte unterkellert, da Michael Hader seinerzeit bei den Ausbau- und Renovierungsarbeiten das Geld ausgegangen und die Handwerker abgesprungen waren. So war der Keller in unvollendetem Zustand geblieben.

Der Keller war wie alle Keller kalt und in drei unterschiedlich große Räume unterteilt. Der erste, den man direkt von der Treppe erreichte, war zugleich der größte. In ihm befanden sich neben den üblichen Kellerutensilien sämtliche alten, ab- und ausgetragenen Schuhe der Familie aus vielen Jahren, da Valentins Mutter sich, im geheimen Einverständnis mit ihrem Vater, seit ihrer Jugend weigerte, Schuhe wegzuwerfen.

Er tastete sich im schwachen Schein der Lampe, die in einer vergitterten Fassung neben der Treppe in Höhe der Decke angebracht war, hinunter. Die höheren und größeren Schuhe wie Wander-, Berg-, Schischuhe und Stiefel warfen lange schräge Schatten an die Wand und auf den Boden, über den aufgescheuchte Mäuse erschrocken hinweghuschten und in unsichtbaren Ritzen und Löchern verschwanden.

In jener ersten Nacht des November war er aus einem süßen, nie gekannten Schlummer von schwerem Gepolter auf der Stiege gerissen worden. Der Lärm hatte nach Schlägen und Stürzen geklungen, er war sich nicht sicher gewesen, ob er den Schrei einer Frau gehört hatte. Kurz danach war es so still geworden, daß er geglaubt hatte,

einer Einbildung zum Opfer gefallen zu sein, und noch lange in die Stille hineingehorcht, aber es nicht mehr gewagt hatte, aufzustehen und nachzuschauen, und schließlich wieder eingeschlafen war. Er hatte es zunächst vergessen, doch einige Tage später war es ihm wieder eingefallen, als er vom Selbstmord Nikolaus Ladurners in derselben Nacht erfahren hatte. Einige Zeit danach hatte es im unteren Teil des Hauses zu stinken begonnen. In der darauffolgenden Zeit hatte er jene Novembernacht immer wieder vergessen, war aber durch den täglich wachsenden Geruch, den er erst am gestrigen Tag, dem letzten Kalendertag des November als plötzlich nicht mehr auszuhalten empfunden hatte, immer wieder daran erinnert worden. Es war ein wechselseitiges Spiel von Geruch und Erinnerung gewesen, kehrte der Geruch wieder, tauchte die Erinnerung an jene erste Novembernacht auf. Verschwand der Geruch, beim Drehen des Windes, beim Rückgang der Temperaturen, entfernte sich auch die Erinnerung.
Was Valentin jetzt entdeckte, als er das Ende der Treppe erreicht hatte und die Wäscheklammer entfernte, die er sich auf die Nase geklemmt hatte, um der wandernden Fäulnis zu entgehen, war die völlige Abwesenheit des Geruchs hier unten im Keller. Der Geruch, den er vorher, als der Arzt ihn darauf angesprochen hatte, eindeutig und den er schon davor ohne den geringsten Zweifel gerochen hatte, was er jedoch abgestritten hatte, war hier unten im Keller vollkommen verschwunden.
Valentin fragte sich, ob er einer Täuschung erlegen war. Einer Gestankshalluzination, meinte dann aber, ob er nicht einfach in einem günstigen Winkel stand, den der Gestank nicht erreichte, in einem geruchsgünstigen Winkel, der auf Grund irgendwelcher Naturgesetze, die er nicht kannte, die es aber sicher gab, davon war er überzeugt, von dem verheerenden Geruch nicht erreicht wurde. Er tat, wie um dieser Frage zu folgen, einen Schritt weiter

und hatte noch nicht den Fuß aufgesetzt, als er schon von einer Wolke von Verwesung erfaßt wurde und vor erschrockener Atemlosigkeit die Wäscheklammer zu Boden fallen ließ und beinahe selbst hinfiel, einer Ohnmacht nahe. Suchend tastete er nach der Wäscheklammer, wie ein Halbblinder nach seiner Brille, ging dabei tief über den Boden gebeugt mehrere Schritte nach vorn, zur Seite und zurück, stieß an Schuhe, die reihenweise umfielen, meinte im nächsten Moment an sich verlängernde und verkürzende Schatten zu stoßen, bis er die verlorene Klammer endlich fand.

Vom ersten und größten Raum des Kellers, in dem er sich befand und der zugleich Mittelpunkt des Kellers war, gelangte man zur Rechten in den nächsten, unwesentlich kleineren Raum, in dem in der Hauptsache Stöße alter Steuerakten aus den vergangenen zwanzig Jahren gelagert waren und der in den dritten, letzten und kleinsten führte, welcher zur Aufbewahrung von Kartoffeln und eingelegten Gurken, eingedickten Sommersäften, Marmeladen und Wein diente.

Die Wäscheklammer auf der Nase, die zwickte und drückte, tastete er sich mit den Händen an der Wand entlang weiter, bis er an einen Aktenschrank stieß und gleich darauf den Lichtschalter fand, worauf der mit Stößen von Akten gefüllte Raum, in den er nun vorgedrungen war, in ein mattes, bläuliches Licht getaucht wurde, das ihn an eine Grotte erinnerte. Am liebsten wäre Valentin jetzt umgekehrt und hinauf- und davongelaufen. Aber er hatte sich mit seiner ganzen Willenskraft vorgenommen, die Herkunft des Geruchs zu erfahren, und es wäre unter seiner Würde gewesen, jetzt, womöglich kurz vor dem Ziel, aufzugeben. Er mußte die Dinge in Ordnung bringen, soweit das noch möglich war. Er allein. Er war der einzige weit und breit, der dazu nach Lage der Dinge noch fähig war. Er näherte sich den Kartoffeln, stieß an eine langstielige

Flasche, die umfiel und dabei den Hals brach, dickflüssiger Saft ergoß sich über den schwarzen Boden, der nur vom blauen Schein aus dem davorliegenden Raum beleuchtet wurde. Valentins Herz zitterte. Jetzt stieß er, er hatte es bereits vorausgesehen, denn hinter der pochenden Ängstlichkeit wachte sein klarer Verstand, gegen die Kartoffeln. Es war ein riesiger Haufen Kartoffeln, der hier im kleinsten und letzten Raum des Haderschen Kellers lag. Einige Kartoffeln rutschten, vereinzelte rollten davon, der Kartoffelberg sackte an den Seiten ab und an der Spitze ein. Bläulich glühend schimmerte er in der Dunkelheit. Am Rande der Dunkelheit, dort, wo sie einen scharfen Schnitt gegen das Helle zog, wirkten die Kartoffeln starr und unbeweglich, als wären sie gefroren. Valentin machte hier kein Licht mehr an. Er hatte das sichere Gefühl, daß es nicht mehr nötig war. Entlang der Konturenlinie von Finsternis und bläulich schimmernder Helligkeit auf der Seite der Schwärze sah er etwas Weißes, Drapiertes. Er war sich nicht ganz sicher, ob er es sah oder durch das lange konzentrierte Schauen in die blauschwarze Dunkelheit zu sehen glaubte. Sachte stieß er mit dem Fuß gegen die Stelle, wo die Kartoffeln hart und fest wie Stein erschienen. Die Kartoffeln bewegten sich nicht. Keine rollte davon. Dann, es war wie ein Aufleuchten, sah er, daß dort, wo er hinstieß, keine Kartoffeln lagen.

Dort, wo er mit dem Fuß sachte hingestoßen und zunächst harte, zu einem Ganzen geklumpte Kartoffeln angenommen hatte, war etwas anderes. Eine harte Masse, die mit Sicherheit nicht aus Kartoffeln bestand. Etwas von seiner natürlichen Konsistenz her Hartes und etwas von Natur aus Weiches, das hier, im letzten Raum des Haderschen Kellers, hart geworden war. Eine gefrorene Masse, ein gefrorener Kopf, geforene Hirnmasse, uringefärbtem Schnee nicht unähnlich, in der bläulichen Dämmerung sich mit den Konturen von Helligkeit und Finsternis mischend, bis nichts mehr übrigblieb, wenn man lange genug hinsah. Valentin sah lange genug hin.

»Kartoffelkopf!« dachte er. »Kartoffelkopf, Kartoffelgesicht, Kartoffelmund, Kartoffelnase, Kartoffelaugen, Kartoffelhirn.«

Es klang wie ein Lied oder eine Speisekarte.

Das Weiße, Drapierte war ein Hemd oder ein Hemdkragen, ein Kittelkragen, ein Kittelsaum, ein Kragen oder ein Saum. Aus dem Nichts kehrte die bläuliche Dämmerung zurück, und er erkannte es endlich. Es war ein weißer Ärmel, Teil eines weißen Ärmels. Er wunderte sich noch, daß der Ärmel oder der Teil des Ärmels in dem dunklen Keller, der einerseits feucht, andererseits trocken, auf jeden Fall aber nicht sauber, der sowohl staubig als auch lehmig war, so lange weiß geblieben war. Dann rannte er davon.

Doktor Smutny war noch nicht zu Hause angekommen. Er war mit Absicht langsamer gegangen, hatte sich Zeit gelassen, war des öfteren stehengeblieben und hatte zum niederhängenden Himmel aufgeschaut, den ein blasser Mond zaghaft beleuchtete. Er versuchte, die Ereignisse der vergangenen Wochen in einen Zusammenhang zu bringen, ihnen einen Sinn zu geben. Der plötzliche Tod Nikolaus Ladurners, der für das Dorf Muna und seine Umgebung so unerwartet gekommen war und bei vielen Menschen in der Bevölkerung eine Art Schock hervorgerufen hatte, auch wenn Ladurner niemals beliebt gewesen war, hatte den Arzt nicht überrascht – Ladurner hatte sich ihm einmal, ein einziges Mal, anvertraut, dem Arzt von seiner Niedergeschlagenheit, seiner Lebensmüdigkeit, seiner ständig wachsenden Furcht vor niemandem und nichts berichtet. Tatsächlich hatte es sich bei seiner Beschreibung um einen Bericht wie über einen Fremden gehandelt, Ladurner hatte mit seiner dunklen, rauhen Stimme über sich und seine Existenz wie über den An- oder Verkauf eines

Grundstücks geredet. Auf Grund dieser sachlich vorgetragenen Schilderung seines Geistes- und Gemütszustands hatte Smutny Ladurners Depression als vorübergehend betrachtet. Später, einige Tage danach, es war ein sonniger Oktobervormittag gewesen, waren ihm unvermutet – er hatte nicht mehr an Nikolaus Ladurner gedacht, sich nicht mehr mit ihm beschäftigt – Zweifel gekommen. Ein Satz Ladurners vor allem war ihm wieder in seiner ganzen Tragweite in Erinnerung gerufen worden und zu Bewußtsein gekommen, eine Antwort besser, auf die Frage des Arztes, wie es ihm, Ladurner, ginge: »Gut, Herr Doktor, es geht mir gut. Aber ich mag nicht mehr leben.«

Der Schneefall setzte wieder ein, die Glocken riefen zur ersten Adventsandacht.

Damals war es Mitte Oktober gewesen, und heute ist schon der erste Dezember, dachte der Arzt. Er konnte sich heute nicht einmal mehr die spärliche Oktobersonne vorstellen, sie war ihm nur mehr ferner, verblichener Traum, verschwindende Erinnerung. Ladurner war ihm trotz seiner Niedergeschlagenheit nicht gebrochen vorgekommen, sein – zugegeben oftmals zur Schau getragener – Stolz schien nicht gemindert oder beschädigt, deshalb war der Arzt auch nicht wirklich beunruhigt gewesen, solange er Ladurner gesehen, ihm von Angesicht zu Angesicht gegenübergestanden hatte. Erst später, als er Ladurner nicht mehr vor Augen gehabt hatte, nur mehr seine Worte im Ohr der Erinnerung nachklangen.

Jetzt, in der Abenddämmerung des ersten Dezember, setzten sich die Trümmer seines Glaubens, dem er abgeschworen hatte, in seinem Genick als feuchte Kälte fest, und er begann insgeheim, ohne es recht zu merken, zu beten.

Die große, hagere, Furcht und Vertrauen gleichermaßen einflößende Gestalt Nikolaus Ladurners, seine schmalen Hände mit den langen, vorne gewölbten Fingern, seine grauen Augen, die einen Stich ins Grüne erhielten, wenn er zornig wurde, viele seiner Merkmale hatte der Doktor, so insgeheim wie er jetzt betete, an dem heimlichen Herrscher des Grenzlands bewundert. Ladurner hatte jene Eigenschaft besessen, die man gemeinhin Charisma nennt, die ihm eine Aura von Unnahbarkeit und Nähe zugleich verlieh, welcher man sich, ob man nun wollte oder nicht, auf Dauer nicht entziehen konnte, was den heimlichen Bewunderer schwach und klein erscheinen und ihn manchmal – ebenso heimlich – zornig auf das Fehlen eigener Ausstrahlung werden ließ.

Der alte, häßliche Arzt mit dem tschechischen Namen erreichte die Anhöhe der Drei Linden, die für ihn der Eintritt, das Tor ins Dorf waren. Die drei Bäume umstanden das Kriegerdenkmal, vor dem jeden Samstag die Blasmusikkapelle ihr schmetterndes Konzert abhielt.

Er nahm seinen dunkelgrünen Lodenhut ab, ohne zu wissen, warum er das tat, und ohne darüber nachzudenken. Die Schneeflocken setzten sich auf sein dünnes, weißgraues Haar und ließen es dichter und voller erscheinen.

Wie die Zusammenhänge herstellen? Der plötzliche freiwillige Tod Nikolaus Ladurners und das ebenso plötzliche, unmittelbar darauffolgende, spurlose Verschwinden der Aigner Hanna, das langsame Sterben des alten Michael Hader und das mittlerweile zehn Wochen währende Ausbleiben von Valentins Eltern, dann das merkwürdige, befremdende Verhalten des Buben, das vielleicht nur auf seine nicht auskurierte Grippe zurückzuführen war, das aber auch eine andere, eine genauere und bedrohlichere Erklärung verbergen konnte.

Die Aigner Hanna hatte niemand richtig gesucht. Sie war, nachdem ihre Jugend längst entschwunden war, in ihrer Einsamkeit, die sie mit ihrer alten Mutter teilte, merkwürdig und schrullig geworden in den vergangenen Jahren. Und nachdem bekannt wurde, daß sie zur Alleinerbin des Ladurnerschen Besitzes bestimmt worden war, suchte man

sie noch viel weniger. Nach schrulligen Alleinerben hat man keine Sehnsucht. In gleicher Weise hatte man den Selbstmord Nikolaus Ladurners nicht eingehender untersucht. Man war erschüttert und betroffen oder gleichgültig und neugierig, aber man hatte kein Interesse, eventuelle Hintergründe aufzuklären, das hätte womöglich zu weitreichende Folgen gehabt, die man am Ende nicht mehr übersehen konnte. Außerdem geschah es ihm – und diesen Gedanken konnte auch der Doktor nicht völlig beiseite schieben – nicht ganz zu Unrecht. Oder ganz recht. Die Schuld fraß tiefer als ein Schmerz.
Smutny hatte auch ein Magengeschwür in Erwägung gezogen, Ladurner hatte über diesbezügliche Beschwerden geklagt, und als möglichen Grund für Ladurners Verstimmung und Verstörung angesehen, was, wie er jetzt feststellte, eine oberflächliche Diagnose gewesen war. Er hatte ihm ein altes Hausmittel geraten, das ihm ein Schweizer Kollege aus dem Kanton Zürich vor langer Zeit bei einem Ärztekongreß in Innsbruck verraten hatte: Eine lebende Schnecke essen, eine Weinbergschnecke am besten, dann löst sich der Leib des Tieres als Schaum im Magen auf und legt sich heilend und schützend über die Magenwände. In nur zwei Tagen könne das Geschwür verschwunden sein, wenn man in den folgenden achtundvierzig Stunden nichts esse. Der Schweizer hatte von großen Erfolgen mit dieser Methode berichtet. Smutny, der nicht an Magenbeschwerden litt, hatte es persönlich nicht ausprobiert und auch keinen seiner Patienten dazu überreden können. Ladurner hatte, anscheinend interessiert, zugehört und dann angewidert den Kopf geschüttelt. Das sei nichts für ihn, hatte er gemeint. Das verstehe er, hatte Smutny darauf geantwortet und ihm ein harmloses, nicht süchtig machendes Beruhigungsmittel mitgegeben. Ladurner hatte nur mitleidig gelächelt, als er das Präparat entgegennahm, in den schmalen Händen hin- und herdrehte und vorgab, die Aufschrift

auf der Packung zu lesen. Dann sah er ihn an, und Smutny sah hinunter auf seinen Rezeptblock, der vor ihm auf der weißen, metallenen Schreibtischplatte lag. Dann hatten sie sich verabschiedet, rasch, flüchtig, Ladurner war zur Tür hinausgegangen, und der Doktor hatte einen Augenblick am Fenster gestanden und ihm nachgeblickt, wie er statt der kleinen Straße den schmalen Weg nahm, der eine Abkürzung war, auf der man selten einen Menschen traf, dann hatte er den nächsten Patienten hereingerufen.
Danach hatte er ihn nur noch als Toten gesehen und den betreffenden Schein ausgefüllt.
Smutny stand plötzlich vor seiner Haustür. Er hatte den letzten Teil des Weges auf nichts mehr geachtet, wußte nicht, ob er einem Menschen und welchem begegnet war und ihn gegrüßt oder mit ihm gesprochen hatte. Er hätte nichts über den letzten Teil des Weges sagen können, keine Beobachtung, keine Wahrnehmung, so, als ob die letzte Viertelstunde aus seinem Bewußtsein ausgelöscht war. Er hätte keine Angaben über diese letzte Viertelstunde machen können. Hätte er ein Alibi gebraucht, er hätte keines gewußt. Er schloß die Tür zu dem häßlichen Neubau auf. Dann war er drin. Langsam fiel die Tür hinter ihm ins Schloß, ein leises Klicken war zu hören, als sie mit dem Schloß zusammentraf, dann ging das Licht im Stiegenhaus an, und es war so hell, daß der Arzt die Hand vor die Augen hielt.
Nein, er war nicht fähig, Zusammenhänge herzustellen, obwohl er die Fähigkeit dazu hätte besitzen müssen. Er ahnte etwas Vages, er spürte etwas Unbestimmtes, vielleicht Richtiges, aber er war nicht in der Lage, in logischen Abfolgen zu denken und zu analysieren. Er mußte es sich eingestehen, während er die Hand von den Augen nahm. Er war nicht froh darüber, denn es war Teil und Aufgabe seines Berufs.
Er hätte unmittelbar nach dem freiwilligen Tod Ladurners

und dem Verschwinden der Aigner Hanna den Ereignissen nachgehen, Nachforschungen anstellen, auf die Sache konzentriert bleiben müssen. Aber die Praxis, die Ausübung seines Berufs, hatte ihn zu sehr in Anspruch genommen, und er hatte sich gern ablenken lassen.
Andere waren gestorben, ungewöhnlich viele. Andere schwerkrank geworden, so daß er von Krankenlager zu Krankenlager eilen mußte und den Freitod Ladurners und das Verschwinden der Aigner Hanna – erst vier Wochen waren seither vergangen – abgetan, für sich abgeschlossen hatte.
Der zurückliegende Monat war ein Sterbemonat für Muna gewesen. Am ersten Kalendertag mit dem Tod Ladurners eingeläutet, setzte sich das Sterben schon zwei Tage später mit dem Tod des alten Gschwendnerbauern fort, am Tag darauf verschied die Baumeisterswitwe Goiser, am sechsten des Monats der Straßenkehrer Veit, er war mit Schaufel und Besen in der Hand über seinem Schubkarren, in dem er Laub abtransportierte, tot zusammengebrochen und mit dem Gesicht voran in die welken Blätter gestürzt. Dann fiel nur vier Tage später der allseits beliebte, stets fröhliche und freundliche Milchhändler, ein Mann von knapp vierzig Jahren, bei Einbruch der Abenddämmerung tot um; drei weitere Altbauern und -bäuerinnen verschieden unmittelbar darauf, es war Doktor Smutny zeitweise vorgekommen, als ob das ganze Dorf aussterben würde, und er hatte beinahe so viele Totenscheine wie sonst Rezepte ausgefüllt.
Wieder ahnte er etwas, folgte einer ungewissen Spur, von der er nicht einmal wirklich überzeugt war, und im Unterschied zu einem, der sich auf seinen Instinkt verläßt, hatte er auch in dieser Beziehung das Vertrauen zu sich selbst verloren. Er stand jetzt im Hochparterre vor seiner Wohnungstür. Ihm graute davor, den Schlüssel ins Schloß zu stecken und umzudrehen und die Tür zu öffnen und »Gu-

ten Abend, da bin ich« zu sagen, wie er das jeden Abend tat, auch wenn keiner zu Hause war. Aber es war immer einer zu Hause. Nach einer Zeit, von der er wiederum nicht genau hätte sagen können, wie lange sie angedauert hatte, wurde die Tür von seiner älteren, hübschen Tochter geöffnet, die ihn ohne Ausdruck und Regung ansah und dazu sagte: »Was stehst du hier vor der Tür herum? Komm rein!« Er betrat die Wohnung und sagte so leise, daß es nicht einmal er selbst hören konnte: »Guten Abend, da bin ich.« Dann legte er Hut und Mantel ab.

*

Der alte Michael Hader wälzte sich im Bett hin und her. Er rutschte das Leintuch, das in seinem Rücken kratzte, hinunter, als wäre es ein Abhang, stützte sich mit Händen und Armen ab, um die rasende Talfahrt seines Körpers zu bremsen, zog sich dann hoch, um erneut Stück für Stück, Zentimeter für Zentimeter wieder ins Rutschen, in die rasch schneller werdende Bewegung abwärts zu geraten. Zugleich hatte er das peinigende Gefühl, am Bett festgeschnallt zu sein, mit Gurten oder mit Seilen, die tief in sein Fleisch einschnitten und die Knochen aufrieben. Er zerrte und riß daran, aber sie schienen sich mit jeder seiner Bewegungen, waren sie noch so gering, fester zu ziehen und zu spannen. Außerdem hielt ihn jemand fest, eine Gestalt, deren Gesicht er nicht sehen konnte, da sie eine über den ganzen Kopf gezogene Wollmütze trug, die nur Schlitze für Augen, Nase und Mund besaß. Sie hielt ihn mit beiden Händen an den Oberarmen fest und drückte sich mit ihrem ganzen Gewicht auf seinen Brustkorb, bis er kaum noch atmen konnte und ächzend nach Luft rang. Abwechselnd sah er seinen Enkel Valentin, dann den alten Kern von einst im Türrahmen stehen und grinsen.

Zu Weihnachten und vor allem zur Vorweihnachtszeit er-

wärmen sich die engen und kalten Herzen der Bewohner der vom Schnee bedeckten Landstriche, werden größer und weiter und erhitzen sich bis zum Platzen wie Äpfel, die das Jahr über in dunklen Kellern lagerten und im Lauf des Dezember hinauf in die Küche und in die Stube getragen werden, um im Backrohr oder auf dem Sims des Kachelofens gebraten zu werden.
Valentin wollte sich von der Wärme der Herzen nicht anstecken lassen, die das ganze Jahr hindurch leer und kalt gewesen waren, unzugänglich und undurchdringlich. Aber das Läuten zur Adventsandacht drang auch an sein Ohr und in sein Herz und machte es warm und klebrig wie einen Bratapfel. Doch das wohlige Gefühl wich einer Verlorenheit angesichts des sich aufbäumenden Körpers des Großvaters, und die Verlorenheit wurde zu Tränen, aus einem schwarzen, bitteren Kern, dessen Schalen langsam zersprangen. Instinktiv lief der Bub aus dem Zimmer, um sie zu verbergen, hinauf in seine Kammer unter dem Dach und warf sich aufs Bett, wartete, bis die Augen trocken waren, und griff nach dem Buch, das auf dem Nachttisch lag, ohne Überlegung und Erinnerung, er hatte es zuletzt vor Wochen gelesen und im Laufe seiner Krankheit achtlos beiseite gelegt und vergessen, während es verstaubte. »Österreichischer Schi-Lehrplan«. Da er in diesem Winter ohnehin nicht mehr zum Schifahren käme, wollte er wenigstens die Theorie studieren und vervollkommnen, auch wenn sie beim Fahren selbst nicht das geringste nützte. Aber vielleicht würde er auch nie mehr schifahren und es langsam verlernen, dann konnte er zumindest die Theorie des Schilaufs im Kreis der Freunde hersagen und sich damit wichtig machen. Weil mit irgend etwas muß man sich ja wichtig machen, dachte er, sonst kann man nicht leben. Er schlug das Buch auf einer beliebigen Seite auf. Von unten hörte er das Stöhnen des Großvaters, aber er war es mittlerweile so gewöhnt, daß er kaum darauf achtete.

»Umspringen in die Fallinie: Das Umspringen mit parallel gehaltenen Schiern aus dem waagrechten Stand in die Fallinienrichtung stellt eine weitere Art des direkten Loskommens vom Hang dar. Dabei empfiehlt es sich, den Talstock hinter die Bindung des Talschi, den bergseitigen Stock vor der Bindung des Bergschi einzusetzen, um sich durch kräftiges Stützen auf beide lotrecht gehaltenen Stöcke im Augenblick des Absprunges das Einspringen zu erleichtern.« Er stockte nur kurz, es schien ihm plausibel. »Die Haltung soll sowohl kraftsparend als auch bewegungsbereit sein.« Er übersprang die Kapitel »Versteilungen« und »Verflachungen« und las bei den »Sprüngen« weiter. »Sprünge sind ein durch schnellendes Hochstrekken bewirktes plötzliches Entlasten der Schi, so daß diese den Boden verlassen. Geländeaufwölbungen oder jäh ansetzende Hangversteilungen (Bodenkanten) begünstigen solche Luftfahrten, ja führen diese oft ungewollt herbei.« Er las die Kapitel über die Schrägfahrt und das Seitrutschen, stockte bei dem Satz »Das Seitrutschen rückwärts wird als logische Umkehrung des Seitrutschens vorwärts durch Rücklegen eingeleitet, jedoch vorteilhafterweise dann wieder mit Vorlage weitergeführt«, und kam darüber ins Grübeln. Er las den Satz noch mehrere Male, bis ihm die Buchstaben als schwarze, kleine Schifahrermännchen in die Augen stürzten, das Buch seinen Händen entglitt und aufgeschlagen auf seinen halb geöffneten Mund fiel, wobei eine Kante des Buchdeckels seine schwelende Fieberblase ritzte.

Als er aufwachte, war es noch dunkel. Das Erwachen geschah mit dem brennenden und bohrenden Gedanken an seine Eltern, vor allem an seine Mutter, deren Stimme er im Traum gehört hatte, deren Gesicht er sich jedoch nach dem Erwachen nicht mehr vorstellen konnte. Der Gedanke an seine Mutter schoß ihm als flüssige Galle in den Mund, flüssig gewordene Bitternis verbunden mit Blut, welches ungefähr die Farbe von Ochsenblut hatte und an den Mundwinkeln und in der Mitte des Mundes zwischen den schmal geöffneten Lippen in dicken Tropfen hervortrat. Er machte Licht und sah auf den laut tickenden Wekker. Es war halb vier Uhr früh. Mechanisch wischte er sich über den Mund und entdeckte, daß seine von der Fieberblase beherrschten Lippen staubtrocken waren und er sich die flüssige Galle, deren Geschmack noch immer zwischen Gaumen und Zunge lag, vielleicht nur eingebildet hatte. Vorsichtig tastete er mit der Kuppe des Zeigefingers über das mit wäßriger Flüssigkeit prall gefüllte Bläschen. Da fragte er sich, warum sich die ganze Zeit während seiner Krankheit, also seit über sechs Wochen, keiner seiner Freunde gemeldet hatte. Keiner hatte angerufen, keiner war vorbeigekommen. Keiner hatte sich nach ihm erkundigt, nach ihm gefragt, und er hatte es erst jetzt, am Morgen des zweiten Dezember bemerkt. Er verscheuchte den Gedanken an seine Freunde, nicht ohne sich vorzunehmen, heute oder morgen einen von ihnen anzurufen oder vielleicht sogar aufzusuchen. Er war lange nicht mehr draußen gewesen, außerdem mußte er hinunter ins Dorf, Einkäufe machen, die Vorräte gingen zu Ende. Der Großvater hatte schon seit mehreren Tagen kaum noch etwas zu sich genommen, außer einigen Orangen und Äpfeln und ein paar Stücken Zwieback. Dafür hatte er einen fast unstillbaren Durst, trank Unmengen Wasser und Tee, was Valentin zwar beruhigte, aber auch zur Verzweiflung trieb, denn es kostete ihn eine nicht vorstellbare Mühe, den Großvater aus dem Bett zu heben und hinaus zum vom Vater neu eingebauten und gekachelten Wasserklosett zu befördern. Er beschloß, aufzustehen und für den Großvater und sich ein richtiges Frühstück zu bereiten, mit allem, was dazugehörte, soweit das möglich war. Er wunderte sich, daß ihn die Leiche im Keller, von der er nicht wußte, wer sie war, wessen sterbliche Überreste, wessen Hülle sie

darstellte, nicht mehr beängstigte oder besorgte. Sie war ihm nur ein lästiger Gegenstand, von dem er noch nicht genau wußte, was damit anzufangen und wie weiter vorzugehen war. Heute war ein neuer Tag! Draußen herrschte das gleiche dunkelgrau weißliche Wetter wie am Tag zuvor.
Der Großvater empfing ihn lächelnd und tat so, als ob er ihn erkannte. Und Valentin tat so, als ob ihn das freute.
Das gemeinsame Frühstück brachte sie einander so nahe, wie sie es vielleicht vorher niemals gewesen waren. Valentin hatte Brot aufgebacken, Sauerkirschmarmelade, die Lieblingsmarmelade Michael Haders, Butter und Honig auf das große Holztablett gestellt, den Tisch ans Bett gezogen, Kaffee gekocht. Sie frühstückten, zwischen den Bissen in kurzes Gelächter ausbrechend wie zwei Verschwörer, so daß Valentin vergaß, einen Todkranken vor sich zu haben.
Das Telefon läutete im eisigen Flur, es war halb sieben geworden, und Valentin ließ es läuten. Der Großvater hielt im Kauen inne und lauschte dem Klingeln angespannt, als es abbrach, fing zuerst er, dann der Junge prustend zu lachen an, so daß beide ihren Kaffee verschütteten und sich auf der Bettdecke und Valentins Pullover große braune Flecken ausbreiteten. »Zwo fünf zwo, Hader! Zwo fünf zwo, Hader! Zwo fünf zwo, Hader!« lachte der Großvater schallend. Dann wurde er schlagartig wieder ernst und widmete sich dem Zerbröckeln des Brotes, das er in kleinen Stücken nacheinander in den Mund schob.
»Großvater, ich muß heute ins Dorf runter! Ich werd' nicht lang ausbleiben. Glaubst du, das geht?« Lange sah Michael Hader seinen Enkel schweigend an, dann sagte er nur: »Schranz!« Und nach einer Weile, als der Bub gerade vom Bettrand aufstehen wollte: »Schranz Karli! Grüß mir Chamonix!«
Valentin zog sich im Flur den blauen Anorak an, band den

karierten Schal um den Hals, nahm seine Fäustlinge in die Hand – er zog sie immer erst über die Hände, wenn er zu frieren begann – und verließ das Haus.
Zum ersten Mal seit sechs Wochen ging er wieder hinunter ins Dorf, und er ging wie zum ersten Mal überhaupt, tastend, vorsichtig, atmete die kalte Schneeluft in tiefen Zügen ein, blieb stehen, sah sich um, stieß mit dem Fuß gefrorere Schneebrocken vor sich her und näherte sich mit ängstlicher Freude seinem Dorf. Eine hartnäckige Helligkeit machte sich breit, legte sich zwischen Wolken und Erde, fiel durch die Fenster in die Häuser hinein und vertrieb die Dämmerung des Morgens in die letzten Winkel und Ritzen. »Guten Morgen, Grüß Gott, Guten Morgen, Grüß Gott, Morgen, Gott!« Er traf nur wenige Menschen an auf seinem Weg. Alte Frauen kamen von der Frühmesse und kehrten nach Hause zurück, in schwarzen oder geblümten Kopftüchern. Sie sahen kurz auf oder starr geradeaus, als wären sie schon tot und warteten nur noch darauf, daß einer ihnen die Augen zudrückte.
Das Zentrum von Muna, das »innere Dorf«, wie es Michael Hader nannte, mit leiser Verachtung für die dort in der Hauptsache lebenden und wirkenden Händler und Gemeindebediensteten, gruppierte sich rings um Kirche und Friedhof, Pfarrhaus und Gasthof. Es bestand aus wenigen Geschäften, die der Grundversorgung der Bevölkerung dienten und keine außergewöhnlichen, einem aufwendigen Lebensstil dienenden Waren führten. Dazu fuhr man, wenn überhaupt, in die Stadt. Das größte und wichtigste Geschäft war das Kaufhaus Wipplinger, welches freilich kein Kaufhaus im wörtlichen Sinne, sondern einfach ein etwas größeres Geschäft war, in dem man so gut wie alles für den täglichen Bedarf kaufen konnte. Von Kernseife, Bohnerwachs, Lederfett, Hanfseilen, Schnüren und Bändern über Schrauben, Nägel und Gummistiefel bis zu fester Winterbekleidung und Regenhäuten gab es hier

alles, was das ländliche Leben für den praktischen Alltag fordert. Neben Spirituosen und Wachauer Weinen führte das Kaufhaus Wipplinger auch ein kleines Wurst- und Käsesortiment, sämtliche in Dosen und Gläsern verpackten Lebensmittel, dazu Stoffbahnen und Abreißkalender, Schulhefte und Bleistifte, Hosenträger und Handtücher, Hosen-, Hemd- und Mantelknöpfe und nicht zuletzt, auf einem einzigen dafür ausreichenden Regal, ungefähr zwanzig bis dreißig Bücher, von denen in der Weihnachtszeit gewöhnlich drei oder vier verkauft wurden.
Neben dem Kaufhaus Wipplinger gab es noch den in der ganzen Umgebung bekannten und gerühmten Bäcker und Konditor Beil, dann den auf die Qualität seiner Fleischwaren nur wenig und ausschließlich auf Gewinn und Profit bedachten Fleischhauer Gerg, dessen Ehe vollständig zerrüttet war und dessen Geschäft nur deshalb besucht wurde, um die neuesten Nachrichten aus dem Eheleben des Fleischhauerehepaares zu erfahren, die von der Frau des Fleischhauers laut und bereitwillig, ohne die geringste Hemmung, mitgeteilt wurden, was den Kummer des Fleischhauers noch verstärkte und ihn wie viele Männer des Dorfes in den Alkohol trieb. Der Vorwand für den Einkauf beim Gerg war das Fleisch, das man nachher oft den Hunden gab, der wirkliche Grund die Befriedigung von Neugier und Klatschsucht. Gegenüber gab es den Gemüse- und Blumenhändler Marinetti, über den sich im Dorf nicht mehr verbreiten ließ, als daß seine Vorfahren aus Neapel stammten und sein Sohn einen Klumpfuß hatte. Ferner den Tabak- und Zeitungshändler Rott, dem man eine SS-Vergangenheit nachsagte, was keinen hinderte, sich beim Rott mit Zigaretten, Zigarren, Zeitungen und Zeitschriften zu versorgen, weil er der einzige war, der diese lebensnotwendigen Artikel führte. Auch war er, wie alle Tabak- und Zeitungshändler, eine beliebte Anlaufstelle für sämtliche in der Luft liegenden Gerüchte, zuge-

raunt und hinter vorgehaltener Hand weitergegeben. Hinter der Hauptstraße stand das kleine Milchgeschäft des Herrn Kampl, in dessen Tür aber zur Zeit ein Schild hing: »Wegen Todesfall vorübergehend geschlossen«, da Herr Josef Kampl im vergangenen Monat von einem Moment zum nächsten tot umgefallen war. Neben dem Kaufhaus Wipplinger fand man den Friseur Fasching, der sein Geschäft nur von Donnerstag bis Samstag aufsperrte. Weiter unten in Richtung Grenze, am Rand des inneren Dorfes liegend, hatte der Schuster Roderer seine Werkstatt und ein kleines Ladenlokal, in dem er selbstangefertigte Schuhe, Schuhputzmittel und -utensilien verkaufte. Der Schuster Roderer galt als hervorragender, akribisch genau arbeitender Handwerker, aber auch als Sonderling. Doch wie alle Sonderlinge, die einem von Nutzen sind, ließ man ihn in Ruhe. »Der Weltuntergang wird von Muna ausgehen! Muna wird der Anfang sein«, rief er einem zu, wenn man seine Schuhe von der Reparatur abholte. »Muna ist ein heilloses Dorf. Heillos, verstehn Sie! Ohne Zukunft.« Diese Sprüche nahm keiner ernst, und die Leute klopften sich an die Stirn, wenn sie das Geschäft verlassen hatten.
Die Leute von Muna klopften sich im übrigen auffallend oft an die Stirn. Kaum verließ einer irgendwo, sei es im Gasthaus oder in einem Geschäft, einer Werkstatt oder einem Bauernhof, den Raum, klopften sich einer oder mehrere der Zurückbleibenden an die Stirn oder schüttelten den Kopf, dem Weggehenden nachblickend. Anschließend sagte man entweder nichts oder man riß einen Witz, oder einer machte eine vernichtende Bemerkung über den soeben Gegangenen, die beiläufig quittiert wurde. Dann wurde wieder lange geschwiegen.
Ein äußerlich unauffälliger Bau, dennoch heimliches Zentrum, war das Gemeindeamt der Gemeinde Muna. Hier saß der Bürgermeister Rittsteiger, ein Mann von Ladurners Gnaden, eine Marionette, der seinen Bierbauch kaum

durch eine Tür brachte und von seiner ehrgeizigen und machthungrigen Frau aufgehetzt wurde, endlich den Mund aufzutun und auf den Tisch zu hauen, was er entweder gar nicht oder im falschen Augenblick vor den falschen Leuten tat, so daß es, besonders wenn der Bürgermeister Rittsteiger zu viel getrunken hatte, was oft geschah, zu peinlichen und für den Bürgermeister demütigenden Auftritten kam, die seinem Ansehen immer mehr schadeten. Lange würde er sich nach dem Tode Ladurners nicht mehr halten können, und nach den nächsten Wahlen würde ein anderer in seinem Sessel sitzen. Mächtigster Mann im Gemeindeamt war jedoch der unauffällige Gemeindesekretär Rohringer. Er wußte über jeden in der verstreuten Gemeinde alles und gab das auch jedem genau zu verstehen. Er führte die Bücher und hatte in alle Vorgänge Einblick. Und wer die Bücher führt und Einblick in alle Vorgänge hat, der hat auch die Macht.

Es gab auch ein Postamt in Muna, und als Valentin daran vorbeiging, kam ihm gerade der Briefträger entgegen, der einen Schlitten mit einem prall gefüllten Postsack hinter sich her zog. Er wich Valentins Blick aus und erwiderte seinen Gruß nur knapp. Ein Verdacht keimte in Valentin. Hatte es nicht einmal, vor einigen Jahren schon, im Dorf darüber ein Gerede gegeben, daß der Briefträger Jelinek Briefe nicht ausgetragen und für sich behalten und als man Verdacht schöpfte, die Briefe angeblich hatte verschwinden lassen? Er wußte es nicht mehr genau, aber Tatsache war, daß darüber, wie über alles im Dorf, geredet und eine Untersuchung gegen den Briefträger Jelinek eingeleitet wurde, die dann im weiteren Verlauf eingestellt worden war. Der Briefträger Jelinek blieb Briefträger von Muna, aber man war vorsichtig geworden und sah ihm genauer auf die Finger, so gut es ging.

Wie viele Karten aus Sizilien hatten ihm seine Eltern schon geschickt, die jetzt vielleicht alle in dem kleinen Häuschen des Briefträgers lagen, in einer Schublade, im Kleiderschrank, unter der Bettwäsche? Fehlten ihm seine Eltern doch? Hatte er doch, auch wenn er es nicht zugab, Sehnsucht nach ihnen? Nein, gestand er sich ein, er hatte nur Sehnsucht nach einer Ansichtskarte aus Sizilien, mit einem Esel, der einen zweirädrigen Karren voll gelber Zitronen zog, daneben eine lächelnde, an eine Zigeunerin erinnernde Frau mit langem schwarzen Haar und einem roten Band darin, die den Hals des Tieres zu streicheln schien. Eine schöne italienische Marke mit dem deutlich lesbaren Stempel einer sizilianischen Stadt darauf. Danach hatte er Sehnsucht.

Er stand vor dem Kaufhaus Wipplinger, das gerade aufsperrte, die Kirchturmglocke schlug achtmal. Also war es fünf Minuten nach acht, danach konnte man sich richten. Der alte Herr Wipplinger, klein, dicklich, mit schlurfendem Schritt und einem dunkelblauen Pullover, den Schlüsselbund noch in der Hand, wünschte ihm einen guten Morgen und hielt ihm die Tür auf. Valentin betrat den dunklen Ladenraum mit den hohen Regalen und den verschiebbaren Leitern, dem Geruch nach Seife und Wachs, Wolle und Holz, nach Farbe und Papier und vielem, das er nicht einzuordnen wußte. Der alte Herr Wipplinger verschwand wieder, er ließ seine Kunden immer erst ein bißchen allein, er wußte, sie brauchten eine Weile, dann erschien er nach angemessener Zeit und erkundigte sich nach ihren Wünschen, um anschließend auf Leitern zu steigen, Schubladen herauszuziehen, Schachteln und Dosen hervorzuholen und herunterzutragen, auf die Ladentheke zu stellen und zu öffnen. Der alte Herr Wipplinger war dabei von einer so merkwürdig unländlichen, diskreten Höflichkeit und Freundlichkeit, daß man schon von einer Verhöflichung und Verfreundlichung seiner Person und folglich von einer Verwandlung des alten Herrn Wipplinger in eine personifizierte Höflichkeit sprechen konnte.

Er sprach leise und erklärend, nicht zu viel und nicht zu wenig, niemals zu ausführlich und ohne ein Ende zu finden wie die meisten Geschäftsleute und Händler, sondern stets eventuelle Fragen erwartend und darauf vorbereitet, so daß man am Ende des Einkaufs, und sei er noch so belanglos gewesen, beinahe getröstet den dunklen alten Laden verließ. Doch eben nur beinahe getröstet, denn keiner konnte sich erklären, warum ein Mensch von derartiger Höflichkeit sein konnte, es sei denn, aus Profitgier, und dann war die Sache ja klar, und der alte Herr Wipplinger war wieder einer von vielen und wie alle anderen auch.
Valentin kaufte Streichhölzer und Waschpulver, Rasierseife und Emmentaler, Krakauerwurst und Limonade. Als er mit seinen Einkäufen unschlüssig auf der Straße stand, tauchte um die Ecke des Geschäfts Iwan Schneider auf, auch »der Russe« genannt, weil er einen russischen Großvater hatte, der aber schon lange tot war. In Wirklichkeit hieß er Jörg und war ein Albino. Iwan Schneider lag immer auf der Lauer, wortkarg und ernst stand er meist herum und begann, wenn es dunkel wurde, unmäßig zu trinken. Er war siebzehn Jahre alt und von einer Gemeinheit, die selbst in Muna auffiel. Aber er war Valentins Freund.
»War er wieder höflich, der Wipplinger?« fragte er, hochaufgeschossen, mit dem weißblonden Haar und den roten Augen wie ein Gespenst im Wintermorgen vor Valentin aufragend.
»Ja, wie immer.«
»Das ist nur Maske, der kann gar nicht anders, auch wenn er anders will.«
»Möglich.«
»Ich kann jetzt die Weltmeister seit 1931 auswendig. Willst du sie hören?« Seine roten Augen glühten vor Stolz.
»Iwan, ich muß weiter. Der Großvater ist krank.«
»Es dauert nicht lang. Ich kann sie ganz schnell aufsagen!«

Noch ehe Valentin etwas erwidern konnte, begann Iwan Schneider in rasendem Tempo die Abfahrtsweltmeister und ihre Nationalitäten samt den Namen der Austragungsorte und der jeweiligen Bestzeit herunterzusagen. »1931 Mürren Prager Schweiz 1 : 56,2. 1932 Cortina Guzzi Lantner Österreich 5 : 10,0. 1933 Innsbruck Prager 5 : 07,0. 1934 St. Moritz Zogg Schweiz 4 : 27,2. 1935 Mürren Zingerle Österreich 3 : 30,4. 1936 Garmisch Birger Rudd Norwegen 4 : 47,4. 1936 Innsbruck Rominger Schweiz 4 : 29,8. 1937 Chamonix Alais Frankreich 4 : 03,4. 1938 Engelberg Couttet Frankreich 3 : 17,8. 1939 Zakopane Heli Lantschner Deutschland 3 : 26,9. 1941 Cortina Jennewein Deutschland 4 : 03,97. 1948 St. Moritz Oreiller Frankreich 2 : 55,0. 1950 Aspen Zeno Colo –«, er schnappte nach Luft –, »Italien 2 : 33,4. 1952 Oslo Colo Italien 2 : 30,8. 1954 Aare Pravda Österreich 1 : 56,6. 1956 Cortina Sailer Österreich 2 : 52,2. 1958 Bad Gastein Sailer Österreich 2 : 28,5. 1960 Squaw Valley Vuarnet Frankreich 2 : 06,0. 1962 Chamonix Schranz Österreich 2 : 24,33.« Er war zu Ende und holte noch einmal tief Luft. Seine Wangen waren rot angelaufen und der Atem ging stoßweise, als wäre er gerannt. Mit sehnsüchtigem Blick wartete er auf eine Reaktion. Valentin hatte seine Tasche auf dem Boden abgestellt. Er wußte nicht, was er darauf sagen sollte. Die Gedächtnisleistung Iwans kam ihm beeindruckend vor, allerdings gab es gewiß noch weitaus größere Leistungen in dieser Hinsicht. Zudem kannte er selbst die Namen der meisten Rennläufer von einst, und die Aufzählung Iwans enthielt für ihn wenig Neues, bestenfalls eine Erinnerung an Altbekanntes. Er war infolgedessen in seinem Urteil gespalten, hin- und hergerissen zwischen einer mäßigen Begeisterung über die Ausführlichkeit der Aufzählung und einer leisen Enttäuschung über den Inhalt des Vortrags, denn es waren letztlich nur Namen und Zeiten. Er hätte sich zum Beispiel noch einen leise mitschwingenden oder auch offen ausgesprochenen Kommentar gewünscht, wie man es von den Reportern aus dem Radio kannte. Dazu kam, daß Iwan Schneider eine hohe Stimme hatte und die Angewohnheit, die Endsilben zu verschlucken, so daß man ihn nur verstand, wenn man entweder sehr genau zuhörte oder ihn sehr genau kannte und damit vorbereitet war auf das Verschlucken der Endsilben und die großen, klaffenden Pausen, die er obendrein machte. Das Kreuz war nur, daß man ihm das alles nicht sagen durfte, da er sonst einen seiner berüchtigten Zornanfälle bekam und man in Gefahr geriet, zusammengeschlagen zu werden. Aber irgendwann mußte es ihm einer sagen. Das Schlimmste war nämlich, daß Iwan Sportreporter werden wollte. Und alle, selbst die Sachunkundigsten, merkten, daß daraus niemals etwas werden konnte. Valentin wog rasch Vor- und Nachteile ab, Iwan Schneider zu kritisieren, und Kritik bedeutete bei diesem schon ein leiser Hinweis auf Eventualitäten – und entschied sich, ihm auch diesmal nichts zu sagen und ihn zu loben. Er sagte also: »Fabelhaft.« Mehr sagte er nicht. Iwans Enttäuschung über das trocken und ohne Begeisterung ausgesprochene Wort »fabelhaft« rann als dünner Speichelfaden aus seinen herabgezogenen Mundwinkeln.

»Aber – ist es nicht einzigartig?« fragte er, nachdem ihm der Speichel vom Kinn auf die dünne, zu enge und kurze Leinenjoppe getropft war und er die Reste von Kinn und Lippe gewischt hatte.

»Ist – es nicht so, daß man vor Spannung sich kaum zu atmen traut?« Er sagte »einzigart« und »atm«.

»Ja – das ist es wirklich, Iwan.« Valentin hob die Tasche vom Boden auf, um eine Bewegung in das von ihm als entsetzlich empfundene Schweigen zu bringen.

»Besuch mich doch wieder! Ich bin mit dem Großvater allein zu Haus.«

In Iwans weißes Gesicht kehrte ein Hauch von Freude zu-

rück. Und da begriff Valentin, daß er nichts so sehr verabscheute wie einen Besuch von Iwan, ihm geradezu davor grauste, Iwan Schneider die Tür zu öffnen, ihn hereinzubitten und etwas Alkoholisches anzubieten, denn anderes lehnte Iwan ab, und sich die endlosen Aufzählungen der Namen und Zeiten von Schirennläufern anhören zu müssen, die Iwan für die Sportreportagen der Zukunft hielt.
»Ruf vorher an! Ich weiß nicht, wie dem Großvater grad' sein wird. Wenn es ihm schlecht geht, werd' ich wenig Zeit haben«, versuchte er seine Einladung abzuschwächen und damit den ersten Schritt zur ihrer Verschiebung und Verzögerung zu tun. Doch Iwan, vor Vorfreude zitternd ins Leere schauend, antwortete nur, Valentins zaghaften Rückzug in keiner Weise beachtend, mit ärgerlicher Stimme: »Ich komme. Ich komme sicher.«
»Aber ruf vorher an!« wiederholte Valentin beschwörend. Iwan wandte sich zum Gehen.
»Sicher. Ganz bestimmt komme ich. Du brauchst keine Angst haben.« Den letzten Satz verstand Valentin nicht. Hatte ihn Iwan durchschaut? Oder wußte er noch etwas anderes, etwas über die Leiche im Keller, etwas über seine Eltern, von denen er selbst nichts wußte, oder etwas, an das er nicht im Traum dachte? Iwan ging los und bog so rasch um die Ecke, daß Valentin nicht mehr dazu kam, noch irgend etwas zu sagen. Es war vorbei. Erst jetzt fiel ihm auf, daß Iwan Schneider keinerlei Verwunderung über Valentins langes Ausbleiben gezeigt, ihn wie selbstverständlich, als wäre kaum ein Tag und nicht über sechs Wochen seit ihrem letzten Zusammentreffen vergangen, begrüßt und mit ihm gesprochen hatte.
Valentin betrat den engen, bis zur Decke mit Zigarren- und Zigarettenschachteln vollgeräumten Laden von Alois Rott. Vielleicht würde der Rott ihn über sein langes Ausbleiben befragen, und als ob er es geahnt hätte, grüßte Rott den Buben beinahe überschwenglich, mit ungewohnter Herz-

lichkeit, daß es Valentin schon unangenehm wurde, er sich aber dennoch im stillen freute. Die Freude über die herzliche Begrüßung bewog ihn, gleich zwei Zeitungen, die »Salzburger Nachrichten« und den »Wiener Kurier«, neben einer Schachtel Zigarren der Marke »Großvenediger« zu kaufen, und er wäre drauf und dran gewesen, auch ein »Neues Österreich« und »Die illustrierte Wochenschau« dazuzunehmen, doch er ließ es dann, da er womöglich Aufsehen erregt hätte.

»Was wünschst du dir denn zu Weihnachten?« fragte ihn der Händler Rott, wie man ein kleines Kind fragt, und Valentin durchfuhr ein heißer Schrecken, denn das Weihnachtsfest und vor allem die damit verbundenen Vorbereitungen hatte er, bis auf seine rasch vorbeigezogene, süßliche Weihnachtsempfindung, die ihn wie ein Luftzug gestreift hatte, völlig aus den Augen verloren und somit vergessen. Als er dem Zeitungs- und Zigarettenhändler Alois Rott abwesend in die Augen sah, Rott jedoch meinte, einer Prüfung unterzogen zu werden und sich unangenehm berührt dem Sortieren von Zeitungen zuwandte, kam Valentin allmählich zu Bewußtsein, daß, wenn die Eltern nicht mehr rechtzeitig oder nie mehr zurückkehrten und der Großvater noch vor Weihnachten starb, womit Valentin insgeheim rechnete, er am Weihnachtsabend allein sein würde. Allein und frei. Er rollte den »Wiener Kurier« in die »Salzburger Nachrichten« und verabschiedete sich. Kopfschüttelnd sah ihm der Zeitungs- und Zigarettenhändler nach. Als die Tür klingelnd ins Schloß fiel, klopfte er sich an die Stirn. Dann drehte er die Kurbel der Ladenkasse.

*

Der Briefträger Richard Jelinek zog sich im kalten Schlafzimmer seines kleinen Häuschens am Grenzbach um. Er hängte die blaue Postuniform ordentlich in den Schrank, strich die Hosenbeine glatt und betrachtete sich kurz im

Spiegel, der an der Innenseite der Schranktür angebracht war. Die langen grauen Unterhosen schlotterten um die Knie, und ein Strumpf war beim Ausziehen der Schuhe nach vorne gerutscht. Er strich sich durch die von grauen und weißen Fäden durchzogenen Haare, um sich von seiner Verlegenheit angesichts seines Spiegelbilds zu befreien, und schloß die Schranktür. Dann setzte er sich auf den Rand des schweren, rötlich braunen Doppelbetts, in dem er allein schlief, und beugte sich nach vorn, um die Tür seines Nachttischs zu öffnen, in dem er einen alten Schuhkarton aufbewahrte. Er nahm ihn heraus, schloß die Tür des Nachtschränkchens und hob den Deckel vom Karton. Er mußte eine Hand auf die Briefe und Karten legen, die den Karton bis über den Rand füllten, damit sie nicht an den Seiten herunterfielen. Vorsichtig stellte er ihn auf das ungemachte, von der Nacht zerwühlte Bett. Ganz zuoberst befanden sich die gut zwanzig Ansichtskarten und zwei Briefe mit den italienischen Marken und Stempeln. Die letzte Karte war am 23. November abgestempelt und zeigte einen Esel vor einem Schubkarren mit Zitronen. Daneben eine schwarzhaarige Frau mit einem hellroten Band im Haar, einem langen roten Rock und weißer Bluse, die ernst und verführerisch aussah. Der Himmel im Hintergrund leuchtete blau, und das Meer darunter glitzerte koloriert. Der Briefträger Jelinek war verrückt nach dieser Frau. Er war ein alleinstehender Mann von bald fünfzig Jahren. Die Karten und Briefe von Valentins Eltern, hastig hingekritzelte Grüße, in Sätze zu bringen versuchte Empfindungen und Zustandsbeschreibungen oder einfache, originell und witzig klingen wollende Nachrichten und Mitteilungen, aber auch Fragen nach dem Wohlergehen des Kindes und des Vaters, in denen Sehnsucht und Sorge hindurchschimmerten, auf den Knien, in der Hand, vor sich auf dem Bett und im Karton, überlegte der Briefträger, ob er sie dem Jungen geben sollte. Er wußte, es war nicht recht, was er getan hatte und noch tat. Doch die Scham und das drückende Gefühl der Schuld, verbunden mit der Angst vor den Konsequenzen der Aufdeckung und Aufklärung, hielten ihn zurück, und mit einer Sorgfalt, die seine Qual verschlimmerte, legte er die Karten und die zwei Briefe, die er nicht geöffnet hatte, auf den Stapel zu den übrigen, an andere Bewohner von Muna gerichteten, länger zurückliegenden Karten und Briefen. Nicht ein einziges Mal hatte er Geldsendungen, eingeschriebene oder Eilbriefe, Telegramme und Pakete für sich behalten, hatte sie prompt und mit den dafür erforderlichen Formalitäten überbracht und ausgehändigt. Das war das einzige, worauf er stolz war und was ihn einigermaßen beruhigte, denn die Angst vor Aufdeckung und Aufklärung ließ ihn nachts nicht schlafen und tagsüber oft in Schweiß ausbrechen. Die Menschen waren von ihm abhängig, denn auf irgendeine Art von Post wartete jeder, und er hatte sie durch ein ausgeklügeltes System von Zufrüh- oder Zuspätkommen, von wiederholtem Erscheinen oder Nichterscheinen noch abhängiger von sich gemacht, so daß sie ihn manchmal sehnsüchtig erwarteten und manchmal zum Teufel wünschten. Aber diesmal wußte er, daß er sich zu weit vorgewagt, eine Grenze, die er niemals hätte überschreiten dürfen, überschritten hatte. Und es gab keine Umkehr mehr, kein Zurück, in dessen Arme er seinen Kopf hätte betten können.

Er stellte den Karton zurück in das Nachtschränkchen, verschloß die Tür und legte den Schlüssel unter das Schränkchen auf den roh gezimmerten Bretterboden, zu dessen Instandsetzung er sich noch immer nicht durchringen konnte. Dann machte er mit der Genauigkeit des Alleinlebenden sein zerwühltes und von Nacht- und Angstschweiß noch feuchtes Bett zurecht. Als der blaue Zierpolster endlich exakt in schrägem Winkel zum weißen Kopfkissen lag, warf er sich schluchzend auf die akkurat gezogenen Linien von Bett- und darüber gebreiteter Wolldecke. Auf dem Nachtschränkchen stand das Photo seiner nun bald achtzigjährigen Mutter im Rahmen, er hob das in der Armbeuge vergrabene Gesicht und sah auf das Photo der Mutter. Sie lebte im sonnigen Kärnten und hatte den Sohn zu Weihnachten zu sich eingeladen. Er wäre gern gekommen, aber er wußte, er würde es nicht tun. Muna ließ ihn nicht fort.

*

Valentin hörte das Rufen und Schreien schon, als er mit seiner schweren Einkaufstasche um die letzte Biegung hinaufstieg, wo er das ganze Haus mit einem Blick erfassen konnte und ihm kein Hindernis mehr, wie der steile Anstieg, rutschende Flächen, zu Eis gefrorene Schneeklumpen, den Weg verstellte und kein Baum, kein Ast, keine Anhöhe, die er nicht überblicken konnte, die Sicht versperrten oder behinderten. Hier, nach der letzten Biegung, stieg der Weg nur noch unmerklich an und öffnete sich zu dem vor dem Haus liegenden Platz, der im Sommer eine Wiese und heute eine von Schnee und Eis bedeckte Fläche war. Es war nur mehr ein kurzer Weg, eine letzte zu beschreitende und überwindende Strecke, die er zurücklegen mußte. Doch gerade diese kurze, fast ebene Strecke, die, verglichen mit dem vorangegangenen Weg keinerlei Schwierigkeiten mehr aufwies, war ihm oft und auch heute die größte Mühe, die am meisten und manchmal die letzte Kraft kostete. Es war das letzte Stück vor dem Ziel, das den Geher ganz nahe und noch einmal ganz weit weg davon brachte.
Er hatte die Rufe zuerst nur als Bewegungen und Geräusche der Luft wahrgenommen, bis sie stärker und schärfer in sein Bewußtsein drangen. Er ging schneller, soweit es ihm seine schmerzenden Beine und Füße und die Last der Tasche erlaubten, und erreichte, leicht schlitternd, die vier Stufen, die zur Haustür führten.

»Zeno Colo! Birger Rudd! Karl Schranz! Karl Schranz! Karli! Schranz! Schranz! Schranz!« Die heisere Stimme des Großvaters überschlug sich. Michael Hader saß aufrecht im Bett, die Beine baumelten herunter, er sah seinen Enkel mit weit aufgerissenen, stark geröteten Augen an, lachte kurz und schrill auf, als Valentin zur Tür hereinkam, bewegte Kopf, Hals und Oberkörper drehend und kreisend, aufgeregt und angespannt, nach vorn und zur Seite, als folge er einem imaginären Schirennläufer.
»Nur den Sieg erwarten sie von dir! Nur den Sieg, sonst nichts! Jeder erwartet nur den Sieg! Sonst nichts, jeder! Jeder! Sonst nichts! Alle!« Valentin gab in diesem Augenblick auf, zu wissen, was zu tun sei. Die ganzen vorangegangenen Tage hatte er, wenn auch verzögert und verspätet, ungeschickt und seiner Sache nicht sicher, gewußt, was er im nächstfolgenden Augenblick zu tun hatte. Ob er den Großvater stützen oder heben, ihm das Bett aufschütteln oder zu essen und trinken geben, beruhigend auf ihn einreden oder ihn barsch zurechtweisen sollte. Auf irgendeine Weise, die ihm gar nicht zu Bewußtsein gekommen war, hatte er es instinktiv richtig angepackt und war nachher oft zu Tode erschöpft an der Wand gelehnt.
Doch jetzt war es ihm zuviel geworden. Und er meinte auch seine Stimme sagen zu hören: »Es ist zuviel.«
Zuviel war es ihm schon früher geworden. Zuviel war es ihm geworden, als er gestern, am frühen Abend des ersten Dezember, die Leiche gefunden hatte, von der er nicht wußte, wer sie war, es aber ahnte, ahnen mußte. Denn die Aigner Hanni war nach wie vor verschwunden.
Mittlerweile war er fast sicher, daß er sich den Geruch nur eingebildet, die Leiche jedoch tatsächlich gesehen hatte. Aber er wußte, daß die Leiche bei der kalten Temperatur, die im Keller und vor allem in diesem Raum des Kellers geherrscht hatte, keinem wesentlichen und rasch fortschreitenden Verwesungsprozeß unterworfen war, daß die

kalte Temperatur die Leiche konservierte. Nein, sagte er sich jetzt, nein, den ganzen November hat eine konstante Temperatur geherrscht, es gab keine größeren Schwankungen, es hat keinen Föhneinbruch gegeben, wie er in den vergangenen Jahren gelegentlich im November aufgetreten ist. Nein, es war den ganzen November hindurch die gleiche, für einen November ziemlich kalte Temperatur zwischen null und fünf Grad. Das war die ideale Temperatur für eine Leiche. Das hatte ihm einmal Doktor Smutny erklärt, als Valentin einen Kriminalroman las, den er nicht ganz verstand. Doktor Smutny, begeistert von seinem Fach und daher ohne Rücksicht auf das Kind, hatte ihm mit größter Ausführlichkeit die verschiedenen Stadien von Verwesung und Fäulnis beschrieben. Und Valentin hatte seine Schilderung wie ein großes Bild, ein Gemälde in einer alten Kirche betrachtet. Doktor Smutny hatte ihm von der ersten Fäulnis, der milden Form, berichtet. Von der grünlichen Verfärbung der Bauchhaut, welche durch die Darmbakterien, die eine Veränderung des Blutfarbstoffs bewirken, hervorgerufen wird. Er hatte das Wort für die chemische Verbindung noch im Ohr: Verdoglobin. Er würde es sein Leben lang wissen: Verdoglobin. Auf seine Frage, wie Leichen riechen, hatte ihm Doktor Smutny zur Antwort gegeben, daß jedermann den Gestank individuell deuten könne und müsse. Er selbst verglich ihn mit faulen Eiern, mit lange gelagertem, reifem, rinnendem Camembert, in diesem Stadium des Reifungsprozesses dem Gaumen des Gourmets schmeichelnd. Er erwähnte die Totenflecken, die Totenstarre, das heißt das Steifwerden der Gelenke, welches bis maximal eine Woche anhält. Er sprach von der grünlichbräunlichen Haut, von dem durch Gase aufgetriebenen Gewebe, von der heraushängenden Zunge, den hervortretenden und -quellenden Augen, den sogenannten Froschaugen. Ausführlich sprach er von der schmutzig roten

Flüssigkeit, die aus der Haut tropft und sickert, wenn die Oberhaut beginnt, allmählich defekt zu werden. Valentin hatte bei dieser Stelle ein tropfendes Leitungsrohr, dann einen löchrigen Reifen vor sich gesehen. Daran erinnerte er sich noch. Doktor Smutny fügte hinzu, daß ein dicker Mensch schneller fault. Bei dem Wort »faulen« war in Valentin Übelkeit aufgestiegen. Erst hier war ihm das Ausmaß des Verwesungsprozesses deutlich geworden. Er hatte sich einen entsetzlich dicken, aufgeblähten und vor sich hin faulenden Menschen vorstellen müssen, aus dessen grünlich-bräunlicher Haut eine schmutzig rötliche Flüssigkeit sickert und tropft.

Doktor Smutnys Erzählung war dann ausgeufert, hin zu geklärten oder ungeklärten Mordfällen. Er hatte vom Schädeltrauma gesprochen, von Rißquetschwunden, die zum Beispiel entstehen, wenn man den Kopf eines Menschen wiederholt auf einen harten Boden oder mit einem harten Gegenstand auf den Kopf eines Menschen schlägt, von dem daraus spritzenden Blut. Von den klebengebliebenen Haaren. Von den Spuren an den Kleidern. Von dunkler Kleidung, auf der Blut schlecht oder gar nicht und nur unter Zuhilfenahme einer UV-Quarzlampe zu sehen ist. Er kam dann wieder auf Temperaturen zu sprechen, auf Körper- und Raumtemperaturen. Auf die Schwierigkeit, eine genaue Todeszeit feststellen zu können. Er sprach davon, daß die Leiche genauso kalt wie ihre Umgebung sei. Davon, daß man die Todeszeit mittels Messungen in etwa feststellen könne, indem man durch ein Thermometer im After die zurückliegenden Stunden seit dem Eintritt des Todes berechne, man gehe dabei von einem Grad pro Stunde aus. Der Arzt hatte innegehalten und den Bericht nicht fortgesetzt.

Jetzt, als Valentin die Backenknochen unter der ausgemergelten Haut des Großvaters betrachtete, konnte er sich auch ihn als Verfaulenden vorstellen. Der Großvater war zum Sterben bereit, nur mehr auf den Tod ausgerichtet. Es beherrschte seinen Blick, den Ausdruck des verzogenen Mundes, des ganzen, plötzlich in die Länge gezogenen Gesichts.

Gemeinhin wird ein Mensch in diesem Zustand, mit weit aufgerissenen Augen und halb geöffnetem Mund, aus dem der Speichel rinnt, ein Mensch, der sich in zuckenden, kreisenden, rotierenden Bewegungen aus seinem Dasein löst, für verrückt erklärt und abgeschoben und eingesperrt, und am liebsten wäre es seiner Umgebung, wenn man ihn rasch und schmerzlos töten könnte. Doch da man das nicht kann, wartet man eben auf seinen Tod, der meist lange nicht eintritt. Wenn er dann endlich eingetreten ist, beginnt die Zeit der Trauer und des damit verbundenen Vergessens. Valentin sah im Auge des Großvaters etwas auftauchen, eine Spiegelung, eine Täuschung möglicherweise, ein kindliches Bild, holzschnittartig, vom Knochenmann mit der Sense. Und er, der nicht mehr gewußt hatte, was zu tun sei, welche praktischen Handgriffe und Verrichtungen er anwenden müsse, wußte wieder, was er zu tun hatte.

Er lief auf den Großvater zu und schlang seine Arme um seinen Hals. Mit weit aufgerissenen, hervortretenden Augen brüllte ihn der Großvater an: »Jetzt ist Schranz gestürzt! Er ist gestürzt! Du bist schuld! Wegen dir ist er gestürzt. Weißt du, was du getan hast?« Und er brüllte und redete weiter, zum größten Teil Unverständliches, so kam es Valentin jedenfalls vor, denn er verstand nichts mehr. Nur eines hatte er genau verstanden: »Du bist schuld! Wegen dir ist er gestürzt!« Und er vergrub den Kopf in den Händen. »Aber ich hab' dir doch Zeitungen gebracht! Zeitungen und Zigarren!«

»Keine Zeitungen mehr! Nie mehr Zeitungen! Nur den Sieg! Sonst nichts!«

Der Großvater war eingeschlafen, das hörte Valentin, weil er nichts mehr hörte. Das Schweigen, das vom ganzen Haus Besitz ergriffen hatte, verdichtete sich. Nach dem ununterbrochenen Gebrüll hatte Valentin nur mehr Murmeln gehört, bis auch das aufhörte und es wie ein einsetzender Schneefall ganz still in allen Räumen wurde. Es war ein Schweigen wie nach einer Schlacht, einem schweren Sturm, die Worte, Sätze, gerufen oder geschrien, liegen noch herum wie müde oder tote Krieger, hängen in der Luft wie Wolkenfetzen, die sich allmählich und widerwillig verziehen, wie sich entfernender rollender Donner, dann sieht man nichts mehr, hört man nichts mehr, weiß man nichts mehr.

*

Kurz vor Weihnachten gab Valentin eine Vermißtenanzeige auf, nachdem ihn Doktor Smutny tagelang dazu gedrängt und er die fortwährenden Anrufe und Kurzbesuche des Arztes nicht mehr ertragen hatte. Er hatte wenig Lust, die Dinge ins Rollen zu bringen, aber es war ihm klargeworden, daß er keine andere Wahl hatte, immer mehr Leute begannen zu fragen, verschiedene Bekannte hatten angerufen, und nachdem auch die Behörde der Landesregierung, bei der sein Vater arbeitete, sich erkundigt hatte, obwohl er dort erst im Januar zurückerwartet wurde, da er nach dem Sizilienaufenthalt eine Kur antreten wollte, schließlich auch noch Tante Maria aus Bozen anrief, bei der seine Eltern auf der Rückreise Station machen wollten und die ebenfalls vergeblich auf sie wartete, war er widerwillig und schlecht gelaunt hinunter auf die Gendarmerie gegangen. Es war Nachmittag und dämmerte bereits wieder, er war absichtlich spät aufgebrochen, heimlich hoffend, auf dem Gendarmerieposten niemanden mehr anzutreffen. Doch er mußte feststellen, daß er sich geirrt hatte. Der weihnachtlich geschmückte Posten war besetzt. An

seinem Schreibtisch saß, umgeben von einem Berg von Geschenken, in der Hauptsache Flaschen, die allesamt der indirekten Bestechung dienten, der Herr Inspektor Lechner, weihnachtliches Wohlbehagen verbreitend.
Valentin war die Gendarmerie und alles, was mit Polizei und Uniform zu tun hatte, zuwider, es war eine instinktive Abneigung, auf die ihn keiner gebracht hatte. In einem von der Grenze und ihren Uniformen geprägten Ort lernt man bald, uniformierte Amtspersonen zu verachten. Aber der Herr Inspektor Lechner war eine Ausnahme. Valentin verehrte und liebte ihn beinahe, weil er einem zu jeder Zeit zu verstehen gab, daß er sein Amt nicht wichtiger nahm, als es war. Doch wenn einer wirklich Hilfe brauchte, war er da. Schneller als die, welche immer nur schnell und beschäftigt taten. Er versah sein Amt durchaus mit Lust an der Repräsentation. Nichts liebte er so sehr, wie bei Begräbnissen, Hochzeiten, Prozessionen, Bittgängen, Schulausflügen und ländlichen Aufmärschen den Verkehr umzuleiten. Es war ihm eine Leidenschaft, an der Kreuzung zu stehen und, die Arme hebend und senkend, Fahrer und Geher in ihre Richtung zu weisen. Hier kamen Kraft und Gewicht seiner Person am besten zur Geltung, keiner konnte ihn übersehen, sowohl die Geher als auch die Fahrer mußten an ihm vorbei, und er grüßte die Vorüberziehenden souverän salutierend.
»Einen Tag vor dem kürzesten Tag im Jahr beehrt mich der Valentin!«
»Grüß Gott, Herr Lechner!«
Der Herr Gendarmerieinspektor Lechner legte keinen Wert darauf, mit »Herr Inspektor« angeredet zu werden.
»Was brauchst, Valentin?«
Valentin war nur gekommen, um seine Eltern als vermißt zu melden, doch in diesem Augenblick der vom Inspektor gestellten Frage fiel ihm alles auf einmal ein, und er wußte nicht mehr, wo er anfangen sollte. Sein todkranker Groß-

vater fiel ihm ein, dem es zwar vorübergehend besserging, dessen Zustand sich jedoch auf lange Sicht nur verschlechtern konnte. Die Leiche unter den Kartoffeln fiel ihm ein, von der er einfach all die Tage und Wochen so getan hatte, als existiere sie nicht. Er selbst fiel sich ein, der viele Wochen krank und seit drei Monaten nicht mehr in der Schule gewesen war. Seine Freunde fielen ihm ein, die ihn noch immer nicht besucht hatten, und dann fiel ihm auch noch die Ruppmoser Christa ein, an die er lange nicht mehr gedacht hatte und von der er nicht wußte, ob sie noch in der Landesnervenheilanstalt untergebracht war.

Mit versperrtem Mund stand er da und schloß die Augen halb, wie um sich vor einem zu grellen Licht zu schützen, doch es gab kein grelles Licht, nur vier gelbe, brennende Kerzen auf dem Adventskranz und eine dicke rote auf einem Tischchen im Herrgottswinkel des Gendarmeriepostens unter dem Kruzifix. Nur die Lampe auf dem Schreibtisch brannte noch. Schwindlig und benommen von der Behaglichkeit, die Wachzimmer und Inspektor ausstrahlten, fand Valentin sein Anliegen lächerlich und unangemessen. Im Schein der Kerzen stehend, glaubte er nicht mehr an eine Leiche unter Kartoffeln, sein todkranker Großvater lag gewiß nur mit einer fiebrigen Erkältung, die unangenehm, aber harmlos war, darnieder, die Eltern hatten sich eben verspätet. Alle Menschen verspäten sich einmal... Seine ganze Geschichte, die er gar nicht vorgehabt hatte zu erzählen, war sang- und klanglos untergegangen, bereit, dem Vergessen anheimzufallen und zu verschwinden, endgültig... Und was gab es dann?

Er wußte nicht mehr weiter. Doch etwas in ihm ließ nicht locker und riß und zerrte an dem, der bereit war, zu verwischen und zu verschweigen. Was sollte, was wollte er dem gütigen Inspektor erzählen? Er besann sich und kam zu dem Schluß, daß er den Gendarmerieposten mit einem einfachen Vorsatz aufgesucht hatte, nämlich eine Vermißten-

anzeige zu machen, nicht mehr und nicht weniger, und er diesen ihm aufgedrängten und aufgezwungenen Vorsatz jetzt ausführen mußte. Er war nicht selbst im Spiel, er war nur Mittler, Bote gleichsam, das beruhigte ihn. Er schluckte und begann: »Ich möchte eine Vermißtenanzeige machen.« Es war überstanden, ein Anfang war gemacht und zugleich das Wichtigste gesagt!
»Wen vermißt du denn?«
Es war eine Antwort, mit der er nicht gerechnet hatte.
»Hat Ihnen vielleicht der Herr Doktor Smutny –?«
»Nein, hat er nicht. Möchtst du Lebkuchen?«
Valentin setzte sich auf den mit einer Handbewegung zugewiesenen Stuhl und biß ein Stück ab, das er zwischen Zunge und Zähnen hin und her schob.
»Im Ernst, wen willst du als vermißt melden?«
»Meine Eltern.«
Er biß auf Anis.
»Deine Eltern sind doch, soweit ich weiß, in Italien.«
»Sie müßten längst zurück sein. Seit sechs Wochen.«
»Und sie haben sich nicht gemeldet?«
»Nein, doch, einmal nur.«
Und dann begann er seine karge Erzählung, wobei er immer wieder ins Stocken geriet, was ihn unsicher machte. Er wußte nicht mehr genau, wann die Eltern, deren Gesichter allmählich zu verblassen begannen, deren Stimmen sich entfernten und in seiner Erinnerung wie durch Watte klangen, aufgebrochen waren, es war so viel Zeit vergangen. Die Daten, die der Inspektor aufs genaueste wissen wollte, er hatte ein bißchen von seiner Güte verloren, verwirrten Valentin, er wußte nicht mehr, was war im September, was im Oktober, im November, Dezember geschehen.
Der Inspektor hatte ein Protokollblatt aus der Schublade genommen und einen Bleistift so lange gespitzt, bis die Spitze abbrach. Endlich war er soweit und wollte alles noch einmal wissen. Aufs genaueste.

»Nicht, daß du denkst, ich will dich quälen, aber es muß sein! Leider.«
Valentin erkannte, während er alles noch einmal von Anfang an zu erzählen begann, mit Enttäuschung die Grenzen des Herrn Lechner, für die dieser gewiß nichts konnte, die dem Buben in ihrer engen Umklammerung der gegebenen Verhältnisse aber nicht klargewesen waren. Er hatte die wundersame Rettung vom Gendarmerieinspektor erwartet und erhofft, sogleich, ohne Komplikationen, ernüchtert mußte er feststellen, daß von nun an mit keiner wundersamen Rettung mehr zu rechnen war.
Er erzählte nichts von der Leiche unter den Kartoffeln. Während er alles, was er über die Eltern wußte, zu Protokoll gab, mahnte er sich immer wieder, auf keinen Fall auch nur das Geringste in Zusammenhang mit der Leiche unter den Kartoffeln zu erwähnen, sich auf keinen Fall zu versprechen oder zu vertun. Denn neben allem anderen wollte er den Gendarmerieinspektor Lechner, den er als väterlichen Freund betrachtete, als solchen nicht verlieren. Doch wie unter Zwang hatte er den entscheidenden Satz fortwährend auf den Lippen: »Herr Lechner, bei uns liegt eine Leiche unter den Kartoffeln.« Er mußte sich auf die Lippen beißen, die Zähne zusammenpressen, um den Satz nicht laut auszusprechen. Gleichzeitig hörte er seine Stimme den Satz laut sagen, so daß er nicht wußte, hatte er den Satz jetzt ausgesprochen oder nicht ausgesprochen. Er konnte ihn nicht laut ausgesprochen haben, denn der Herr Lechner schrieb ruhig auf dem Protokollblatt weiter, und wenn er aufschaute, sah er den Buben freundlich an, und Valentin dachte sich, wenn er diesen entsetzlichen Satz wirklich laut ausgesprochen hätte, wäre der Herr Lechner jetzt gewiß nicht so freundlich! Denn die Aussage des laut ausgesprochenen Satzes »Bei uns zu Haus liegt eine Leiche unter den Kartoffeln«, hätte alle bisher dagewesenen Grenzen gesprengt, es wäre auch für den Gendarmerie-

inspektor Lechner dann nicht mehr möglich gewesen, noch Güte zu zeigen, sein Amt hätte in diesem Fall vollständig von ihm Besitz ergriffen. Valentin erinnerte sich des Lebkuchens, den er noch in der Hand hielt und der an seinen Fingern zu kleben begann. Er stopfte ihn rasch in den Mund und kaute darauf herum, um nicht gleich wieder etwas ihn Verwirrendes zu Protokoll geben zu müssen und vor allem den verräterischen Satz, der ihm ganz vorne auf der Zunge zwischen dem Lebkuchenmatsch lag, zurückzuhalten. Er spürte, wie der Satz vorwärtsdrängte, sich einen Weg durch Lebkuchen und Speichel bahnte. Er hielt den Satz zurück wie den Drang einer vollen Blase. Unruhig rutschte er auf seinem Stuhl hin und her.

»Anfang September sind sie abgereist, und Ende Oktober hast du die letzte Nachricht von ihnen erhalten. Ist das richtig so?«

Der Bub nickte.

»Das wird eine langwierige, umständliche Prozedur werden! Und am Ende wird wahrscheinlich nichts dabei rausschauen. Die Zusammenarbeit der österreichischen und italienischen Behörden ist nicht die beste. Beide sind sie empfindlich und schlampig. Ausgerechnet die Italiener! Da wäre es wahrscheinlich sinnvoller, selber nach Italien zu fahren und auf eigene Faust zu suchen. Aber gemacht muß es jetzt werden. Es ist jetzt offiziell, also wird es in die Wege geleitet, da gibt es kein Zurück mehr. Schade...«

Es wunderte Valentin, daß der Herr Lechner so gelassen blieb. Er schien weder beunruhigt noch beeindruckt von dem langen Ausbleiben des Ehepaares Reichardt. Im Protokoll waren sie als Eheleute Reichardt festgehalten. Anna Reichardt, geborene Hader, und Wolfgang Reichardt. Lechner unterschrieb das Protokoll und stempelte es ab.

»Das ist nur vorläufig. Abtippen kann ich es erst morgen. Du mußt dann noch mal herkommen und unterschreiben.«

Valentin wußte nicht, was er tun, ob er jetzt aufstehen und gehen sollte. Die Sache war bis zu einem bestimmten Punkt gebracht, alles, was zu sagen war, gesagt, zumindest für den Inspektor, man mußte nun dem Lauf der Dinge entgegensehen. Aber Valentin wollte noch bleiben, er hatte den Satz, den er fürchtete auszusprechen, mit den Resten des Lebkuchens hinuntergeschluckt, Anis zwischen den Zähnen und Durst. Hinzu kam dieses engelsgleiche Vorweihnachtslicht, ausgerechnet hier auf dem Gendarmerieposten, das ihn geradezu überschwemmte und das er als kleines Kind erlebt hatte. War es das Flackern der vier gelben Kerzen auf dem Adventskranz oder die ruhige Flamme der dicken roten Kerze im Herrgottswinkel unter dem Kruzifix? Er konnte kaum die Augen offenhalten und gähnte leise, dabei rutschte er ein kleines Stück von seinem Sitz. Der Herr Lechner lächelte. Da wurde es Valentin zuviel des Guten, es herrschte doch zuviel Freundlichkeit hier im Raum. Nicht daß er dem Herrn Lechner die Freundlichkeit nicht geglaubt hätte, sie war echt, doch Valentins alte, ihn schon von früh an begleitende Skepsis, eine Skepsis, die rasch in Mißtrauen umschlug, aus der dann Angst und schließlich Haß wurde, kehrte zurück, und er stand auf.
»Ich glaub, ich geh jetzt...«
»Ja, Valentin. Das wird das beste sein. Ich bin überzeugt, daß die Mama und der Papa zu Weihnachten da sein werden. Davon bin ich überzeugt.« Valentin glaubte es ihm sogar. Mit einem Hauch von Hoffnung verließ er den Posten. Er wußte nicht, auf was er hoffte. Und jede Hoffnung trog, gleichgültig welche Richtung sie auch nahm. Das hatte er inzwischen gelernt. Immerhin.

*

Der Briefträger Richard Jelinek stöhnte unter der Last der Aufgaben. Die Zeit vor Weihnachten war für den Briefträger die schlimmste Zeit im Jahr. Pakete und Päckchen,

Karten und Briefe in vervielfachter Zahl stapelten sich in den kleinen Räumen des Postamts, und Jelinek mußte Sonderschichten einlegen, um der Flut Herr zu werden. Es war ihm zwar eine Hilfskraft zugeteilt worden, aber sie nützte ihm nicht viel, da der als Hilfskraft eingeteilte Hilfsbriefträger Welser für die Dauer der vorweihnachtlichen Postflut aus dem für Muna fernen Golling kam und sich, da er zum ersten Mal hier Dienst versah, in der Gemeinde kaum auskannte, geschweige denn zurechtfand. Welser war nur eine weitere Bürde, die Jelinek noch mehr Arbeit machte, statt eine Entlastung zu sein, wofür er eigens abgestellt worden war, wie es in der Sprache des Postwesens hieß. Jelinek wußte nicht, wie er mit der anstehenden Arbeit bis zum 24. Dezember fertig werden sollte. Es schien ihm nicht nur, es war ihm tatsächlich unmöglich, das sagte er sich wenigstens in diesem Augenblick des frühen Morgens am 21. Dezember. Er stärkte und hielt sich wach mit Kaffee und Schnaps, aber er wußte, nicht zu viel Kaffee und Schnaps, sonst wurde er fahrig. Er zwang sich zu essen, doch auch hier mußte er vorsichtig sein, sonst wurde er müde. Er hatte die Post auf zwei aneinandergehängte Schlitten geladen, von denen der hintere, vor allem in den Kurven, ständig umzukippen drohte. Gerade hatte es sechs geschlagen, und Jelinek hatte beim Glockenschlag in der Bewegung des Aufladens innegehalten und die behandschuhten Hände zu einer Faust geformt und an den Mund gepreßt, um seinen Atem in den hohlen Innenraum zu stoßen.

Seit Anfang des Monats war kein Brief und keine Karte mehr an Valentin Reichardt oder Michael Hader eingegangen. Bis auf den gestrigen Tag. Am gestrigen Tag – Jelinek hatte schon sehnsüchtig darauf gewartet – war endlich ein an Valentin Reichardt adressierter Brief mit der Absenderangabe: Albergo Adria, Trieste, abgestempelt am 9. Dezember in Triest, im Postamt von Muna eingetroffen.

Jelinek hatte ihn sofort an der bunten Marke erkannt, als er zusammen mit vielen anderen aus dem Postsack fiel, den der aus der Stadt kommende Postautobuschauffeur auf den langgezogenen Sortiertisch leerte. Jelinek hatte begierig danach gegriffen, was einen befremdeten Blick des Chauffeurs zur Folge hatte. Entschuldigend meinte Jelinek, daß der Empfänger den Brief schon dringend erwarte. Das hatte dem anderen eingeleuchtet. Jelinek hatte den Brief wie üblich nach Hause genommen und am Abend bei zugezogenen Vorhängen und geschlossenen Fensterläden mit zitternden Fingern über dem Dampf des Wassers, das er in einem kleinen Topf erhitzt hatte, geöffnet. Der Brief umfaßte mehrere, dicht beschriebene Blätter, was Jelinek wunderte, da alle bisherigen Mitteilungen eher kurz gehalten und, außer den zwei ungeöffneten Briefen, auf Ansichtskarten geschrieben worden waren. Nein, das stimmte nicht, er hatte durch das Papier des Kuverts gefühlt, daß sich auch darin Karten befunden hatten. Es war demnach der erste Brief der Eltern an ihren Sohn während ihrer gesamten Abwesenheit. Das Herz des Briefträgers pochte aufgeregt.

»Mein lieber Bub«, er glättete das Papier, »Du kannst Dir nicht vorstellen, was wir alles erlebt haben! Nur knapp sind wir dem schrecklichen Erdbeben von Messina entkommen, nachdem wir durch starke Regenfälle und Erdrutsche beinahe drei Wochen in einem winzig kleinen Bergdorf eingeschlossen waren, wohin wir nur zu einem Tagesausflug wollten. Aber daß wir nicht zu den Erdbebenopfern gehörten, habe ich Euch ja gleich geschrieben, weil ich mir dachte, daß Ihr davon gehört habt und sicher in großer Sorge seid! Ich hoffe, die Karte hat Euch auch rechtzeitig erreicht, Du weißt ja, auf die italienische Post ist kein Verlaß!

Nachdem wir das Dorf in den Bergen, es heißt Monte Vecchio, endlich verlassen konnten, die Leute dort waren übrigens sehr gastfreundlich und herzlich, aber furchtbar arm, man kann sich das gar nicht vorstellen, beschlossen wir, noch drei Wochen in Messina zu bleiben, um uns von den Strapazen in Monte Vecchio zu erholen. Du verzeihst uns hoffentlich, daß wir unsere italienische Reise so ausgedehnt haben, aber erstens hatten wir nicht mit der ›höheren Gewalt‹ gerechnet, und zweitens war es einfach zu schön, und Papa muß ja erst im Januar wieder arbeiten! Ich habe einmal versucht, Euch anzurufen, aber es war kein Durchkommen. Schon nach den ersten beiden Ziffern war ununterbrochen besetzt, und schließlich habe ich es aufgegeben. Nur wenige Tage vor dem Erdbeben haben wir Messina verlassen! Kannst Du Dir das vorstellen? Dieser Zufall! Und wir wollten sogar noch einmal zurück, weil uns Messina so gut gefallen hat. Aber dann sind wir natürlich erst einmal in Neapel geblieben. Neapel im November, einmalig, noch um vieles reizvoller als Venedig im November, und kein einziger Tourist. Papa wollte dann wirklich noch einmal zurück nach Messina, um sich ein Bild vom Ausmaß der Zerstörungen zu machen, Du weißt ja, so etwas interessiert ihn. Aber ich habe ihn davon abgehalten. Lieber fahren wir alle zusammen in ein frisch aufgebautes und renoviertes Messina, im nächsten oder übernächsten Sommer! Hättest du Lust? Neapel hat uns so gut gefallen, daß wir gleich zehn Tage dort geblieben sind! Obwohl mir die ständige Anwesenheit des Vesuv und dazu das Erdbeben von Messina im Hinterkopf doch leicht an die Nieren gegangen sind. Wir sind dann gemächlich und in aller Ruhe durch ganz Italien gezockelt, haben einmal in Bologna, dann in Padua Station gemacht. Padua hätte nicht sein müssen. Papa wollte erst nicht. Er verbindet irgendeine unangenehme Erinnerung mit Padua, über die er nicht reden will. Du kennst ihn ja. Aber ich wollte unbedingt die Reliquien des hl. Antonius sehen, was mir auch gelungen ist. Allerdings haben sie mich ein bißchen enttäuscht. Vorgestern, am Nikolaustag, haben wir Triest erreicht. Seit wir angekommen sind, regnet es. Es regnet auch heute, an Maria Empfängnis, in Strömen und deshalb nütze ich die Zeit, um Dir zu schreiben und zu sagen, daß wir voraussichtlich kurz vor Weihnachten nach Haus kommen werden. Ich sitze in einem Kaffeehaus nahe vom Meer, das sicher schon bessere Zeiten gesehen hat, es heißt ›Tommaseo‹. Eben habe ich auf der Toilette eine Ratte gesehen. Sie ist geflüchtet, als sie mich gehört hat. Aber der Kaffee schmeckt sehr gut, anders als im übrigen Italien. Er erinnert mich an den österreichischen Kaffee. Der Hafen ist fast leer, nur draußen, weit weg von den Quais, liegen zwei Frachter vor Anker. Einer kommt aus Rußland, hat mir der Kellner vorhin stolz erklärt. Dein Vater ist spazierengegangen, trotz des strömenden Regens. Er wollte mit der Zahnradbahn nach Opicina hinauffahren und zur slowenischen Grenze gehen. Ich hätte Lust gehabt mitzukommen, aber der dauernde Regen hat mich dann doch davon abgehalten, und ich habe beschlossen, mich lieber in ein Kaffeehaus zu setzen und Dir zu schreiben und die Zeit vergehen zu lassen. Unser Hotel liegt zentral, direkt an der Piazza dell'Unita d'Italia, aber das Zimmer ist ungeheizt und eiskalt, und alle zehn Minuten klopft ein neugieriges Zimmermädchen an die Tür. Sie verstehen kaum Italienisch und kommen aus Slowenien oder Kroatien. Wir wollen noch einige Tage hierbleiben und verschiedene Ausflüge unternehmen, nach Muggia, einem reizenden venezianischen Fischerstädtchen, wie man uns sagte, es ist der letzte Ort vor der jugoslawischen Grenze. Und nach Miramare und Duino natürlich, obwohl das mehr Pflichtprogramm und kein wirkliches Bedürfnis ist. Dann wollen wir natürlich noch unbedingt nach Gorizia, wo mein Vater einen Teil seiner Kindheit verbracht hat, als es noch Österreich war. Wie geht es ihm? Eigentlich hatten wir ja, wie Du weißt, noch vor, zu Tante Maria nach Bozen zu fahren,

aber ich glaube nicht, daß wir das noch schaffen werden. Es wäre von hier aus ein Umweg und würde uns auch um die wunderschöne Fahrt durch das Kanaltal und die Karnischen Alpen bringen. Und durch Kärnten kämen wir auch nicht, obwohl ich auf Kärnten verzichten kann. Auch Tante Maria habe ich vergeblich versucht, telefonisch zu erreichen. Ich werde es heute noch einmal versuchen, und auch Euch werde ich noch einmal versuchen anzurufen. Von hier aus ist ja alles schon etwas leichter als in Süditalien, dort funktioniert im Grund überhaupt nichts. Aber Triest ist nicht weniger seltsam. Zum Beispiel hatten gestern, obwohl ein ganz normaler Samstag war, auch am Vormittag sämtliche Geschäfte und fast alle Lokale geschlossen. Niemand konnte uns sagen, warum.
Ich bemerke gerade, daß ich Dir schreibe, als wärst Du schon ein Erwachsener. Und ich frage gar nicht nach Dir, wie es Dir geht und was Du machst, mein Kind! Mußt Du viel lernen? Und ißt Du auch genug? Im Winter kocht Dein Großvater immer so gute Kartoffelsuppen! Ich freue mich schon jetzt darauf!«
Jelinek zitterte vor Erregung. Er wollte auch nach Triest! Er wollte auch durchs Kanaltal in die Karnischen Alpen fahren! Er wollte auch in Bologna Station machen, er wollte Neapel kennenlernen, Sizilien, Messina! Er war noch nirgends gewesen! Er war einmal in Wien und einmal in Graz gewesen, er war dreimal in Kärnten und zweimal in Tirol gewesen, sonst war er nirgends gewesen! Er vergaß dabei, daß er niemals Lust gehabt hatte, fortzufahren, zu verreisen, andere Länder und Menschen und deren Sitten und Gebräuche kennenzulernen. Erst die beiden Reichardts, die er bei Gott nicht leiden konnte, die er, wenn er ehrlich war, nicht ausstehen konnte, hatten seine Lust und seine Sehnsucht geweckt, erst die beiden Reichardts mußten kommen, um ihn aus seinem Schlafleben aufzuwekken, nur weil sie eine lang geplante und immer wieder ver-

schobene Sizilienreise endlich wahr gemacht hatten! Er las weiter.
»Ich hoffe sehr, daß nicht wieder etwas dazwischenkommt, was uns aufhält! Aber ich bin fast hunderprozentig sicher, daß wir am Weihnachtsabend da sein werden! Nein, sicher, ich bin davon überzeugt, daß wir Weihnachten gemeinsam feiern werden! Weißt Du schon, was Du Dir wünschst? Wir bringen natürlich etwas mit!
Der Gedanke an die Kartoffelsuppe Deines Großvaters hat mich hungrig gemacht. Es ist kurz nach elf. Ich werde versuchen, eine geöffnete Trattoria zu finden, die Menschen scheinen hier alle zu Hause zu essen, und auf Besucher scheint die Stadt nicht zu warten. Nach dem Essen, sofern es eins gegeben hat, schreibe ich weiter. Ciao, bis später!
So. Ich bin wieder da. Ich habe eine kleine Trattoria in der Nähe der Piazza Goldoni gefunden, den Namen der Straße weiß ich nicht, aber ich werde den jungen Kellner danach fragen, er ist nicht viel älter als Du und heißt Andrea.
Ich habe noch den ganzen Nachmittag vor mir, und es hört nicht auf zu regnen. Trotzdem werde ich nachher zum Hafen gehen und mir die kleinen Schiffe und die zwei Frachter, die draußen auf dem Meer liegen, anschauen, sofern man sie durch den Regen und die grauen Wolken, die über dem Wasser hängen, überhaupt sehen kann. Dann werde ich mich wahrscheinlich, trotz des ungeheizten Zimmers, ein wenig niederlegen und vielleicht eine Stunde schlafen. Schläfst Du genug?«
Jelinek hätte diese Anna Reichardt am liebsten erschlagen, wie er sie – selbstzufrieden in der kleinen Triestiner Trattoria am Tisch sitzen und ihrem Sohn schreibend – vor sich sah. Satt und gelangweilt. Und das einzige Unglück waren die ungeheizten Zimmer, der lange Nachmittag, die geschlossenen Geschäfte und der Regen! Er mußte sich beherrschen, den Brief nicht zusammenzuknüllen und in die Ecke zu schmeißen, so sehr packte ihn die Wut. Und der

Neid. Doch er wußte genau, daß er das nicht tun durfte. Diesmal mußte er den Brief wieder verschließen und Valentin Reichardt überbringen. Nur dieses eine Mal und nur diesen einen Brief. Diesen ersten und sicherlich letzten Brief der Mutter aus Italien konnte er nicht behalten und aufbewahren. Aber er konnte ihn wenigstens zu Ende lesen und morgen dann austragen!

»Bitte erschrick jetzt nicht! Ich schreibe das nur vorsichtshalber, damit Du, sollte der Fall eintreten, darauf vorbereitet und nicht enttäuscht bist! Ich bin sicher, dieser Fall wird nicht eintreten! Falls wir am Weihnachtsabend noch nicht zu Hause sein sollten, weil wir durch irgend etwas, ich weiß wirklich nicht was, wieder aufgehalten worden sind, dann sei bitte nicht traurig, wir kommen dann so schnell als irgend möglich! Wie gesagt, ich schreibe das nur vorbeugend, um Dich darauf vorzubereiten, falls es dazu kommen sollte. Aber du kannst sicher sein, wir werden pünktlich am Weihnachtsabend in Muna sein und Euch in die Arme schließen! Jetzt bin ich erleichtert. Ich habe mich ein bißchen gefürchtet, Dir das zu schreiben, gefürchtet, Du könntest es vielleicht falsch verstehen. Du verstehst es doch nicht falsch? Du verstehst, was ich damit meine, das weiß ich. Wenn ich etwas weiß, dann das! Ich werde nachher zur Stazione Centrale gehen und dort eine Briefmarke kaufen. Hoffentlich finde ich auch einen Briefkasten! Die Post hat natürlich auch zu! Alles hat zu!

Andrea hat mir gerade einen Grappa gebracht, ein Geschenk des Hauses. Mir wird ganz warm davon. Und müde werde ich auch. Gott, Bub! Ich schreibe Dir da lauter belangloses Zeug, das Dich sicher nicht im geringsten interessiert! Aber es ist, als ob ich mit Dir spreche, und das tut mir gut. Vielleicht kannst Du ja doch die eine oder andere Kleinigkeit herauslesen, die Dich interessiert.

Am Abend gehen wir in ein Fischrestaurant am Hafen, das uns – stell Dir vor – in Messina (!) empfohlen worden ist. So

weit reicht sein Ruf, da muß es doch gut sein! Hoffentlich sind wir nachher nicht enttäuscht. Ich bin schon gespannt. Mein lieber Bub, ich muß jetzt schließen, die Zeit läuft davon, auch wenn sie dahinschleicht wie an diesem Nachmittag in Triest. Paß auf Dich auf, auch beim Schifahren! Und umarme den Großvater ganz fest! Auf sehr bald!
Alles Liebe! Deine Mama.«

Ruhiger geworden, verschloß Jelinek den Umschlag, nachdem er den Brief liebevoll zusammengefaltet und wieder hineingesteckt hatte. Er wußte jetzt alles und konnte zu Bett gehen. Vielleicht würde er diese eine Nacht nicht aufwachen und einmal, ein einziges Mal, durchschlafen können.

Doch als die Nacht gekommen war, hatte er wieder lange nicht einschlafen können. Als er nach zornigem Hin- und Herwälzen endlich in einen leichten Schlaf fand, hatte ihn kurz darauf der Hund des Nachbarn, der, von einem Windstoß geweckt, anschlug, wieder um den Schlaf gebracht. Er würde den Hund des Nachbarn, sobald es ihm möglich war, vergiften. Er hatte genug von dem dauernden Gekläff. Der Wecker hatte geläutet, und er war in dem Gefühl aufgestanden, nicht eine Sekunde geschlafen zu haben, dabei brauchte er gerade für den heutigen Tag den Schlaf dringender denn je, da er heute die weitesten Wege vor sich hatte, die ihn bis an den Rand des Gemeindegebiets führten, und er somit alles in allem an die zwanzig Kilometer zu gehen und den Schlitten zu ziehen hatte. Mit Tränen vor Müdigkeit trank er den schwarzen Kaffee, in den er klaren Obstbrand schüttete.

Jetzt stand er, einen Fuß auf den vorderen Schlitten gestützt, die Hände immer noch umeinandergeschlossen vor dem Mund, und horchte dem letzten verklingenden Glokkenschlag nach. Gaffend trat der Hilfsbriefträger Welser vor die Tür, einen Brief hin und her schwenkend.

»Der ist auf dem Boden gelegen!« rief er mit jubelndem

Stolz. »Dann gibt ihn her!« fuhr ihn Jelinek an, sich mühsam beherrschend, denn trotz der morgendlichen Dunkelheit hatte er sofort erkannt, welchen Brief der Hilfsbriefträger hin und her schwenkte. Es war sein Brief. Der Brief aus Triest. Der Brief an Valentin Reichardt. Er mußte ihm aus der Tasche gefallen sein. Wie hatte ihm das passieren können? Er entriß dem herantrottenden Welser den Brief und steckte ihn sorgsam in die Innentasche seiner Jacke, mehrere Male nachprüfend, ob er dort auch sicher aufgehoben war.

Sie setzten sich in Bewegung. Den ersten Teil des Weges gingen sie gemeinsam, später, wenn sie das Dorf hinter sich gelassen hatten, trennten sich ihre Wege, und Jelinek ging in die Richtung der entlang der Landstraße verstreut liegenden Höfe und Gehöfte, die ihn durch die Wälder und hinter die weißen Hügel führte, während Welser die leichtere Route nahm und hinauf zur Hochburger Höhe stapfte, wo die Häuser und Höfe näher beieinander lagen und übersichtlicher angeordnet waren, so daß er sich nicht weiter anzustrengen brauchte und nur den Nummern der Häuser nachgehen mußte. Selbst hier machte er Fehler.

Valentin sah den Briefträger, als er sich bückte, um ein Schuhband, das sich gelöst hatte, festzuschnüren, dabei hatte er einen Blick durchs Flurfenster getan. Er wollte hinausgehen und Holz hacken. Draußen war es kälter geworden. Der Briefträger kam spät, fand Valentin. Es war schon gegen drei Uhr Nachmittag. Valentin trat hinaus vor die Tür in die schneidende Luft. Er mochte die Stimme des Briefträgers nicht, sagte er sich, während er vor der Tür stand, deren Klinke er noch in der Hand hielt und ihm entgegensah, die Stimme war für seine Begriffe zu hoch und zu weich. Der Briefträger zog den inzwischen bis auf ein Paket und ein Päckchen leeren Schlitten leicht hinter sich her, aber sein Gang war langsam und die Schritte schleppend. Es kostete ihn, wie alle, die hier heraufkamen, große

Kraft, nach der letzten Biegung den Platz vor dem Haus zu überqueren. Er ärgerte sich, daß ihn der Bub zuerst gesehen hatte. Dadurch hatte er keine Zeit mehr gehabt, sich während der letzten Schritte Mut zu machen. Der Bub war ihm ohne Absicht zuvorgekommen, und das ärgerte ihn am meisten, diese schreckliche Absichtslosigkeit! Dieser Zufall, an den er nicht glaubte. Und jetzt mußte er auch noch freundlich tun! Oder wie sollte er sonst tun? Alle Harmlosigkeit, die zur Verfügung stand, aufbietend, rief er über den unter seinen Füßen knisternden und knirschenden Vorplatz: »Trari – trara, die Post ist da!« Das gewinnendste Lächeln aufsetzend, das in Wahrheit nur ein schiefer, nach unten hängender Strich war, meinte er, genügend Sympathie bei dem ihm offensichtlich feindlich gesinnten Buben zu gewinnen. Er spürte den Brief aus Triest in der Innentasche seiner Jacke. Sein Herz schlug laut dagegen, und er mußte gegen eine plötzliche Atemnot ankämpfen, als er am Fuß der Stufen, die zur Haustür führten, angekommen war. Dabei bemerkte er die gegen die Tür gelehnte Axt. Wie weiter? Sollte er ihm den Brief sofort geben? Die Uniformjacke aufknöpfen, in die Innentasche fassen und den Brief herausholen, ihn anschließend mit ausgestrecktem Arm, einen Schritt vorwärts machend, dem Buben entgegenreichen? Oder sollte er noch eine kleine Weile warten, ein kurzes Gespräch führen und ihm den Brief nebenbei, während der Unterhaltung, in die Hand drücken? Egal, der Bub beobachtete ihn schon aus seinen blaßblauen Augen, die wie Eis schimmerten, egal!
»Grüß Gott«, hatte der Bub ziemlich unfreundlich gesagt. Setzte er jetzt zu einer weiteren Äußerung an, zu einer Frage gar? Er mußte ihm schleunigst zuvorkommen! Auf geht's, Jelinek!
»Spät kommt er, doch er kommt!« sagte er mit einer Art von Leutseligkeit, die ihn an seinem Verstand zweifeln und vor Scham im Erdboden versinken ließ. Doch die Erde war

hartgefroren und undurchdringlich wie das Gesicht des Buben.
»Haben Sie was für uns?« fragte Valentin. Warum machte der blöde Jelinek so ein komisches Gesicht? Und warum sprach er so laut, er war ja nicht taub?
Nervös nestelte Jelinek an den Knöpfen seiner Uniformjacke, die Finger waren klamm und die silbrigen Metallknöpfe eiskalt, so daß er mit den Fingern daran klebenblieb. Endlich hatte er die zwei obersten offen. Er fuhr so schnell und ruckartig mit der Hand in die Innentasche, daß Valentin kurz meinte, er würde eine Waffe ziehen. Der Briefträger trennte sich sehr ungern von seinem Brief. Denn es war sein Brief. Schon allein das Gefühl, das er empfand, wenn er das Kuvert berührte, sagte ihm das. Dieses leise Knistern, nur für ihn. Doch dafür hatte niemand Verständnis, es war aussichtslos. Der Bub nahm den Brief entgegen.
Es war nicht anzunehmen, daß so bald wieder jemand aus dem Gemeindegebiet von Muna nach Italien reisen würde. Es war eher auszuschließen. Und Jelinek konnte sich nicht vorstellen, wie er sein Leben ohne einen einzigen Brief aus Italien, ohne eine einzige Karte aus Italien aushalten sollte! Er konnte natürlich selbst reisen. Aber das war nicht dasselbe. Wem sollte er dann schreiben? Sich? Und, was das wichtigste war, wer sollte die Briefe und Karten austragen? Der Welser? Ihn schauderte. Nein. Er mußte hierbleiben und abwarten. Abwarten, daß wieder einer nach Italien fuhr, der fleißig nach Hause schrieb.
Oder er mußte sich etwas anderes einfallen lassen. Natürlich! Das war es! Daß er nicht schon viel früher darauf gekommen war! Er mußte sich nur etwas anderes einfallen lassen! Er mußte von nun an seine gesamte Energie daransetzen, sich etwas anderes einfallen zu lassen. Etwas anderes. Es klang in seiner Vorstellung wie ein Zauberwort, eine magische Formel. Etwas anderes. Im Geist

buchstabierte er die zwei kleinen Worte, Silbe für Silbe, et – was an – der – es.
Was hat er nur? Warum geht er nicht? dachte Valentin. Der Briefträger öffnete den Mund, schloß ihn wieder, hob die Hand, ließ sie wieder sinken, sah an dem Buben vorbei, hin zur Tür. Er würde ihn nicht hineinlassen, aber ihm einen Slivowitz herausbringen. Vielleicht würde er dann wieder zu sich kommen und endlich gehen, dabei fiel Valentin ein, daß der Briefträger zu Weihnachten von den Eltern irgendein Trinkgeld bekam. Das war es also, worauf er hinauswollte, deshalb verabschiedete er sich nicht und blieb erwartungsvoll vor dem Buben stehen. »Wartens einen Moment! Ich bin gleich wieder da!« Und er ging hinein ins Haus, die Tür ließ er angelehnt. Geld, das war das Zauberwort! Geld, alle wollten sie nur Geld, ihre Gedanken kreisten ausschließlich um Geld, und wenn es einmal ausblieb, fingen sie an, wie besinnungslos zu trinken und um sich zu schlagen! Er kramte in dem großen Haushaltsportemonnaie in der Küchenschublade. Er wußte nicht, wieviel er ihm geben sollte. Zwanzig Schilling? Zehn Schilling? Jelinek stand noch immer in der gleichen Haltung in der Kälte vor der Tür, am Fuß der Stufen, in der Haltung dessen, der sich schon verabschiedet hat. Er wußte, warum der Reichardtbub hinein ins Haus gegangen war. Er wußte, warum er hier draußen warten sollte. Aber er wollte kein Geld. Geld war ihm gleichbedeutend mit Demütigung. Er brauchte nicht viel und verdiente genug und hatte gespart. Viel zuviel. Manchmal spielte er mit dem Gedanken, alles auf einmal völlig sinnlos auszugeben, bis ihm nichts mehr geblieben war. Doch er konnte das Geld, das ihm zugesteckt wurde, nicht ablehnen, das Geld gehörte zum Ritual, und man steckte es ihm zu, um ihn für sich zu gewinnen und mit dem Geld gegen seinen möglichen Zorn und die darauffolgende Rache gefeit zu sein. Wenn er es ablehnte, würden sie seine Schwäche so-

fort erkennen und ihn wie die Hunde totbeißen. Sie glaubten, sich mit dem zugesteckten Geld vor ihm zu schützen, und er schützte sich vor ihnen, indem er das zugesteckte Geld mit lächelnd gespielter Abwehr annahm. Es war ein Gesetz. Sein Gesetz.
Der Reichardtbub trat heraus, in der Linken einen Stamperl Slivowitz, Jelinek erkannte es an der hellgelben Färbung, in der Rechten ein Kuvert. Das Geld. Das Ritual kam in Gang. Jelinek kam ihm schief grinsend ein Stück weit entgegen und trat auf die unterste Stufe, auf der er stehenblieb. Valentin trat von oben auf die zweite Stufe hinunter, so daß er eine Stufe über dem Briefträger stand, beide jedoch durch das Hinaufsteigen des Briefträgers und das Hinuntersteigen des Buben in gleicher Augenhöhe einander gegenüberstanden. Wortlos reichte ihm Valentin zuerst das Stamperl Slivowitz, wartete ab, bis der Briefträger ihm mit einem »Frohe Weihnachten« zugeprostet hatte, und drückte ihm dann eilig das Geld in die Hand, während er das geleerte Gläschen zurücknahm. Jelinek wischte sich den dünnen Schnurrbart und dankte. Dabei legte er zwei Finger an die Mütze wie ein alter Militär. Valentin nickte vage. Jelinek machte sich davon. Valentin nahm die Axt und ging durch den tiefen Schnee zum Schuppen hinter dem Haus. Dann spaltete er die Scheiter, daß sie weit weg von ihm in den Schnee flogen.
Jelinek setzte sich, nachdem er die Biegung hinter sich gebracht hatte und der Weg abschüssig wurde, auf den Schlitten, klemmte Paket und Päckchen zwischen die Beine und fuhr, mit den Füßen steuernd und bremsend, den Weg hinunter bis fast zur Landstraße, wo der Weg wieder anstieg und Jelinek den Schlitten ziehen mußte. Die ganze schöne Schlittenfahrt hinunter dachte er nur den einen Gedanken: Etwas anderes. Er mußte sich etwas anderes einfallen lassen. Und dieser Gedanke tröstete ihn dann doch, wenigstens für die Dauer der Schlittenfahrt,

über den Verlust des Briefes aus Triest hinweg. Denn der Brief aus Triest war nichts Bleibendes, der Brief aus Triest war nur etwas Vorübergehendes. Doch das andere, das er sich einfallen lassen mußte und das ihm gewiß einfiel, war etwas Dauerhaftes, etwas – er zögerte – Unsterbliches.

Valentin las den Brief mit wachsendem Unwillen. Wann kamen sie nun? Heute, übermorgen? Zu Silvester oder gleich im neuen Jahr? Es ließ sich nicht feststellen, seine Mutter hatte alles dazu getan, sich, selbst für die Dauer einer Sekunde, nicht festlegen zu müssen. Es blieb ihm nichts anderes übrig, als weiter zu warten. Doch es war ein anderes Warten als vorher, kein ungewisses Warten mehr. Und ein gewisses Warten war schwerer auszuhalten als ein ungewisses, auch wenn alle Leute das Gegenteil behaupteten. Heute abend wollte der Doktor noch vorbeischauen, und Valentin würde ihm den Brief zeigen. Endlich würde er ihm einen Brief vorweisen können. Er wußte, daß der Doktor seinen Worten bereits längere Zeit keinen Glauben mehr schenkte. Valentin konnte es an seinem Gesicht ablesen.

Er saß in seiner Kammer unter dem Dach auf dem Bett. Von unten hörte er wieder das Stöhnen des Großvaters. Es erleichterte ihn fast, ihn wieder stöhnen zu hören, stundenlang war es völlig still aus seinem Zimmer gekommen. Der Junge löschte die Nachttischlampe, bei deren Schein er den Brief seiner Mutter aus Triest gelesen hatte. Sein Vater hatte nicht unterschrieben, und die Karten, von denen seine Mutter schrieb, hatte Valentin niemals erhalten. Eins stimmte, da hatte die Mutter recht: Auf die italienische Post war kein Verlaß.

Es war vollständig finster im Zimmer, und Valentin trat ans Fenster und sah auf die Lichter diesseits und jenseits der Grenze. Unten im Flur läutete das Telefon. War es der Unbekannte, der seit geraumer Zeit keine rechte Lust

mehr an seinem Spiel zu finden schien? Die anonymen Anrufe waren seltener geworden. Wie lästige Pflichtübungen. Valentin hatte nicht vor, hinunterzusteigen und den Hörer abzunehmen. Es läutete lange, dann brach es mitten im Klingeln ab, als hätte der Anrufer die Gedanken des Buben gelesen. Valentin beschloß, erst einmal gar nicht mehr ans Telefon zu gehen. Sollte es läuten. Oder nicht läuten. Sollten andere die Leitungen füllen. Es gab genug. Übermorgen war Weihnachten. Er freute sich darauf, sich für den Großvater ein Geschenk auszudenken. Er sah den Schreibtisch mit den Geschenken auf dem Gendarmerieposten vor sich. Selten hatte ihn ein weihnachtlicher Gabentisch so sehr beeindruckt. Aber je mehr er darüber nachdachte, was ihn daran gefangengenommen hatte, je plastischer er den Tisch mit den Geschenken vor sich erstehen ließ, desto deutlicher wurde ihm, daß es das Gesicht des Inspektors war, mit dem leisen, beinahe heimlich darauf spielenden Lächeln, das ihn in seinen Bann gezogen hatte, und nicht sein mit Geschenken überladener Schreibtisch am 20. Dezember des Jahres 1963. Er mußte den Inspektor anrufen und seine Vermißtenanzeige zurückziehen. Die Eltern waren nun nicht mehr vermißt. Es tat ihm leid. Die Spannung, die vermißte Personen bereiten, war fort. Er mußte also doch noch einmal seinen Vorsatz, nicht mehr zu telefonieren, brechen, zum Hörer greifen und den Herrn Lechner anrufen. Aber nicht jetzt. Lange Zeit sah er hinunter auf die Lichter diesseits und jenseits der Grenze.
All die Tage und Wochen hatte er, wenn er nach seinem Großvater sah, von sich aus kaum noch ein beiläufig geäußertes Wort an ihn gerichtet. Worte wie »Was gibt es denn« oder »Was kann ich für dich tun« oder »Ich bin schon da«, hingemurmelte Floskeln, im Moment ihres Aussprechens bereits vergessen. Äußerungen, die man wie im Schlaf macht. Doch diesmal sagte er beim Eintreten in das Kran-

kenzimmer, leise, er bemerkte es kaum: »Entschuldige, Großvater. Aber ich war oben.«
Daß er etwas gesagt hatte, wurde ihm erst klar, als er die Antwort darauf bekam.
»Das macht nichts. Jetzt bist du ja da.«
Valentin war so überrascht, daß er schwieg.
»Das macht nichts«, hatte er gesagt. Dann hatte er gesagt: »Jetzt bist du ja da.« Es klang so – gesund! Die Klarheit, das Nüchterne und der sanfte Humor, der zwischen den Wörtern hindurchschimmerte, waren Zeichen der Genesung, Mitteilungen eines Gesundenden. Fast hätte Valentin gelacht wie über einen gelungenen Witz des Großvaters. Ein wenig kam es ihm jetzt sogar vor, als hätte der alte Mann die ganze lange Zeit hindurch ihn und auch den Arzt zum Narren gehalten. Er betrachtete den Großvater, den er die ganzen vergangenen Tage und Wochen im Grunde nicht mehr richtig angesehen hatte, da sich Tag für Tag und Nacht für Nacht das gleiche deprimierende Bild geboten hatte, wie zum ersten Mal. Der alte Mann lag ruhig im Bett, die Decke bis zur Brust gezogen, die Arme darauf ausgebreitet, und sah ihn an. Die Augen waren nicht mehr so erschreckend geweitet, weniger gerötet und blutunterlaufen. Sie waren nur schmal und ein bißchen verquollen wie nach einem tiefen Schlaf. Hatte er einen Genesungsschlaf gehalten? Die Wangen waren rosiger, die Haut glänzte, Valentin hatte das Gefühl, daß das Blut wieder ungehindert durch seine Adern floß und der Hauch des Todes, der bereits ein gewaltiger Sturm und ein eisiger Wind geworden war, von ihm abgelassen und sich erst einmal anderen zugewandt hatte, die an ihn glauben mußten.
»Möchst du was trinken?«
»Ja. Einen Schnaps.«
»Einen Schnaps, Großvater?«
»Ja. Meinen Slivowitz. Ich sehne mich nach seinem Duft, dem Brennen im Hals.«

»Ja, Großvater.«
Er wagte nicht zu widersprechen. Aber was sollte ein Slivowitz schon schaden? Er ging in die Küche und schenkte aus der bauchigen Flasche, die noch vom Besuch des Briefträgers auf der Kredenz stand, ein kleines Glas voll, das er dem Großvater brachte.
»So wenig?«
»Trink es doch erst einmal.«
Valentin befürchtete einen neuen Kampf. Er sah es an seinem starrsinnigen Blick, der ihn ausdruckslos fixierte, als wäre die Krankheit des alten Mannes eine Waffe, die er jederzeit, wann es ihm paßte, hervorholen und den Buben damit erpressen konnte.
Er hatte nicht bemerkt, daß der Großvater den Slivowitz in einem Zug hinuntergestürzt hatte und ihm bereits seit geraumer Zeit das Gläschen entgegenhielt, wobei er mit dem Zeigefinger fordernd daran klopfte.
»Noch einen.«
Es kam einem Gebot gleich. Und Valentin eilte beflissen wie ein Bediensteter in die Küche und schenkte nach. Er erkannte sich nicht wieder. Warum folgte er ihm aufs Wort? Er konnte sich nicht dagegen wehren. Auch den zweiten schüttete der Großvater hinunter. Während er sich die Mund wischte, brummte er leise: »Mehr. Ich will mehr.«
»Großvater, ich weiß nicht. Ich glaube nicht...«
»Ich habe gesagt, ich will mehr.«
War es sein Blick? Valentin hatte einmal einen Fuchs in der Falle gesehen. Daran mußte er denken, als er dem Blick des Großvaters auswich, das Glas entgegennahm und wieder in die Küche ging. Er durfte ihm nicht zu eilfertig zu Diensten sein.
Das Gefühl der Hoffnung hatte getrogen. Der Tod hatte seinen Großvater noch immer in der Hand und würde ihn auch nicht mehr aus seinen Klauen lassen. Er hatte nur die

Richtung geändert, die Taktik gewechselt. Das war alles gewesen, und Valentin war blind und dumm darauf hereingefallen. Der Tod hielt die Trumpfkarten in der Hand. Er bestimmte das Spiel. Wann es weiterging, wie es weiterging, wann es endete. Und wie es endete.
Er hörte das Schlagen einer Autotür, wischte sich rasch die Hände ab und lief zur Tür. Doktor Smutny war gerade im Begriff gewesen zu klingeln. Aus dem Zimmer hörte man den Großvater ungeduldig rufen: »Noch einen. Noch einen. Ich will mehr.« Doch Valentin reagierte nicht. »Guten Abend, Herr Doktor!« begrüßte er ihn erleichtert und dankbar. Doktor Smutny wunderte sich über die ungewöhnlich herzliche Begrüßung.
»Guten Abend, Valentin.« Diesmal fiel es ihm schwer, freundlich zu wirken. Es wurde ihm klar, daß er den Jungen verdächtigte.
»Noch einen. Noch einen. Noch einen!« tönte es aus dem Zimmer.
»Er verlangt Slivowitz. Einen habe ich ihm schon gegeben.« Den zweiten unterschlug er.
»Bei Stimme ist er auf jeden Fall wieder.«
Der Doktor stellte seine Tasche ab und schlüpfte aus dem Mantel.
»Grüß dich Gott, Michael! Na, wie geht's?«
»Wie solls schon gehen, Alexander? Wunderbar, herrlich, blendend? Was willst du hören?«
»Letztes Mal hast du mich nicht erkannt!«
»Ich? Dich?«
»Du mich.«
»Ich kann mich nicht erinnern. Ich will noch einen Slivowitz.« Er klang wie ein quengelndes Kind.
»Du hast schon einen gehabt. Mehr verträgt sich nicht mit den Medikamenten. Du nimmst die meisten und stärksten Medikamente im ganzen Dorf. Schau, was du alles nimmst.« Er deutete auf den Nachttisch, auf dem eine Bat-

terie von Fläschchen, Dosen und Schachteln aufgereiht stand. »Lanitop, Corolanitop, Apoplectal, Coramin, Sympathocard. Dazu noch Slivowitz, und du wirst zum Vulkan.« Ein lächerlicher Witz, es fiel ihm kein besserer ein.
»Ich kann nichts dafür, daß ich sie nehme. Die haben Sie mir verschrieben.«
Das plötzliche Sie irritierte den Arzt. Trübte sich das Bewußtsein seines Patienten bereits wieder, oder wollte er ihn nur ärgern? Späße dieser Art hatten den Doktor von jeher bekümmert. Das wußte auch Michael Hader.
Nachdem er ihn untersucht hatte, meinte der Doktor: »Es scheint ihm besserzugehen, ich verstehe das nicht.«
Valentin zeigte ihm den Brief seiner Mutter aus Triest. Der Arzt war enttäuscht. Sollten alle seine Vermutungen, sein ihm plausibel erscheinender Verdacht, sich in Wohlgefallen auflösen, nichts als Hirngespinste eines alten Dorfarztes gewesen sein, der vor Langeweile ins Grübeln gekommen war? Wenn sich alles aufklärte, kam die schreckliche Banalität hinter den Dingen zum Vorschein, die allen Rätseln und Geheimnissen, auch den Schrecken und dem Entsetzen ihr Wesen nahm. Und damit ihr Leben. Und das Leben und die erfundene Wichtigkeit der damit Befaßten.
Smutny verabschiedete sich rasch, gebückt und gebeugt von einer weiteren Niederlage, die ihm sein Leben bereitet hatte, machte er sich davon. Er vermochte die Niederlagen nicht mehr zu zählen, denn um sie zu zählen, hätte er sich ihrer erinnern müssen, und das wollte er nicht mehr. Das alte Auto kam leicht ins Rutschen, und fast wäre er gegen einen Baum gefahren. Sein ganzes heiteres Wesen war verschwunden, als hätte es niemals existiert. Er hatte selbst daran geglaubt. Er hatte immer daran geglaubt, ein fröhliches Wesen zu haben. In Wahrheit hatte er immer geglaubt, fröhlich sein zu müssen, bis er geglaubt hatte, fröhlich zu sein. Er hatte sich seine Fröhlichkeit selbst vorgespielt, wie ein Schauspieler, der vor dem Spiegel übt.

Am späteren Abend, nach neun, der Doktor war in seinem Lehnstuhl über dem Betrachten eines Bandes expressionistischer Zeichnungen eingenickt, war er noch einmal hinausgerufen worden. Der Gendarmerieinspektor war am Apparat gewesen. Er solle sofort kommen. Zum Jelinek. Man habe den Briefträger in seinem Blut gefunden. Der Briefträger Jelinek habe sich die Kehle durchgeschnitten. Doktor Smutny mußte lachen. Am Telefon zuerst, später auf der kurzen Fahrt zum Häuschen des Briefträgers, dann noch einmal, als er den Totenschein ausfüllte und unterschrieb. Dazwischen, als er sich im Schlafzimmer des Briefträgers aufhielt, hatte er nicht gelacht, auch nicht gelächelt. Aber er war auch nicht ernst gewesen. Er war erfüllt gewesen von einer bis dahin unbekannten Spannung, einer gespannten Neugier, er war wie unter Strom gestanden, hatte jedes Detail im Zimmer erfaßt und buchstäblich in sich aufgesogen. Er hatte lange nicht mehr soviel Blut auf einmal gesehen. Zuletzt im Krieg. Jelinek mußte sich, soweit ihm das noch möglich gewesen sein konnte, in einem wahren Blutrausch befunden haben. Wo der Arzt auch hinsah, waren Blutspritzer, Blutstropfen, Blutflekken, kleine Lachen. Beim Durchschneiden der Kehle mit seinem Rasiermesser hatte er die Halsschlagader getroffen. Aber er hatte sich schon vorher Verletzungen und Verstümmelungen zugefügt, er hatte sich auch die Handgelenke aufgeschnitten, die Pulsadern jedoch nicht getroffen. Als man den Doktor am Tatort nicht mehr brauchte, trennte er sich nur höchst ungern. Er wußte, daß ihn keiner wegschicken konnte, aber es wäre aufgefallen, wenn er sich länger, als er benötigt wurde, am Ort des Geschehens aufhielt. In einer kleinen Gemeinde wie Muna durfte man in keinem Fall über die jedem einzelnen zugewiesene und zugedachte Zeit bleiben. Sonst fiel man sofort auf und damit aus dem Rahmen. Doch das Schlafzimmer mit den blutdurchtränkten Leintüchern, den Blutspritzern auf dem

Spiegelschrank, der Glasplatte auf dem Nachtschränkchen, dem Boden, dem Bettvorleger, den weißen Gardinen hatte ihn nicht losgelassen, und er war immer wieder, unter den fadenscheinigsten Vorwänden, zurückgekehrt. Und noch viel mehr als das Blut zogen ihn die Briefe an, die unzähligen Briefe. Es mußten mindestens tausend Briefe sein.

*

Am Nachmittag des 23. Dezember, einem unbedankten Datum, standen vier Freunde vor der Tür. Valentin, der sich nicht freute, führte sie rasch hinauf in seine Kammer unter dem Dach. Der Tag war zu warm, der Föhn über das Tal hereingebrochen, und die Berge waren zum Greifen nah und »standen im Zimmer«, wie der Großvater früher immer gesagt hatte. Die vier Freunde nahmen schweigend Platz. Jörg »Iwan« Schneider war gekommen. Natürlich hatte er vorher nicht angerufen, und Valentin fürchtete, daß er gleich den Mund aufmachen und zu einer seiner berüchtigten Aufzählungen ansetzen würde, doch vorerst blieb er stumm. Walter Schöberl war gekommen, Fritz Sterbik war gekommen und einer, der eigentlich nicht sein Freund war: Thomas Sommer. Der Gerüchteausträger der Dorfjugend, eine unangenehme, schleimige Figur, die jedoch über jede Neuigkeit vor allen anderen Bescheid wußte und deshalb unverzichtbar war. Alle seine Freunde waren älter als er.

»Wollt ihr was trinken?«

»Ich habe Schnaps dabei. Bemüh dich nicht!«

Iwan Schneider holte eine mit Schnaps gefüllte Limonadeflasche unter seinem Anorak hervor. Die Flasche ging reihum, und ein jeder der ernsten schweigenden Runde nahm einen großen Schluck. Es war unmöglich abzulehnen. Iwan hätte wahrscheinlich das Zimmer zertrümmert.

»Die Österreicher haben das falsche Wachs. Wir werden in Innsbruck verlieren.« Die anderen schwiegen. Die Flasche ging reihum. Wieder das Schifahren, das immer gleiche Winter- und Schneegespräch, die Stahlkantenunterhaltung, die Holz-, Stahl-, Kunststoffdiskussion.
Valentin wollte keine Bestzeit mehr hören, und er wollte keine Namen von irgendwelchen Weltmeisterschaftsaustragungsorten, Abfahrten, Pisten, Hängen und Rängen mehr hören. Er wollte die Namen Chamonix, Innsbruck, Patscherkofel und Lauberhorn nicht mehr hören, die Worte Slalom, Kamelbuckel, eng, flach, steil wollte er nicht mehr hören. Er wollte die Worte Trainingslager und Gesamtklassement nicht mehr hören, die Worte Zehntelsekunden, vor und nach, die Worte Erster, Zweiter und Letzter, Chance und große Hoffnung. Ein Wort konnte und wollte er vor allen anderen nicht mehr hören, es war ihm das schlimmste und zuwiderste von allen Worten, die er nicht mehr hören wollte. Es war das Wort Sieg. Nur ein einziges Wort wollte er noch hören: Abfahrt. Das Wort Abfahrt wollte er weiter hören. Ohne Sinn und Zusammenhang und vor allem ohne das Wort Sieg. Das Wort Abfahrt wollte er sein ganzes künftiges Leben weiter hören können, als Erinnerung an das, was ihm das Schifahren einmal bedeutet hatte, als vom Siegen noch nicht die Rede war. Was für ein lächerlicher Traum war es doch gewesen, den er da geträumt hatte! Schirennläufer zu werden, Weltmeister, Olympiasieger! So etwas konnte man nicht werden, so etwas war man! Und doch war es ein ungeheuer kühner Traum gewesen, kühner, als sich in eine wirkliche, eine echte Abfahrt zu stürzen, wenn man zu nichts anderem auf der Welt war.
Die anderen sahen ihn an. War er dran? Der nächste Satz mußte immer einen Bezug zum letzten haben. Das Gespräch durfte nicht abreißen. Ein Spiel. Ein Zwang. Er hatte nicht zugehört, er wußte nicht, wie der letzte Satz ge-

lautet, wer ihn gesagt hatte. Wer war der letzte gewesen? Sommer oder Sterbik? Sterbik sah zu Boden und spielte mit seinem Zeh, Sommer sah ihn herausfordernd an. Sommer wollte etwas sagen, doch Iwan kam ihm zuvor.

»Du hast nicht zugehört.«

»Nein. Ich bin den Schnaps nicht mehr gewöhnt.«

»Soll ich Gewalt anwenden?« er sagte »anwend«.

»Nein, Iwan. Bitte nicht.«

»Warum nicht?«

»Ich weiß nicht.«

Iwan nahm einen langen Schluck. Sterbik zog seine Socke aus und roch an seinem Fuß. Sommer kicherte. Schöberl kicherte auch, als er Sommer kichern hörte und sich durch einen Blick auf Iwan vergewissert hatte, daß dieser das Kichern guthieß. Auch Iwan verzog den Mund zu einem Grinsen.

»Er hat nicht zugehört.« Iwan Schneider lachte. Das weiße Albinohaar flatterte um seinen Kopf. Die anderen lachten mit. Valentin lachte auch mit.

»Unser Kleiner hat nicht zugehört. Wie hat der Lehrer immer gesagt? Es gibt Dinge zwischen Himmel und Erde, von denen unsere Schulweisheit nicht einmal träumt. Oder so ähnlich. Oder wie?« Er blickte Sommer fragend an.

»Sich unsere Schulweisheit nichts träumen läßt.«

»Den ganzen Satz!«

»Es gibt Dinge zwischen Himmel und Erde, von denen sich unsere Schulweisheit nichts träumen läßt.«

»Läßt. Träumen läßt. Sag es nach, Valentin!«

»Es gibt Dinge zwischen Himmel und Erde, von denen sich unsere Schulweisheit nichts träumen läßt.«

Es hatte keinen Sinn, zu widersprechen oder gar Widerstand zu leisten.

»Trink!«

Iwan reichte ihm die Flasche. Valentin trank, bemühte sich aber, so wenig wie möglich von dem scharf brennenden

Schnaps seine Kehle erreichen zu lassen, indem er Lippen und Zunge nach vorn schob. Viel half es nicht.
»Erinnerst du dich noch, Schöberl, wie du so viel hast trinken müssen, daß du danach eine Alkoholvergiftung gehabt hast? Weiß du noch? Was haben wir gelacht!«
Der kleine Walter Schöberl, er war der Sohn des Malermeisters, versuchte ein Lächeln und nickte eifrig.
»Wie du erst wieder im Krankenhaus aufgewacht bist und sie dir den Magen ausgepumpt haben! Damals hast du fast die ganze Flasche auf einen Zug ausgetrunken!« Er sagte: »...ganz Flasch auf ein Zug ausgtrunk.«
Valentin glaubte sich kurz unbeobachtet und setzte die Flasche ab. Sofort war ein schneidendes »Trink! Hab' ich gesagt!« zu hören. Valentin setzte die Flasche wieder an.
»Du hast Halluzinationen gehabt, Schöberl. Hast dich von uns bedroht gefühlt. Ausgerechnet von uns!« Er lachte. Die anderen lachten mit. Als Iwan sein Lachen abbrach, hörten auch die anderen sofort auf. Nur Schöberl hatte es zu spät erkannt und lachte weiter. Es klang nicht fröhlich.
»Du hast Stimmen gehört, Schöberl! Stimmen, stell dir vor! Und du hast dich vor Übelkeit gekrümmt und auf dem Boden gewälzt, und dann hast du gekotzt wie ein Reiher und hast uns nicht mehr erkannt! Du hast echt nicht mehr gewußt, wer wir sind. Das war das lustigste! Und ich hab' dann gesagt, ich bin der Gendarmerieinspektor, und der Sommer hat gesagt, er ist der Pfleger aus dem Irrenhaus, und der Sterbik hat gesagt, er ist der Priester, der dir die Letzte Ölung geben soll! Und was hat der Valentin gesagt? Was hast du eigentlich gesagt?« Endlich hatte Valentin einen Grund, die Flasche abzusetzen. »Ich weiß nicht mehr. Ich kann mich an den Abend gar nicht mehr erinnern.«
Er erinnerte sich, daß er an jenem Abend, an dem man den Schöberl Walter mit Blaulicht ins Landeskrankenhaus

transportiert hatte, nicht dabeigewesen war, weil seine Eltern ihm nicht erlaubt hatten fortzugehen. Es war ratsam, das jetzt nicht zu erwähnen und so zu tun, als ob er dabeigewesen wäre. Er mußte etwas erfinden. Er mußte etwas erfinden und sich Zeit dafür lassen, um nicht wieder so rasch weitertrinken zu müssen. »Warst du an dem Abend überhaupt dabei?« ließ sich Thomas Sommer vernehmen.

»Ja. Warst du an dem Abend überhaupt dabei?« Sofort griff Iwan die für Valentin ungünstigste Möglichkeit auf.

»Natürlich, Iwan! Wir beide haben doch noch mit dem Krankenwagenfahrer und dem Notarzt verhandelt.«

Iwan erinnerte sich nicht, aber das konnte er nicht zugeben. Valentin wußte, daß die anderen an diesem Abend ebenfalls schwer betrunken gewesen waren, so daß sie in der Folge Erinnerungslücken hatten.

»Und was hast du zum Schöberl gesagt? Als was hast du dich ausgegeben?«

»Als Totengräber, weißt du nicht mehr?«

Iwan lachte brüllend. Valentin wußte, daß ihn makabre Scherze besonders begeisterten.

»Natürlich! Herrlich war das! Köstlich! Du hast gesagt, du bist der Totengräber!«

Er sah in die Runde.

»Erinnert ihr euch?«

Die anderen nickten lachend, sie hatten keine Ahnung. Nur Sommer gab nicht auf.

»Der Reichardt Valentin war an dem Abend nicht dabei. Er hat von zu Haus nicht wegdürfen. Der Mamabub.«

Doch Iwan gefiel die Sache mit dem Totengräber so gut, daß er keine Lust hatte, an der Geschichte zu zweifeln. Seine Laune war Valentins Glück.

»Ich erinnere mich genau an den Totengräber. Und ich weiß noch, wie wir beide mit dem Notarzt verhandelt haben.«

Verschwörerisch blickte er Valentin an. Er erinnerte sich an nichts, aber es gab ihm Auftrieb, mit dem Notarzt verhandelt zu haben. Das gab Wichtigkeit. Das Gefühl von Macht und den Lauf der Dinge beeinflußt zu haben. Valentin hatte in seiner Not einen schwachen Punkt bei Iwan getroffen. Jetzt war Thomas Sommer dran.

»Thomas, trink du weiter! Komm schon, komm schon, zier dich nicht! Das ist der beste und stärkste Schnaps im Dorf! Nicht, Valentin, der gibt Kraft? Da hört man die Englein singen?!« Valentin gab Sommer die Flasche. Er mußte die vier trotzdem so schnell wie möglich loswerden. Die Stimmung konnte jederzeit wieder umschlagen. Im Augenblick war Iwan auf seiner Seite, aber das konnte sich binnen Minuten oder gar Sekunden ändern. Iwan brauchte immer ein Opfer. Sommer setzte die Flasche an den Mund, von Iwan scharf beobachtet.

»Jetzt weiß ich es wieder genau! Ganz genau. Du hast dem Schöberl gesagt, du bist der Totengräber, und dann ist er in Ohnmacht gefallen.«

»Und vorher hat der Sommer noch huhu geschrien, wie ein Uhu in der Nacht.« Sterbik zog umständlich seine Socke wieder an. Sein Vater war beim Zoll.

»Genau, genau!«

Iwan schlug sich vor Lachen auf die Schenkel.

»Huhu hast du geschrien, Sommer! Und dann ist der Schöberl bewußtlos gewesen.«

»Und dann bin ich telefonieren gegangen. Durch den stockdunklen Wald. Ich bin über eine halbe Stunde gegangen.«

Thomas Sommer hatte die Flasche abgesetzt.

»Trink!«

»Ich kann nicht mehr. Mir ist gleich schlecht.«

»Trink, hab' ich gesagt!«

Mit einem Satz war Iwan bei ihm, riß ihm die Flasche aus der Hand und drückte sie auf Sommers Lippen.

»Trink!« sagte er leise, »sonst geht's dir schlecht.«
Sommer fing an zu weinen. Er war schon achtzehn Jahre alt. Er war älter als Schneider und schwächer. Keiner wagte es, gegen Iwan aufzustehen. Alle haßten ihn, aber keiner hatte den Mut und vor allem die Kraft und Ausdauer, sich gegen ihn zu erheben. Valentin hätte den Mut gehabt. Doch ihm fehlte nach allen Schrecknissen der vergangenen Zeit die Kraft zum Mut. Und er sah betreten zu wie die anderen auch. Iwan war ein Meister im Angstmachen.
»Möchtst, daß es dir wie dem Jelinek geht?«
»Wieso?« entfuhr es Valentin, der noch nicht wußte, was mit dem Briefträger geschehen war. Iwan, begierig, die Sensation loszuwerden, vergaß sein Opfer, welches sonst selbst Spezialist für das Überbringen schlechter Nachrichten war, und wandte sich Valentin zu. Verblüfft, beinahe fassungslos, daß dieser von der blutigen Selbsttötung noch nichts wußte, fragte er: »Was? Das weißt du nicht? Das war doch schon vorgestern!« Sommer nutzte die Gelegenheit, rannte aus der Tür, die Treppe hinunter und durch die Haustür hinaus. Nur im Hemd, rannte und rutschte er den Hang hinunter, nahm sich nicht mehr die Zeit, den regulären Weg einzuschlagen. Iwan brüllte auf, als hätte ihn ein Schlag getroffen, und lief hinterher. Schöberl und Sterbik blieben sitzen. Valentin sah der Verfolgungsjagd durchs Fenster nach.
»Er kriegt ihn nicht. Er ist schon zu weit weg.«
Die beiden standen auf und traten ebenfalls ans Fenster.
»Jaja, die Angst, sie verleiht Flügel«, meinte Fritz Sterbik. Und Walter Schöberl fügte leise hinzu: »Aber wenn er den Sommer das nächste Mal trifft, dann geht's ihm schlecht...«
Valentin schickte sie heim. War Iwan erst einmal aus dem Spiel, hatte er leichte Hand. Dann folgten sie ihm aufs Wort. Leicht schwankend trotteten sie davon, hinein in die

beginnende Dunkelheit. Er sah sie nicht mehr und verriegelte die Tür. Noch immer wußte er nicht, was mit dem Briefträger geschehen war.
Der Großvater hatte von dem Besuch der vier nichts mitbekommen. Zumindest tat er so. Er saß aufrecht im Bett und studierte die Zeitung. Er las, leise die Lippen bewegend, jede Zeile, auch die Namen von einzelnen Verfassern und die Seitenzahlen, las den innenpolitischen und den außenpolitischen, den Wirtschafts- und den Kulturteil, den Lokal- und natürlich den Sportteil. Und er las die Anzeigen. Es schien ihm – wieder einmal – besserzugehen. Doch Valentin ließ sich von den vorübergehenden Besserungen und scheinbaren Gesundungen nicht mehr täuschen. Für ihn gehörten sie zum Bild der Krankheit, genauso wie das Stöhnen und das Schreien und die Schmerzen und die Ohnmacht. Es ergab alles zusammen ein einziges Bild, eine einzige Summe: das Ende.
Später am Abend erfuhr er dann doch noch alles über den Freitod des Briefträgers, als er den Gendarmerieinspektor Lechner anrief, um seine Vermißtenanzeige zurückzuziehen. Lechner schilderte ihm in dürren Worten, was mit Jelinek geschehen war. Bei dieser Gelegenheit teilte er ihm auch mit, daß mehrere Karten seiner Eltern, vor allem von seiner Mutter, im Haus des Briefträgers gefunden worden waren. Daß er sie ihm jedoch erst nach Abschluß der Ermittlungen aushändigen könne, was erfahrungsgemäß mehrere Wochen dauere.
Morgen war Weihnachten, und er hatte immer noch kein Geschenk für seinen Großvater. Er hatte es vergessen. Er hatte so manches vergessen. Unter anderem auch die Leiche im Keller, die wahrscheinlich der Leichnam von Hanni Aigner war. Er konnte versuchen, sie am Weihnachtsabend zu vergraben. Oder zu verbrennen und ihre Asche im Schnee zu verstreuen. In alle Winde, wie man sagte. Es dürfte einiges an Überwindung und Willenskraft kosten,

die Leiche aus dem Keller zu schaffen und zu begraben. Oder zu verbrennen. Er vermutete, daß Verbrennen sicherer war als Vergraben. Gräber wurden immer entdeckt. Asche war unverfänglich.

Auf dem Gelände der ehemaligen Limonadenfabrik Kern ist während der Zeit der nationalsozialistischen Herrschaft eine Art Konzentrationslager errichtet worden. Ja, eine Art KZ, glaube ich. Näheres weiß ich nicht. Es war meines Wissens mehr ein Durchgangslager, ein Zwischenlager, ein Internierungslager. Für Zigeuner, Flüchtige, Politische. Keine Juden. Soviel ich weiß. Aber was weiß ich? Ein Nebenlager von Dachau wie St. Gilgen, wie Fischhorn, wie Plansee könnte es von der geographischen Lage, in der Mitte zwischen Mauthausen und Dachau, gewesen sein oder ein Nebenlager von Mauthausen. Vielleicht. Es könnte aber auch ein Rüstungslager wie Katsdorf oder Gunskirchen oder Passau oder Melk gewesen sein. Ein reines Zigeunerlager wie Lackenbach war es auf keinen Fall. Es ist möglich, daß es auch ein sogenanntes Erziehungslager wie Moosbierbaum, wie St. Valentin oder Niklasdorf oder St. Dionysen war. Es war weiträumig abgesperrt, das Maxglaner KZ. Man wußte nicht viel. Aber viele wußten alles. Es schwirrten gewisse Gerüchte herum. Aber mit Gerüchten war das anders als heute. Ein Gerücht zu streuen konnte das Todesurteil bedeuten. Also hütete man sich. Ich glaube, ich habe mich gehütet. Viele, wenn nicht alle, haben sich gehütet. Es hat in Maxglan keine Herzschlagtreppe wie in Mauthausen gegeben, aber es gab anderes. Habe ich das damals gewußt? Ich hatte auf jeden Fall nichts damit zu tun. Aber Nikolaus Ladurner hatte etwas damit zu tun, das weiß ich jetzt wieder. Nicht direkt. Aber er mußte oft ins Lager. Zu irgendwelchen Besprechungen, wie er sich ausgedrückt hat. Ganz schweigen hat natürlich auch er nicht können. Aber Genaueres hat er nie erzählt. Das hat er sich nicht getraut. Aber er war mit einer Sache oder mit mehreren Sachen, die das Lager betrafen, beauftragt. Er war betraut und befaßt mit Aufgaben, die ihn zum Schweigen verpflichtet haben. Die Aufgaben waren mehr verwaltungstechnischer Art, glaube ich. Hoffe ich. Das Lager hat auch nicht die ganze Zeit über, die ganzen Nazijahre hindurch, existiert. Irgendwann ist es aufgelöst worden. Man hat es nicht mehr gebraucht. Ich weiß nicht, wann, in welchem Jahr. Ich bin die ganze Zeit in meinem Grenzhäuschen gesessen, in der Zollstation. Natürlich kann es sein, wenn es dort Verhaftungen gegeben haben sollte, ich meine, vor dem Zollhaus oder im Zollhaus, daß der eine oder andere der Verhafteten zumindest vorübergehend in das Lager Maxglan gekommen ist. Das kann durchaus sein. Der Ladurner hat auf jeden Fall ein paar Jahre davor den Ingenieur nachgemacht. Also Bauingenieur. Wie er das in der kurzen Zeit gemacht hat, ist mir rätselhaft. Aber er hat immer Mittel und Wege gefunden. Er hatte die richtige Art, mit den Leuten umzugehen und umzuspringen, und er hat auch die Richtigen geschmiert. Manche schmieren eben die Falschen. Da liegt auch ein Unterschied. Auf jeden Fall hat der Ladurner seine Kenntnisse und Fähigkeiten als Bauingenieur im Lager oder für das Lager, vielleicht auch für andere Lager, eingesetzt. Davon bin ich heute überzeugt. Wie gesagt, geredet hat er nichts oder fast nichts darüber, aber jeder hat gewußt, daß er im Lager ein- und ausgeht. Ich weiß nicht, warum mir das alles erst jetzt einfällt, warum ich all die Jahre nicht mehr daran gedacht habe, obwohl ich den Ladurner manchmal täglich gesehen habe und somit hätte daran erinnert werden müssen. Aber ich bin nicht daran erinnert worden. Ich habe mich nicht mehr erinnern lassen. Manchmal hat mich vielleicht doch eine Erinnerung gestreift oder die Ahnung einer Erinnerung. Aber ich wollte nichts davon wissen, ich habe es mit aller Kraft weggedrängt, bis von der Erinnerung nichts mehr übriggeblieben ist. Es waren schwere Jahre, aber auch das stimmt nicht ganz, denn die wirklich schweren Jahre ha-

ben erst nach dem Krieg begonnen. Und etwas von der Last jener Jahre ist bis heute geblieben, hat sich bis zum heutigen Tag gehalten wie ein Denkmal aus Stein. Welcher Tag ist der heutige Tag? Ein Werktag, ein Sonntag, ein Feiertag? Ich habe Angst, danach zu fragen. Man könnte mich in die Nervenheilanstalt schaffen, denn das erste, warum auf verminderte Zurechnungsfähigkeit oder geistige Verwirrung geschlossen wird, ist die Unwissenheit über Datum und Wochentag, über einen heutigen Tag. Das erste, was man bei der Einlieferung gefragt wird, ist die Frage nach Datum und Wochentag. Weiß man es nicht, ist das ein möglicherweise alles entscheidender Minuspunkt, und man wird für verrückt erklärt, sofort. Ich wüßte es nicht. Ich würde gern wissen, wie viele tagtäglich wissen, welches Datum und welcher Wochentag geschrieben wird, und dieses Wissen ohne Zögern mitteilen können. Vielleicht nicht einmal so viele. Aber ich könnte meinen Enkel danach fragen. Ganz harmlos und nebenbei. An die Zeitung, die er mir gebracht hat, kann ich mich nicht halten. Ich bin sicher, sie ist mindestens ein Jahr alt. Warum hat er mir eine alte Zeitung gebracht? Ich glaube nicht wirklich, daß er mir etwas Böses will, ich verdächtige ihn nicht, trotzdem traue ich ihm nicht ganz. Man muß sehr vorsichtig sein, allen Menschen ist alles zuzutrauen. Es kommt nur auf die Lage an, in der sie sich gerade befinden, in die sie gerade hineingeworfen oder mit der sie konfrontiert sind, wie man heute sagt. Man würde sich elend belügen, wollte man etwas anderes glauben. Das andere…

Der alte Kern hat bei Kriegsende seine Burg und sich selbst in die Luft gejagt, als er von seiner unmittelbar bevorstehenden Verhaftung durch die Amerikaner erfahren hat. Er muß dafür kiloweise Sprengstoff gebraucht haben. Manche haben später behauptet, es sei ein Unfall gewesen. Der Sprengstoff, der in der Burg gelagert war, hätte sich durch ein Versehen entzündet. Ein Unglücksfall eben. Aber das glaube ich nicht. Der alte Kern hat so viel Dreck am Stecken gehabt, daß sie ihn wahrscheinlich hingerichtet hätten. Auf gewisse Weise bewundere ich, daß man mit fünfundachtzig noch die Energie aufbringt, sich das Leben zu nehmen. Aber das mit dem Leben nehmen ist genauso wie mit dem Leben davor, es ist ein Zwang, beim einen ist der Zwang halt größer und stärker. Da hat man gar keine Möglichkeit, sich lang und groß zu fragen. Man tut es einfach, so wie man vorher gelebt hat. Bin ich auch schon fünfundachtzig? Nein, ich glaube nicht. Ich glaube, ich bin siebzig, oder ich werde siebzig. Mein Alter weiß ich also auch nicht mehr, von meinem Geburtsdatum gar nicht zu reden. Der alte Kern hat irgendeinen Handel mit den Nationalsozialisten gemacht. Es hatte natürlich mit dem Gelände der Limonadenfabrik zu tun, auf dem das Lager errichtet worden ist. Es hat auch etwas mit den von Kern geschwängerten Frauen und Mädchen zu tun gehabt und mit ihren beziehungsweise seinen Kindern. Ich glaube, die sind auch im Lager gelandet. Es wurde auf alle Fälle gemunkelt, darüber geredet, wie das eben so ist. Genaues hat natürlich niemand gewußt. Aber von den Mädchen, die dageblieben waren, sind so gut wie alle verschwunden, die Kinder auch. Ich glaube mich zu erinnern, daß genau mit dieser Sache auch der Ladurner zu tun gehabt hat. Er war unter anderem damit befaßt, wie man gesagt hat. Der Prokurist Hajek ist zur Gestapo gegangen. Er hat mir in diesen Jahren immer ans Leder wollen, daran erinnere ich mich auch wieder. Dauernd hat er mir etwas nachweisen wollen. Aber der Ladurner hat seine Hand schützend über mich gehalten. Das habe ich dem Ladurner natürlich nie vergessen. Obwohl ich nach dem Krieg auch nicht ununterbrochen daran gedacht habe.

Wir haben auch nicht mehr darüber geredet. Höchstens andeutungsweise, in Kürzeln gewissermaßen, wie in einer Geheimsprache, ein Außenstehender hätte davon bestimmt nichts verstanden. Der Hajek ist ganz banal gestorben. Er ist 1944 in ein Auto gelaufen, als er gerade aus dem Salzburger

Gestapoquartier gekommen ist. Er wollte frühstücken gehen. Aber ich erinnere mich, daß er in den Jahren davor, zusammen mit einem anderen von der Gestapo, mehrere Male in Muna war. Plötzlich, einmal mitten in der Nacht, sind sie vor der Haustür gestanden und haben dann das ganze Haus durchsucht und alles auf den Kopf gestellt. Aber er hat mich nie mitgenommen. Ich habe mich nach dem zweiten Zwischenfall – ich glaube, es waren insgesamt dreimal – beim Ladurner beklagt, und das hat auch was genützt. Er ist zwar noch einmal gekommen, aber mehr hat er sich nicht getraut. Er war ja kein wirklich hohes Tier bei der Gestapo.
Am Ende bleibt nur die Erinnerung übrig. Alles Leben verlischt, bis nichts mehr da ist. Wenn ich früher, als ich noch jünger war, ältere Menschen Ähnliches sagen hörte, kamen mir ihre geseufzten Sätze wie Zeilen aus sentimentalen Schlagern vor. Obwohl ich in dem Sinn selbst nicht mehr jung war. Wann ist man schon jung? Jeder hat seine eigene Antwort darauf, wenn er alt geworden ist.
Die Gruber Gisela hat man nach dem Krieg noch einmal gesehen. Sie ist unmittelbar nach Kriegsende mehrmals in und um Salzburg aufgetaucht, und einmal soll sie auch in Muna gewesen sein. Aber ich habe sie nicht gesehen. Ich selbst habe sie nach dem Krieg überhaupt nicht mehr gesehen. Mir wurde nur berichtet, daß sie an verschiedenen Orten gesehen worden ist. Sie ist angeblich auf der Straße von einem amerikanischen Soldaten versehentlich erschossen worden, weil sie die Ausgangssperre nicht beachtet hat. Das ist eine Version. Andere haben damals gesagt, sie habe sich nach Wien durchschlagen wollen und sei an der Ennsbrücke am sowjetischen Kontrollposten verhaftet, anschließend ins sowjetische Zentralgefängnis nach Baden bei Wien gebracht und später nach Sibirien verschleppt worden, wo sich ihre Spur verloren hat. Das waren alles mehr oder weniger nicht nachprüfbare Behauptungen und Vermutungen, die vielleicht stimmten, vielleicht nicht. In dieser Zeit hat die

Wahrheit die Legenden oft übertroffen. Tatsache ist, daß sie ab einem bestimmten Zeitpunkt, spätestens ein Jahr nach Kriegsende, von keinem mehr gesehen worden ist.
Die Stollen und Gänge, die von der Kernburg in den Berg führten, sollen noch viel weiter und tiefer in den Berg hineingereicht haben. Sie waren jedenfalls auch gesprengt. Es wurde ja damals viel von der Alpenfestung geredet... Es wird so ähnlich wie mit der Gruber Gisela sein. Etwas Wahres wird schon dran sein. Ich werde müde.
Ich werde mir selbst zur Erinnerung. Ich bin einer, an den ich mich nicht mehr erinnern kann. Ich bin in Muna, in meinem Haus, in meinem Zimmer, in meinem Bett, auf der Bettdecke liegt die alte Zeitung, ich höre sie knistern, es ist dunkel, wahrscheinlich Nacht, alles ist still. Aber es ist nicht wirklich dunkel, es ist nicht wirklich still, wenn man nur selbst ruhig genug bleibt. Dann höre ich Stimmen. Die laute, polternde von Nikolaus Ladurner, die heiser krächzende von Hans Kern, die rauhe, leise der Gruber Gisela, die Stimme meines Vaters und meiner Mutter, beide haben sie das Ende des Krieges nicht mehr erlebt, die Stimme meiner Tochter Eva, als sie ein, zwei Jahre alt war, und die ich nachher nie mehr hören sollte. Sie murmeln in einem Chor, manchmal wird eine lauter, scheint auszubrechen aus dem eintönigen Gemurmel, das wie ein Beten in einer kalten Kirche klingt, fügt sich dann wieder ein. Ich kann sie nicht wirklich verstehen, aber das stört mich nicht. Es macht mir keine Angst. Es schläfert mich ein. Im Hintergrund, sehr leise, höre ich jetzt die Stimme meiner Frau. Agnes' Stimme zu beschreiben fällt mir sehr schwer. Dunkel – ja, voll – ja, auch rauh, aber von einer anders beschaffenen Rauheit als die Stimme der Gruber Gisela, spröde, in ihrer Deutlichkeit trotzdem verschwommen, sie hat die schönste Stimme von allen.
Agnes starb so plötzlich, daß es Monate dauerte, bis ich ihren Tod erfaßt hatte. Ich nahm Beileidsbezeugungen entgegen. Und ich wartete auf Agnes, ohne daß es mir klargewesen

wäre, erwartete sie an manchen Tagen stündlich zurück, bis ich den Blick meiner Tochter Anna bemerkte, die bei mir geblieben war. Dann verstand ich. Das Haus war leer geworden wie jedes Haus, in dem der Tod war. Ich bewohnte es nun allein mit meiner Tochter Anna, die mir half, wo sie konnte, und nichts anderes als bei mir sein wollte, was mir nicht recht war. Maria, die ältere, hatte geheiratet und war nach Innsbruck gezogen. Ihr Mann wurde Arzt, und ich habe ihr viel Glück gewünscht. Kurz vor Agnes' Tod war ihr erstes Kind zur Welt gekommen.

Agnes ist drei Jahre nach Kriegsende gestorben. An einem warmen 15. Mai, es war die Zeit nach dem Frühstück. Sie ist vom Tisch aufgestanden, um die Teller abzuräumen. Es war kurz nach neun Uhr. Ungefähr fünf Minuten nach neun muß es gewesen sein, ich hatte kurz zuvor auf die Uhr geschaut, die an der Wand hing, und da war es genau neun gewesen. Sie ist vielleicht blasser gewesen an jenem Morgen. Aber das ist mir erst zu Bewußtsein gekommen, wie sie schon tot war. Und möglicherweise habe ich mir das im nachhinein nur eingebildet. Sie ist also wie immer gewesen. Als sie vom Tisch aufgestanden ist, hat sie sich ans Herz gegriffen. Etwas an dieser Bewegung hat mich aufmerken lassen. Ich wollte gerade meine Tasse nehmen. Es war eine ruckartige Verlangsamung allen Lebens. Wie ein großer Schatten, der auf einen eben noch von der Sonne hell beschienenen Platz fällt. Sie ist zusammengebrochen und hat dabei den Tisch umgerissen. Eine Stunde, ziemlich genau eine Stunde später, ist sie in meinen Armen gestorben.

Ich habe sie zunächst auf dem kleinen Dorffriedhof begraben und später, als das äußere Leben wieder geordneter verlief, auf den Hietzinger Friedhof neben Eva überführen lassen. »Agnes Hader geb. Kubin 1900–1948«. Mehr stand nicht auf dem kleinen unbehauenen Grabstein, und mehr hätte sie sicher nicht gewollt, sagte ich mir. Vielleicht hätte sie doch mehr gewollt. Ich habe es nicht erfahren.

»In diesem Dorf wird nur noch gestorben«, sagte Doktor Smutny am Morgen des 24. Dezember beim Frühstück zu seiner Frau und seinen Töchtern.
»Einer folgt dem anderen. Zwei Selbstmörder in sieben Wochen. Wir leben in einem Sterbedorf.«
Er wischte sich mit der karierten Stoffserviette den Mund ab. Kopfschüttelnd stand er vom Tisch auf.
»In den vergangenen zwei Monaten sind hier genau zwei Kinder auf die Welt gekommen und ich weiß nicht wie viele Leute gestorben.«
»Was bedeutet das statistisch?« fragte die Jüngere, sie hieß Klara, und biß in ein Honigbrot.
»Wir sterben aus«, antwortete die Mutter fröhlich und köpfte ein Ei.

Inspektor Lechner hockte neben seinem Schreibtisch im Gendarmerieposten auf dem Stuhl, auf welchem normalerweise Festgenommene Platz zu nehmen hatten. Sein ihm untergeordneter Kollege Kogler hämmerte mit einem Finger in die Schreibmaschine. Es hörte sich an, als ob er mit der Faust in die Tasten schlüge. Lechner hatte einen schweren Kopf. Er hatte von den Dorfbewohnern so viele Flaschen als Weihnachtsgeschenk erhalten, daß er schon am dreiundzwanzigsten die erste aufgemacht hatte. Es war schottischer Whisky gewesen. Eine Seltenheit in dieser Gegend. Er war schottischen Whisky nicht gewöhnt. Deshalb ging es ihm heute schlecht. Das Hämmern des Unterinspektors ließ ihn keinen klaren Gedanken fassen. Er sah auf die Uhr. Er quälte sich mit den Ermittlungen und kam nicht voran. Aber es ist doch ohnehin alles klar, versuchte er sich zu beruhigen. Alles klar. Es war acht.

Valentin hatte sich noch einmal ins Dorf aufgemacht. Er wollte ein Geschenk für den Großvater suchen. Es gab nicht viel Auswahl in Muna, und er hätte sich viel früher

darum kümmern müssen, gestand er sich ein, sagte sich aber, daß er in den vergangenen Wochen niemals die Zeit gefunden hätte, sich in Ruhe ein Geschenk zu überlegen und deshalb womöglich in die Stadt zu fahren. Außerdem wußte er, daß man beim Wipplinger durchaus etwas finden konnte, er ließ einem die nötige Ruhe, die Dinge zu betrachten und in den diversen Schubladen, die er zur Gänze herauszog und auf die Ladentheke stellte, herumzukramen, bis man glaubte oder gar wußte, das Geeignete gefunden zu haben. Valentin dachte an einen Schal, auch wenn er nicht glaubte, daß der Großvater noch einmal in seinem Leben hinaus ins Freie ging. Er konnte es sich nicht mehr vorstellen. War das nicht gleichgültig? War nicht ein Schal, gleichgültig, ob man damit ins Freie ging oder nicht, ein gutes Weihnachtsgeschenk? Und der Wipplinger hatte schöne Schals, handgestrickte und -gewebte in allen möglichen Farben und Mustern. Valentin freute sich auf die Aussicht, sie anzuschauen und durch die Hand gleiten zu lassen, die rauhe oder feine Wolle auf der Haut zu fühlen und darüber nachdenken zu können, welches Muster und welche Farbe dem Großvater am besten paßte.
Er hatte die Hälfte des Weges hinter sich und merkte nun, wie er sich anfing zu freuen, daß er noch Zeit hatte. In den zurückliegenden Wochen und noch in den vergangenen Tagen hatte er sich manchmal gehetzt gefühlt, gehetzt von etwas ihm Unbekannten, das jedoch aus ihm selbst kam. Oft hatte er gedacht, ihm bliebe keine Zeit mehr übrig, für nichts und niemanden. Dieses Gefühl des Gehetztseins hatte er um vieles bedrohlicher gefunden als jede Leiche im Keller. Jetzt, ohne etwas dazu getan zu haben, sah er ein Stück Zeit vor sich.
Es war erst kurz nach acht Uhr mogens, in einer knappen Viertelstunde würde er vor dem Kaufhaus Wipplinger stehen und die Klinke der Eingangstür niederdrücken. Da

24. Dezember war, hatte das Kaufhaus Wipplinger vorsorglich bis zwei Uhr nachmittags geöffnet, er konnte also in aller Ruhe im Kaufhaus Wipplinger herumstöbern.
Als er die Drei Linden erreicht hatte, blieb er kurz stehen, um Atem zu schöpfen. In dichten kleinen Schwaden sah er seinen Atem als Hauch aus seinem Mund in die Luft steigen und sich mit den tief ins Tal hängenden Wolken und Nebelfetzen vermischen.
Das Dorf veränderte sich langsam und beinahe unmerklich. Da, wo gerade noch eine Wiese gewesen war, standen jetzt zwei Häuser im Rohbau, und die Baugrube für ein drittes war noch im Herbst ausgehoben worden – sie konnten nicht schnell genug sein – und stand nun den ganzen Winter hindurch wie ein gähnender Krater leer, bis im Frühjahr das Fundament gesetzt wurde. Es würden keine schönen Häuser sein, das sah man ihnen jetzt schon an, sogar der Baugrube sah man es an. Der Großvater hatte einmal gesagt, das Dorf Muna würde in dreißig, in vierzig oder auch erst in fünfzig Jahren kein Dorf mehr sein, sondern ein Vorort der Stadt. Er rechnete nach. In dreißig Jahren, das war im Jahr 1993, in vierzig Jahren, das war im Jahr 2003. 1993 war er zweiundvierzig Jahre alt. Zweiundvierzig Jahre alt, was war das? Das Leben, das vor ihm lag, erschien ihm jetzt wie die halb verbaute, halb zerstörte Wiese, auf die er hinuntersah. Die Spule seiner Jahre lief vor ihm ab, bis von den Jahren nichts mehr da war. Er sah hinunter auf die halbverbaute Wiese. Er mußte fort aus Muna.

Michael Hader lag halb aufgerichtet im Bett und zerriß die Zeitung in kleine Schnipsel, die er zwischen Daumen und Zeigefinger zusammenrollte und zu Kügelchen drehte, die er gegen die Fensterscheibe schnippte. Es war ein Spiel, das ihm Spaß machte, und mit einem Grinsen schoß er seine Kügelchen gegen die Scheibe, wo sie ein kleines, dumpfes Geräusch machten und auf das Fensterbrett oder den Boden fielen. Die Zeitung wurde schon kleiner, doch er hatte noch viel vor sich. Der Anblick der angerissenen Zeitung erinnerte ihn an ein Gefühl von Arbeit, das er lange vergessen hatte. Arbeit... Arbeit als Lehrer zuerst, Arbeit als Lebensmittelhändler, Arbeit als Grenzwächter einer Grenze, die es nicht gab oder nicht geben sollte, Hausarbeit, Arbeit für Ladurner. Das waren die Arbeiten seines Lebens gewesen. Er war beim Zerreißen der Seite drei angekommen, und sein Blick fiel auf einen von ihm aus dem Zusammenhang gerissenen Satz, der auf dem Schnipsel stand, den er gerade im Begriff war, zu einem weiteren Kügelchen zu drehen. »Einmal wird es zu Ende sein.« Es klang, als ob der Schreiber der Zeile genau vor Augen hatte, wann es zu Ende sei, und diese Sicherheit beunruhigte Hader. Woher nahm der Schreiber der Zeile seinen sicheren Optimismus? Oder sollte es Pessimismus sein? Er wußte es nicht, da er den Zusammenhang zerrissen, zu kleinen Kugeln gerollt und gegen die Fensterscheibe geschossen hatte, wo er auf dem Boden und dem Fensterbrett verstreut herumlag. Die Zeitung war schon bald ein Jahr alt, auch wenn Valentin ihm das Gegenteil einzureden versuchte. Doch selbst wenn sie kein Jahr alt war, so war sie doch mindestens von gestern, wenn nicht von vorgestern. Und der Satz »Einmal wird es zu Ende sein« hatte nichts von seiner Leuchtkraft eingebüßt, er hatte durch das Verstreichen der Stunden, das Vergehen der Zeit, sogar hinzugewonnen, sich behauptet gegen die Vergänglichkeit und war, obwohl nur noch auf einem Papierfetzen zu lesen, wie in Stein gehauen, für alle Zeiten. Michael Hader rollte das kleine Stück Papier zusammen und schoß es gegen die Scheibe zu den anderen. Einmal wird es zu Ende sein. Er mußte abwarten.

Es war Viertel nach acht, als Valentin vor dem Kaufhaus Wipplinger stand und die Klinke der Eingangstür niederdrückte. Der alte Wipplinger, der tief im Inneren des langgestreckten Raums hinter dem Ladentisch stand und Flaschen sortierte und abstaubte, trug heute eine blaue Strickjacke mit aufgesetzten Lederflecken an den Ellenbogen und eine weiße Schirmmütze, die man gewöhnlich im Sommer trägt, um die Augen vor der Sonne zu schützen. Er erschien ihm am heutigen Tag noch kleiner und dicker und freundlicher, als er ihm seine Wünsche mitteilte.
»Ich habe hier noch einige sehr schöne Angoraschals und etwas ganz Besonderes, etwas Weiches und Feines. Einen Kaschmirschal! Ich habe ihn probeweise bestellt. Er ist natürlich teuer. Aber ich zeige ihn dir! Fühl einmal...«
Er hatte vier Wollschals auf der Ladentheke ausgebreitet und hielt den hellbraunen Kaschmirschal feierlich über die Handflächen gelegt, als wäre er ein Talar, den er dem Priester reichen wollte. Valentin befühlte und betastete den weichen Kaschmirschal andächtig. Noch nie in seinem Leben hatte er einen Kaschmirschal gesehen, geschweige denn in der Hand gehalten. Er hatte bisher nur davon gelesen und kannte das Wort Kaschmir bloß aus der Schule. Noch nie hatte er so einen weichen Schal gefühlt.
»Ja, er ist sehr schön. Wunderschön...«
»Wunderbar, nicht?«
Hingerissen beugten sie sich über den hellbraunen Schal, den Valentin zurück auf den Ladentisch legte, vorsichtig, als könne er ihn beschädigen.
»Ich fürchte, das Geld wird nicht reichen...«
»Ja, das ist das Kreuz mit den wunderbaren Sachen. Aber zeigen wollte ich ihn dir halt. Es ist ja schon eine Freude, ihn nur anzuschauen und anzufassen. Er kostet übrigens neunhundert Schilling.«
»Neunhundert Schilling?«
Valentin staunte über den Preis des Kaschmirschals ge-

nauso wie über seine Schönheit. Auch der Preis lag im Bereich des Wunders.
»Ja, ich weiß, Bub. Er ist beinahe unerschwinglich. Ich meine, für die hiesigen Verhältnisse. Ich muß zugeben, daß ich den Herrn Ladurner im Kopf hatte, als ich den Schal bestellt habe. Aber dazu ist es nicht mehr gekommen...«
Er legte den Schal zusammen und gab ihn in die längliche, mit Seidenpapier ausgelegte Schachtel. Schweigend blickten sie darauf hinunter, dann sahen sie sich an. Es war ihnen peinlich, und Herr Wipplinger packte den Schal wieder ein und tat ihn zurück in die Schublade, in der er das Besondere verwahrte.
Die vier Angoraschals hatten viel von ihrer Wirkung eingebüßt. Der Kaschmirschal hatte sie alle in den Schatten gestellt. Sie kamen Valentin jetzt auch verzogen und gewellt vor. Man konnte natürlich einen davon nehmen, aber nur als Nutzkauf, als Gegenstand, der einen vor Kälte und Wind schützt, aber nicht als Weihnachtsgeschenk. Als Weihnachtsgeschenk waren sie unpassend, fast schon eine Beleidigung. Er schüttelte den Kopf.
»Schau sie dir in Ruhe an!«
Herr Wipplinger wandte sich seinen Flaschen zu. Valentin besaß dreihundertfünfzig Schilling, und er hatte vorgehabt, davon noch einen Rest zu behalten. Er dachte nach. Wipplinger, die Flaschen mit einem feuchten Tuch abwischend, dachte auch nach. Keiner kam zu einem Ergebnis. Valentin sah auf die Angoraschals und fühlte die drei Hundertschillingscheine und den einen Fünfzigschillingschein in seiner Hosentasche. Wipplinger dachte daran, ihm den Preis für den Kaschmirschal vielleicht eine Spur nachzulassen, doch viel konnte er ihm nicht nachlassen, so gern er gewollt hätte. Er hätte selber draufgezahlt. Das Geschäft ging nicht so gut, wie alle meinten. Valentin dachte an den Kaschmirschal und seinen Preis. Wipplinger dachte mit

der gleichen Intensität an den Kaschmirschal und seinen Preis. Beide wollten sich einen Ruck geben, doch die Macht der Vernunft war an diesem dunklen Weihnachtsmorgen stärker, und so gaben sie beide auf und sagten nichts.
Wipplinger stellte die Flaschen der Größe nach auf die Glasplatte über den Käse- und Wurstwaren, und Valentin nahm einen graugrünblauweißen Schal zwischen die Finger und meinte, ihn schön und passend für den Großvater finden zu können. Sie hatten sich keinen Ruck gegeben, doch jetzt ging ein Ruck durch sie beide, Wipplinger entglitt eine Flasche und zerschellte auf dem Boden.
»So etwas Dummes!« murmelte er und sah sich entschuldigend nach Valentin um.
»Das kann doch passieren!« meinte Valentin beschwichtigend.
Beide wußten, Entschuldigung und Beschwichtigung galten anderem.
Ohne Freude ließ Valentin den graugrünblauweißen Schal durch die Finger gleiten, während Wipplinger die Scherben zusammenkehrte. Valentin ahnte jetzt schon, daß der Schal kratzte. Außerdem war er nachlässig gearbeitet und wies zahlreiche, auf den ersten Blick nicht sichtbare Löcher auf, die sich nach und nach vergrößern würden.
Für Valentin gab es jetzt die Zeit vor und die Zeit nach dem Kaschmirschal. Von nun an würde er die Welt mit dem Blick auf den Kaschmirschal vergleichen. Die Welt mit dem Blick betrachten, den er auf den Kaschmirschal geworfen hatte. Trotzdem gefiel ihm der andere, der allererste Angoraschal, der dunkelgrün war, einfarbig und ohne Muster, jetzt wieder besser, je länger der Kaschmirschal in der Schublade verschwunden blieb. Er mußte den dunkelgrünen Angoraschal nur im richtigen Verhältnis sehen, ihn zum Beispiel gegen den graugrünblauweißen, kratzenden mit den Löchern halten. Er mußte sich

entscheiden. Wipplinger leerte die Scherben in einen Blecheimer. Vom Kirchturm schlug es neunmal. Die Zeit lief ihm davon. »Ich glaub', ich nehme den da!« Er hielt den dunkelgrünen Schal in die Höhe. In dem Geschäft wurde es immer dämmriger statt heller, kam Valentin vor, obwohl der Tag mit seinem Licht Einzug hielt. Auch Wipplinger mußte diesen Eindruck gewonnen haben, denn er schaltete die Deckenbeleuchtung an. »Zweihundertachtzig kostet der. Ich will ihn dir nicht einreden, bei Gott nicht, aber er ist schön und warm und ausgesprochen strapazierfähig. Er soll doch für den Großvater sein?«
»Stimmt.« Valentin rechnete noch einmal kurz durch, legte den Schal noch einmal auf die dunkle Holzplatte des Ladentischs, nahm ihn dann noch einmal auf, legte ihn wieder zurück. Er nickte fest.
»Ich nehme ihn.«
Wipplinger begann den Schal zusammenzulegen.
»Soll ich ihn als Geschenk verpacken?«
»Bitte.«
Während er das Geschenkpapier zurechtschnitt, begann er zu erzählen.
»Damals, als ich ein Bub war, so wie du jetzt, vor über fünfzig, nein, bald sechzig Jahren, bin ich, wenn die Schneeschmelze vorüber war, mindestens einmal im Monat, manchmal sogar zwei- oder dreimal, hinauf aufs Steinerne Meer gestiegen. Ich war eigentlich noch zu jung, um allein auf den Berg zu gehen. Vor allem aufs Steinerne Meer hinauf, das kein einfacher Berg ist. Das Steinerne Meer liegt fast vierzig Kilometer von Muna entfernt. Eine Strecke, die damals für einen Buben wie mich schon eine kleine Weltreise war. Wenn ich also um Erlaubnis gefragt hätte, aufs Steinerne Meer hinaufzusteigen, hätte ich sie nie bekommen. Also hab' ich nicht gefragt. Und als ich dann das erste Mal hinaufgestiegen bin, war ich gleich mehrere Tage weg. Schon allein zum Königssee hab' ich über einen Tag

gebraucht. Man hat mich natürlich überall gesucht und nirgends gefunden, und als ich endlich wieder nach Haus gekommen bin, hat mich mein Vater grün und blau geschlagen, und meine Mutter hat eine Woche nicht mehr mit mir geredet. Keine Frage gestellt, keine Frage beantwortet, nichts. Aber ich wollte wieder hinauf, weil ich gemerkt habe, daß es nicht so schwer war, wie alle getan haben. Damals war das Bergsteigen noch nicht so verbreitet wie heutzutage. Im Grund gab es das Bergsteigen im heutigen Sinn überhaupt nicht. Die Furcht vor den Bergen war noch viel größer, sie ist tief in den Leuten drin gesessen. Die Jungen hat es natürlich hinaufgezogen, und viele sind aus Leichtsinn und Unerfahrenheit nicht mehr zurückgekommen. Verirrt, abgestürzt, manche sind sogar verhungert. Damals hat man sich wilde Geschichten erzählt, die aus den weitverzweigten Tälern zu den Leuten gedrungen sind. Diese Geschichten, die sich mit dem alten Aberglauben der Leute hier vermischt haben, haben ihre Furcht vor den Bergen noch verstärkt. Und das Steinerne Meer war für die Leute von Muna damals, man kann es ja von hier aus nicht sehen, fast so weit und so hoch wie der Nanga Parbat für uns heute. Sie haben nur den Namen und die Geschichten gekannt, mehr hat man auch nicht wissen wollen. Du hast sicher in der Schule etwas über das Steinerne Meer gelernt.«

Valentin hatte zwar etwas über das Steinerne Meer gelernt, aber besonders viel war es nicht gewesen, und das wenige hatte er mittlerweile auch vergessen. Er konnte sich nur erinnern, daß es ein Grenzgebirge war, die Landesgrenze den Berg teilte und die ganze Hochfläche durchschnitt.

– Das Steinerne Meer ist ein massiger Kalkstock mit steilen, bewaldeten Flanken, über dem Waldsockel ragen die Steilränder als graue Felsmauern auf –

Da Valentin nicht antwortete, redete Wipplinger weiter.

»Von St. Bartholomä bin ich aufgestiegen. Ich bin am Ufer

des Sees entlanggegangen, über den Eisbach, von dem du vielleicht weißt, daß er aus einem ständigen Lawinenrest, der Eiskapelle, hervorbricht. Dann bin ich die Kehren der Seewand hinaufgestiegen, durch den Wald habe ich den See unten glitzern und schimmern gesehen. Es war ein sehr heller und noch kühler Junimorgen. Ich erinnere mich gut daran. Als ich eine Felsschlucht erreicht habe, die mir sehr steil vorkam, spürte ich zum ersten Mal eine Ängstlichkeit vor den hoch aufragenden Felsen. Ich bin müde geworden und habe eine erste Rast auf einem eisig kalten, moosbewachsenen Stein gemacht, auf den gerade ein Schatten gefallen war. Es war das Jahr 1910. Ich kam mir so klein wie ein Zwerg vor und hatte nur zwei Äpfel dabei. Die Schlucht nennt man Saugasse, und man steigt sie viele Windungen hinauf. Als ich die Saugasse hinter mir hatte, bin ich zu einer verlassenen Alm gekommen. Ich war jetzt seit dem Anstieg schon über drei Stunden unterwegs, und mir wurde schrecklich heiß. Ich habe mich über die Quelle gebeugt, die neben der Alm liegt, getrunken und mir Gesicht und Hände gekühlt, hab' mir das eiskalte Wasser über den Puls laufen lassen, bis ich geglaubt habe, gleich stocksteif zu werden.«

Valentin wunderte sich, Herrn Wipplinger so reden zu hören. Er war es nicht gewöhnt von ihm, daß er mehr als fünf Sätze hintereinander sagte. Doch die Erzählung gefiel ihm recht gut. Er merkte, daß der Herr Wipplinger sich um eine möglichst gewählte und plastische Ausdrucksweise bemühte, was Valentin ein wenig belustigte, da es ihm nicht immer gelang.

»Ich habe es in dieser reinen Form später nie wieder erlebt. Aber ich erinnere mich an dieses Gefühl ohne die Last eines einzigen Gedankens, als wäre es gestern gewesen. Und oft meine ich, es sei seitdem keine Zeit vergangen. Zumindest keine meßbare.

Dann, nach ungefähr anderthalb Stunden, habe ich das

Kärlingerhaus erreicht. Das gibt es schon seit 1879, hast du das gewußt?
Das Steinerne Meer ist oben eine kahle Steinwüste, die sich in Staffeln senkt. In den Talmulden liegen kleine Seen und Almen. Die Hochfläche ist unübersichtlich und wird von der Grenze über die ganze Fläche von Südosten nach Nordwesten durchschnitten. Ich war überwältigt, als ich oben beim Kärlingerhaus gestanden bin und den ersten richtigen Blick tat. Die Felsbuckel, die Löcher und Mulden und Schratten, dazwischen die kleinen grünen Inseln.«
Valentin war erstaunt, er hatte im alten Herrn Wipplinger, den er sich so gar nicht als Bergsteiger vorstellen konnte, nie etwas anderes gesehen als einen sehr freundlichen und höflichen Kaufmann. Das Klingeln der Eingangstür unterbrach sie. Ein Kunde betrat das Geschäft, ein älterer Mann, den Valentin noch nie gesehen hatte und Herr Wipplinger aller Wahrscheinlichkeit nach auch nicht, denn an der Art, wie er ihn nach seinen Wünschen fragte, merkte Valentin, daß er ihn nicht kannte. Er verlangte Kautabak. Wipplinger verwies ihn bedauernd an den Zigaretten- und Zeitschriftenhändler zwei Häuser weiter und nahm, nachdem der Mann die Tür hinter sich geschlossen hatte, seine Erzählung wieder auf.
»Ich habe mich den ganzen Tag dort oben im Steinernen Meer herumgetrieben. Das Kärlingerhaus war zu dieser Zeit gerade bewirtschaftet. Für vierzehn Tage, weil Arbeiten an dem Bau getan werden mußten und Handwerker oben waren. Zur damaligen Zeit war die regelmäßige Bewirtschaftung einer so hoch gelegenen Hütte eine Seltenheit. Die Hütten dienten nur als Dach über dem Kopf, als Schutz vor der Nacht, vor Unwetter und Kälte. Das Essen und Trinken brachten sich die Bergsteiger damals selber mit, deshalb waren sie auch immer so schwer bepackt und hatten oft Maulesel dabei. Aber ich habe Glück gehabt an diesem Tag und in der folgenden Nacht. Man hat sich zwar

zuerst gewundert, ich war ja noch ein Bub von dreizehn Jahren und bin ganz allein gekommen, aber der Wirt war recht freundlich, und ich bekam genug zu essen und zu trinken und habe auf einem, ich glaube, mit Stroh oder Heu gefüllten Sack geschlafen wie ein Murmeltier. Die gibt es dort oben wirklich.«
Er schien ein wenig erschöpft von der Erinnerung und wandte sich wieder dem Geschenkpapier, der langen Papierschere, den goldenen Bändern und dem dunkelgrünen Schal zu, die er beiseite gelegt und außer acht gelassen hatte. Er legte den Schal in das Papier und begann, ihn von den äußeren Rändern her damit einzuschlagen. In der Mitte reichte das Papier nicht aus, er schnitt noch ein weiteres passendes Stück dazu und holte aus der Schublade eine Rolle Klebeband.
»An dem Tag war ich zum ersten Mal frei, und eigentlich nur an diesem. Den ganzen Tag lief ich, ging ich, stolperte ich dort oben herum, ohne zu wissen, wie gefährlich es war, was ich tat. Ich hatte den Blick auf die Welt, wo ich gerade war, selbst wenn ich mich in eine Mulde kauerte oder in eine Höhle kroch. Ich war allein. Nicht einsam. Nur allein. Ein Blick, und ich sah eine Wolke, ein Blick, und ich sah den Himmel, ein Blick, und ich sah einen Gipfel. Ich sah die schneebedeckten Berge der Ferne, ich sah Felsen, die wie Pyramiden ausschauten, und wenn ich den Kopf senkte, sah ich meine Füße, wie sie bald abwärts, bald bergauf liefen. Es war ein Lachen in mir, das sich mit meinen Schritten auf und nieder bewegte. An diesem Tag, der heute wie die schneebedeckten Gipfel in der Ferne liegt, war ich zum letzten Mal ein Kind.«
Verlegen mühte er sich mit den goldenen Bändern ab, die er nicht in die richtige Spannung brachte.
»Langweile ich dich nicht?«
»Nein, Herr Wipplinger, gar nicht!«
Eine ungekannte Vertrautheit war zwischen ihnen aufge-

kommen. »Ich versteh' gar nicht, warum gerade heute, am Vierundzwanzigsten, keine Leute kommen. Das Geschäft müßte voll sein. Sie scheinen schon alles zu haben. Dann müßten sie ja glücklich sein. Glaubst du, daß sie glücklich sind?«

»Nein, Herr Wipplinger.«

»Es war ja auch mehr eine Redensart. Verstehen tu' ich es trotzdem nicht, warum keiner kommt.«

»Vielleicht warten sie alle auf Post. Ich meine, weil ja der Jelinek …«

»Ja, das könnte stimmen. Vielleicht warten sie alle auf die Weihnachtspost. Ich warte ja auch auf Post. Um diese Zeit war der Jelinek immer schon längst bei mir. Die im Dorf sind ja als erste dran.« Ohne Übergang fuhr er fort, vom Steinernen Meer zu erzählen. Es schien für ihn mehr zu sein als ein Gebirge, für das er schwärmte. Es kam Valentin vor, als wäre es für Wipplinger Sinnbild seines Lebens, Inbegriff des Glücks, aber auch der Verstrickungen und Verwicklungen, der Irrwege und Gratwanderungen, des Eindringens in die Grenzbereiche und Randzonen, dort, wo sich das Glück mit dem Irrsinn vereinigt. Als er zuerst von einem einzelnen Stein, dann von einer größeren Häufung von Geröll, den begrünten Trümmern auf dem weitläufigen oder unendlichen Gebiet der Hochfläche, dann von einem einzelnen Fels und der Fallhöhe, schließlich wieder von einem schneebedeckten Gipfel in der Ferne erzählte, landete er unvermittelt bei Gott. Was sprach er von Gott? Valentin war drauf und dran, die Frage laut zu stellen, ließ es dann aber, als er die Klingel der Eingangstür hörte. Mehrere Kunden kamen, die sich längere Zeit aufhielten. Aber Valentin ging nicht, und Wipplinger schien ihn auch nicht gehenlassen zu wollen, denn er fragte ihn nicht, ob er zahlen wolle oder noch andere Wünsche habe, sondern sagte nur entschuldigend, wie das seine Art war: »Einen Moment bitte!« Der Moment dauerte dann eine Stunde.

Valentin konnte warten. Die Kunden kamen und gingen, dann war es wieder still wie zuvor. Wipplinger erzählte weiter, als wäre dazwischen keine Zeit vergangen. Er erzählte von der geologischen Schichtenfolge, die er bei einem späteren Abstieg vom auf österreichischem Gebiet liegenden Riemannhaus hinunter nach Saalfelden beobachten konnte. Ganz oben Bänke von Dachsteinkalk, darunter Ramsaudolomit, schwarzer, weiß geäderter Guttensteiner Kalk, darunter die sogenannten roten Werfener Schichten. Er erzählte weiter von den ihm zunächst fremd klingenden Namen von Felsen und Spitzen und Gipfeln, die ihm heute vertrauter im Ohr klangen als sein eigener Name. Der Hirschsattel, über den die Staatsgrenze verläuft, das Hundstodscharte, der kleine und der große Hundstod, das Hundstodgatterl, die Ramseider Scharte, das Persailhorn, der Schindelkopf, der Grundübelturm, die Drei Brüder, der Hangende Stein, das Höllriegellabyrinth, die Rauhen Köpfe, der Kopf des Hundes, der Schreck, Am Hund, die Steinerne Sennerin und die Steinerne Agnes, die Teufelslöcher, der Tote Mann und das Tote Weib. Die Klarheit und Genauigkeit der Namen sei erstaunlich. Am besten gefalle ihm der Name Tristkopf.
Was für eine Lächerlichkeit wäre es doch, sagte er, daß über das Massiv des Steinernen Meers, über die wuchtige Hochlandschaft, eine Landkartengrenze verläuft. Wie lächerlich erschiene einem der Begriff Staat und der Begriff Staatsgrenze, wenn man oben stünde vor einer Blechtafel mit der Aufschrift »Achtung Staatsgrenze«. Wenn man das Steinerne Meer durchwandere, stoße man immer wieder, wo man auch hinkomme, auf die Staatsgrenze, wie in einem steinernen Irrgarten. Aber erst die Staatsgrenze, und nicht die steinernen Blöcke und Felder, Mulden und Scharten, machte die Hochlandschaft zu einem Labyrinth.
»Tagelang kann man im Steinernen Meer wandern und

klettern. Aber man kann auch umherirren, bis man nicht mehr am Leben ist. Später, als ich dann mit Billigung meiner Eltern hinaufsteigen durfte, ich habe es ihnen abgetrotzt, sie haben ihren Widerstand schließlich aufgegeben, bin ich oft tagelang oben geblieben, habe in den Hütten am Rand des Massivs übernachtet und mich zwischen den Felsen herumgetrieben. Immer allein. Ich habe mich nie verlassen gefühlt.«

Wieder kamen und gingen die Kunden, aber das Geschäft wurde nicht mehr leer, und sie waren nicht mehr allein für sich.

Vom Kirchturm schlug es elf. Valentin wollte noch nicht gehen. Er wollte noch bleiben, auch wenn ihm der alte Herr Wipplinger vielleicht nichts mehr zu erzählen hatte. Aber er hoffte noch auf ein kleines Stück. Es konnte noch nicht zu Ende sein, denn er war ja unterbrochen worden und dachte wahrscheinlich auch an nichts anderes, als seine Erzählung endlich fortsetzen zu können. Valentin hielt sich ein wenig abseits von der Ladentheke und tat so, als warte er auf etwas Bestimmtes, eine bestimmte Ware, die noch nicht eingetroffen war, oder auf das Zuschneiden einer Stoffbahn, wofür sich Wipplinger Zeit nehmen mußte. Das Päckchen mit dem dunkelgrünen Schal lag zuerst in der Mitte des Ladentischs, dann, als Wipplinger die Fläche zum Ausbreiten eines Kopftuchs benötigte, schob er es ein wenig zur Seite. Bei einem der nächsten Kunden, als das Päckchen wieder im Weg lag, schob er es bestimmt und etwas ärgerlich fast einen Meter zur Seite. Als das Spiel sich zu wiederholen drohte, streckte Valentin schnell seinen Arm aus und nahm das Päckchen an sich. Wipplinger hatte es nicht einmal gemerkt. Es schlug halb zwölf.

Als Valentin schon nicht mehr zu hoffen wagte, begann sich das Geschäft zu leeren. Es geschah mit einer Schlagartigkeit, mit der weder Valentin noch Wipplinger gerechnet hatten, zwischen dem Kurbeln der Ladenkasse und dem Läuten der Eingangstür, dem Senken und Heben des Blicks, einer Wendung des Kopfes zur Seite und wieder nach vorn, dann war es ruhig. Gerade noch ein geschäftiges Treiben, ein Reden und Murmeln, leises Rufen, Hin- und Hergehen, Abzählen von Geld, hervorgestoßene Weihnachtswünsche, ein Drehen und Wenden, Hasten und Drängen, dann war es vorbei, und draußen schlug es halb eins. Wipplinger räumte die Ladentheke ab und rechnete leise nach.

»An einem solchen Tag keine Hilfskraft zu haben...«

»Nächstes Jahr könnte ich Ihnen ja helfen!«

Es war Valentin herausgerutscht.

»Nächstes Jahr... wenn du willst. Wer weiß, was nächstes Jahr sein wird. Aber wenn du dann noch willst...«

Er ließ sich auf einem erhöhten Stuhl hinter der Ladentheke nieder und nahm seine Schirmmütze ab.

»Meine Frau sitzt den ganzen Tag oben im Lehnsessel. Den ganzen Tag.«

Valentin hatte schon lange nicht mehr an die Frau Wipplinger gedacht und sie noch länger nicht mehr gesehen. Sie war nach einem Schlaganfall weitgehend bewegungsunfähig und saß den ganzen Tag in einem Sessel am Fenster, eine Decke über den Knien, und schaute hinaus auf die Straße. Manchmal konnte man ihr Gesicht oder ihr schneeweißes Haar hinter der Scheibe sehen, wenn ihr Sessel näher zum Fenster gerückt war und sie den Kopf ein wenig nach vorn beugte. Dann erinnerte man sich wieder an sie und dachte die nächsten Schritte an ihr Schicksal und hatte es bei den folgenden schon vergessen. Sie brauchte Pflege. Wipplinger hatte sie zu umsorgen, Tag und Nacht, und er hatte im Geschäft zu stehen und seine Kunden zu bedienen. Valentin hatte ihn noch nie klagen gehört. Er war schon immer freundlich und höflich gewesen, vor dem Schlaganfall, als seine Frau noch gemeinsam

mit ihm im Geschäft stand, und danach, als er allein im Geschäft stand.
»Du mußt noch bezahlen.« Er sagte es freundlich. Valentin war enttäuscht, er wollte noch mehr über das Steinerne Meer hören und den Gott dort oben. Er stellte ihn sich als Hüttenwirt vor, der sich auf der Stelle in einen Felsblock verwandeln konnte. Er glättete die Scheine, legte sie auf den Tisch. Wipplinger gab heraus.
»Ja, frohe Weihnachten dann, Valentin! Wir werden uns vor Silvester ja noch sehen, hoffe ich. Zwischen den Jahren.«
»Ja, Herr Wipplinger.«
Er versuchte seine Enttäuschung zu verbergen, drückte das goldverschnürte Päckchen an sich, wandte sich zum Gehen.
»Hast du schon einen Christbaum?« wollte Wipplinger noch wissen.
»Ja«, log Valentin.
»Bei euch wachsen sie ja vor der Haustür. Ihr braucht euch nur einen schönen aussuchen und ihn dann schlagen.«
»Ja, Herr Wipplinger.«
»Was gibt es denn zu essen bei euch?«
Valentin erschrak. An ein Weihnachtsessen hatte er am allerwenigsten gedacht, und ihm fiel ein, daß er kaum noch Lebensmittel im Haus hatte. Christbaum hatte er auch keinen, und zwei Feiertage standen bevor, und möglicherweise kamen heute nachmittag oder am Abend seine Eltern, oder sie waren schon da, aber auch wenn sie erst morgen kommen sollten, war es für alles zu spät.
»Was hast du denn, Valentin?«
»Nichts – Gans.«
»Gans. Eine Gans. Man kann Tage davon essen, wenn sie groß genug ist. Und wenn man nur zu zweit ist.«
»Aber, Herr Wipplinger, Käse und Wurst bräuchte ich noch.«

Er hatte einen Grund gefunden, noch etwas länger zu bleiben, die kostbaren Minuten in dem düsteren Geschäft zu verlängern und vielleicht noch einen Teil der Geschichte erzählt zu bekommen.

»Käs' und Wurst? Aber wenn ihr doch Gans habt?«

»Ja, aber – der Papa macht sich gern ein Brot zwischendurch.«

»Was soll's denn sein?«

Er mußte ihn wieder auf das Steinerne Meer bringen. Er schien es wirklich vergessen zu haben. Aber er wollte ihn auch nicht dazu drängen.

»Salami und Krakauer. Gorgonzola und Liptauer. Zwanzig Deka jeweils.«

Wenn er ihn einfach fragte? Eine Frage nach dem Steinernen Meer konnte doch nicht schaden. Er brauchte ihm nur die einfache Frage zu stellen: »Sie wollten mir noch etwas über das Steinerne Meer erzählen?« Aber es war ihm nicht behaglich dabei, er scheute davor zurück, weil er wußte, daß es eine nicht ganz ehrliche Frage war. Mit dieser Frage konnte er sich den Weg für künftige Erzählungen verbauen. Für alle Zeit. Trotzdem fragte er. Aber er veränderte die Frage leicht.

»Wie ist es denn weitergegangen mit dem Steinernen Meer?«

Er wurde rot. Die Worte erschienen ihm, laut ausgesprochen, entsetzlich ungeschickt. Wipplinger lächelte. Er schnitt gerade die Krakauerwurst.

»Wie es weitergegangen ist mit dem Steinernen Meer?« antwortete er und schwieg dann wieder.

»Ja.«

»Ich war schon lang nicht mehr oben. Zuletzt vor zehn Jahren.« Er war fertig mit dem Abschneiden, Abwiegen und Verpacken der Wurst und wandte sich der Käsevitrine zu.

Der Gorgonzola war zu körnig und brach beim Schneiden

auseinander. Endlich hatte er es geschafft und verpackte das Stück in Butterbrotpapier, von dem seine Frau immer gesagt hatte, daß er so viel davon bestelle, daß sie noch einmal darin ersticken würden.
Jetzt fehlte nur noch der Liptauer, und dann würde er das Geschäft schon um eins schließen. Wozu noch bis zwei warten? Den Kaschmirschal würde keiner mehr kaufen. Heute war Weihnachten. Er glaubte es nicht.
»Kann ich es aufschreiben lassen? Ich glaub' ich hab' nicht mehr genug bei mir.«
»Aber ja, Valentin, aber ja.«
Mehr sagte er nicht. Valentin gab es auf. Heute würde er ihm nichts mehr erzählen. Wipplinger reichte ihm die Tüte mit dem Käse und der Wurst.
»Dann kann ich dir nur noch ein frohes Fest wünschen! Der ganzen Familie. Sind deine Eltern schon zurück?«
»Sie wollten heute abend zurück sein.«
»Na, das wird ein Wiedersehen!«
»Frohe Weihnachten, Herr Wipplinger! Und grüßen Sie Ihre Frau!«
»Danke, das werde ich tun! Grüß dich!«
Valentin war schon bei der Tür. Ein Zuruf ließ ihn, die Klinke schon in der Hand, noch einmal stehenbleiben.
»Valentin, warte noch, mir ist noch was eingefallen!«
»Was denn, Herr Wipplinger?«
»Es gibt jedes Jahr im August, ich weiß nicht, an welchem Tag genau, ich glaube, am 24. August, eine Wallfahrt über das Steinerne Meer vom Pinzgau nach St. Bartholomä. Die Saalfeldner überqueren das Steinerne Meer und steigen dann ab, hinunter nach Bartholomä. Dort wird die Messe gelesen. Aber das hat nichts, gar nichts mit Gott zu tun, den du vielleicht oben im Steinernen Meer treffen kannst. In frühester Zeit war es ein aus der Not entstandener Bittgang, aus dem die Kirche einen Faschingsumzug gemacht hat. Der Berg wird nur als Kulisse benutzt, als Staffage für

falsche Frömmigkeit. Wenn die Wallfahrer näher rücken, verschwindet der Gott wie die Sonne hinter der Wolke. Sie glauben, ihm in Bartholomä zu begegnen, doch da war er noch nie. Laß dich nicht beeindrucken, wenn du sie siehst, mit ihren ernsten Gesichtern, dem frömmelnd gesenkten Blick, der nur auf die Hindernisse des Weges achtet. Laß dich nicht einseifen vom Augenaufschlag der Priester, das haben sie schon im Seminar gelernt! Das Ganze ist ein Theater, das dich verzücken soll, bis du ein ängstliches Opfer geworden bist. Dann bist du in den Klauen der Kirche gelandet und wirst von ihnen zerrissen.« Er machte eine Pause und fügte dann hinzu: »So wie meine Frau. Die haben sie auch kassiert. Geh hinauf, Valentin, aufs Steinerne Meer, steig hinauf, setz dich der Gefahr aus, auch wenn du darin umkommst. Und wenn du den Wallfahrern begegnest, weich ihnen aus, laß sie ihren ausgetretenen Weg hinunterziehen. Sie wissen längst nicht mehr, wozu sie noch aufbrechen. Und wenn du wieder zurückkommst, erzähl mir gleich davon, besuch mich gleich und erzähl mir von dir im Steinernen Meer!« Er wurde leiser. »Steig bald hinauf, laß dir nicht zu viel Zeit, geh gleich nach der Schneeschmelze, man weiß nicht, wieviel Zeit einem noch bleibt!«

Das hatte Valentin nicht erwartet. Es stimmte schon, der Herr Wipplinger ging nie in die Kirche – auf dem Land weiß man, wer in die Kirche geht und wer nicht –, und wenn die Gläubigen zu einem Bittgang oder einer Wallfahrt aufbrachen, sperrte er sein Geschäft mit dem Vermerk »Vorübergehend geschlossen« zu, damit sie nicht bei ihm ihre heimliche Wegzehrung kaufen konnten. Der Pfarrer Schofer besuchte die Frau Wipplinger jede Woche, nahm ihr die Beichte ab und legte ihr die Kommunionsoblate auf die Zunge. Aber daß er die Kirche so sehr verachtete, hatte Valentin nicht gewußt, und er sah ihn verwundert an. Wipplinger war jetzt wieder ganz der dicke, kleine, freundliche Kaufmann. Gerade begann er, die Käsevitrine auszuräumen und zu reinigen. Sie grüßten sich noch einmal, dann war Valentin draußen auf der Straße. Nebelfetzen wehten über den weißen Weg in seine Augen und in den Mund hinein. Es war Valentin, als ob ihm der alte Kaufmann seine Zukunft vorausgesagt hätte, gleich einer Wahrsagung, auch wenn er ihn nur zu etwas aufgefordert und ermuntert hatte. Ja – er wollte und würde hinauf aufs Steinerne Meer gehen, sobald die Schneeschmelze vorüber war. Am geeignetsten erschien ihm der Juni. Das war auch der Monat gewesen, in dem der alte Wipplinger als Bub hinaufgestiegen war. Er war bei den Drei Linden angekommen und blickte zurück auf das Dorf. Der Rauch aus den Schornsteinen kräuselte sich im Wind und wurde vom Nebel zerrissen. Der Schnee fraß sich an den weißgekalkten Häusern hinauf, und die Krähen drehten ihre Kreise, bevor sie sich niederließen auf dem weißen Ackerland.

Das war sein Dorf. Seine Landschaft. Das war sein Dorf gewesen. Und blieb seine Landschaft. Er ahnte, daß er selbst in den Trümmern und Zerklüftungen des Steinernen Meeres noch die weiße Wiese suchen würde, die da unscheinbar vor ihm lag, als Verheißung im zerrenden Nebel.

Auf seinem Heimweg begegnete ihm kein Mensch. Noch nie war ihm der Weg nach Hause in einer vollendeteren Einsamkeit begegnet als heute. Eine Einsamkeit, die nicht seine war und der er sich unterlegen fühlte. Eine Unterlegenheit, der er jetzt nicht entrinnen konnte. Erst wenn er oben auf dem Steinernen Meer gewesen war, würde sie von ihm ablassen. Vielleicht. Als ob er nicht schon genug Sorgen hatte. Leise fluchte Valentin.

Er sah das Haus vor sich auf der Anhöhe. Es sah aus wie ein Grabstein. Vom Dach stieg kein Rauch auf. Das Feuer war ausgegangen. Die Öfen mußten erkaltet sein. Er war zu

lange ausgeblieben. Das schlechte Gewissen und die Schuld drückten sich als Steine in die Brust und verengten die Luftwege. Er brauchte kein schlechtes Gewissen zu haben, redete er sich zu. Er brauchte sich nicht schuldig zu fühlen. Er brauchte nicht, brauchte nicht! Heute war Weihnachten, er hatte nichts anderes getan als dem Großvater ein Geschenk besorgt! Und er würde auch noch einen Christbaum schlagen und aufstellen und schmücken, ob seine Eltern nun kamen oder nicht!
Wie oft hatte er das Haus auf der Anhöhe schon vor sich gesehen? Es waren so viele Male gewesen, daß sie zu einem einzigen Blick, einem einzigen Bild verschmolzen waren, wie das Motiv einer Ansichtskarte. Die Ansichtskarte blieb immer schwarzweiß und würde es bleiben. Das Haus blieb immer gleich und war schon dagewesen, bevor es ihn gab und bevor es seine Eltern gab, und es hatte schon gestanden, als es der Großvater noch nie gesehen hatte und von der Existenz von Muna nichts wußte. Das Haus war um 1900 erbaut worden. Das genaue Baujahr war unbekannt. Die sich interessant machen wollten oder mit romantischem Empfinden ausgestattet waren, sagten 1899. Die Nüchternen verwiesen auf Grund gewisser Bauelemente, die es vor dem Jahr 1905 nicht gegeben haben konnte, auf 1905. Valentin war es gleichgültig, denn diese Unerschütterlichkeit und Unbeirrbarkeit, diese Entfaltung von Schlichtheit ihres Hauses, dem man als Sinnspruch die Worte »Bescheidenheit ist eine Zier« unter dem Giebel hätte aufmalen können, brachte ihn auf. Es war sein Elternhaus. Daran ließ sich nicht rütteln. Obgleich, das Haus gehörte nach wie vor seinem Großvater, und in dieser Hinsicht war es kein Elternhaus. Oder doch? Er wußte nicht genau, was ein Elternhaus war. Das Haus, das den Eltern gehörte, oder das Haus, in dem man mit ihnen aufwuchs? Das war eine Frage, die sich nicht so leicht und vor allem nicht so schnell beantworten ließ. Wenn sie beantwortet

wäre, wären viele ihr auf dem Fuß folgende gleichfalls beantwortet gewesen. Er stapfte weiter. Der Weg stieg an.
Man lief weg vor dem Tod und der Krankheit der anderen, man wollte nichts damit zu tun haben. Man lief so lange weg vor Krankheit und Tod, bis einen zuerst die Krankheit und dann der Tod eingeholt hatten. Ein Wettlauf, dessen Ausgang von Anfang an feststand, schon beim ersten Atemzug. Würde er den Großvater, wenn er das Haus betrat, als Toten vorfinden oder schon wieder als Gesundenden?
Es graute ihm vor der letzten Biegung. Vor der sich nach der letzten Biegung darbietenden Fläche, die im Sommer eine Wiese und heute eine Schneetrümmerlandschaft war. Davor hatte man noch immer die Möglichkeit davonzulaufen, nach der letzten Biegung war es, als ob hinter einem eine Schranke heruntergelassen wurde, die jede Umkehr unmöglich machte. Doch er war erst auf halbem Weg, auf der halben Höhe des Hügels, und hätte demnach noch umkehren können. Er stapfte weiter, das Päckchen fest an sich gedrückt, die Tüte mit dem Käse und der Wurst in der rotgefrorenen Hand. Die Handschuhe steckten in der Jackentasche. Er hatte heute die blaue Jacke mit dem Kunstfellkragen an, die er nicht mochte. Doch der Anorak war ihm zu kalt gewesen und die Joppe zu kurz, und an seinem grünen Hubertusmantel fehlten zwei Knöpfe. Einen Vorteil würde es haben, wenn die Eltern wieder zurück waren. Die fehlenden Knöpfe würden wieder angenäht werden. Alle fehlenden Knöpfe würden wieder angenäht oder ersetzt werden, alle schadhaften Stellen an allen Kleidern würden von seiner Mutter wieder instand gesetzt, ausgebessert, geflickt und gestopft werden. Heute war Dienstag.
Er erreichte die vorletzte Biegung, die mehr eine Kehre als eine Biegung war. Die vorletzte Biegung hatte immer etwas Harmloses besessen, im Gegensatz zur letzten Biegung, die vorletzte Biegung hatte noch immer etwas beinahe Freundschaftliches besessen.

Und jetzt begann es wieder von neuem. Alles begann immer wieder von neuem und endete als das Alte.
Michael Hader stand am Fenster seines Zimmers und sah hinaus in den Schnee. Er hatte sich seinen Bademantel angezogen und trug Filzpantoffeln an den Füßen. Er hatte das Bett gemacht und sich die Haare gekämmt. Später wollte er sich waschen, rasieren und die Zähne putzen. Es kam ihm vor, als sei er gesund. Die Deckenbalken benötigten einen Schutzanstrich, wenn er wieder vollständig genesen war, würde er sich daranmachen.
Diesen Anblick hatte Valentin nicht erwartet. Der Großvater aufgestanden, zufrieden lächelnd am Fenster stehend und bereits auf ihn wartend!
»Du bist auf, Großvater...?«
»Es hat lange gedauert.«
»Ja, ich war einkaufen.«
»Nein, ich meine das Aufstehen.«
Jetzt erst sah Valentin die Zeitungsfetzen, die den Boden vor dem Bett bedeckten. Hader, der seinem Blick gefolgt war, meinte nur abfällig: »Es steht nichts drin. Es lohnt sich nicht, Zeitungen aufzuheben.«
»Nein, da hast du schon recht, das lohnt sich nicht –«
Er stockte, was hatte es für einen Sinn, etwas zu sagen. Es war lächerlich, ihn zur Ordnung zu mahnen oder wie ein Kind wegen einer Verfehlung zu tadeln.
»Ich habe eine Entdeckung gemacht, Valentin.«
Hader richtete den Blick zur Decke.
»Hast du dir die Deckenbalken näher angeschaut?«
Valentin sah nicht darauf.
»Sie sind in einem erbärmlichen Zustand. Sie brauchen dringend einen neuen Schutzanstrich. Gleich morgen werde ich damit anfangen.«
Valentin blickte noch immer nicht nach oben zu den Deckenbalken.
»Gleich morgen...«

»Gleich morgen.«
»Morgen ist Weihnachten, Großvater. Ich meine, heut' abend ist auch schon Weihnachten.«
»Du meinst, heute abend ist Weihnachten? Du meinst, heute ist der 24. Dezember?«
»Sicher. Das meine ich nicht nur. Das ist so. Eine Tatsache ist das.«
»Ich glaube wirklich, du verlierst allmählich den Verstand!«
»Nein, Großvater.«
Valentin schrie es hinaus. Es war ihm nicht mehr möglich gewesen, sich weiter zu beherrschen.
»Haben wir einen Kalender im Haus?«
»In der Küche hängt er doch«, gab Valentin kraftlos zur Antwort.
Er hatte in den vergangenen Wochen die Blätter des Kalenders nicht mehr abgerissen, erinnerte er sich. Der alte Mann war schon auf dem Weg in die Küche. Es hatte keinen Sinn, ihn zurückzuhalten. Mühsam versuchte Valentin sich zu erinnern, wann er zum letzten Mal ein Kalenderblatt abgerissen hatte. Es mußte irgendwann gegen Ende November gewesen sein. Alles war so lange her in diesem Augenblick, sogar der Vormittag im Geschäft des Kaufmanns Wipplinger.
»Da haben wir's. Da haben wir's!« hörte er ihn aus der Küche. Schon kam er, immer noch leicht schwankenden Schritts – er war nach dem langen Liegen noch unsicher auf den Beinen –, mit dem Kalender in der Hand zur Tür herein, noch ehe ihm Valentin folgen konnte.
»30. November, du Lügner und Betrüger!«
Valentin beschlich das Gefühl, daß der Großvater keinen Menschen so sehr haßte wie ihn. Wenn nur die Eltern bald kämen! Jetzt sehnte er sie herbei.
»Großvater, jetzt hör mir einmal zu! Ich war in den letzten Wochen krank, und wenn ich nicht krank war, hab' ich

mich um dich gekümmert. Und ich hab' mich auch um dich gekümmert, wie ich krank war. Ich hab' gar nicht daran gedacht, die Blätter von diesem idiotischen Kalender abzureißen! Es gab Wichtigeres zu tun! Ich wäre froh gewesen, wenn ich einmal die Ruhe gehabt hätte, ein Kalenderblatt abzureißen.«

Was er da sagte, klang merkwürdig fremd in seinen Ohren. Es war die Wahrheit, aber er glaubte sie sich nicht. Etwas in seinen Worten klang hohl und eitel. War es, wie er es sagte? Der Großvater hörte nicht hin. Mit einer drohenden Gebärde hob er den Kalender mit beiden Händen beschwörend in die Höhe, als wäre er das Wort des Herrn, und fuchtelte damit vor Valentins Gesicht herum, dann schleuderte er ihn dem Jungen verächtlich vor die Füße.

»Was willst du mir weismachen?«

Bebend stand er vor ihm.

»Wir drehen das Radio an. Dann kannst du hören, daß heute Weihnachten ist.«

»Ich will kein Radio. Glaubst du, ich weiß nicht, wie sehr sie dort erst lügen? Heute ist Samstag, der 30. November.«

Er konnte nicht mehr stehen, und widerstrebend ließ er sich von Valentin stützen und zum Bett führen, auf dessen Rand er sich setzte.

»Ich bin verwirrt«, sagte er dann leise, und hilflos blickte er zu Valentin auf.

»Du kannst mir sagen, was du willst. Ich glaube alles, oder ich glaube alles nicht. Ich bin ein Spielzeug.«

Es war Valentin, als ob er weinte.

Er ist draußen im Freien. In der Kälte, im Schnee. Ich höre das Geräusch der Axt, die auf Holz trifft. Er schlägt den Christbaum. Er hat mir versprochen, sich zu beeilen und bald wieder ins Haus zu kommen, ich habe ihm nicht geglaubt. Die Erinnerungen an mich selbst lassen mich nicht los. Sie sind lästig und aufdringlich, aber ich weiß nicht, wie ich sie verhindern kann. Ich habe keine Wahl, als sie an mir vorüberziehen, sie kommen und sie gehen zu lassen. Sie sind bösartig wie ich selbst. Wie aufs Blut gereizte Insekten fallen sie über mich her und zerstechen mir Gesicht und Hals und Hände. Manchmal habe ich den Eindruck, das Blut, das in mir noch fließt, ist schwarz. Schwarz geworden von meinen Erinnerungen.

Gleich nach dem Krieg waren die Franzosen in Muna. Aber nur sehr kurz. Die Alliierten waren sich damals über die Zonenaufteilung noch nicht einig gewesen. Es war das, was man wirre, wechselhafte Zeiten nennt, und niemand kannte sich wirklich aus. An die Franzosen erinnere ich mich nur noch schwach. Ich weiß nur, daß sie nicht sehr charmant gewesen sind. Es herrschte nächtliche Ausgangssperre, die scharf kontrolliert worden ist. Sie feierten ihren Sieg mit Aufmärschen und Militärmusik und sehr ernsten Gesichtern, die Marseillaise wurde gespielt. Ich weiß noch, wie ich gelacht habe, als die Marseillaise den Untersberg hinaufschallte und sich die alten Bauern wunderten. Die Franzosen sind dann rasch wieder fort. Vorher haben sie noch verfügt, daß alle Radioapparate abgegeben werden müssen. So gut wie alle Radioapparate sind konfisziert worden, überhaupt noch mehr technisches Gerät, aber das weiß ich nicht mehr so genau. Dann waren sie weg, mit allen Radioapparaten, und im ganzen Dorf hat es höchstens noch zwei oder drei Radioapparate gegeben, die sie, aus was für Gründen auch immer, dagelassen haben.

Bald bricht der Baum. Die Klinge tönt heller. Das Holz birst. Daß der Bub schon die Kraft hat! Obwohl, so ein Christbaum ist ja nicht dick. Aber er schlägt schon lang. Schlägt er gleich mehrere? Wahrscheinlich brauchen wir Feuerholz. Daß heute Weihnachten sein soll, kann ich nicht glauben. Soll es mich freuen!

Einen halben Tag waren wir unbesetzt und radiolos. Ob-

wohl ich mir das nicht vorstellen kann, es muß doch eine formelle Übergabe an die Amerikaner stattgefunden haben. Aber aus irgendwelchen Gründen mußten die Franzosen weg, und die Amerikaner waren noch nicht da. Oder waren die Amerikaner doch schon da? Oder erst ganz wenige, nur ein Jeep mit zwei Sergeanten? Man könnte mich erschlagen, ich weiß es nicht mehr. Aber den stillen halben Tag ohne Radio sehe ich deutlich vor mir. Ich höre ihn direkt.

Die Amerikaner waren netter als die Franzosen. Oder sie haben so getan. Sie wirkten lockerer, allerdings waren viele davon mehr oder weniger ständig betrunken. Aus Hitlers Weinkellern im Obersalzberg haben sie die Flaschen hergeschleppt und sich auf die Wiesen und in die Wälder gelegt, allein oder mit ihren Bräuten, haben laut gesungen und gelacht und dann ihren Rausch ausgeschlafen.

Die Axt klingt so hell wie ein Frühlingsruf mitten im Winter. Ob heute wirklich erst der 30. November ist? Mir kommen Zweifel, der Schnee sieht aus, als ob er schon länger liegt. Er liegt ziemlich hoch. Vielleicht hat Valentin ganz einfach recht? Es wäre nicht auszuschließen, aber dann wäre ich im Unrecht, was ich nicht gerne bin. Rede ich laut? Gerade meinte ich, mich sprechen gehört zu haben. Wo sind meine Tochter und mein Schwiegersohn? Wieso bin ich fortwährend allein mit Valentin? Ist ihnen etwas passiert, und ich weiß nichts davon? Verschweigt und verheimlicht mir mein Enkel etwas Furchtbares? Eine Tragödie, die man mir nicht zumuten kann? Man kann mir alles zumuten, es wissen nur nicht viele.

Bei Kriegsende ist Ladurner erst einmal verschwunden und erst drei Jahre später, einige Monate nach Agnes' Tod, wieder auf der Bildfläche erschienen. Ich hätte mir das alles aufschreiben sollen, eine ungenaue Erinnerung ist schlimmer als das totale Vergessen. Was ich eben nicht mehr weiß, ist, unter welchen Umständen er wieder aufgetaucht ist. Auf jeden Fall ist er bald im Gemeinderat gesessen. Als Parteiloser. Er wollte keiner Partei mehr angehören, hat er gesagt. Ich habe es ihm nicht geglaubt. Aber er ist tatsächlich keiner Partei mehr beigetreten und hat trotzdem Macht und Einfluß gehabt. Eine Ausnahme. Allerdings ist er nie Bürgermeister geworden. Aber das wäre ihm sowieso zu minder gewesen. Auch ein anderes politisches Amt wäre ihm zu minder gewesen. »Die Politiker sind doch allesamt Marionetten. In Wirklichkeit haben sie nichts zu sagen. Sie tun nur so. Deshalb müssen sie auch das Maul immer aufreißen«, hat er einmal gesagt. Solche Sachen hat er aber nicht oft gesagt. Aber im Gemeinderat ist er doch gesessen, nur am Anfang, bis er gewußt hat, bei wem die Fäden zusammenlaufen. Dann hat er sich nicht mehr aufstellen lassen.

Nach dem Krieg bin ich nicht mehr im Zollhaus gesessen. Ich habe mich um das Haus gekümmert, darum gekümmert, Essen zu beschaffen. Auf dem Land war zwar alles einfacher, aber wir hatten ja keine Landwirtschaft, kein Vieh, also mußten wir uns auch an die Bauern halten. Und so hilfsbereit waren die auch nicht. Brot, Butter, Milch, Eier, Kartoffeln gegen Schmuck, Uhren, Kleider, Antiquitäten. Man hat sich halt durchgewurschtelt, wie man so sagt. Eine Zeitlang habe ich auch wieder als Lehrer gearbeitet. Man hat mich gefragt, oder hat man es mir befohlen? Der Dorfschullehrer war gefallen, und irgendwoher hat man auf der Gemeinde erfahren, daß ich ausgebildeter Lehrer bin. Die Leute erfahren ja alles. Lang hab' ich es nicht gemacht, es ist mir sehr schwer gefallen. Die Kinder haben mich gerührt.

Alle Alten sagen das gleiche: Die Zeiten waren halt schwer. »Jetzt sind wir wieder wer!« sagen sie. Wer sind wir?

Der Bub haut den ganzen Wald um. Heute soll Weihnachten sein? Woran soll ich das erkennen?

Plötzlich war ich ein alter Mann. Nach dem Tod von Agnes. Nicht unmittelbar danach. Ein Jahr später ungefähr. Ich sah, glaube ich, gar nicht alt aus oder nicht besonders alt. Aber ich habe mich gefühlt, als wäre ich am Ende meines Lebens angekommen, nur mehr die Last der Jahre vor und hinter mir, beschwert von Erinnerungen, ohne Ziel vor Augen. Die einen sagen Hoffnung, die anderen sagen Zukunft, ich sage Ziel, ich kann aber auch etwas anderes sagen. Wichtig ist, daß ich weiß, was ich meine. Aber was meine ich wirklich? Damals, im Jahr 1949 ungefähr, hatte ich auf jeden Fall kein Ziel mehr vor Augen, keine Hoffnung mehr, und Zukunft war mir ein völlig verschwommener Begriff. Ich verwirre mich schon wieder. Wenn sich mir eine Verwirrung nähert, beginnt zugleich ein Ziehen im Kopf, das die Ankündigung eines Schmerzes sein könnte, der jedoch nicht eintritt. Ein Pochen der Schläfe folgt, ein Zucken der Augenlider, ein Beben der Nasenflügel, ein Flackern unter der Schädeldecke und gleichzeitig vor den Augen, schwarze Blitze treffen auf weißliche Strahlen, im Hintergrund sehe ich viele verschiedene Sonnen. Kleine runde Sonnenflecken. Dann fließt das schwarze Blut dickflüssig durch die Adern meines Gehirns und sammelt sich hinter der Stirn. Unter der Schädeldecke hämmert und schlägt es wie in einem Bergwerk. Hals und Gaumen werden trocken, die Zunge wird schwer, die Arme wie gelähmt. Plötzlich ist man gelähmt. Plötzlich fällt einem alles aus der Hand. Aus.

Valentin hieb die Axt in den Stamm, bis er das Holz splittern hörte und den Baum schließlich brechen. Dann trat er einen großen Schritt zurück, weg von der Richtung, in die der Baum sich neigte, und betrachtete das Fallen, bis der Wipfel den weichen Schnee berührte und der Stamm nur mehr in Fetzen von Holz und Rinde mit dem Stumpf zusammenhing, trat dann heran und hieb auch diese letzte Verbindung auseinander. Sie brauchten Holz für den langen Winter, der ihnen noch bevorstand. Viel Holz, man mußte das Haus bis in den April hinein heizen. Die Öfen verbrauchten enorm, und das Haus kühlte rasch aus. Den dritten, der gefallen war, hatte er zum Christbaum auserkoren. Er hatte ihn schon zum Haus gezogen und an die Mauer gelehnt. Er war beim fünften Baum angelangt. Bald war Schluß. Noch einen. Nein, noch zwei. Noch drei, einigte er sich mit sich selbst und hieb drauflos, daß das nächste Bäumchen schon nach dem dritten Schlag zu kippen begann. Nachdem er die Zweige abgehackt hatte, zog er die Stämme nacheinander zum Schuppen, wo er Kleinholz daraus machte.

Plötzlich fällt einem alles aus der Hand und alles fällt aus. Für wie lange? Dann arbeitet der Rest mühsam weiter. Wie ging das Gedicht, das mein Vater immer aufgesagt hat? Er kannte es auswendig. »Immer enger, leise, leise / Ziehen sich die Lebenskreise / Schwindet hin was prahlt und prunkt.« Er hat es immer beim Wurstschneiden aufgesagt. Wenn ich jetzt weiterwüßt', gäb' ich was drum! Die Durchblutungsstörungen sorgen schon dafür, daß ich mir nichts merke. Auf sie kann ich mich verlassen, sie lassen mich garantiert nicht im Stich. Im Stich läßt mich mein Gedächnis, aber auf die Verkalkung ist Verlaß. »Schwindet hin, was prahlt und prunkt – Schwindet hin, was prahlt und prunkt.« Nein, ich weiß wirklich nicht weiter. Wenn die Wursträder aufs Papier fielen, wiederholte er immer das Wort »Lebenskreise«, manche Kundschaft hat das wahnsinnig gemacht. Oder er hat plötzlich laut gesungen »Alles hat ein Ende, nur die Wurst hat zwei, die Wurst hat zwei, die Wurst hat zwei.« Er wäre jetzt hundert. Ein Wurstphilosoph, mein Vater. In dreißig Jahren bin ich auch hundert. »Schwindet Hoffen, Hassen, Lieben, / Und ist... und ist, und ist...« Es liegt mir auf der Zunge, ganz weit vorne. Ich krieg' es nicht zusammen. Und den Dichter weiß ich auch nicht. Ein halbes oder dreiviertel Gedicht mühsam, stockend und um jeden Buchstaben ringend aufzusagen und dann nicht einmal den Verfasser zu kennen ist eine Schande. Ist es Storm? Eichendorff? Oder Lenau? Wahrscheinlich nicht. Aber wenigstens fallen mir die Namen von denen noch ein. Vielleicht ist es anonym. Das wäre eine Hoffnung. Ich bin total verkalkt. Das ist das einzige, was ich noch weiß.

Als Valentin endlich das Haus betrat, es dämmerte bereits, war Hader eingeschlafen. Und nur einmal kurz wachte er am Abend auf, nicht genau wahrnehmend, was um ihn herum geschah, als Valentin ihn in die Stube zu dem geschmückten Christbaum führen wollte. Er ließ es schließlich und legte das Geschenk für den Großvater auf den Nachttisch. Aber er zündete die Kerzen trotzdem an, sang das Stille-Nacht-Lied, las laut eine halbe Seite aus der Heiligen Schrift, trank genau eine halbe Flasche Wein und blieb in Betrachtung des Baumes versunken, bis die Kerzen heruntergebrannt waren. Dann ging er schlafen. Die Eltern waren nicht angekommen.

Die Eltern kamen auch am darauffolgenden Tag, dem Weihnachtstag, nicht, und auch am übernächsten, dem Stefanitag, waren sie nicht zurückgekehrt. Der Ordnung halber rief Valentin den Inspektor an und teilte ihm mit, daß er seit dem Brief aus Triest kein Lebenszeichen mehr von ihnen erhalten habe. Der Inspektor meinte, man sollte den morgigen Tag noch abwarten und, falls sie nach Ablauf von diesem immer noch nicht zurückgekehrt seien, die Vermißtenanzeige erneut aufgeben und der Sache mit verstärktem Einsatz nachgehen. Er werde ihn benachrichtigen, wenn sich etwas ergeben sollte. Aber auch am Abend des 27. Dezember waren sie nicht zurück. Dies teilte er dem Inspektor mit, worauf dieser einen Tag darauf eine Suchmeldung aufgab, die an alle Polizei-, Gendarmerie- und Grenzposten des Landes ging. Am Morgen des 29. Dezember erhielt er bereits eine Meldung vom österreichischen Grenzposten Arnoldstein an der italienischen Grenze, wonach das vermißte Ehepaar Reichardt am Morgen des 24. Dezember die italienisch-österreichische Grenze bei Tarvis ordnungsgemäß überschritten hätte. Das war vor fünf Tagen gewesen. Nachforschungen in Kärntner Hotels und Pensionen rund um die Kärntner Seen ergaben keine Hinweise und Anhaltspunkte, geschweige denn konkrete Ergebnisse. Auch die Nachforschungen in Oberkärnten und im südlichen Salzburger Land erbrachten keine Spur. Darüber war das alte Jahr vergangen, und inzwischen war der fünfte Januar. Da er nach dem Dreikönigstag die Schule wieder besuchen mußte, hatte Valentin am zweiten Tag des Jahres 1964 seine Tante Maria in Bozen angerufen, ihr die Lage geschildert und sie gebeten, für einige Zeit, wenn sie es einrichten könne, nach Muna zu kommen und den Großvater zu pflegen, da man ihn nicht mehr allein lassen könnte. Bereits am 4. Januar war Tante Maria eingetroffen und hatte die Pflege ihres Vaters an sich gerissen.

Schon während der Weihnachtsfeiertage war für Valentin das größte Problem gewesen, was mit dem Leichnam der Aigner Hanni geschehen solle. Am Morgen des 27. Dezember hatte er sich für die aus seiner Sicht günstigste Lösung entschieden, nämlich die Leiche im Keller zu lassen und sie dort, wo der Boden nicht mit Steinplatten ausgelegt war, sondern nur aus fester Erde bestand – der Vater hatte die Steinplatten dort wegreißen lassen, um sich ein Bild vom Boden darunter zu machen, da er vorhatte, den gesamten Boden zu betonieren –, zu vergraben. Er hatte am gleichen Tag mit dem Graben begonnen und am Abend des 3. Januar eine Grube von etwa zwei Metern Länge und einem Meter Breite ausgehoben. Es hatte eine Woche gedauert und ihn beinahe übermenschliche Anstrengung gekostet, da der Boden hart und stellenweise gefroren war. Am frühen Morgen des 4. Januar hatte er die Leiche der Aigner Hanni unter den Kartoffeln hervorgezerrt, zur

Grube geschleift und in die Grube hineingerollt. Dann hatte er die Grube zugeschüttet und die Erde festgetreten. Für eine Sekunde war ihm etwas feierlich zumute geworden, als er Schaufel, Spaten und Pickel aufnahm, wie bei einem Begräbnis, das es ja gewesen war. Es war halb sieben Uhr morgens gewesen, als er die steile Kellertreppe hinaufstieg.

*

Valentin konnte seine Tante Maria nicht leiden. Sie war in seinen Augen aufdringlich und herrschsüchtig, wußte jedoch nicht genau wohin mit ihrem auf simple Machtausübung beschränkten Ehrgeiz, und so geriet ihr alles, auch das Geringste und Nebensächlichste, zum Spiel, bisweilen zum Kampf um die Macht. Die Abneigung beruhte auf Gegenseitigkeit. Tante Maria fand, daß Valentin nichts anderes war als ein »verzogener Fratz«, wie sie es ausdrückte, den man schon längst hätte in ein Internat geben müssen. Immer wieder schickte sie ihrer Schwester Zeitungsanzeigen und Prospekte, die sie eigens bestellte, von Internaten in der Schweiz und am Bodensee. Sie hatte ihr auch schon geraten, Valentin doch zu den Jesuiten zu geben. »Dann kann er später Steuerberater oder Wirtschaftsanwalt werden, bei denen lernt er alle Tricks.« Nachdem es vor ungefähr einem Jahr darüber zu einer heftigen Auseinandersetzung zwischen den Schwestern gekommen war, bei der sich seine Mutter alle Einmischungen und Ratschläge ihren Sohn und auch ihr sonstiges Leben betreffend verbeten hatte, war der Kontakt bis auf einen frostigen Geburtstagswunsch abgekühlt.
Tante Maria, eine verehelichte Brunner, ging es, wo sie gerade war, einzig darum, daß sie das Sagen und das letzte Wort hatte. Sei es in einem Geschäft, wo sie sich mit den Verkäufern um ihrer Meinung nach schlechte oder falsch abgewogene Ware herumstritt, sei es bei ihrem Mann, der

bereits nach wenigen Ehejahren schweigsam geworden war, sei es bei ihren Kindern, die zu parieren hatten und sonst nichts. Sie war achtunddreißig Jahre alt, aber ihr Ehrgeiz ließ sie um gute zehn Jahre älter aussehen. Ihre Züge waren zerfressen davon. Trotzdem hatte Valentin sie angerufen und gebeten, zu kommen und ihm beizustehen. Zum ersten Mal meinte er, in ihrer Stimme einen Anflug von echter Sorge zu hören, aber das konnte genausogut an ihrer Überraschung über den unerwarteten Anruf und die Nachrichten, die er ihr mitteilte, liegen. Doch er hatte keine andere Wahl gehabt. Er konnte den Großvater nicht seinem Schicksal überlassen, und in ein Krankenhaus gab er ihn auf keinen Fall. Jemanden aus dem Ort um eine vorübergehende Pflege zu bitten war unmöglich. Erstens hätte sich keiner dazu bereit erklärt – Hilfeleistung war ein Fremdwort in Muna –, und zweitens hätte der Großvater keinen einzigen Dorfbewohner an sich herangelassen. Er hätte jeden hinausgeschmissen. Valentin konnte ihm nur recht geben. Also blieb nur noch die Tante übrig. Und sie kam prompt. Sie ließ keine Möglichkeit ungenutzt, im Leben anderer herumzustochern und, wenn es sich ergeben sollte, darauf herumzutrampeln. Kaum war sie angekommen, sie war noch in Hut und Mantel, hatte sie das Kommando mit solcher Wucht an sich gerissen, daß Valentin beinahe lachen mußte. Er hatte sie längere Zeit nicht gesehen und konnte nun kaum noch verstehen, wie er sie jemals länger als fünf Minuten ausgehalten hatte. Ihre Stimme, die beim ersten Hören einen weichen Klang hatte, der auch der Stimme seiner Mutter zu eigen war und dem Ohr schmeichelte, hatte etwas Spitzes bekommen, als wäre ihre Kehle geschliffen worden. Aber sie war vom ersten Moment an irritiert und verwirrt, da ihr Vater sie nicht erkannte oder so tat, als würde er sie nicht erkennen. Er war der einzige, der Tante Maria bis aufs Blut reizen und aus der Fassung bringen konnte. Michael Hader ließ sich von seiner Tochter zwar ohne größeren Widerspruch betreuen und schien es auch ein wenig zu genießen, da sie ungleich geschickter und schneller war als Valentin. Sie war das, was man eine praktische Natur nennt, und ihre Tätigkeit im Haderschen Haus kam dieser durchaus entgegen. Aber Hader behandelte sie wie eine vollkommen Fremde. Wie eine Krankenpflegerin, die ihm zugeteilt worden war und mit der er nun auszukommen hatte. Das hätte sie noch ertragen, obwohl es ihr nicht leichtfiel. Was sie jedoch nicht ertrug, waren seine Zudringlichkeiten. So tätschelte er ihren Hintern, versuchte an ihre Brüste zu fassen und zwischen ihre Beine zu greifen. Beim ersten Mal hatte sie es für einen Zufall gehalten. Beim zweiten Mal nicht mehr. Doppelt wahnsinnig machte sie es, da sie glaubte, es gleichzeitig vor dem Jungen verbergen zu müssen, der es längst gemerkt hatte. So wurde ihre Verkrampfung von Tag zu Tag größer, und eines Morgens, es war noch sehr früh, stieß sie tatsächlich einen kurzen Schrei aus.

Ich bin nicht mehr auf dem laufenden. Ich weiß nicht mehr, was um mich herum geschieht. Ich habe gehört, wie sie es gesagt hat. »Er weiß nicht mehr, was um ihn herum geschieht.« Wenn sie es sagt, dann muß es ja stimmen. Ich bin nur mehr über Michael Hader auf dem laufenden. Über den bin ich genau im Bilde. Ich lese in ihm wie in einem aufgeschlagenen Buch. Er kann mich nicht hinters Licht führen. Er braucht gar nicht anfangen zu lügen, ich merke es sofort. Dumme Witzchen, die ich reiße, um nicht in Tränen auszubrechen. Die Vergangenheit bedrängt mich wie ein Alptraum, der auch nach dem Erwachen nicht verschwindet und den ganzen Tag nicht weichen will. Ich höre ihre dumme Stimme schon wieder. Da sind mir manchmal sogar meine schlechten Erinnerungen lieber.

Ladurner meinte Gott zu sein. Ende der vierziger und Anfang der fünfziger Jahre machte er in Baustoffen: Ziegel-

steine, Zement und lauter so Zeug. Dann verlagerte er sich auf Baumaschinen. Dann auf beides. Dann kamen noch Brennstoffe dazu. Eine günstige Mischung. Daneben zog er noch eine Art – Immobilienbüro, würde man heute sagen – auf. Vermittelte Grundstücke, Häuser, Pachten. Dadurch gewann er natürlich Einblick in die Verhältnisse. In die familiären und die materiellen. Er war ein schlauer Fuchs. Vielleicht ein bißchen zu schlau. Am Ende hat ihm seine Schlauheit nichts mehr genützt.

Er war größenwahnsinnig geworden. Das normalisierte sich Gott sei Dank dann wieder, denn eine Zeitlang konnte man kein vernünftiges Wort mehr mit ihm reden. Und ich war darauf angewiesen, zumindest ab und zu ein vernünftiges Wort mit ihm zu reden, weil ich für ihn arbeitete. Bis vor vier Jahren. Ich war – was war ich eigentlich bei ihm? – Assistent, Sekretär, rechte Hand, Buchhalter, Verwalter? Etwas von allem. Vor allem Vertrauter. Bezahlter Vertrauter. Das Gefühl, in die wesentlichen Vorgänge und Geschäfte, in die großen Sachen, auf die es ankam, in Wirklichkeit nicht eingeweiht zu sein, hat mich allerdings nie verlassen. Ich diente ihm – glaube ich – als eine Art lebende Schutzbehauptung. Außerdem hatte er ganz einfach ein schlechtes Gewissen mir gegenüber und wollte etwas wiedergutmachen. So ist der Mensch halt. Hochfahrend und Blitze schleudernd und dann voller Angst, von den eigenen Blitzen getroffen zu werden. Es gibt vielerlei Arten, sein Gewissen zu beruhigen. Ich weiß nicht, warum er dauernd in meinem Kopf herumgeistert. Gemocht habe ich ihn nämlich nie. Aber das heißt ja nichts. Er war halt so eine Schicksalsfigur für mich und hat sich auch immer um mich bemüht. Ich weiß bis heute nicht, warum. Vielleicht hat er mich geliebt.

Jetzt würde ich gern tanzen gehen. Mit der Maria. Aber in meinem Alter lassen sie mich in kein Tanzlokal mehr hinein. Seinerzeit war ich ein schlechter Tänzer, aber mit Leidenschaft. Das ist auch was wert.

Wenn ich es mir genau überlege, war der Ladurner mein Feind. Ohne es zu wissen. Auf seine Art hat er mein Leben zerstört. Er hat mir die Limonadenfabrik eingeredet. Später hat er mir die Tätigkeit für ihn eingeredet. Und schließlich hätte ich ohne ihn und seinen Selbstmord die Hanni auch nicht umgebracht. Nicht? Ich habe meinen Feind überlebt. Ob er es wirklich nicht gewußt hat?
Vor ein paar Jahren – oder schon früher –, vor ein paar Jahren auf jeden Fall offiziell ist er dann noch Berater der Landesregierung in besonderen Fragen geworden. Besondere Fragen. Kann mir schon denken, was das für Fragen waren… Ich höre die Hunde. Sie kommen näher.

Valentin ging wieder in die Schule, mit einer von Doktor Smutny, Inspektor Lechner und Tante Maria unterschriebenen Entschuldigung, die er im Direktorat abgab und welche beim Direktor Sorge und Zuspruch auslöste. Von nun an fuhr er wieder jeden Morgen mit dem Postautobus um sieben in die achtzehn Kilometer entfernte Stadt, um die Schule hinter sich zu bringen.
Am Nachmittag des dreizehnten Januar erhielt er einen Anruf von Inspektor Lechner, in dem dieser ihm mitteilte, daß in der Grenzwache Muna die offiziellen Mitteilungen der österreichischen Grenzposten in Kärnten über den Verbleib beziehungsweise das Verschwinden seiner Eltern lägen und nur Valentin selbst die Befugnis habe, sie dort abzuholen. Er würde ihn bitten, das bald zu tun, obwohl in den Mitteilungen nur das Altbekannte, nämlich gar nichts stünde, da die Schriftstücke sonst wieder zurück nach Kärnten gingen, dann erneut abgeschickt würden, das Ganze wieder von vorn beginne und die Verwirrung und gegenseitige Schuld- und Kompetenzzuweisung damit schon vorgegeben sei. Er wisse selbst, daß dieser Gang für Valentin eine Zumutung sei, aber er würde ihn halt recht herzlich darum bitten.

Am darauffolgenden Nachmittag nach dem späten Mittagessen, er kam meist erst gegen zwei nach Hause, ging er hinunter zur Grenze. Es war warm geworden wie im Frühjahr, und den ganzen Vormittag hatte es sowohl geregnet als auch getaut, so daß Straßen und Wege glitschig und matschig waren und die dreckige, bräunlich verkrustete und pappige Schneedecke voll von kleinen Regenlöchern.

Vom Dach der Grenzwache tropfte es herab, und die Grenzer zeigten sich nicht. Die Schlagbäume waren zu beiden Seiten der Staaten hinuntergelassen. Valentin klopfte an die Scheibe, hinter der sich zwei dümmlich blickende Beamten rauchend und lachend unterhielten und sein Klopfen ignorierten. Das war die Masche der Grenzer. Erst alle Bemühungen der Grenzgänger zu ignorieren, den eigenen Haßpegel dabei stetig steigen zu lassen und dann, wenn der künstlich aufgebaute Zorn am Sieden war, aus der Grenzwache herauszustürmen oder die kleine, in das große Fenster eingelassene, ovale Scheibe aufzureißen, daß sie nahe daran war abzureißen, und den Grenzgänger anzubrüllen oder anzuherrschen, dann aufs peinlichste und überflüssigste zu kontrollieren und nach Möglichkeit zu verhaften oder in Gewahrsam zu nehmen. »Kommen's einmal rein!« war der beliebte Spruch der tapferen Grenzsoldaten.

Der eine, hochgewachsen wie ein Baumstamm, stand auf, glättete sich mit eitler Routine die Uniform und verließ, einen letzten Witz reißend, den Raum. Das Gesicht des anderen, in der Pflicht Alleingelassenen, verhärtete sich, und er blickte zu Valentin auf. Er war noch jung, höchstens zwanzig. Valentin hatte ihn noch nie zuvor gesehen, und doch kam ihm das glattrasierte, rosige Gesicht mit den weichen Zügen bekannt vor. Er wußte nicht, woher. Der junge Grenzer erhob sich nicht mehr als nötig von seinem Sitz und öffnete die ovale Scheibe.

»Was ist?«
»Reichardt Valentin. Der Herr Inspektor Lechner hat mir gesagt, ich soll die Unterlagen über meine Eltern hier abholen.«
Der junge Grenzer haßte ihn. Das war schon klar, als er zu Valentin aufblickte. Valentin sah den Haß in seinen Augen, als er so tat, als überlege er.
»Mir ist nichts bekannt.«
»Der Inspektor Lechner hat aber gesagt –«
»Wer?«
»Der Herr Inspektor Lechner.«
»Mir ist nichts bekannt.«
Er schloß die ovale Scheibe und setzte sich wieder hin. Valentin blieb vor der Grenzwache stehen. Er hatte nicht vor aufzugeben. Nach einer Zeit, in der er Valentin abwechselnd mit weich verzerrtem Gesicht ansah und leere Formularblätter abzählte, zündete sich der junge Grenzer eine Zigarette der Marke »Johnny« an, die er nach mehreren hastig inhalierten Zügen wieder ausdrückte. Dann stürzte er mit riesigen Schritten aus dem Zimmer, als sei jemand hinter ihm her. Valentin sah in den leeren Grenzwachraum hinein, an dessen Rückwand das Porträt des Präsidenten der Republik hing. Er sah über die Grenze hinüber nach Deutschland, das sich etwa zehn Meter von ihm entfernt befand. Er blickte über die beiden Schlagbäume, zwischen denen die Brücke stand, die, das wußte keiner so recht, von den einen als Niemandsland, von den anderen als zur Hälfte zwischen den Staaten aufgeteilt, erklärt wurde. Niemandsbrücke nannten sie die meisten, wenn sie überhaupt erwähnt wurde. Die Grenze von Muna war so klein und unwichtig, auch unbekannt, daß sie auf vielen Landkarten gar nicht verzeichnet war. Hier mußten junge Zöllner ihre Ausbildung oft beginnen, alt gewordene ihr Berufsleben beenden, an die Grenze von Muna wurden die, welche sich etwas hatten zuschulden kommen lassen, gerne strafver-

setzt. Die Grenze von Muna war keine ruhmreiche Station in der Laufbahn eines Zoll- oder Grenzbeamten.
Valentin stellte sich vor, während das Tropfen vom Dach der Grenzwache nachließ, daß er in der nächsten Zeit von den beiden Grenzern zusammengeschlagen werde. Grundlos, wie das häufig geschah. Den Grenzern war oft langweilig. Valentin wußte, daß sie es, wenn es darauf ankam, bei ihm nicht wagen würden, da sie genau wußten, wer der Inspektor Lechner war. Aber sie würden ihm angst machen und ihn schrecken wollen. Das war nach dem Prügeln ihre liebste Beschäftigung. Doch sie taten nichts dergleichen, was ihn auch nicht weiter wunderte. Ihre zur Schau getragene Unberechenbarkeit gehörte zum Bild. Der Baumstamm erschien mit einem Umschlag in der Tür und forderte ihn mit unfreundlicher Zurückhaltung auf, kurz mit hereinzukommen. Von Gleichmut und Furcht erfaßt, folgte Valentin der langen Uniform. Sie betraten einen rückwärts gelegenen Raum. Der junge Grenzer war nirgends zu sehen. Der Lange entnahm dem Umschlag mehrere Blätter, die er Valentin vor die Nase hielt, mit der Aufforderung, sie zu unterschreiben. Auf Valentins Einwand, daß er sie erst lesen müsse, bevor er sie unterschreibe, antwortete der Grenzer nur: »Da steht soundso nix drin.« Hastig überflog Valentin die Blätter, wobei er den Eindruck gewann, daß der Lange sogar recht haben könnte. Auf allen Blättern, es waren an die zehn oder noch mehr, stachen ihm zwei sich ständig wiederholende Worte ins Auge, die sich wie ein roter Faden durch die trocken abgefaßten Berichte zogen: keine Spur. Es genügte ihm. Schweigend leistete er die Unterschriften, und schweigend entließ ihn der Grenzer. Den Umschlag in der Hand, stand Valentin vor dem tropfenden Grenzpfosten und wartete nicht mehr. Er stand mit dem Rücken zum Fenster, durch das Glas spürte er den Haß des jungen Beamten auf sich.

*

Es taute. Von allen Dächern und Balkonen tropfte das Wasser unentwegt auf den schmutzigen Schnee und den braunen Boden, der unter dem Weiß hervortrat. Die Sonne und der Föhnwind hatten die Täler und Hänge in ihre Gewalt gebracht, und ein nasses Grün beherrschte die Hügel und auslaufenden Berge. Dazwischen lagen verloren schwach schimmernde Inseln und Streifen von gelblichem Schnee, der sich gegen die Kraft des Blinkens und der wehenden Wärme, die alles näher rückte und vergrößerte wie ein Fernglas, nicht mehr behaupten konnte. Die Menschen litten unter Schädelschmerzen und brachen mit Kreislaufkollapsen zusammen. In Innsbruck fieberte man den IX. Olympischen Winterspielen entgegen. Maria Brunner, geborene Hader, fieberte dem Ableben ihres Vaters entgegen, da sie fand, daß sie zu Hause in Bozen ihre Fähigkeiten stärker unter Beweis stellen und sich, wie sie zu ihrem Mann am Telefon meinte, »optimaler verwirklichen« könne.

»In Bozen kann ich mich einfach optimaler verwirklichen!«

Sie hatte es tatsächlich gesagt. Valentin hatte es mit eigenen Ohren gehört. Sie stritt sich mit Doktor Smutny über dessen Behandlungsmethode und die ihrer Ansicht nach völlig falsche Medikation. Doktor Smutny widersprach ihr, was sie so aufbrachte, daß sie einmal aus dem Haus hinaus in die Dunkelheit gerannt und erst nach einer Stunde zurückgekehrt war. Danach widersprach ihr Doktor Smutny zunächst nicht mehr, was sie genausowenig zufriedenstellte.

Als Valentin die ersten Schneeglöckchen sah, war der Winter für ihn vorbei. Trotzdem hatte er sich noch einmal auf die Schi gestellt. Er wollte den Winter nicht enden lassen, ohne ein einziges Mal Schi gefahren zu sein.

Er hatte weit hinaufsteigen müssen, um eine noch einiger-

maßen dichte und geschlossene Schneedecke zu finden, und endlich einen offenen, zwischen zwei Wäldern gelegenen Hang entdeckt, der ihm geeignet erschienen war. Die Strecke, die er sich darin vorstellte, war nicht lang, aber steil, und so stapfte er, die Schier auf der Schulter, hinauf zu der Stelle, wo er unterhalb des Waldstücks den Start festgesetzt hatte. Bis auf die Schläge der Holzfäller von weit her und das Krächzen der Vögel herrschte Stille, und Valentin hörte nur sein eigenes gepreßtes Keuchen und das Einsinken der Schischuhe in den an der Oberfläche knisternden, dann schwammig ziehenden Schnee. Oben angekommen, nahm er die Schier von der Schulter und legte sie parallel zum Hang, die Stöcke steckte er zu seiner Linken und Rechten in den weißen Boden. Sich leicht auf die Stöcke stützend, stieg er in in die Bindung, beugte sich hinunter und schnallte sie fest. Er warf einen Blick hinab auf die von ihm bestimmte Strecke, bis dort, wo sie kurz vor dem nächsten Waldstück endete. Dann stieß er sich weit nach vorn gebeugt ab und ging sofort in die Hocke. Es war ein feines Geräusch, ein Klicken von Metall, wie eine reißende Halskette, so leise, doch er wußte, es war vorbei. Die erste und letzte Abfahrt des Winters war vorbei. Die Bindung sprang auf und der linke Schi raste einsam zu Tal. Valentin bremste mit dem Fuß ab und ließ sich in den Schnee fallen, in den er einsank wie in einen vollgesogenen Schwamm. Der Schi prallte unten mit einem der ersten Stämme zusammen und flog, sich überschlagend, durch die Luft, dann sah ihn Valentin nicht mehr.
In wenigen Tagen würden die Olympischen Winterspiele eröffnet, und er dachte an die Fahnen und Flaggen der Nationen, sah sie vor sich im Wind wehen. Der Schnee saugte sich an seinen Sohlen fest, daß er Mühe hatte, die Füße zu heben. Er warf keinen Blick mehr zurück. Am Ende des Hangs suchte er den zweiten Schi und folgte seiner Spur in das Waldstück hinein, die sich nach nur meh-

reren Metern zwischen den Stämmen verlor. Der zweite Schi blieb verschwunden. Mit einem Schi auf der Schulter ging er nach Hause. Er hatte es sich anders, ganz anders vorgestellt.

Ich sterbe. Der Tod hat sich neben mich ins Bett gelegt und kühlt die Tücher langsam aus. Ich weiß nicht, wie er aussieht. Wenn ich ihn anschauen will, dreht er sich weg. Ich kann immer nur etwas Graues sehen, dann Braunes, vielleicht Schwarzes, Flatterndes, Wehendes, Blinkendes, Weißliches. Ich würde mich gern von Valentin verabschieden, aber er ist nirgends zu sehen. Vorhin – oder ist das auch schon wieder ein Jahr her? – habe ich ihn mit Schiern auf der Schulter davongehen sehen. Er ist der einzige, von dem es sich lohnt, Abschied zu nehmen. Alle anderen sind es nicht wert. Oder, um es mit ihren eigenen Worten zu sagen: verlorene Liebesmüh.
Hat es sich gelohnt? Ich möchte kein anderer gewesen sein. Soll ich mich von mir selbst auch verabschieden? Ich weiß ja nicht, ob ich mich wiedersehe. Darüber hat mir keiner etwas gesagt. Ich werde es vorsichtshalber tun. So einen wie mich trifft man nicht alle Tage!

Es war halb sechs Uhr morgens, als Valentin die Nummer des Gendarmeriepostens wählte. Er wußte, daß der Herr Lechner um diese Zeit schon im Dienst war. Er drehte die Wählscheibe langsam und vorsichtig, damit Tante Maria davon nicht aufwachte. Sie konnte er jetzt am allerwenigsten brauchen. Es läutete einmal, ein zweites Mal, dann, nach einem Knacken, meldete sich Lechner.
»Herr Lechner, ich glaube, mein Großvater ist gestorben.«
Er hielt die Hand vor die Muschel und sprach so leise er konnte. Eine Pause entstand, die Valentin erwartet hatte.

»Das tut mir leid.«
Eine neue Pause folgte. Dann fragte der Inspektor mit betonter, aber warmherziger Sachlichkeit: »Hast du den Arzt schon benachrichtigt?«
»Nein.«
»Dann mach' ich das für dich.«
Er schien seine Gedanken zu erraten.
»Er wird dann wahrscheinlich bald zu euch raufkommen.«
»Danke, Herr Inspektor.«
»Es tut mir leid, Valentin. Ich werde mich bald wieder bei dir melden.«
»Danke und auf Wiedersehen, Herr Lechner.«
»Auf Wiedersehen, Valentin.«

Die zwei Männer vom Bestattungsunternehmen waren freundlich. Sie hoben Michael Hader in den Sarg und gaben den Deckel drauf. Valentin und Maria standen vor der Haustür unter der Laterne, die im warmen Föhnwind quietschend hin und her schwankte, und sahen dem Auto mit dem Sarg darin nach, bis es nicht mehr zu sehen war. Dann gingen sie zurück ins Haus. Valentin wollte sagen, ihm wäre, als ob das Haus auch gestorben sei. Aber er sagte es nicht.
Zu Mittag drehte Tante Maria das Radio auf. Valentin stand gerade im Flur und wußte nicht, in welche Richtung er gehen sollte. Das Radio war zu laut aufgedreht und schallte durch das ganze Haus, was die Leere noch verstärkte. Es gab alpenländische Musik. Dann folgte ein Bericht über den Abfahrtslauf der Herren bei den Olympischen Winterspielen in Innsbruck. Der Sprecher redete und redete, doch man erfuhr nichts. Er redete über das Wetter, den seidenblauen Himmel, den zu warmen Vorfrühlingstag, über die unübersehbare Zuschauermenge. Seine Stimme klang einfältig. Dann hörte er die Nachricht.

Beiläufig erwähnte der dumme Radiosprecher, daß der Favorit Karl Schranz, der Ex-Weltmeister aus St. Anton, geschlagen war. »Jeder erwartet den Sieg von dir. Jeder. Nur den Sieg, sonst nichts«, hörte er die Stimme seines Großvaters sagen.

Der Großvater war erst einen Tag tot, und schon kam es Valentin vor, als wäre ein ganzer Monat vergangen, seit er ihn am frühen Morgen leblos in seinem Bett gefunden hatte. Woran hatte er erkannt, daß er nicht mehr lebte? Warum war er überhaupt in das Zimmer hineingegangen? Und warum war er ganz von allein noch vor fünf aufgewacht? Er konnte es sich nicht erklären, es hatte ihn aus dem Bett herausgetrieben, die Treppe hinunter, in das Zimmer hinein, noch bevor er auf den Gedanken gekommen wäre, in die Küche zu gehen und sich ein Frühstück zu bereiten. Im nachhinein war er froh und dankbar, daß Tante Maria nicht auch schon aufgewesen war. Wenigstens in dieser Stunde hatte sie sich nicht aufgedrängt. Aber auch nur, weil sie noch geschlafen hatte.
Der Großvater war am letzten Tag des ersten Monats im Jahr gestorben. An dem Tag, an dem auch sein heimlicher Favorit beim olympischen Abfahrtslauf weit abgeschlagen auf einem der hinteren Ränge gelandet war. Der Verlierer hatte sich, so stellte sich Valentin vor, mit den Schiern auf der Schulter von der Piste weg in den Wald geschlichen. Die Piste war ein weißes Band durch den Hochwald am Fuß des Patscherkofels, der geduldig auf die olympische Lächerlichkeit blickte. Valentin meinte kurz, in einem Hubschrauber oder in einem Flugzeug zu sitzen und auf das beendete Rennen hinunterzusehen, auf die sich verlaufenden Menschenmassen. Der Schnee für das Rennen war nicht einmal vom Himmel gefallen, sondern aus einem fernen Tal von Soldaten herangeschafft worden. Später sah er genau die Bilder, die er sich vorgestellt hatte,

als Photos in der Zeitung wieder. Es war an diesem ersten Februartag warm wie an einem späten Märztag, und Valentin sah von seinem Dachkammerfenster hinunter auf Tal und Grenze, ein Blick, den er auswendig kannte. Die kahlen Äste und kleineren Bäume bewegten sich im Föhnwind, und vom Kirchturm tönte das Dreiuhrläuten über die Landschaft beider Länder und die darauf errichteten Behausungen der Menschen, als läute es den Beginn einer immerwährenden Langeweile ein, die sich wie ein ewiges Wachen über das Dorf legte. Der Großvater fehlte ihm.

Er durfte nicht zuviel mitnehmen. Das Wichtigste eben. Aber was war das? Er hatte gehofft, eine Stimme im Traum werde ihm den Weg zeigen, und beim Aufwachen würde er wissen, was einzupacken war. Aber er hatte nichts gehört oder das Gehörte vergessen. Wichtig war die Jacken- und Pulloverfrage. Es konnte noch einmal sehr kalt werden. Wichtig waren alle Fragen. Aber alle Fragen durfte er nicht stellen. Nicht jetzt.

Ein weiterer Tag war vergangen, und noch immer beherrschte das milde Vorfrühlingswetter mit dem an den Fenstern und Gattern rüttelnden warmen Wind, der einen glauben machte, besser zu sehen, das Dorf und das Tal und die Berge ringsum. Er entschied sich für die blaue Jacke mit dem Kunstfellkragen, die er nicht mochte. Aber das war jetzt nicht wichtig.

Es war Sonntag und noch früh am Morgen. Aber schon zu spät, um aufzubrechen. Er mußte den Abend oder die Nacht abwarten. Oder noch länger. Bis zum nächsten Morgen. Länger nicht.

Man würde, im Falle des endgültigen Ausbleibens seiner Eltern, Tante Maria zu seinem gesetzlichen Vormund bestellen. Mit diesen Worten ungefähr hatte es ihm der Inspektor gesagt. Gestern, gegen Abend, hatte er noch einmal angerufen. Tante Maria war Gott sei Dank nicht da gewesen. Sie war zu Doktor Smutny hinuntergegangen, um sich ein Kopfschmerzmittel zu holen. Er hatte ihr noch angeboten, für sie hinunterzugehen. Sie hatte abgelehnt. »Die Luft wird mir guttun!« Das war sein Glück gewesen. Denn der Inspektor wollte mit ihr sprechen. Auch wenn er es nicht direkt gesagt hatte. Er wollte sie für Montag vormittag zum Gendarmerieposten bestellen, um die Fragen der Vormundschaft zu besprechen und in die Wege zu leiten. Valentin hatte sich nichts anmerken lassen und versprochen, es ihr auszurichten. Dann hatte er nachgedacht. Aber nicht zu lange. Er hatte seinen Entschluß am späten Abend gefaßt, als die Tante schon schlief.

Draußen wurde es hell, und er schob den kleinen, harten Koffer unter das Bett. Er war sicher, daß er nicht mehr brauchte. Er durfte sich nicht beschweren. In fünf Tagen war das Begräbnis seines Großvaters. Er war sicher, der Großvater würde nicht böse sein, daß er daran nicht teilnahm. Die Blasmusik würde einen Trauermarsch spielen.

Er stieg die Treppe hinunter und trat vor die Haustür. Die Laterne über seinem Kopf schwankte quietschend von einer Seite zur anderen. Von hier aus konnte er das Steinerne Meer nicht sehen. Er würde gegen vier Uhr morgens aufbrechen, entschied er.

Einen hellen Tag noch mußte er die Stimme seiner Tante ertragen. Sein Blick fiel auf die verlöschenden Lichter der Grenze. Sein Kontinent war die Grenze, wußte er, und würde es bleiben, auch wenn er ging. Er dachte an den kleinen, harten Koffer, der unter seinem Bett in seiner Dachkammer lag. Plötzlich hatte er das Gefühl, irgend etwas vergessen zu haben. Das Gefühl, daß irgend etwas in dem kleinen, harten Koffer fehlte. Etwas Wichtiges. Aber irgendwas fehlt immer.

Clemens Eich

Aufzeichnungen aus Georgien

Mit einem Nachwort von Ulrich Greiner

128 Seiten. Leinen

»Damals beschloß ich, Georgien auf mich zu nehmen. Ich vergewisserte mich im Atlas, daß es Georgien wirklich gibt.« Der reisende Erzähler, begleitet von Giorgi und Giwi, Dolmetscher und Fahrer, bewegt sich durch das Georgien der »Freude, der Feste, der Gesänge und Tänze«, durch das Georgien der Kriege und Bürgerkriege, des Elends und Zerfalls. Den Zufällen der Reise folgend, erzählt er merkwürdige Geschichten von Tiflis, der Millionenmetropole im Dunkeln, die nachts von brennenden Autoreifen beleuchtet wird, von Bauern der menschen- und gottverlassenen Provinz, deren Regale gefüllt sind mit den Werken der Weltliteratur, von der nebulösen kaukasischen Herkunft seines eigenen Ururgroßvaters, vom allgegenwärtigen Stalin, dem berühmtesten und berüchtigsten Georgier.

Clemens Eichs letztes Buch, ist die literarische Gestaltung eines »strahlend finsteren Traums«, eines »erfundenen Landes«, das es doch wirklich gibt, aber ganz unwirklich ist, das, voller Widersprüche, Absurditäten, Unentschiedenheiten, kein festes Bild erlaubt. In einem eindringlichen Erzählen, einer Mischung aus Beobachtungen, Assoziationen, tagebuchartigen Notizen wird ein »kaukasischer Teppich« geknüpft, der dem Leser das Land kunstvoll in Sprache verwandelt.

S. Fischer

fi 5120 / 2

Clemens Eich

Gesammelte Werke

Zwei Bände im Schuber

Band 1: Aufzeichnungen aus Georgien / Das steinerne Meer
395 Seiten. Gebunden

Band 2: Prosa / Drama / Lyrik
358 Seiten. Gebunden

Am 22. Februar 1998 kam Clemens Eich, noch nicht einmal 45-jährig, bei einem Unfall ums Leben. Er hinterließ ein schmales, in seiner traumwandlerischen Klarheit erstaunliches Werk: Gedichte, Prosaerzählungen, ein Theaterstück, den Roman »Das steinerne Meer« und die unvollendet gebliebenen »Aufzeichnungen aus Georgien«, die ein Jahr nach seinem Tod erschienen. Immer lotet Clemens Eich Grenzen aus – ob in der felsigen Gebirgslandschaft des Steinernen Meers, des gewaltigen Gebirgszuges zwischen Deutschland und Österreich, oder in Georgien, diesem »hellschwarzen, strahlend finsteren Traum«.

»Clemens Eich war eine Figur
auf der Grenze und zwischen den Zeiten.
Er war auf dem Weg in die erste Reihe
der deutschen Autoren.«
Ulrich Greiner, DIE ZEIT

